U0097210

中國語言文字研究輯刊

八 編

許 錟 輝 主編

第 15 冊

《元曲選・音釋》音韻問題研究（下）

洪 梅 馨 著

花木蘭文化出版社

國家圖書館出版品預行編目資料

《元曲選・音釋》音韻問題研究（下）／洪梅馨 著 -- 初版 --

新北市：花木蘭文化出版社，2015〔民 104〕

目 2+250 面；21×29.7 公分

（中國語言文字研究輯刊 八編；第 15 冊）

ISBN 978-986-322-986-5（精裝）

1. 漢語 2. 聲韻學

802.08 103026719

ISBN-978-986-322-986-5

9 789863 229865

中國語言文字研究輯刊

八 編 第十五冊 ISBN：978-986-322-986-5

《元曲選・音釋》音韻問題研究（下）

作 者	洪梅馨
主 編	許錟輝
總 編 輯	杜潔祥
副總編輯	楊嘉樂
編 輯	許郁翎
出 版	花木蘭文化出版社
社 長	高小娟
聯絡地址	235 新北市中和區中安街七二號十三樓
	電話：02-2923-1455／傳眞：02-2923-1452
網 址	http://www.huamulan.tw 信箱 hml810518@gmail.com
印 刷	普羅文化出版廣告事業
初 版	2015 年 3 月
定 價	八編 17 冊（精裝） 台幣 42,000 元

《元曲選・音釋》音韻問題研究（下）

洪梅馨　著

目次

附錄一 《元曲選·音釋》被釋字索引

叨	333	吖	339	佟	345
只	333	妁	339	克	345
可	333	妄	339	別	345
叵	333	宅	339	劫	346
夯	333	帆	340	劬	346
失	333	式	340	匣	346
末	333	忔	340	却	346
札	333	托	340	否	346
永	334	扛	340	吵	346
汁	334	扞	340	吸	346
玉	334	曲	340	吹	346
甲	334	曳	340	吼	346
白	334	汙	340	吽	347
目	335	污	340	呆	347
石	336	百	340	囮	347
穴	336	竹	341	囻	347
立	336	肉	341	坓	347
六 劃		肋	341	坍	347
合	336	舌	341	姈	347
仵	336	舛	341	孛	348
伉	336	色	341	尪	348
伎	337	血	342	局	348
伏	337	行	342	屁	348
伐	337	衣	344	彤	348
共	337	邙	344	役	348
決	337	邧	344	志	348
刐	337	屁	344	忈	348
刖	338	**七 劃**		忘	348
列	338	串	344	忏	348
劣	338	伯	344	忬	348
叿	338	伺	344	忟	348
吃	338	伽	344	找	348
合	338	佘	345	抓	348
吉	339	佛	345	抖	349
吒	339	作	345	折	349

扚	349	些	352	奔	356
更	349	併	352	妮	356
杋	349	使	352	姗	356
杓	349	侃	353	姐	357
束	349	侑	353	妾	357
汞	349	兒	353	姉	357
汩	350	函	353	委	357
汾	350	刮	353	厒	357
沁	350	刲	353	屆	357
沃	350	刷	353	屈	357
沌	350	劵	353	岫	357
沒	350	刺	353	岳	357
灸	350	刻	354	帔	357
狁	350	剁	354	帖	358
甬	350	卒	354	帘	358
甸	350	卓	354	帛	358
系	350	協	355	弢	358
罕	350	卸	355	忽	358
肓	350	卺	355	怗	358
肕	350	叔	355	怯	358
虬	350	呱	355	抹	358
角	351	呋	355	押	358
谷	351	呷	355	拆	359
豸	351	啞	355	拈	359
赤	351	咄	355	拌	359
足	351	咆	355	拍	359
迅	351	和	355	拐	359
那	352	咍	355	拔	359
邨	352	咏	356	拗	359
阮	352	咒	356	易	360
刜	548	咕	356	服	360
夯	548	囹	356	杲	360
吼	548	坨	356	杻	360
八　劃		坯	356	杼	360
屆	325	坷	356	枒	360

氛	360	促	366	度	372
沫	360	俗	366	弭	372
沱	360	俠	367	律	372
㳽	360	冒	367	思	372
泊	361	冠	367	急	373
泔	361	剄	367	恍	373
法	361	削	367	恰	373
泠	361	剌	367	扃	373
泡	361	刹	368	拯	373
泥	361	勃	368	拴	373
炒	361	勑	368	拶	373
牧	361	厖	368	拷	374
物	362	咤	368	拽	374
的	362	咝	369	拾	374
盂	363	咱	369	挑	374
直	363	咳	369	施	374
穹	364	咷	369	昵	374
空	364	咽	369	柘	374
糾	364	咿	369	柚	374
芊	364、547	哂	369	柞	374
者	364	哄	370	柯	374
肪	364	哈	370	柵	375
芰	364	哏	370	洌	375
軋	364	垓	370	洒	375
迤	364	垛	370	洗	375
邯	364	垣	370	洮	375
邳	365	姝	370	活	375
長	365	姪	371	洼	376
阿	366	姹	371	洽	376
陂	366	娃	371	炮	376
毒	366	客	371	炰	376
刮	547	室	371	為	376
殀	548	屋	372	狡	376
九　劃		峒	372	玷	376
便	366	峥	372	玻	376

珀	376
珂	377
相	377
眈	377
盾	377
省	377
眊	378
看	378
砆	378
砑	378
袄	378
祇	378
种	378
突	378
約	379
羿	379
胙	379
胚	379
胛	379
胤	379
脉	379
苒	379
苞	379
苦	379
苴	380
虐	380
虼	380
要	380
負	380
赳	380
迤	380
迭	381
酊	381
重	381
陌	382

降	382
食	382
首	383

十　劃

挐	383
貼	383
衏	383
俳	383
俶	383
倆	383
倈	384
倜	384
倩	384
倬	384
剔	384
剗	385
剜	385
剝	385
厝	386
員	386
哨	386
哭	386
哮	386
哲	386
哺	386
哽	386
唆	387
唉	387
啍	387
吵	387
圄	387
埃	387
奘	387
娉	387
娌	387

娑	387
娛	387
娜	387
娟	388
娩	388
家	388
射	388
峨	388
峪	388
峭	388
峴	388
峽	388
差	388
席	389
弱	389
恙	389
息	389
悄	390
悅	390
挨	390
挾	390
捉	390
捋	390
捏	391
捐	391
晃	391
晌	391
朔	391
栢	391
栲	391
栳	391
格	391
桌	391
桎	391
氤	391

浣	392	翅	396	陟	398
浪	392	耆	396	陡	398
浮	392	耗	396	隻	398
浴	392	耙	396	骨	398
浸	392	胲	396	髟	399
烈	392	脆	396	咽	399
狹	392	脊	396	唦	399
狻	392	舀	396	崢	548
珋	392	舁	396	十一劃	
玹	392	茜	396	啄	399
畜	392	茨	396	候	399
疾	392	茸	396	偈	399
痂	393	荅	396	偌	399
盌	393	荏	396	偎	399
眕	393	羕	396	做	399
眨	393	蚌	396	側	399
眩	393	蚘	397	偵	400
砧	393	蚡	397	兜	400
祝	393	蚩	397	剮	400
祟	393	衲	397	勘	400
秭	394	訊	397	匏	400
窄	394	訐	397	匿	400
窈	394	訕	397	參	400
站	394	訖	397	唬	401
笄	395	託	397	喉	401
笊	395	趂	397	唻	401
笏	395	軏	397	唽	401
粃	395	辱	397	啁	401
納	395	迸	397	啅	401
紕	395	逅	398	啕	401
級	395	逆	398	啖	401
索	395	酌	398	啜	401
缺	395	釘	398	啞	401
罟	395	閃	398	圇	401
翀	395	陘	398	圈	401

國	401	掂	407	爽	411
執	402	掇	407	猊	411
婢	402	掉	407	猖	412
婪	402	掏	407	猙	412
宿	402	披	407	猛	412
寂	402	掙	407	瓠	412
寂	402	掠	407	瓷	412
密	402	探	407	畦	412
將	402	接	407	疏	412
尉	403	控	407	疵	412
崎	403	推	408	盛	412
崒	403	揹	408	皆	412
崢	403	教	408	眯	412
崦	403	旋	408	眵	412
崒	403	旎	409	眸	413
巢	403	族	409	眾	413
強	403	晡	409	着	413
彪	404	桯	409	研	414
彬	404	桿	409	桃	414
得	404	梟	409	荏	414
從	404	梢	410	窊	414
悃	405	械	410	笛	414
惚	405	欲	410	笞	414
戚	405	欸	410	笠	414
戛	406	殺	410	筘	414
挲	406	涎	410	筍	414
捥	406	涪	411	紮	414
捩	406	涯	411	累	414
捫	406	液	411	紺	415
捰	406	涴	411	絆	415
捱	406	淅	411	缽	415
捼	406	淋	411	罣	415
捻	406	淤	411	習	415
捽	406	淥	411	脖	415
掀	406	焐	411	脚	415

脡	415	鈒	419	暗	422
脫	416	釧	419	嗒	422
脬	416	陸	419	喘	422
脯	416	雀	419	喟	422
荷	416	雪	419	嘵	422
茶	416	馗	420	喫	422
莎	416	鹵	420	單	423
莖	416	麥	420	堝	423
莢	416	唶	420	堠	423
蚰	416	殀	420	堨	423
蚱	416	運	420	婷	423
蛇	416	愭	548	嵌	423
蛉	416	**十二劃**		嵐	423
術	416	傖	420	崀	424
袈	417	喫	420	幾	424
覓	417	媼	420	廁	424
訛	417	趄	420	弼	424
訣	417	袿	421	彘	424
設	417	傀	421	復	424
責	417	傍	421	惑	424
赧	418	傑	421	惡	424
跰	418	傒	421	戟	424
躭	418	傖	421	捶	425
逐	418	凱	421	掔	425
逑	418	剩	421	搭	425
逗	418	割	421	揄	425
速	419	勛	421	揆	425
造	419	勝	421	揉	425
逡	419	博	422	揎	426
逢	419	唾	422	插	426
郭	419	啻	422	揩	426
郴	419	喁	422	掊	427
郴	419	喃	422	握	427
酖	419	喋	422	搭	427
酘	419	喏	422	揣	427

揩	427	璙	430	蕎	434
揭	427	琮	430	著	434
揲	427	琰	430	蛞	434
揶	427	甦	430	蝨	434
搵	427	畫	430	衙	434
散	427	發	430	袯	434
斌	427	皖	431	袴	434
斝	427	睇	431	裂	434
晷	428	矬	431	覘	434
晾	428	窖	431	罝	434
曾	428	窨	431	訧	435
朝	428	筆	431	貸	435
椾	428	筘	431	貼	435
棧	428	答	431	貢	435
森	428	策	431	趁	435
植	428	粟	432	趔	435
欹	428	粥	432	趄	435
殖	428	紺	432	跋	435
殼	428	絏	432	跌	435
渦	428	結	432	距	436
港	428	絕	432	跑	436
湞	428	給	433	跖	436
湎	429	聒	433	跚	436
渴	429	肅	433	跛	436
渼	429	腆	433	軸	436
湍	429	腋	433	軻	436
湫	429	腌	433	辜	436
湲	429	腕	433	逶	436
潙	429	菁	433	透	436
焙	429	菊	433	鄆	436
犇	429	菡	434	酡	436
猩	429	華	434	量	436
猱	429	菰	434	鈴	437
琦	429	萄	434	間	437
琨	430	萇	434	隄	437

綈	449
罨	449
罩	449
翛	449
腤	449
腳	450
腹	450
腼	450
萼	450
落	450
葉	451
葛	451
葦	451
葭	451
葳	451
葷	451
號	451
蛻	451
蜀	451
蜇	452
蜋	452
蜍	452
裔	452
裟	452
解	452
觥	452
詫	453
詰	453
貅	453
貉	453
貲	453
賂	453
賄	453
賈	453
賊	453
趔	454
跐	454
跡	454
跧	455
跳	455
輅	455
載	455
辟	455
逼	455
過	456
達	456
酪	457
鈸	457
鈿	457
鉋	457
鉗	457
鉛	457
鉢	457
鉦	457
閘	457
閙	457
隔	457
隘	458
睢	458
雹	458
靶	458
靸	458
頏	458
頓	458
飴	458
飾	458
鳧	458
搖	458
[illegible]	458
衕	548
[illegible]	548
[illegible]	548
[illegible]	548
[illegible]	549
十四劃	
僑	458
僕	458
僝	458
僥	459
劃	459
箚	460
厭	460
嗻	460
嘅	460
嘇	460
嘔	460
塹	460
境	460
墊	460
夤	461
夥	461
奩	461
奪	461
嫖	461
嫣	461
寞	462
察	462
實	462
屣	463
嵸	463
嶇	463
幕	463
幘	463
幙	463
徹	463

闀	463	漱	468	罰	472
慣	463	漲	468	羥	472
鏗	463	漸	468	翡	472
慵	463	煿	468	肇	473
餕	464	熒	468	膀	473
戢	464	熗	468	賺	473
截	464	犒	468	臍	473
摑	464	犖	468	膊	473
摔	464、482	獃	468	蒐	473
摘	465	獄	468	蒹	473
摟	465	氂	469	蕨	473
摧	465	睡	469	蒻	473
摸	465	瘠	469	蓆	473
摺	465	睘	469	蓍	473
撇	466	瞅	469	蜒	473
搽	466	碣	469	蜜	473
斡	466	碧	469	蜾	473
旖	466	福	469	蝕	473
榮	466	稭	470	裯	473
楮	466	種	470	裸	473
楬	466	稱	470	覷	473
楅	467	窨	470	誑	473
槊	467	窩	471	說	474
槎	467	箍	471	豨	474
盫	467	箔	471	趑	474
滌	467	箝	471	踉	474
榮	467	綠	471	輒	474
滲	467	綢	471	輔	474
滹	468	綣	471	辣	474
溢	468	縮	472	遘	474
漂	468	繃	472	遞	474
漉	468	綴	472	邐	474
漚	468	絡	472	醒	474
漫	468	綻	472	醁	474
漬	468	綽	472	酷	474

醡	474	噴	479	殢	484
閣	474	墨	479	毆	484
閤	475	嫵	479	氄	484
閫	475	嬋	479	磌	484
隙	475	屧	479	潑	484
勒	475	嶠	479	潔	485
鞍	475	幢	479	潢	485
頗	475	彈	480	潦	485
颭	475	徵	480	潺	485
颮	476	德	480	澁	485
颯	476	慧	480	潲	485
餉	476	慰	480	澍	485
骰	476	慾	480	潛	485
鳶	476	憍	481	熟	485
麼	476	毅	481	熱	486
鼻	476	撅	481	獒	486
憊	476	撐	481	獗	486
暕	477	撒	481	獠	486
闌	548	撕	481	瑩	486
憋	548	撚	481	璇	486
縢	549	撥	482	璈	486
魅	549	撋	482	畿	486
十五劃		撮	482	瞋	486
闍	477	撲	482	瞎	486
僵	478	撤	482	瞑	486
憯	478	敵	482	碾	486
儇	478	數	483	磕	486
儋	478	暴	483	稷	487
劇	478	槨	483	積	487
劈	478	槭	483	稽	487
嘲	478	槿	483	穀	487
嘹	478	椿	483	箋	487
噢	478	樂	483	篆	487
噇	479	樗	484	篋	487
噎	479	樞	484	緗	487

緘	487
緝	487
緱	487
罷	487
羯	487
膘	488
膝	488
蕁	488
蔀	488
蝎	488
蝣	488
蝤	488
蝶	488
蝸	488
衚	488
褻	488
褐	489
褒	489
褕	489
褙	489
誹	489
調	489
諕	489
論	489
豌	489
賚	489
賠	489
賡	490
質	490
踏	490
踘	490
踡	490
踢	490
踮	490
輗	490

輛	490
輩	491
鄱	491
鄲	491
醁	491
醄	491
醅	491
銳	491
鋏	491
鋤	491
閫	491
閬	491
閱	492
鞏	492
頡	492
頦	492
養	492
餒	492
餔	492
骷	492
髻	492
髮	492
魄	493
魅	493
魆	493
鴃	493
鴆	493
鴉	493
鼐	493
幽	494
嗽	548
鄰	549
十六劃	
䁪	494
𦢊	494

劑	494
噙	494
噤	494
噥	494
噲	494
噉	494
壁	494
嬝	495
學	495
嶧	495
嶮	495
嶰	495
廨	495
僡	495
憨	495
憩	496
憶	496
憾	496
懆	496
撼	496
撾	496
擇	497
操	497
擐	497
擔	497
曄	497
曆	497
樺	497
樾	497
橈	497
橐	497
橫	497
歕	497
歷	498
氅	498

瀶	498	蕪	501	闕	504
澡	498	蟒	501	闍	504
澤	498	螟	501	霙	504
濁	498	螢	501	鞓	505
熾	498	衡	501	鞦	505
燕	498	衡	501	頰	505
獨	498	褡	501	頜	505
獬	498	褥	501	餞	505
璠	498	褪	501	闃	505
璟	498	諜	502	鴒	505
璣	498	諢	502	鴣	505
薹	498	諳	502	鴟	506
瘸	499	諾	502	鴣	506
瞘	499	謀	502	鴨	506
磣	499	謁	502	亂	506
積	499	謔	503	嶴	548
築	499	踹	503	臘	549
篘	499	蹀	503	蒜	549
篡	500	蹁	503	**十七劃**	
篤	500	蹅	503	撕	327
箟	500	頓	503	鮎	402、517
縈	500	轇	503	嬔	506
縉	500	選	503	髪	506
縊	500	醍	503	儡	506
縛	500	酺	503	圜	506
翰	500	醋	503	嚇	506
翱	500	醒	504	嚎	506
耨	500	鋸	504	嘮	506
膩	500	鍄	504	墼	506
興	500	錄	504	壓	507
蕕	501	錍	504	壕	507
蕚	501	錚	504	孆	507
薐	501	錮	504	嬪	507
蕢	501	錯	504	褾	507
蕤	501	闍	504	嶸	507

幪	507	磻	510	覰	513
幫	507	襌	510	謟	513
懂	507	穗	510	謎	513
應	507	簇	510	豁	513
懞	508	簉	510	圐	513
懦	508	簌	510	貃	513
擊	508	麗	511	膪	513
擠	508	糝	511	賺	514
擦	508	糶	511	趨	514
氅	508	縫	511	蹇	514
斳	508	縭	511	蹉	514
曖	508	縮	511	蹊	514
檐	508	繆	511	蹋	514
檜	508	縹	511	蹌	514
檗	508	績	511	輾	514
殭	508	繃	511	轂	515
濕	508	繰	511	轄	515
濘	509	繆	512	邁	515
濟	509	翳	512	邂	515
濡	509	翼	512	遷	515
營	509	膾	512	醞	515
燭	509	臁	512	醡	515
燮	509	臊	512	醢	515
爵	509	薄	512	鍤	515
獯	509	薙	512	鏊	515
獰	509	薨	512	鍪	515
獲	509	螯	512	鍬	515
甌	509	螨	512	鍮	516
瞳	509	螽	512	鍼	516
皤	510	螬	512	鎯	516
盪	510	螫	512	閣	516
瞧	510	蟄	512	闋	516
瞪	510	蟒	513	鞓	516
瞬	510	褳	513	頦	516
瞶	510	褶	513	餱	516

駿	516	簞	518	離	521
騌	516	簟	519	顋	521
鬐	516	簧	519	額	521
鬆	516	織	519	颺	522
黛	516	繙	519	饕	522
舑	516	續	519	馥	522
窬	516	翹	519	騎	522
篸	517	瞶	519	髀	522
氂	517	職	519	鬝	522
魖	517	臏	519	鬆	522
懰	517	幨	519	魍	522
饗	517	薩	519	魎	522
十八劃		藉	519	鵭	522
蘡	342	藏	520	點	522
瀧	517	藐	520	騩	522
叢	517	蟫	520	簱	549
囂	517	覆	520	鮈	549
嚞	517	贅	520	十九劃	
屬	517	蹕	520	劖	523
懣	517	蹙	520	譶	523
戳	517	蹠	520	巄	523
擲	517	蹢	520	懵	523
擻	517	蹣	520	攏	523
斷	517	轆	520	瀨	523
殯	518	轉	520	爆	523
瀏	518	轍	520	爇	523
瀑	518	邃	520	爍	523
燼	518	邈	520	璨	523
甕	518	醢	520	瓊	523
癤	518	鎧	520	瓣	524
瞍	518	鎬	520	襽	524
礎	518	闖	520	簳	524
穢	518	闕	521	簸	524
竄	518	闖	521	簽	524
竅	518	雜	521	繫	524

繳	524
羶	524
羸	524
臕	525
臘	525
艕	525
艤	525
藜	525
藥	525
藪	525
蟾	525
羸	525
蠆	525
襜	525
覷	525
譌	525
識	525
譙	526
蹬	526
蹭	526
蹮	526
蹴	527
蹺	527
躇	527
軃	527
轔	527
鏇	527
鏌	527
鏐	527
鏖	527
鏝	527
鏞	527
鏠	527
鏤	527
鏦	527
鏨	527
難	527
鞴	528
韜	528
韞	528
顛	528
類	528
颼	528
鶩	528
鯢	528
鯨	528
鯫	528
鶬	528
鶉	528
覽	528
麗	528
齁	528
龐	528
[illegible]	548
二十劃	
囋	528
幨	529
[illegible]	529
嚷	529
嚼	529
孽	529
巉	529
懺	529
攘	529
攙	529
瀰	529
瀲	529
瀽	530
爖	530
壘	530
競	530
籍	530
糯	530
繽	530
繾	530
繿	530
纁	530
纂	530
艦	530
艨	530
藿	530
蠐	531
蠆	531
襤	531
覺	531
觸	531
贍	531
躅	532
轗	532
醲	532
醴	532
鐐	532
鐙	532
鐝	532
闡	532
馨	532
騫	532
騺	532
騶	532
鬐	532
鬢	532
鶘	532
鶚	532
鶩	532
黥	532

齠	533
臢	533
縈	533
二十一劃	
儷	533
囀	533
囂	533
屬	533
攛	533
攝	534
櫺	534
欂	534
糲	534
續	534
纍	534
纏	534
蘗	534
蠟	534
蠡	534
蠢	534
襪	535
譴	535
譽	535
贐	535
躊	535
躍	535
轝	535
轟	535
鐫	535
鐮	536
鐲	536
鐵	536
鐸	536
鐺	536
闤	536

轎	536
顥	536
顛	536
飈	536
饘	537
驀	537
髏	537
鰥	537
鶴	538
鶻	538
鷂	538
黯	538
鼙	538
齎	538
瓔	538
鸂	539
二十二劃	
儻	539
囈	539
巑	539
攞	539
攧	539
灑	539
瓘	539
疊	539
禳	539
穰	540
籙	540
籟	540
籠	540
聽	540
艫	540
襯	540
襲	540
覿	540

贖	540
躑	540
躔	540
躕	540
躚	540
轡	540
酇	541
酈	541
鑄	541
鑊	541
鑌	541
霾	541
韁	541
顫	541
飀	542
饕	542
鬈	542
鬻	542
鰾	542
鱄	542
鷗	542
齪	542
鑔	549
鑣	549
二十三劃	
攣	542
攪	542
玁	542
竊	542
纖	542
蘸	542
虀	543
觸	543
轤	543
邏	543

钂	543	二十六劃	
黳	543	讕	546
驛	543	釃	546
髖	543	钁	546
鸕	543	鑹	546
鷭	543	鬮	546
鼉	543	鑺	546
襭	549	二十七劃	
二十四劃		灔	547
儀	543	纘	547
囑	543	軆	547
攬	543	二十八劃	
羈	544	戇	547
蠹	544	欞	547
蹙	544	鑿	547
醾	544	钁	547
釀	544	鸛	547
靄	544	二十九劃	
顰	545	爨	547
魘	545	驪	547
鱠	545	躓	547
鷲	545	三十劃	
鸇	545	躚	549
齷	545	三十一劃	
欞	545	灧	547
纛	545	三十三劃	
襻	545	麤	547
二十五劃			
躡	545		
孿	545		
鑰	546		
饞	546		
蠻	546		
鼉	546		

附錄二 《元曲選‧音釋》釋音內容與曲文對照表

一、代碼表

※雜劇代碼表

001	漢宮秋	015	瀟湘雨	029	鐵拐李	043	馬陵道
002	金錢記	016	曲江池	030	小尉遲	044	救孝子
003	陳州糶米	017	楚昭公	031	風光好	045	黃粱夢
004	鴛鴦被	018	來生債	032	秋胡戲妻	046	揚州夢
005	賺蒯通	019	薛仁貴	033	神奴兒	047	王粲登樓
006	玉鏡臺	020	墻頭馬上	034	薦福碑	048	昊天塔
007	殺狗勸夫	021	梧桐雨	035	謝金吾	049	魯齋郎
008	合汗衫	022	老生兒	036	岳陽樓	050	魚樵記
009	謝天香	023	硃砂擔	037	蝴蝶夢	051	青衫淚
010	爭報恩	024	虎頭牌	038	伍員吹簫	052	麗春堂
011	張天師	025	合同文字	039	勘頭巾	053	舉案齊眉
012	救風塵	026	凍蘇秦	040	黑旋風	054	後庭花
013	東堂老	027	兒女團圓	041	倩女離魂	055	范張雞黍
014	燕青博魚	028	玉壺春	042	陳摶高臥	056	兩世姻緣

057	趙禮讓肥	068	城南柳	079	魔合羅	090	羅李郎
058	酷寒亭	069	諕范叔	080	盆兒鬼	091	看錢奴
059	桃花女	070	梧桐葉	081	對玉梳	092	還牢末
060	竹葉舟	071	東坡夢	082	百花亭	093	柳毅傳書
061	忍字記	072	金線池	083	竹塢聽琴	094	貨郎旦
062	紅梨花	073	留鞋記	084	抱粧盒	095	望江亭
063	金安壽	074	氣英布	085	趙氏孤兒	096	任風子
064	灰闌記	075	隔江鬥智	086	竇娥冤	097	碧桃花
065	冤家債主	076	劉行首	087	李逵負荊	098	張生煮海
066	㑇梅香	077	度柳翠	088	蕭淑蘭	099	生金閣
067	單鞭奪槊	078	悞入桃源	089	連環計	100	馮玉蘭

※折數代碼表

折數	楔子	第一折	第二折	第三折	第四折	第五折
代碼	0	1	2	3	4	5

※位置代碼表

位置	曲・非韻	曲・韻腳	普通賓白	白・非韻	白・韻腳	無相應內容
代碼	A	B	C	D	E	N

二、被釋字釋音與內容位置表

（一）被釋字出處查詢舉例

下表中，出處代碼共五碼，前三碼為「雜劇代碼」，第四碼為「折數代碼」，第五碼為「位置代碼」

如：序號「1」的「一」字，出處代碼為「0423B」。

前三碼「42」，對照附錄一雜劇代碼表，為「陳摶高臥」。

第四碼為「3」，對照附錄一折數代碼表，為「第三折」。

第五碼為「B」，對照附錄一位置代碼表，為「曲・韻腳」。

故序號「1」的「一」字，出於〈陳摶高臥〉第三折，唱曲韻腳處。

（二）被釋字釋音與內容位置表

序 號	被釋字	釋 音	出 處	內 容
1	一	音以	0423B	長則是抱元守一。
2	一	音以	0823B	若論妝孤苦表俺端的奪了第一。
3	一	音以	0910B	無非是積善脩心爲第一。
4	一	銀計切	0963B	我二則二一則一。
5	丁	音争	0014B	畫簷間鐵馬响丁丁。
6	丁	音争	0442A	冷丁丁的慌忙用水噴。
7	七	倉洗切	0072B	我也則是嫂嫂行閒聒七。
8	七	倉洗切	0093B	便休題花七柳七。
9	七	倉洗切	0201B	至如個窮人家女孩兒到十六七。
10	七	倉洗切	0293B	那一七。二七。哭啼啼。
11	七	倉洗切	0794B	你若是到七月七。
12	乃	音藹	0412A	歌欸乃。
13	乜	忙也切	0434A	眼乜斜。
14	乜	彌嗟切	0331A	眼乜嬉。
15	乜	彌嗟切	0953A	着鬼祟醉眼乜斜。
16	入	如去聲	0702B	休從他傳花信桃李園中入。
17	八	巴上聲	0213B	假若更添箇么花十八。
18	八	巴上聲	0441B	可便凜凜身材七尺八。
19	八	巴上聲	0543B	我先知一箇七八。
20	八	巴上聲	0571B	死是七八。
21	八	巴上聲	0733B	擡舉的孩兒青春恰二八。
22	八	音巴	0583E	一領布衫二丈五。桶子頭巾三尺八。
23	力	郎帝切	0052B	乾這般盡忠竭力。
24	力	音利	0093B	從來個撲簌簌沒氣力。
25	力	音利	0243B	你暢好是腕頭有氣力。
26	力	音利	0271B	到後來無子無力。
27	力	音利	0293B	被那家使心力。
28	力	音利	0303B	我見他遮截得來省氣力。
29	力	音利	0344B	我非得文章力。
30	力	音利	0353B	你與俺大宋朝出甚麼氣力。
31	力	音利	0363B	這是我勸弟子修行的氣力。
32	力	音利	0373B	包待制比問牛的省氣力。
33	力	音利	0403B	有關防無勢力。

34	力	音利	0513B	莫不是片帆飽得西風力。
35	力	音利	0522B	端的個有吹毛風力。
36	力	音利	0544B	也是你爲爺娘孝當竭力。
37	力	音利	0644B	一個個腕頭有氣力。
38	力	音利	0712B	半生苦行修持力。
39	力	音利	0773B	險些兒不枉費了我那栽培力。
40	力	音利	0783B	這的是孩兒每孝當竭力。
41	力	音利	0794B	行杖的腕頭加氣力。
42	力	音利	0823B	還待向婆娘行孝當竭力。
43	力	音利	0872B	還待要獻勤出力。
44	力	音利	0894B	這便是出氣力。
45	力	音利	0921B	暢好是腕頭着力。
46	力	音利	0972B	害的你病懨懨無些箇氣力。
47	十	繩知切	0043A	俺哥哥替還了原借銀十錠。
48	十	繩知切	0093B	么四五骰着箇撮十。
49	十	繩知切	0193B	你爹整八十。
50	十	繩知切	0212A	破強虜三十萬。
51	十	繩知切	0243B	他恰纔便六十。
52	十	繩知切	0262A	我蘇秦也年紀呵近三十歲。
53	十	繩知切	0271B	我如今便年也波紀年紀可便近六十。
54	十	繩知切	0293B	要一供十。
55	十	繩知切	0342A	輕可等半月十朝。
56	十	繩知切	0383B	不歇手連打到二三十。
57	十	繩知切	0473B	老兄也恰便似睡夢裏過了三十。
58	十	繩知切	0533B	眼睜睜早虛過了三四十。
59	十	繩知切	0561A	常則是撩雲撥雨二十年。
60	十	繩知切	0602A	我則說出家的三島十洲。
61	十	繩知切	0853A	到今日恰十朝。
62	十	繩知切	0921B	打到有五六十。
63	十	繩知切	0944B	他如今剛二十。
64	叉	去聲	0573C	嫌某形容醜叉。〔註1〕
65	三	去聲	0091A	不三思。
66	三	去聲	0103C	則我這點鋼鎗可搭搠透他那三思臺。

〔註1〕 明刻本被釋字作「叉」，劇文作「叉」。

67	三	去聲	0751A	我這裏勸哥哥要三思。
68	三	去聲	0843A	你暢好是不三思。
69	三	去聲	0903A	咱家無三思。
70	三	去聲	0912A	他他他則待搯破我三思臺。
71	乂	去聲	0744C	玲瓏三角乂。
72	乂	去聲	0803C	有些聲乂。
73	也	平聲	0273B	哥也你那般抹淚揉眵可是因甚也。
74	也	音耶	0402B	你是個小主人家可不道管着一個甚也。
75	也	音耶	0552B	范巨卿。信士也。
76	刃	仁去聲	0142B	磨下刀刃。
77	刃	仁去聲	0542A	我可也甘情願餐刀刃。
78	刃	仁去聲	0681A	冰刃勝昆吾。
79	刃	仁去聲	0693B	正遮了這破單褲精臁刃。
80	刃	仁去聲	0741A	喒則將劍刃兒磨。
81	刃	仁去聲	0842A	陳琳呵則我似刀刃上偷全得螻蟻命。
82	刃	去聲	1001B	則見他忙將忙將兵刃。
83	夕	星西切	0243B	誰着你旦暮朝夕。
84	夕	星西切	0322B	從早起。到晚夕。
85	夕	星西切	0424A	乾誤了我晚夕參聖一鑪香。
86	夕	星西切	0513B	從早至晚夕。
87	夕	星西切	0533B	折莫他從早起。到晚夕。
88	夕	星西切	0694B	從早起至晚夕。
89	夕	星西切	0803B	本指望早起晚夕。
90	夕	星西切	0862B	相守三朝五夕。
91	大	音惰	0103B	這場煩惱天來大。
92	大	音惰	0352B	那賊也正掌着威權大。
93	大	音惰	0454B	至如將小妮子擡舉的成人大。
94	大	音惰	0494B	擡舉的孩兒每雙雙長大。
95	大	音惰	0592B	我又不蒼顏皓首年高大。
96	大	音惰	0614B	可怎生長的有偌來大。
97	大	音惰	0802B	常好是心麤膽大。
98	大	音墮	0604B	只要你覷的那名利場做些娘大。
99	大	音憻	0741B	誰似你這一片橫心惡膽天來大。
100	屃	鄙平聲	0373B	等我合你妳妳歪屃。
101	不	甫鳩切	0553B	一靈兒可也知不。

102	不	音補	0484A	早撥起嗏無明火不鄧鄧。
103	不	音補	0543A	我敢搠碎你口中牙不刺。
104	不	音補	0791A	那裏這等不朗朗搖動蛇皮鼓。
105	丐	音蓋	0362A	你休笑這丐兒披定羊皮嬭。
106	丐	音蓋	0912B	忍饑餓街頭做乞丐。
107	中	去聲	0102C	自中甲第以來。
108	中	去聲	0531A	他富則富富不中我志誠心。
109	中	去聲	0561A	響唻唻心窩裏中幾下連珠箭。
110	中	去聲	0594B	從今後再休提一求一肯機謀中。
111	中	去聲	0602C	誤中副車。
112	中	去聲	0641C	中了俺的計也。
113	中	去聲	0721C	纔中俺之願也。
114	中	去聲	0731C	中了姐姐的意來。
115	中	去聲	0742C	伏弩射中漢王足指。
116	中	去聲	0752A	不甫能射金屏中雀來。
117	中	去聲	0873A	將人來險中倒。
118	中	去聲	0892C	這廝中計了也。
119	中	去聲	0991A	那那那有甚的中意處。
120	丰	音風	0411A	他須有中雀丰標。
121	丰	音風	0442A	曉花般丰韻。
122	丰	音風	0464D	太守家張好好丰姿秀整。引惹得杜牧之心懸意耿。
123	丰	音風	0731C	想姐姐這般丰韻。
124	仄	音側	0092C	差了平仄。
125	六	音溜	0743B	村棒棒呼么喝六。
126	分	去聲	0070C	也是你兄弟的情分。
127	分	去聲	0100C	那一個月肯分的差着。
128	分	去聲	0141D	算來福氣不如人。只是守着本分做豆腐。
129	分	去聲	0161C	那一個分外生的嬌嬌媚媚。
130	分	去聲	0181B	不想那富貴可是天之分。
131	分	去聲	0241B	二來是自家的福分。
132	分	去聲	0321B	當年分。
133	分	去聲	0531C	也是他的緣分了。
134	分	去聲	0551C	也是各人的福分。
135	分	去聲	0572A	我共俺哥哥半生情分干休了。

136	分	去聲	0590D	萬事分已定。浮生空自忙。
137	分	去聲	0601C	感蒙惠安長老念同鄉的義分。
138	分	去聲	0611A	兩箇字肯分的都一般大小。
139	分	去聲	0640C	若是有緣分。
140	分	去聲	0651A	也是我緣分合該。
141	分	去聲	0690A	居陋巷甘分隨時。
142	分	去聲	0711B	倒不如咱家安分。
143	分	去聲	0721B	頻頻的間阻休熟分。
144	分	去聲	0730D	一自離家赴選場。命中無分面君王。
145	分	去聲	0741A	那裏肯劈半兒停分做漢山河。
146	分	去聲	0781C	甘分山林之下。
147	分	去聲	0802D	為人本分作經營。澹飯麤茶心自寧。
148	分	去聲	0844A	未知他福分何如。
149	分	去聲	0851B	豈可二十載同僚沒些兒義分。
150	分	去聲	0860C	當罵呵則處分幾句。
151	分	去聲	0911A	不肯道甘貧守分。
152	分	去聲	0933A	但抹着可更分了你身。
153	分	去聲	0971B	這其間可正是我愁時分。
154	分	去聲	0981D	有緣有分能相遇。何必江皋笑鄭生。
155	分	音奮	0313B	總然你富才華。高名分。
156	分	音奮	0422B	琴鶴自有林泉分。
157	切	音且	0203B	他毒腸狠切。
158	切	音且	0273B	對句兒比別人對的來真切。
159	切	音且	0402B	則俺這拳起處如刀切。
160	切	音且	0434B	。將那一顆驢頭慢慢鋼刀切。
161	切	音且	0552B	俺弟兄比陳雷膠漆情尤切。
162	切	音且	0953B	則是那薄批細切。
163	刈	音乂	0403A	我家裏還待要打柴刈葦。
164	刈	音異	0482A	直殺的他似芰蒲刈葦。
165	勾	去聲	0691C	酒勾了也。
166	勾	去聲	0753C	也儘勾受用哩。
167	勾	去聲	0901A	利名營勾。
168	匹	鋪米切	0174B	可又得金枝公主成配匹。
169	匹	鋪米切	0862B	又無羊酒段匹。
170	及	更移切	0293B	兒女又央及。

171	及	更移切	0383B	多勞你問及。
172	及	更移切	0393B	況兼那婆娘顏色有誰及。
173	及	更移切	0413B	膏肓針灸不能及。
174	及	更移切	0582B	莫不是少柴無米苦央及。
175	及	更移切	0712B	我須索把你來央及。
176	及	更移切	0731B	我忙賠笑臉廝央及。
177	及	更移切	0832A	莫不是那官中民快央及的怕。
178	及	更移切	0921B	我則索把你來央及。
179	及	更移切	0963B	又無人把我央及。
180	及	更移切	0972B	賣弄那聲價有誰及。
181	夭	音杳	0590C	你那兒子注着壽夭。
182	尺	音恥	0262B	我男子漢身長七尺。
183	尺	音恥	0492B	平地起風波二千尺。
184	尺	音恥	0513B	攜文君逃走琴三尺。
185	尺	音恥	0823B	俺怎肯做男兒有身空七尺。
186	尺	音恥	0963B	好做鋪尺。
187	屯	音豚	0261E	箱內綾羅庫內珍。盈倉米麥廣收屯。
188	屯	音豚	0401C	屯數百隻戰艦艨艟。
189	屯	音豚	0751C	只說暫借屯軍。
190	屯	音豚	0851B	怎出的這不通風虎豹屯。
191	屯	音豚	0893C	眾將就屯軍在門首者。
192	屯	音豚	0961A	姑姑每屯滿七眞堂。
193	屯	音豚	1004C	這黃蘆蕩就是屠世雄時常屯扎的信地。
194	幻	音患	0362B	百年人光景皆虛幻。
195	幻	音患	0523D	變幻者浮雲。無定者流水。
196	幻	音患	0772C	生死原來是幻情。
197	幻	音患	0963A	人身幻化比芳菲。
198	鉮	音司	0912C	則鉮隻水雞腿兒來。
199	扎	莊洒切	0441B	臂上刀扎。
200	扎	莊洒切	0482B	輕輕的將衣服來搋扎。
201	扎	莊洒切	0563B	你賣弄你那撂扎。
202	扎	莊洒切	0612B	恨不的心頭上將刀刃扎。
203	扎	莊賈切	0042B	我正歡娛忘了把門扎。
204	扎	莊灑切	0643B	凍欽欽的難立扎。
205	日	人智切	0044B	要博個開顏日。

206	日	人智切	0052A	趁着你在日澆奠理當宜。
207	日	人智切	0072B	哥哥也是他養軍千日。
208	日	人智切	0093B	下雨的那一日。
209	日	人智切	0112B	自去年到今日。
210	日	人智切	0121B	我想這先嫁的還不曾過幾日。
211	日	人智切	0174B	難得見今朝這日。
212	日	人智切	0262B	那壁廂問了一日。
213	日	人智切	0293B	一去了早三日。
214	日	人智切	0303B	喜歡來那似今日。
215	日	人智切	0322B	我這幾日。告天地。
216	日	人智切	0344B	說小生當日。
217	日	人智切	0363B	爭如我夢周公高臥在三竿日。
218	日	人智切	0413B	折挫得一日瘦如一日。
219	日	人智切	0433B	誰知有這日。
220	日	人智切	0492B	要你做夫人不許我過今日。
221	日	人智切	0513B	肯分的月色如白日。
222	日	人智切	0544B	似這般幾時得個分明日。
223	日	人智切	0582B	叫罵過日。
224	日	人智切	0593B	都選個良辰吉日。
225	日	人智切	0670B	事急也權那做三日。
226	日	人智切	0694B	今日是你生日。
227	日	人智切	0783B	見了這景物翻騰非前日。
228	日	人智切	0794B	我領了嚴假限一朝兩日。
229	日	人智切	0803B	有今日。
230	日	人智切	0862B	把手爲活過日。
231	日	人智切	0872B	元來個梁山泊有天無日。
232	日	人智切	0921B	多半日。
233	日	人智切	0952B	今也波日。
234	日	人智切	0963B	你道是這幾日。
235	日	人智切	0972B	嘆桑榆半竿紅日。
236	日	人智切	0994B	照耀的似白日。
237	日	入智切	0254B	把帶傷人倒監了十日。
238	日	繩知切	0104B	您兄弟每今日。待勸我回心意。自到官來當日。我便與他沒面皮。
239	日	繩知切	0403B	到今朝這日。

240	月	魚夜切	0203B	成就了一天錦繡佳風月。
241	月	魚夜切	0273B	俺姐姐雖不曾道懷躭懷躭十月。
242	月	魚夜切	0434B	弓彎秋月。
243	月	魚夜切	0552B	選法弊絮叨叨請俸日月。
244	月	魚夜切	0763B	水中撈月。
245	月	魚夜切	0821B	四時中惟有春三月。
246	月	魚夜切	0922B	整折倒了我三箇月。
247	月	魚夜切	0953B	只他那冷清清楊柳岸伴殘月。
248	月	魚靴切	0442A	現如今雨淋漓正值着暑月分。
249	木	音暮	0064B	早着我渾身麻木。
250	木	音暮	0153B	這風呵恰便似走石吹沙拔了樹木。
251	木	音暮	0364B	俺自拿着捱鼻木。
252	木	音暮	0681B	無知的衰朽木。
253	木	音暮	0702B	搖脫秋林木。
254	木	音暮	0962B	春景園林賞花木。
255	比	音疲	0721A	累累的囑託近比鄰。
256	比	音幣	0423B	陛下道君子周而不比。
257	比	音避	0891C	比因十常侍作亂。
258	氏	音支	0012C	若得他做閼氏。我願足矣。
259	王	去聲	0741C	先入關者王之。
260	王	去聲	0752D	漢家王氣已將終。鼎足三分各自雄。
261	且	音疽	0051B	夜斬龍且。
262	且	音疽	0741C	使大將龍且。當住彭越。
263	丕	音披	0231A	丕丕的大步行。
264	乏	扶加切	0010B	你避不的驅馳困乏。
265	乏	扶加切	0194B	元來個大唐朝也名將乏。
266	乏	扶加切	0412B	走的我筋力疲乏。
267	乏	扶加切	0441B	家業消乏。
268	乏	扶加切	0463B	生計乏。
269	乏	扶加切	0571B	這些時囊篋消乏。
270	乏	扶加切	0643B	走的來力盡筋乏。
271	乏	扶加切	0781B	就貧乏。
272	乏	扶加切	0801B	走的我力盡筋乏。
273	乏	扶加切	0911B	這等人輕視貧乏。
274	他	音拖	0352B	聖人前寵用他。

275	他	音拖	0454B	不索你絮叨叨則管裏問他。
276	他	音拖	0494B	兒和女且隨他。
277	他	音拖	0583B	老實酒不比其他。
278	他	音拖	0604B	纔知道呂純陽是俺正非他。
279	他	音拖	0741B	怎不教我登時殺壞他。
280	他	音拖	0802A	便向前忙問他。
281	他	音拖	0812B	莫不陰司下要用他。
282	令	平聲	0534D	其妻父能曲成令德。亦堪稱耆舊之臣。
283	令	平聲	0804D	莫道一時無義士。肯令三尺有冤民。
284	令	平聲	0822C	致令半生浮浪。
285	令	平聲	0933C	令骨肉分還故鄉。願言配德分何時忘。
286	兄	虛迎切	0421B	若久後休忘了這青眼相看舊弟兄。
287	兄	虛盈切	0484B	和俺一爺娘親弟兄。
288	兄	虛盈切	0742B	隨何也嗏是你縮角兒弟兄。
289	冊	釵去聲	0864B	端詳這文冊。
290	凸	音迭	0944A	送的來高高下下凹凹凸凸一搭模糊。
291	凸	當加切	0571B	多管是少人行山路凹凸。
292	凹	汪卦切	0081C	去那嘴縫鼻凹裏則一拳。
293	凹	汪卦切	0122C	將他鼻凹兒抹上一塊砂糖。
294	凹	汪卦切	0141B	再着些唾揩光我這冷鼻凹。
295	凹	汪卦切	0193C	去他那鼻凹裏。直打上五十拳。
296	凹	汪卦切	0283A	硬鼻凹寒森森掃下雪來。
297	凹	汪卦切	0311A	鼻凹裏徜着藍關。
298	凹	汪卦切	0401A	他見我風吹的醯醯是這鼻凹裏黑。
299	凹	汪卦切	0412B	傍水凹。
300	凹	汪卦切	0482B	砍他鼻凹。
301	凹	汪卦切	0511A	一鼻凹衝是乖。
302	凹	汪卦切	0561A	抹一塊鼻凹裏沙糖。
303	凹	汪卦切	0571B	風梢的黑鼻凹。
304	凹	汪卦切	0612B	兩模兩樣鼻凹。
305	凹	汪卦切	0621A	迸定個腤臢不良鼻凹。
306	凹	汪卦切	0801B	迸定鼻凹。
307	凹	汪卦切	0811A	俺那娘颩着一個冷鼻凹百般兒沒事狠。
308	凹	汪掛切	0911B	迸定鼻凹。
309	凹	音夭	0333C	見這塊兒凹。掃了些糞草土兒墳上。

310	凹	音妖	0104A	我是粉鼻凹柳盜跖。
311	凹	音妖	0571A	多管是少人行山路凹凸。
312	凹	音腰	0453A	凹答巖壑。
313	凹	音腰	0993B	則怕天也填不的許多凹。
314	凹	音邀	0944A	送的來高高下下凹凹凸凸一搭模糊。
315	出	音杵	0133B	那窮坑你便旋十萬個翻身急切裏也跳不出。
316	出	音杵	0154E	定道是館驛裏好借安存。誰想你惡哏哏將咱趕出。
317	出	音杵	0182B	我今日個一言俫既出。
318	出	音杵	0191B	顯見的忠良多在寒門出。
319	出	音杵	0323A	做出這等不君子待何如。
320	出	音杵	0493B	您兩個忒做的出。
321	出	音杵	0531B	少分文不放出。
322	出	音杵	0542B	想着想着做出。
323	出	音杵	0601B	怕甚麼苦海茫茫難跳出。
324	出	音杵	0681B	則不如把紅塵跳出。
325	出	音杵	0744B	可擦擦鎗迎斧萬道霞光出。
326	出	音杵	0804E	念孩兒避災遠出。做買賣他州外府。
327	出	音杵	0813B	渾身冷汗出。
328	出	音杵	0962B	財又不貪氣不出。
329	北	邦每切	0513B	莫不是衡陽移在江州北。
330	北	邦每切	0544B	決有些嗔忿忿眉南面北。
331	北	邦每切	0582B	可着我走南嘹北。
332	北	邦每切	0944B	知他在江南也塞北。
333	北	邦美切	0783B	行過這泛泛危橋轉北。
334	匝	咱上聲	0213B	數層鎗密匝匝。
335	匝	咱上聲	0733B	這繡鞋兒只爲人挨匝。
336	卉	音毀	0161A	萬卉爭妍。
337	卉	音毀	0661C	萬卉爭妍。
338	卉	音毀	0842A	御園中百卉鬪爭開。
339	占	去聲	0151A	占了鼇頭。
340	占	去聲	0720D	占斷楚城歌舞地。娉婷。天上人間第一名。
341	占	去聲	0771A	是非場，哎，我也占的穩。
342	占	去聲	0881B	繡牀無意閒攀占。
343	卭	音窮	0041A	怎動的我琴心一曲臨卭氏。

344	去	上聲	0654E	大孩兒他本姓趙，做賊人將銀偷去。
345	另	凌去聲	0622B	你休愁我衾寒枕剩人孤另。
346	叨	音刀	0214B	儘言詞絮絮叨叨。
347	叨	音刀	0762B	口不住絮絮叨叨。
348	叨	音刀	0834B	不住的絮叨叨。
349	只	張尺切	0513B	摟只抱只。
350	只	張耻切	0104A	只見他揎拳捰袖。
351	只	張耻切	0152B	這幞頭呵除下來與你戴只。
352	只	張耻切	0262B	大古裏是箱兒裏盛只。
353	只	張耻切	0353B	聽的那一聲叫下手只。
354	只	張耻切	0383B	我待來且慢只。
355	只	張耻切	0694B	將這廝跪只，按只，與我杖只。
356	只	張耻切	0952A	這樁事你只睜眼兒覷者。
357	可	音克	0010C	單于可汗。隨時稱號。
358	叵	音頗	0210C	叵奈楊國忠這廝好生無禮。
359	叵	音頗	0283A	十分叵耐。
360	叵	音頗	0502A	我罵你個叵耐。
361	叵	音頗	0633A	叵奈這無端的鐵楞使機謀。
362	叵	音頗	0742C	叵奈劉季那廝濯足相見。
363	夯	音享	0153A	不鄧鄧氣夯胸脯。
364	夯	音享	0324A	不由的忿氣夯胸膛。
365	夯	音享	0474B	不由我肚兒裏氣夯。
366	夯	音享	0611A	則道是箇夯神兒來進寶。
367	夯	音享	0633A	忍不住我怒氣夯胸脯。
368	失	傷以切	0093B	你道是無過失。
369	末	音磨	0103B	今日在法場上結末。
370	末	音磨	0352B	怎發付。怎結末。
371	末	音磨	0454B	做的來實難結末。
372	末	磨上聲	0741B	那一番怎結末。
373	末	魔去聲	0592B	去時節大齋時急回來可蚤日頭兒末。
374	末	魔去聲	0741B	漢軍微末。
375	札	莊洒切	0543B	這漢就裏決謅札。
376	札	莊洒切	0571B	怎地存札。
377	札	莊賈切	0042B	除授爲官賜敕札。
378	札	莊賈切	0801B	喒則去那汪汪的犬吠處尋安札。

379	永	于景切	0014B	那堪更瑤階夜永。
380	永	于景切	0661B	千金價春宵永。
381	永	于景切	0833B	我為你呵捱了些更長漏永。
382	汁	張恥切	0921B	大鍋裏熬做汁。
383	玉	于句切	0064B	井墜着朱砂玉。
384	玉	于句切	0182B	趲下些山岸也似堆金玉。
385	玉	于句切	0204B	他那裏談天口噴珠玉。
386	玉	于句切	0323B	可不道書中有女顏如玉。
387	玉	于句切	0633B	黍新包似裹黃金蒲細剉如攢白玉。
388	玉	于句切	0702B	休信他剛道雌雄楚宋玉。
389	玉	于句切	0813B	輕憐惜偎香玉。
390	玉	于句切	0844A	草生合玉階輦路。
391	玉	于句切	0944B	都是那無瑕的荊山玉。
392	玉	于句切	0984B	家財千萬堆金玉。
393	甲	江雅切	0021B	指望待一舉登科甲。
394	甲	江雅切	0042B	一舉鰲頭占科甲。
395	甲	江雅切	0141B	我是一個混海龍摧鱗去甲。
396	甲	江雅切	0213B	六軍不進屯戈甲。
397	甲	江雅切	0321E	本意相留非是假。爭奈秋胡勾去當兵甲。
398	甲	江雅切	0412B	那其間占鰲頭占鰲頭登上甲。
399	甲	江雅切	0482B	則我這慌忙不用別兵甲。
400	甲	江雅切	0543B	你穩情取功名科甲。
401	甲	江雅切	0563B	他如今管領着金戈鐵甲。
402	甲	江雅切	0571B	我則見他番穿着綿納甲。
403	甲	江雅切	0621B	久後他顯才能一舉登科甲。
404	甲	江雅切	0781B	煙塵並起興戈甲。
405	甲	家上聲	0441B	那一個輔成湯放太甲。
406	白	巴埋切	0034B	總見的個天理明白。
407	白	巴埋切	0083B	則去那娘親上分付明白。
408	白	巴埋切	0114B	訴的明白。
409	白	巴埋切	0192B	憂愁的我乾剝剝髭鬢斑白。
410	白	巴埋切	0202B	要這般當面搶白。
411	白	巴埋切	0221B	將僧道搶白。
412	白	巴埋切	0244B	依國法斷的明白。
413	白	巴埋切	0272B	倒將我劈面搶白。

414	白	巴埋切	0283B	我俊雅未頭白。
415	白	巴埋切	0302B	便小覷的我心長髮短漸斑白。
416	白	巴埋切	0324A	早插個明白狀。
417	白	巴埋切	0341A	豈不聞光陰如過隙白駒。
418	白	巴埋切	0350E	奉命傳宣下玉階。東廳樞密要明白。
419	白	巴埋切	0374B	小名兒叫的明白。
420	白	巴埋切	0440B	爭奈我許的他明白。
421	白	巴埋切	0452B	何須你暢叫廝花白。
422	白	巴埋切	0472B	怎禁他對人前朗朗的花白。
423	白	巴埋切	0481D	雄鎮三關幾度秋。番兵不敢犯白溝。
424	白	巴埋切	0502B	我纔入門來你也不分一個皂白。
425	白	巴埋切	0511B	從天未拔白。
426	白	巴埋切	0551A	且則可掩柴扉高枕臥白雲。
427	白	巴埋切	0564B	小字兒喚的明白。
428	白	巴埋切	0584B	不得明白。
429	白	巴埋切	0613E	參禪處討個明白。
430	白	巴埋切	0631B	月明吹徹海山白。
431	白	巴埋切	0664B	我認的明白。
432	白	巴埋切	0671B	一件件稟奏的明白。
433	白	巴埋切	0754B	凡事要明白。
434	白	巴埋切	0794B	兀的不熬煎的我鬢斑白。
435	白	巴埋切	0842B	我未到宮門早憂的我這頭白。
436	白	巴埋切	0851A	能可在我身兒上討明白。
437	白	巴埋切	0874B	我說的明白。
438	白	巴埋切	0912B	休道是乾坤老山也頭白。
439	白	巴埋切	0974B	將小名兒道的明白。
440	白	巴埋切	0982B	先對俺說明白。
441	白	排上聲	0573B	怎麼的不分個皂白。
442	目	音暮	0064B	瘡生眉目。
443	目	音暮	0124B	我特故抄與你個休書題目。
444	目	音暮	0140B	早沒了我鏡也似朗朗的雙明目。
445	目	音暮	0372B	不比那小去處官司孔目。
446	目	音暮	0493B	再休題掌刑名都孔目。
447	目	音暮	0523B	消遣我煩心倦目。
448	目	音暮	0531B	枉了你清廉名目。

449	目	音暮	0601B	你則是緊閉着雙目。
450	目	音暮	0633B	揉腮瞪目。
451	目	音暮	0681B	堪笑時人空有目。
452	目	音暮	0813B	猛見了他面目。
453	石	繩知切	0072B	半空裏下砲石。
454	石	繩知切	0121B	准備着搭救你塊望夫石。
455	石	繩知切	0344B	現放着試金石。
456	石	繩知切	0383B	手抱着頑石。
457	石	繩知切	0413B	把巫山錯認做望夫石。
458	石	繩知切	0423B	三千貫二千石。
459	石	繩知切	0471A	有甯戚空嗟白石爛。
460	石	繩知切	0513B	我把這畫船權做望夫石。
461	石	繩知切	0823B	則不要你個桂英化做一塊望夫石。
462	石	繩知切	0840C	嵌的是鴉鶻石。
463	石	繩知切	0862B	那裏有上山來便化頑石。
464	石	繩知切	0944B	恰便似大海內沈石。
465	穴	希耶切	0273B	他道是百年時入墓穴。
466	穴	希耶切	0402B	恨不得打塌這廝太陽穴。
467	穴	希耶切	0763B	也不似你性癡迷早忘了巢穴。
468	穴	胡靴切	0203B	似陷人坑千丈穴。
469	穴	胡靴切	0552B	死同穴。
470	立	音利	0063B	我則是靠着箇栲栳圈站立。
471	立	音利	0284B	全不怕咆哮兩行公人立。
472	立	音利	0303B	怎想你成人長立。
473	立	音利	0344B	君恩敕賜平身立。
474	立	音利	0363B	絳樹青琴左右立。
475	立	音利	0393B	着他向書案傍邊立。
476	立	音利	0593B	將身平立。
477	立	音利	0752A	我只從中兒立直。
478	立	音利	0783B	今日呵見老樹衝天立。
479	立	音利	0872B	他這般急張拘諸的立。
480	立	音利	0894B	則見他氣丕丕的斜倚着門兒立。
481	合	音入	0373A	貌堂堂都是一火灠合娘的。
482	仟	音五	0442A	怎不喚一行仟作仔細檢報緣因。
483	伉	音抗	0784D	成就了兩姓姻緣。完結了百年伉儷。

484	伎	其去聲	0692A	可着俺越多伎倆。
485	伏	房夫切	0051B	怎出的這十面埋伏。
486	伏	房夫切	0064B	勉強承伏。
487	伏	房夫切	0173B	那其間必有埋伏。
488	伏	房夫切	0253B	下了埋伏。
489	伏	房夫切	0333B	則管你招也波伏。
490	伏	房夫切	0354B	做殺卑伏。
491	伏	房夫切	0372B	孩兒每索與他招伏。
492	伏	房夫切	0382B	暗裏埋伏。
493	伏	房夫切	0483B	那怕有十面軍兵暗埋伏。
494	伏	房夫切	0501B	我着普天下文人每那一個不拱手的伏。
495	伏	房夫切	0523B	伴當賓伏。
496	伏	房夫切	0542B	教把誰所伏便所伏。
497	伏	房夫切	0633B	滲金睛猛虎伏。
498	伏	房夫切	0661A	治尚書魯國伏生。
499	伏	房夫切	0681B	氣壓鬼神伏。
500	伏	房夫切	0702B	有一等入椒桂穿洞房的似大王般敬伏。
501	伏	房夫切	0793E	我是個婦人家怎熬這六問三推。葫蘆提屈畫了招伏。
502	伏	房夫切	0813B	暗地埋伏。
503	伏	房夫切	0854B	直使的諸邦降伏。
504	伏	房夫切	0962B	莫不是馬丹陽先有埋伏。
505	伏	音扶	0443B	盡都是那繃扒弔拷的招伏。
506	伐	扶加切	0010B	五穀豐登沒戰伐。
507	伐	扶加切	0213B	教小儲君專任征伐。
508	伐	扶加切	0441B	大哥也恐怕你武不能戰伐。
509	伐	扶加切	0482B	這些時無處征伐。
510	伐	扶加切	0563B	論武呵代天子征伐。
511	伐	扶加切	0781B	駁征伐。
512	共	音公	0661C	魯共王壞孔子故宅。
513	決	居也切	0203B	送到官司遭痛決。
514	刎	文上聲	0051A	在烏江邊自刎也是天之數。
515	刎	文上聲	0383A	自刎了六陽的那首級。
516	刎	文上聲	0492A	你你你做了箇別霸王自刎虞姬。
517	刎	文上聲	0851C	韓將軍自刎了也。

518	刎	文上聲	0872A	你箇刎頸的知交慶喜。
519	刎	文上聲	0964A	怎生教人無刎頸交。
520	刎	文去聲	0743C	幾欲拔劍自刎。
521	剕	音月	0261C	孫臏剕足。
522	剕	音月	0430D	他兩個剕足之讎何日報。少不得馬陵山下一身亡。
523	剕	音月	0493A	倒做了孫龐剕足。
524	列	郎夜切	0821B	翠紅羅列。
525	列	郎夜切	0953B	又不比案上羅列。
526	劣	闾夜切	0203B	道不的跳天撅地十分劣。
527	劣	闾夜切	0273B	扭打不必性兒劣。
528	劣	闾夜切	0434B	笑龐涓敢逞盡十分劣。
529	劣	闾夜切	0552B	將古今人物分優劣。
530	劣	闾夜切	0763B	施乖劣。
531	吽	火紅切	0111B	似這這等怒吽吽。
532	吃	音耻	0044B	則他這酸黃虀怎的吃。
533	吃	音耻	0104B	我則待燒一塊人肉吃。
534	吃	音耻	0112B	三餐飯並不曾想喫。
535	吃	音耻	0193B	也曾偷的那生瓜來連皮吃。
536	吃	音耻	0262C	我待不與你些茶飯吃來。
537	吃	音耻	0271B	現如今有穿有吃。
538	吃	音耻	0363B	這頑皮壯吃。
539	吃	音耻	0403B	纔得我非親是親的送那碗飯兒喫。〔註2〕
540	吃	音耻	0433B	都把饅頭吃。
541	吃	音耻	0492B	將一杯醇糯酒十分的吃。
542	合	音何	0053B	使孟婆說合。
543	合	音何	0103B	兩下裏一齊都簇合。
544	合	音何	0164B	顯不着你悲合。
545	合	音何	0352B	往常時這清風樓前後屯合。
546	合	音何	0393A	我可便買與你個合酪吃。
547	合	音何	0494B	你休只管信口開合。
548	合	音何	0583B	謝天地買賣和合。
549	合	音何	0592B	怎成合。
550	合	音何	0614B	每日家不曾道是口合。

〔註2〕 明刻本被釋字作「吃」，劇文作「喫」。

551	合	音何	0741B	戰不到十合。
552	合	音何	0764A	包含着一合天地。
553	合	音何	0802B	行行裏雲霧籠合。
554	合	音何	0812B	夜廢寢眼難合。
555	合	音鴿	0504A	俺也曾合火分錢。
556	合	音鴿	0641C	我一心要合服毒藥。
557	合	音鴿	0862C	誰敢合毒藥與你。
558	合	哥上聲	0812B	伴問候熱刺刺念合。
559	合	奚佳切	0571B	我口不覺開合。
560	吉	巾以切	0052B	你去後多凶少吉。
561	吉	巾以切	0544B	這言語表出人凶吉。
562	吉	巾以切	0593A	與他換過了黃道的吉日。
563	吒	音渣	0141B	須認的俺狠那吒。
564	吒	音渣	0431C	八卦上八個那吒。
565	吒	音渣	0482B	狠那吒。
566	吒	音渣	0491A	可可的與那個惡那吒打個撞見。
567	吒	音渣	0581B	則你這無端弟子恰便似惡那吒。
568	吒	音渣	0621B	直恁般性格兒謅吒。
569	吒	音渣	0801B	天也恰便似個追人魂黑臉那吒。
570	吖	音鴉	0082B	則聽得巡院家高聲的叫吖吖。
571	吖	音鴉	0403A	不索你沒來由這般叫天吖地。
572	吖	音鴨	0442A	吖吖的連聲喚救人。
573	妁	音酌	0023C	你不待父母之命。媒妁之言。
574	妁	音酌	0881C	不從媒妁之言。
575	妄	去聲	0154A	這都是崔通來妄指。
576	宅	池宰切	0351B	那廝拆壞了咱家咱家第宅。
577	宅	池齋切	0022A	莫不是醉撞入深宅也那大院。
578	宅	池齋切	0043A	卻將我宅院良人。生扭做酒店裏驅丁。
579	宅	池齋切	0082A	將我這銅斗兒般大院深宅。
580	宅	池齋切	0083B	兀那鴉飛不過的田宅。
581	宅	池齋切	0102B	我生長在大院深宅。
582	宅	池齋切	0122A	他每待強巴劫深宅大院。
583	宅	池齋切	0192B	你那一日離莊宅。登紫陌。
584	宅	池齋切	0202B	喳這大院深宅。
585	宅	池齋切	0244A	俺今日謝罪也在宅門外。

586	宅	池齋切	0294B	大院深宅。
587	宅	池齋切	0343B	那裏是揚州車馬五侯宅。
588	宅	池齋切	0452B	從今日離院宅。
589	宅	池齋切	0472B	他聽得我扣宅。
590	宅	池齋切	0491A	送的人典了舊宅院我住着新宅院。
591	宅	池齋切	0511B	又不是王侯宰相宅。
592	宅	池齋切	0564B	一札腳王侯宰相宅。
593	宅	池齋切	0634B	託生在大院深宅。
594	宅	池齋切	0651B	賊也你少不的破了家宅。
595	宅	池齋切	0664B	則他那窮骨頭消不得相公宅。
596	宅	池齋切	0733A	我本是深宅大院好人家。
597	宅	池齋切	0794A	我問你爲何事離宅院。
598	宅	池齋切	0842B	我這裏忙趨疾走楚王宅。
599	宅	池齋切	0912B	有一日賊打劫火燒了您院宅。
600	宅	池齋切	0921A	錦片似莊宅地。
601	宅	池齋切	0961A	因賤降來宅院。
602	宅	音柴	0440B	直送到莊宅。
603	帆	去聲	0183A	則願的一帆西風。
604	式	傷以切	0823B	妝這般喬樣式。
605	忔	許乙切	0722A	忔憎着又在心頭。
606	托	音拖	0494B	趁浪逐波落落托托。
607	托	音討	0342B	比及到那時節有一個秀才來投托。
608	扛	孤桁切	0741A	你將那舌尖兒扛。
609	扞	寒去聲	0233A	檢生死輪迴案是誰人敢把這天條扞。
610	曲	丘雨切	0333B	你可甚平生正直無私曲。
611	曲	丘雨切	0681B	高聳聳雕闌十二曲。
612	曲	丘雨切	0702B	簾垂檻曲。
613	曲	丘雨切	0844B	恰轉過雕闌數曲。
614	曳	音異	0363B	你在當街上把師父扯曳。
615	曳	音異	0823B	宮花飄曳。
616	汙	去聲	0770C	且說我那淨瓶內楊柳枝葉上偶汙微塵。
617	汙	烏去聲	0782A	衫袖淋漓汙酒濃。
618	污	去聲	0711A	便淋漓污了衣。
619	污	烏去聲	0072A	爲甚麼這頭巾上泥來污。
620	百	音擺	0244B	故意的打你這一百。

621	百	音擺	0472B	多呵賫發銀一兩錢二百。
622	竹	音主	0154E	便哭殺帝女娥皇也。誰許你麗淚去滴成斑竹。
623	竹	音主	0493B	空教我淚灑徧湘江竹。
624	竹	音主	0702B	撼庭竹。
625	竹	音主	0962B	原來是瀟瀟的風弄竹。
626	竹	音肘	0822B	擷蘭擷竹。
627	竹	音肘	0871B	一句句言如劈竹。
628	箏	音蒲	0092A	我正是出了箏籃入了筐。
629	肉	如去聲	0854B	把尖刀細剮他渾身肉。
630	肉	柔上聲	0794A	肌肉兒瘦和肥。
631	肉	柔去聲	0012B	怕娘娘覺饑時吃一塊淡淡鹽燒肉。
632	肉	柔去聲	0032B	敢着你吃一會家生人肉。
633	肉	柔去聲	0094B	你覷我皮裏抽肉。
634	肉	柔去聲	0404B	他見了咱拿着的是飯羹羊肉。
635	肉	柔去聲	0461B	添上些芙蓉顏色嬌皮肉。
636	肉	柔去聲	0483E	聽的看經便頭疼。常在山下吃狗肉。
637	肉	柔去聲	0603B	楚江萍勝肥肉。
638	肉	柔去聲	0722B	休想我指甲兒湯着你皮肉。
639	肉	柔去聲	0743B	大古裏不曾喫些酒肉。
640	肉	柔去聲	0822B	紅炭灸肥羊肉。
641	肉	柔去聲	0871B	你與我花羔般煮下肥羊肉。
642	肉	柔去聲	0942B	俺也須是那爺娘皮肉。
643	肋	音勒	0332A	待飛騰則恨我肋下沒稍翎。
644	肋	梨妹切	0293B	挺着腰肋。
645	肋	雷去聲	0303B	我攢搠丟打不曾離不曾離前心兩肋。
646	舌	繩遮切	0203B	都不似季布喉舌。
647	舌	繩遮切	0273B	你便橫枝兒待犯些口舌。
648	舌	繩遮切	0402B	鶯燕調舌。
649	舌	繩遮切	0434B	還待要騙口張舌。
650	舌	繩遮切	0552B	便有那魯諸生也索緘口藏舌。
651	舌	繩遮切	0763B	枉費了唇舌。
652	舌	繩遮切	0821B	鶯燕調舌。
653	舛	音喘	0661A	校禮記舛譌楊子雲。
654	色	音篩	0351B	更打着個郡馬的名色。

655	色	篩上聲	0083B	正值着這多寒天色。
656	色	篩上聲	0102B	直着我面皮上可也無顏的這落色。
657	色	篩上聲	0183B	諕的我四口兒無顏落色。
658	色	篩上聲	0192B	早諕的來黃甘甘改了面色。
659	色	篩上聲	0202B	擲果的潘郎稔色。
660	色	篩上聲	0272B	用着你那巧言波令色。
661	色	篩上聲	0283B	端詳了艷色。
662	色	篩上聲	0302B	黑漫漫殺氣遮了日色。
663	色	篩上聲	0343B	又不會巧言令色。
664	色	篩上聲	0400B	他做多少丟眉弄色。
665	色	篩上聲	0452B	男子漢那一個不妒色。
666	色	篩上聲	0472B	非王粲巧言令色。
667	色	篩上聲	0502B	宴罷瓊林微醉色。
668	色	篩上聲	0511B	怎做的內心兒不敬色。
669	色	篩上聲	0564B	你可甚賢賢易色。
670	色	篩上聲	0634B	多嬌色。
671	色	篩上聲	0651B	無顏落色。
672	色	篩上聲	0664B	吾未見好德如好色。
673	色	篩上聲	0732B	看一望瓊瑤月色。
674	色	篩上聲	0842B	偷覷他眼色。
675	色	篩上聲	0874B	好一個呼保義能貪色。
676	色	篩上聲	0912B	凍的我身上冷無顏落色。
677	色	篩上聲	0944B	占場兒貪杯好色。
678	蘼	音梅	0201A	我且來散心到荼蘼架底。
679	血	希也切	0402B	則俺這壯士怒目前見血。
680	血	希也切	0434B	敢立化了一堆鮮血。
681	血	希也切	0552B	覺來時淚流血。
682	血	希也切	0821B	端的是膩胭脂紅處紅如血。
683	血	希也切	0953B	拿濫官殺人須見血。
684	行	去聲	0073B	這等人使的是狗心狗行。
685	行	去聲	0182A	無實行。
686	行	去聲	0554A	德行才能。
687	行	去聲	0610C	功成行滿。
688	行	去聲	0641B	哥哥你便有甚臉今朝到我行。
689	行	去聲	0723B	言多傷行。

690	行	去聲	0770C	行者收拾法器。
691	行	去聲	0784D	三年后行滿功成。赴蓬萊同還仙位。
692	行	去聲	0934A	昨日呵虧你那有信行的先生。
693	行	音杭	0012A	紫臺行都是俺手裏的眾公侯。
694	行	音杭	0023A	動不動君王行奏。
695	行	音杭	0061B	車騎成行。
696	行	音杭	0072A	哥哥行並不敢半句兒求於濟。
697	行	音杭	0082A	元來他將着些價高的行貨。
698	行	音杭	0092B	止不過供手巾到他行。
699	行	音杭	0161C	便是個第一第二的行首。
700	行	音杭	0182A	我去那酒色財氣行……我去那生老病死行……
701	行	音杭	0242A	只落的我兄弟行傒落。
702	行	音杭	0372A	一壁廂大哥行牽掛着娘腸肚。
703	行	音杭	0381B	都只是爲我行。
704	行	音杭	0393C	將這一行人休少了一個。
705	行	音杭	0424B	閒慰眼金釵十二行。
706	行	音杭	0461A	列一百二十行經商財貨。
707	行	音杭	0493A	他兩行紅袖醉相扶。
708	行	音杭	0521A	休落後了一行步從。
709	行	音杭	0532A	莫不是妾身行做甚的多迴避。
710	行	音杭	0551A	制詔誥是怎的行文。
711	行	音杭	0561A	我不比等閑行院。
712	行	音杭	0571A	不由我淚不住行兒下。
713	行	音杭	0591A	伯伯也則教他到我行納下降籌。
714	行	音杭	0613A	吾師行得明降。
715	行	音杭	0640C	此處有個上廳行首張海棠。
716	行	音杭	0651A	但行處着人罵惹人嫌。
717	行	音杭	0661C	我前日和樊素在母親行講書。
718	行	音杭	0691A	兩行絃管列妖嬈。
719	行	音杭	0701A	列兩行侍妾丫嬛。
720	行	音杭	0720C	與我喚的那上廳行首杜蕊娘來。
721	行	音杭	0732A	敢是母親行有些嗔責。
722	行	音杭	0772A	也則是這兩行金線柳。
723	行	音杭	0782B	擺列着金釵十二行。

724	行	音杭	0802A	誰着你燒窰人不賣當行貨。
725	行	音杭	0821C	生下這女孩兒賀憐憐，做着個上廳行首。
726	行	音杭	0851E	程嬰心下且休慌。聽吾說罷淚千行。
727	行	音杭	0862C	從今改過行業。
728	行	音杭	0874A	見小校雁行排。
729	行	音杭	0883A	書兩字泥金行行血淚浸。
730	行	音杭	0892C	中間裏有兩行字。
731	行	音杭	0931E	涇河岸偶遇三娘。訴離愁雨淚行行。
732	行	音杭	0941A	你不來我行呵我房兒中作念着。
733	行	音杭	0971A	濕香羅袖兒搵行行淚痕。
734	行	音杭	0991A	幼年間讀幾行聖賢書。
735	行	霞浪切	0262A	你不看見我馬頭前列兩行家朱衣。
736	行	霞浪切	0284A	全不怕咆哮兩行公人立。
737	行	霞浪切	0312B	諸餘的事行。
738	行	霞浪切	0322A	兩行公人排列齊。
739	行	霞浪切	0413A	馬頭前列兩行朱衣。
740	行	霞浪切	0814A	兩行朱衣列馬前。
741	衣	去聲	0323C	如今衣錦榮歸。
742	衣	去聲	0692A	這便咱衣錦還鄉。
743	邙	音忙	0362A	扭回頭遙望北邙山。
744	邙	音忙	0603A	誰與你奠一盞兒北邙墳上酒。
745	邙	音忙	0832A	看北邙山直下。
746	邙	音茫	0761A	他每都向北邙山內隱。
747	邛	音窮	0171A	邛郲坂。
748	邛	音窮	0981B	莫不是漢相如作客臨邛。
749	屄	凋上聲	0282C	呆屄唱的好。踏開這屄門。
750	屄	凋上聲	0342C	傻屄放手。
751	屄	彫上聲	0881C	這秀才好淡屄麼。
752	串	川去聲	0963A	貫串着凡胎濁骨。
753	伯	音擺	0192B	是誰人吖吖的叫一聲薛大伯。
754	伯	音擺	0472B	他年不作文章伯。
755	伯	音擺	0944B	也不唱梁山伯。
756	伺	音寺	0091B	能吹彈好比人每日常看伺。
757	伺	音似	0314B	教我向百官內暗窺伺。
758	伽	音茄	0012A	他比那落伽山觀自在無楊柳。

759	伽	音茄	0283A	則你是洛伽山救苦的觀自在。
760	伽	音茄	0643A	你是個洛伽山觀世的活菩薩。
761	伽	音茄	0841A	爭認做落伽山水月觀音現。
762	佘	音蛇	0351C	老身佘太君的便是。
763	佛	浮戈切	0053B	更和那熾盛光佛。
764	佛	浮波切	0614B	那裏也脫空神語浪舌佛。
765	佛	浮波切	0741B	便教我做活佛。
766	作	音左	0604B	這就是仙家使作。
767	作	音左	0812B	怎覷那王留般做作。
768	作	音左	0941B	緊忙裏做作。
769	作	音早	0291B	你問他開鋪席爲經商可也做甚手作。
770	作	音早	0411B	心不遂閒綴作。
771	作	音早	0662B	你是個女孩兒家端的可是甚爲作。
772	作	音早	0853B	直恁般歹做作。
773	作	音早	0922B	也是我自受自作。
774	佟	音同	0243C	徵音夾谷氏姓佟。
775	克	康美切	0112B	忒軟善忒溫克。
776	克	康美切	0862A	並不說家克計。
777	別	皮也切	0273B	則他這小孩兒家發話別。
778	別	皮耶切	0503A	他着你便別招女婿。
779	別	皮耶切	0551A	他每現如今都齊了行不用別人。
780	別	皮耶切	0763B	權且離別。
781	別	皮耶切	0922B	到送的俺子父每兩處分別。
782	別	皮耶切	0953B	滋味別。
783	別	皮爺切	0104A	須不是長休飯永別杯。
784	別	邦也切	0203B	是和非須辯別。
785	別	邦也切	0434B	總便有三頭六臂天生別。
786	別	邦也切	0552B	今番永別。
787	別	邦也切	0552B	自從喒兩處離別。
788	別	邦耶切	0071A	卻將這精銀響鈔與了別人。
789	別	邦耶切	0203B	今日箇改換別。
790	別	邦耶切	0442A	怎與他那從前模樣渾別盡。
791	別	邦耶切	0763B	比着往日全別。
792	別	邦耶切	0821B	比花呵花更別。
793	別	邦耶切	0953B	活計全別。

794	別	邦爺切	0273B	待改家門氣象兒全別。
795	別	邦爺切	0402B	三月春光景物別。
796	別	邦爺切	0593A	倒准備着長休飯永別杯。
797	別	邦爺切	0783A	端的個人生最苦是別離。
798	別	邦爺切	0851A	卻不道利自己損別人。
799	劫	音結	1003A	也都在劫數裏不能逃。
800	劫	饑也切	0763B	仗劍提刀將財物劫。
801	劬	音渠	0253A	想着俺劬勞父母。
802	劬	音渠	0262A	當街裏劬劬恁炒戚。
803	劬	音渠	0471A	傅說也劬勞在版築間。
804	劬	音渠	0572A	豈不聞道是哀哀父母劬勞。
805	劬	音渠	0642A	我與他生男長女受劬勞。
806	匣	奚加切	0441B	你守着這書冊琴囊硯匣。
807	匣	奚佳切	0213B	明颩颩掣劍離匣。
808	匣	奚佳切	0482B	哥也你牢背着親爺的灰骨匣。
809	匣	奚佳切	0543B	這劍冷颼颼取次不離匣。
810	匣	奚佳切	0563B	翻扯三尺劍離匣。
811	匣	奚佳切	0581B	做下個束身白木匣。
812	却	音巧	0342B	莫不是雨雪少把這黎民來瘦却。
813	却	音巧	0411B	不爭把瓊姬棄却。
814	却	音巧	0662B	等的宅院裏沈沈都睡却。
815	却	音巧	1003B	險把我魂靈兒被他驚散却。
816	否	滂米切	0052B	嗒人泰極多生否。
817	否	滂米切	0554A	今日個泰來否往。
818	否	滂米切	0974A	常言道否極早生泰。
819	吵	音炒	0331A	心鬧吵。
820	吸	音喜	0461A	渴時節吸盡洞庭秋。
821	吸	音喜	0702A	吸吸吸度天衢。
822	吸	音翕	0361A	似鯨鯢吸盡銀河浪。
823	吸	音隙	0600C	吸露凌雲之手。
824	吹	去聲	0622A	若說着碧桃花那裏討牆外誰家鳳吹聲。
825	吼	呵苟切	0193B	他叫一聲雄吼若春雷。
826	吼	呵苟切	0432B	耳邊廂只聽得半空中風吼。
827	吼	呵苟切	0453A	則聽得孤鬼吼荒郊。
828	吼	呵苟切	0603B	忽聽的雷盤絕壁蛟龍吼。

829	吽	音烘	0142A	怒吽吽使會狠。
830	吽	音烘	0872A	那老兒一會家便怒吽吽在那柴門外。
831	呆	音爺	0203B	心似醉意如呆。
832	呆	音爺	0254A	好着我半晌似呆癡。
833	呆	音爺	0273A	可便諕的我來心似呆。
834	呆	音爺	0403C	我無計可使。權打扮做個莊家呆後生。
835	呆	音爺	0552B	垂釣的嚴子陵不是呆。
836	呆	音爺	0763B	休笑我妝鈍妝呆。
837	呆	音爺	0821B	引的人似癡呆。
838	呆	音諧	0083B	我好呆。
839	呆	音諧	0124D	呆周舍不安本業。安秀才夫婦團圓。
840	呆	音諧	0223A	呆漢回頭望。
841	囤	音遁	0692A	則我這綿囤也似衣裳。
842	囤	音頓	0032A	倉廒中囤塌下些籌。
843	囤	音頓	0110C	我那囤子是囤糧食的。
844	囤	音頓	0134B	倉廒中米麥成房囤。
845	囤	音頓	0551B	都是些裝肥羊法酒人皮囤。
846	囤	音頓	0591A	囤塌細米。
847	囤	音頓	0721B	積趲下金銀囤。
848	囫	音忽	0261A	則我這領破藍衫剛有那一條囫圇領。
849	囫	音忽	0513A	囫圇課你拿只。
850	囫	音忽	0811A	急抽身不囫圇。
851	坌	盆去聲	0272A	則他生的短矮也那蠢坌身材。
852	坌	滂悶切	0023C	俺父親說我心坌哩。
853	坌	滂悶切	0181B	孩兒呵我從今以後再不要你似這般當粗坌。
854	坌	滂悶切	0391B	則要你妝癡妝坌。
855	坌	滂悶切	0403A	這路天地下不是你個坌東西。
856	坌	滂悶切	0422B	穿不的朝衣坌。
857	坌	滂悶切	0533A	折莫他便魯坌愚癡。
858	坌	滂悶切	0911C	做坌工生活度日。
859	坌	蒲悶切	0591A	俺穿的是坌絹的這麤紬。
860	坌	滂悶切	0374A	拾得粗坌坌幾根柴。
861	坍	他藍切	0791C	元來是這屋宇坍塌了。
862	妗	巨禁切	0202C	今日老身東閣下探妗子回來。
863	妗	巨禁切	0723C	這是李妗妗。

864	荸	音蒲	0133A	今日呵便擔着荸籃。
865	尪	音汪	0972A	更那堪骨體尪羸。
866	尫	音汪	0192A	折倒的我來瘦懨懨身子尫羸。
867	局	音矩	0791B	對門兒是個生藥局。
868	卮	音支	0914B	酬謝你酒三卮。
869	彤	音同	0081A	密布彤雲。
870	彤	音同	0183A	我則見布彤雲，黯黯遮了日色。
871	彤	音同	0502A	更那堪這昏慘慘的兀那彤雲靄。
872	彤	音同	0840A	獻彤庭。
873	役	銀計切	0193B	孩兒每在龍門鎮民戶當夫役。
874	役	銀計切	0293B	一輩兒無差役。
875	役	銀計切	0373B	兩邊廂列着祇候人役。
876	役	銀計切	0403B	常言道饑飽勞役。
877	役	銀計切	0862B	或是饑飽勞役。
878	役	銀計切	0972B	饑飽勞役。
879	忘	音毯	0844A	急的俺忐忐忑忑把花言巧語謾支吾。
880	忑	音忒	0844A	急的俺忐忐忑忑把花言巧語謾支吾。
881	忘	去聲	0013B	便休題貴人多忘。
882	忘	去聲	0382A	你心中記取。
883	忘	去聲	0474B	再休題貴人健忘。
884	忘	去聲	0524B	死生應難忘。
885	忘	去聲	0554B	我怎敢恰爲官貴人多忘。
886	忘	去聲	0911A	這等人動則是忘人恩、背人義、昧人心。
887	忤	音五	0284C	俺那忤逆種不認我了。
888	忤	音悟	0083C	生忿忤逆的賊也。
889	忤	音悟	0331A	就這般生忿忤逆。
890	忤	音悟	0793A	更和這忤逆男隨波逐浪。
891	忬	餘去聲	0372B	這壁廂那壁廂由由忬忬。
892	忺	希兼切	0881B	這些時斗帳春寒起未忺。
893	找	音爪	0513C	故意找尋。
894	抓	招上聲	0110C	哦，只抓個杌兒攛將來。
895	抓	音爪	0741C	與喒將隨何抓進來。
896	抓	莊瓜切	0063A	今夜管洞房中抓了面皮。
897	抓	莊瓜切	0161A	動不動便抓錢。
898	抓	莊瓜切	0281A	任抓掀。

899	抓	莊瓜切	0393C	抓破小拇指頭。
900	抓	莊瓜切	0561A	覷不的那抓掀。
901	抓	莊瓜切	0623A	將我這袖梢兒抓盡。
902	抓	莊瓜切	0663A	頭一句先抓攬着梅香。
903	抓	莊瓜切	0803A	卻原來是棘鍼科抓住衣袂。
904	抖	音斗	0541A	施呈盡抖擻精神。
905	抖	音斗	0613C	抖擻精神。
906	折	音者	0273B	可久以後廣寒宮裏必將丹桂折。
907	折	音者	0434B	大古來有甚費週折。
908	折	音者	0821B	則見他寄幽情故將蘭蕊兒折。
909	折	繩遮切	0203B	栲折。下截。
910	折	繩遮切	0552B	枉自摧折。
911	折	繩遮切	0763B	餅墜簪折。
912	拗	音要	0024B	不是這韓飛卿性格拗。
913	拗	音要	0992C	有些懶拗。
914	更	平聲	0772A	又來到佛祖三更後。
915	更	音京	0101C	行不更名。坐不改姓。
916	更	音京	0591A	更山川變宇宙。
917	更	音京	0801C	行不更名。坐不改姓。
918	机	音兀	0110C	哦,只抓個机兒攮將來。
919	杓	音芍	0811A	鍮鑌杓剜眼輪。
920	杓	音標	0163A	雖不曾把黃金堆到北斗杓兒柄。
921	杓	音標	0631A	直喫的斗杓回月影轉梧桐。
922	杓	繩昭切	0121A	怕不便腳搭着腦杓成事早。
923	杓	繩昭切	0282A	訕杓俫手腳慌張。
924	杓	繩昭切	0322A	媳婦兒怎敢是敦葫蘆摔馬杓。
925	杓	繩昭切	0503C	笊籬馬杓。
926	杓	繩昭切	0571A	量這半杓兒粥都添了有甚那。
927	杓	繩昭切	0590C	將馬杓兒去那門限上敲三下。
928	杓	繩昭切	0821A	着那等乾眼熱滑張杓俫。
929	杓	繩昭切	0873B	就裏帶着一杓。
930	束	音暑	0153B	惡狠狠公隸監束。
931	束	音暑	0633B	翠鸞翹內妝束。
932	汞	烏拱切	0422A	將煉成丹汞黃銀。
933	汞	烏拱切	0983A	你那裏得熬煎鉛汞山頭火。

934	汨	音谷	0872C	汨汨的嚥了。
935	汨	音密	0150D	宋國非強楚。清淮異汨羅。
936	汨	音密	0552A	汨羅江楚三閭醉的來亂跌。
937	汨	音密	0681A	如今這汨羅江有誰曾弔古。
938	汨	音密	0941A	氣的我粉臉兒三閭投汨羅。
939	汾	音分	0973C	汾州西河人也。
940	汾	音焚	0030C	祖貫汾州人氏。
941	汾	音焚	0352C	幽汾二州防禦使。
942	沁	侵去聲	0561A	狗沁歌嚎了幾聲。
943	沁	侵去聲	0744C	沁心寒。
944	沁	侵去聲	0883B	正好教他撒沁。
945	沃	音屋	0901C	我沃了來。
946	沌	音遁	0301C	這箇養爺老的混沌了。
947	沌	音遁	0413A	一會家混沌呵不知天地。
948	沌	音遁	0451A	混沌初分生人廝悶。
949	沌	音頓	0764A	清濁混沌把心迷。
950	沒	音暮	0341B	半生埋沒。紅塵路。
951	沒	音暮	0382B	怎麼肯爲英雄甘把紅顏沒。
952	沒	音暮	0501B	半生埋沒。學干祿
953	灸	音九	0141C	我善會神針法灸。
954	狁	音允	0010C	獯鬻玁狁。逐代易名。
955	甬	音勇	0644D	黃堂盡日無塵到。唯有槐陰侵甬道。
956	甬	音勇	0662A	擦擦的行過蘭干上甬道。
957	甸	田去聲	0813A	光輝了君家淮甸居。
958	系	音戲	0121B	出門去提領系整衣袂。
959	罕	呵趕切	0951B	說甚麼錦片前程眞個罕。
960	肓	音荒	0061B	害的他病在膏肓。
961	肓	音荒	0413A	膏肓針灸不能及。
962	肓	音荒	0553A	早知你病在膏肓。
963	肓	音荒	0663B	你因甚麼病在膏肓。
964	肕	仁去聲	0341A	一個舒着那臁肕跳灰驢。
965	虬	音求	0351A	虬鏤亮槅。
966	虬	音求	0431A	馬一似蒼虬惡兒。
967	虬	音求	0782A	磕磕磕踞虎豹跨上虬龍。
968	虬	音求	0842A	朱紅漆虬樓亮槅。

969	虬	音求	0981A	無非是蛟虬參從。
970	角	音皎	0214B	漬蒼苔倒牆角。
971	角	音皎	0262E	做哥的纔入門便嗔便罵。 做嫂嫂的又道是你發跡甕生根驢生筭角。
972	角	音皎	0353C	來到這角頭上鬧市中。
973	角	音皎	0453B	風吹羊角。
974	角	音皎	0572B	我猛轉過山林隘角。
975	角	音皎	0611B	我見他墨磨損烏龍角。
976	角	音皎	0662B	悠悠的聲揭譙樓品畫角。
977	角	音皎	0762B	頭直上丫髻三角。
978	角	音皎	0831C	則打那角門兒進。
979	角	音皎	0993B	銀蟾出海角。
980	谷	古平聲	0173B	逢豺虎又斷送山谷。
981	谷	音古	0501B	怎比的他石崇家誇金谷。
982	豸	音寨	0352D	冠簪金獬豸。甲掛錦猻猊。
983	赤	音恥	0794B	青間赤。
984	足	疽上聲	0173B	弟兄如手共足。
985	足	臧取切	0051B	後來時怕他。慌封侯躃足。
986	足	臧取切	0064B	則被你欺負得我千足萬足。
987	足	臧取切	0154E	一者是心中不足。二者是神思恍惚。
988	足	臧取切	0182B	便則是生平願足。
989	足	臧取切	0253B	你可也須念兄弟每如手足。
990	足	臧取切	0284A	從今後足衣。足食。
991	足	臧取切	0323B	扯我一扯削了你那手足。
992	足	臧取切	0334A	足律律繞定階痕。
993	足	臧取切	0493B	倒做了孫龐刖足。
994	足	臧取切	0523B	樂有餘。飲未足。
995	足	臧取切	0531B	那時節方悔道不知止足。
996	足	臧取切	0542B	我則要千事足百事足。
997	足	臧取切	0574B	纔得個平生願足。
998	足	臧取切	0633B	空沒亂椎胸跌足。
999	足	臧取切	0650E	除此外別無狂圖。張善友平生願足。
1000	足	臧取切	0864A	足律律旋風中來。
1001	足	臧取切	0931B	多謝你有心腸的雁足。
1002	迅	音信	0633A	迅速光陰過隙駒。

1003	迅	音信	0963A	迅指急景。
1004	那	上聲	0591A	這快樂您那裏有。
1005	那	上聲	0731A	那會真詩就是我傍州例。
1006	那	上聲	0991A	逐朝常把藥的那來扶。
1007	那	平聲	0801A	這的是誰也波那。
1008	那	音拿	0082B	街坊每救火那。
1009	那	音拿	0441B	你個兒也波那。
1010	那	音拿	0543A	那恰便似一部鳴蛙。
1011	那	音拿	0571A	那裏有調和的五味全。
1012	那	音拿	0611C	這般胖那。
1013	那	音挪	0101A	款那步輕擡腳。
1014	那	音挪	0141A	須認的俺狠那吒。
1015	那	音挪	0183D	世人重金寶。我愛刹那靜。
1016	那	音挪	0214A	那身離殿宇。
1017	那	音挪	0431C	八卦上八個那吒。
1018	那	音挪	0522A	能那能遞。
1019	那	音挪	0581A	則你這無端弟子恰便似惡那吒。
1020	那	音挪	0611A	又不曾那動腳。
1021	那	音挪	0673A	則要得四蹄那動。
1022	那	音挪	0691A	一箇箇納胯那腰。
1023	那	音挪	0930A	更那堪不可公婆意。
1024	那	音挪	0941B	四肢沈寸步難那。
1025	那	音挪	0981A	把凌波步輕那動。
1026	那	音挪	0991A	可着我半路裏學那步。
1027	那	囊查切	0042B	兀的不羞殺人那。
1028	邨	與村同	0451B	看流水繞孤邨。
1029	邨	與村同	0553A	恰荒邨雪霽雲收。
1030	阮	音遠	0022A	則我尋不見天台漢劉阮。
1031	些	梭去聲	0554A	歌楚些。
1032	併	平聲	0661B	端的個樂事難併。
1033	併	平聲	0742B	現如今兩國吞併。
1034	使	去聲	0314B	兀良抵多少長亭畔迎宣使。
1035	使	去聲	0690C	俺國中惟有中大夫須賈其人，可以任使。
1036	使	去聲	0741C	替他掌百官之朝參。通各國之使命以外。
1037	使	去聲	0751B	哥也你道是明朝明朝遣使。

1038	使	去聲	0773A	再不要長亭驛使催。
1039	使	去聲	0783A	差排下蝶使蜂媒。
1040	使	去聲	0823C	長安歲歲逢天使。
1041	使	去聲	0843B	則你那狠狠狠寇承御做了嗒追魂使。
1042	使	去聲	0850C	某已使人將駰馬摘了二馬。
1043	使	去聲	0931C	我與你做個傳書使者。
1044	使	去聲	0944B	錦片也排着節使。
1045	使	去聲	0973C	請三天使者、五老神兵。
1046	侃	看上聲	0094C	是以老夫侃侃而言。
1047	侃	看上聲	0951B	我和他守守守白頭吟非浪侃。
1048	侑	音又	0313C	教他侑酒。與學士作歡如何。
1049	兕	音似	0431A	馬一似蒼虬惡兕。
1050	函	音咸	0362A	又過了勃騰騰來紫氣老子函關。
1051	函	音咸	0451A	將一函經手自繙。
1052	函	音銜	0690D	三寸舌為安國劍，一函書作固邊城。
1053	刮	音寡	0082B	將這焰騰騰火兒刮。
1054	刮	音寡	0213B	恨無情捲地狂風刮。
1055	刮	音寡	0412B	月明直下。便東風刮。
1056	刮	音寡	0514B	老虔婆意中只待頻菱刮。
1057	刮	音寡	0571B	我轉着這空碗兒我着這匙尖兒刮。
1058	刮	音寡	0643B	摧林木狂風亂刮。
1059	刲	音奎	0241C	小的一壁廂刲羊宰豬。
1060	刷	數括切	0333D	纔聽上司來刷卷。登時諕的肚中疼。
1061	刷	數滑切	0443C	上司若還刷卷來。廳上打的狗也叫。
1062	刷	雙寡切	0082B	就着這血糊刷。
1063	刷	雙寡切	0392C	差某往此審囚刷卷。
1064	刷	雙寡切	0491A	怎知他提刑司刷出三宗卷。
1065	刷	雙寡切	0612B	也須要墨糊刷。
1066	刷	雙寡切	0662A	刷刷的風颭芭蕉鳳尾搖。
1067	刷	雙寡切	0792C	若是上司來刷卷。廳上打的雞兒叫。
1068	刷	雙寡切	0921A	刷卷纔回。
1069	券	音勸	0210A	保皇圖分鐵券。
1070	券	音勸	0251B	雖則是一張兒合同合同文券。
1071	券	音勸	0350C	有先皇誓書鐵券。與國同休。
1072	刺	音七	0141A	兀的不消磨了我刺繡的青黛和這硃砂。

1073 〔註3〕	剌	音辣	0082A	生剌剌弄的來人離財散。
1074	剌	倉洗切	0582B	他可也有甚麼閑炒剌。
1075	剌	倉洗切	0773B	人將你多曾鑽剌。
1076	剌	倉洗切	0794B	勸佳人學繡剌。
1077	刻	康美切	0063B	誤了時刻。
1078	刻	康美切	0353B	直等到午時三刻。
1079	刻	康美切	0393B	都不到一時半刻。
1080	刻	康美切	0423B	我但睡呵十萬根更籌轉刻。
1081	刻	康美切	0783B	則見他一時半刻。
1082	刻	康美切	0994B	也不消半刻。
1083	刻	揩上聲	0034B	全不顧百姓每貧窮一味的刻。
1084	刻	揩上聲	0351B	他他他催迸的來不放片時刻。
1085	剁	朵去聲	0030C	別番倒剁上幾腳。
1086	卒	音祖	0153B	我心中憂慮有三椿事我命卒。
1087	卒	音祖	0333B	勒的他一命卒。
1088	卒	祖平聲	0173B	背後鬧炒炒的起軍卒。
1089	卒	從蘇切	0051B	早吹散了垓下軍卒。
1090	卒	從蘇切	0191B	有一個白袍卒。
1091	卒	從蘇切	0430B	我如今奉敕蒙宣統士卒。
1092	卒	從蘇切	0443B	打的來登時命卒。
1093	卒	從蘇切	0501B	有一個秦白起是軍卒。
1094	卒	從蘇切	0523B	則要你撫恤軍卒。
1095	卒	從蘇切	0744B	火火火齊臻臻軍前列着士卒。
1096	卒	從蘇切	0854B	引着些本部下軍卒。
1097	卒	從蘇切	0984B	擺列着水裏兵卒。
1098	卒	粗上聲	0212A	爭奈倉卒之際。
1099	卒	粗上聲	0512A	怎想他短卒律命似顏淵。
1100	卒	粗上聲	0680A	休則管惱亂春風卒未休。
1101	卒	粗上聲	0712D	腰肢嬝嬝弄輕柔。舞盡春風卒未休。
1102	卒	粗上聲	0942A	倉卒間怎措手。
1103	卒	粗上聲	0970A	他那裏惱亂春風卒未休。
1104	卓	之卯切	0342B	羅列杯盤置椅卓。
1105	卓	之卯切	0611B	更胖如那漢董卓。

〔註3〕 明刻本被釋字作「剌」，劇文作「剌」。

1106	協	希耶切	0763B	你和那牆花路柳廝和協。
1107	協	希耶切	0821B	我和他四目相窺兩意協。
1108	卸	音瀉	0052A	你便不能卸職休官。
1109	卸	音瀉	0191A	射不着罷官也那卸職。
1110	卸	音瀉	0763B	你將這幹家心擔兒交卸。
1111	卸	音瀉	0951A	卸下了雲鬟。
1112	卸	寫去聲	0282A	俏勤兒卸袍盔納款投降。
1113	巹	音謹	0024A	高擎着合巹杯。
1114	巹	音謹	0884A	香馥馥合巹杯交換。
1115	叔	音收	0132A	有那禮讓的意呵賽過得鮑叔。
1116	叔	音暑	0112A	翻笑着不風流閉門的顏叔。
1117	叔	音暑	0154E	如今老爺要打的我在這壁廂叫道阿呀。我也打的你在那壁廂叫道老叔。
1118	叔	音暑	0191B	怎的如管仲和鮑叔。
1119	叔	音暑	0341B	無管仲鮑叔。
1120	叔	音暑	0720B	比如我五十年不見雙通叔。
1121	叔	音暑	0793E	進入門當下身亡。慌的我去叫小叔叔。
1122	呱	音姑	0021A	黃鶯兒柳梢上日呱吪。
1123	味	回去聲	0192E	從小長在莊農內。一生只知村酒味。
1124	呷	音瞎	0191C	到的家裏則把豆腐酒兒呷三鍾。
1125	呷	香假切	0021B	笑呷呷粉牆外鞦韆架。
1126	唖	音匝	0031A	唖膿血的蒼蠅。
1127	咄	敦入聲	0083C	咄。我且問你。
1128	咄	當沒切	0832C	咄，是州裏大爺。
1129	咆	音袍	0284A	全不怕咆哮兩行公人立。
1130	咆	音袍	0853A	怒咆哮。
1131	咆	音袍	0964C	那馬嘶喊咆哮。
1132	和	去聲	0014A	淒愴似和半夜楚歌聲。
1133	和	去聲	0101A	妹子也你可甚空房中來和草。
1134	和	去聲	0454B	斡斡斡禁聲的休回和。
1135	和	去聲	0604B	青色騍兒便撒和。
1136	和	去聲	0751A	有時節向綠窗酬和古人詩。
1137	和	去聲	0802B	也是你不合去殺人處一迎一和。
1138	和	去聲	0994A	廝和着燈焰相窺。
1139	哈	呼來切	0034B	不由我不臨風回首笑哈哈。

1140	咍	音台	0664B	我為甚的喜笑咍咍。
1141	咍	海平聲	0083B	聽言罷不覺笑咍咍。
1142	咍	海平聲	0302B	我可甚冷笑咍咍。
1143	咍	海平聲	0351B	越急的我氣咍咍。
1144	咍	海平聲	0452B	聽言說教我笑咍咍。
1145	咍	海平聲	0634A	共道侶笑咍咍。
1146	咏	音用	0782B	抵多少文字飲一觴一詠。〔註4〕
1147	咒	音畫	0084A	消災咒勝讀幾遍。
1148	咕	音姑	0111A	這個咕。那個噲。
1149	圄	音苓	0552A	圇圄內管夷吾枉餓做兩截。
1150	坨	音陀	0100C	一坨兒坐着喝酒。
1151	坨	音陀	0403A	那坨兒裏牆較低。……
1152	坨	音陀	0614A	這坨兒連印有三十個。
1153	坯	鋪梅切	0911C	和泥托坯。
1154	坷	珂上聲	0441A	時坎坷。
1155	坷	音可	0314A	我正是忒坎坷。
1156	坷	音可	0454B	想你那受過的坎坷。
1157	奔	去聲	0100D	方信將軍不下馬。也須各自奔前程。
1158	奔	去聲	0164A	不由不奔井投河。
1159	奔	去聲	0321B	眼見的有家來難奔。
1160	奔	去聲	0693B	可着我有家難奔。
1161	奔	去聲	0802A	倒不如奔井投河。
1162	奔	去聲	0933B	秀才也敢教你有家難奔。
1163	奔	去聲	0991C	投奔誰的是。
1164	妮	女夷切	0621C	這妮子是甚麼言語那。
1165	妮	音尼	0531C	這妮子既然要嫁梁鴻。
1166	妮	音泥	0023C	必然是俺那妮子與這廝來。
1167	妯	直由切	0253A	莫不您叔嫂妯娌不和睦。
1168	妯	音逐	0220C	為這妯娌兩箇不和。
1169	妯	音逐	0262C	但凡人家不和。皆起于妯娌爭長競短。
1170	妯	音逐	0271C	我和你妯娌之情。
1171	妯	音逐	0331C	他妯娌不和。
1172	妯	音逐	0653C	俺妯娌二人。
1173	妯	音逐	0864C	和妯娌，睦街坊。

〔註4〕 明刻本被釋字作「咏」，劇文作「詠」。

1174	妲	音達	0012C	臣想紂王只爲寵妲己。國破身亡。是其鑑也。
1175	妲	當加切	0062A	妲己空破國。
1176	妾	音且	0203B	相公便把賤妾。
1177	妾	音且	0402B	只打這廝強奪人妻妾。
1178	姊	音子	0194C	只做姊妹稱呼。
1179	姊	音子	0353A	先皇帝是俺同胞的那姊妹。
1180	姊	音子	0640C	尋俺舊時姑姊妹們。
1181	姊	音子	0722C	今日打聽得虔婆和他一班兒老姊妹在茶房中吃茶。
1182	委	平聲	0752A	一個個禮度委蛇。
1183	岊	音顏	0334A	岊奈頑民。
1184	岊	音顏	0352C	岊奈北番韓延壽無禮。
1185	屆	音戒	0252C	時遇清明節屆。
1186	屆	音戒	0521A	正遇着蕤賓節屆。
1187	屆	音戒	0912B	似這等凍雲萬里無邊屆。
1188	屈	丘雨切	0051B	眼見的三齊王受屈。
1189	屈	丘雨切	0153B	我委實的銜冤負屈。
1190	屈	丘雨切	0253B	似這冤也波屈。
1191	屈	丘雨切	0333B	拃的個接馬頭一氣兒叫道有二千聲屈。
1192	屈	丘雨切	0372B	大哥聲冤叫屈。
1193	屈	丘雨切	0382B	更一家兒銜冤負屈。
1194	屈	丘雨切	0542B	我其實叫不出這屈。
1195	屈	丘雨切	0643C	我委實的銜冤負屈。
1196	屈	丘雨切	0793E	小叔叔李文道暗使計謀。我委實的銜冤負屈。
1197	屈	音矩	0153B	屈屈屈。
1198	屈	區上聲	0443B	似這等含冤負屈。
1199	岫	音袖	0012B	它那裏黃雲不出青山岫。
1200	岫	音袖	0023B	我愁的是花發東牆。月暗西廂。雲迷楚岫。
1201	岫	音袖	0791B	我則見雨迷了山岫。
1202	岳	音耀	0703B	勢壓着南山北岳。
1203	岳	音耀	0453B	那先生兩隻手搖山岳。
1204	岳	音耀	0762B	恰離了數萬丈雲埋華岳。
1205	帔	音配	0324A	誰將這霞帔金冠望。
1206	帔	音配	0410A	我是箇繡帔香車楚楚娘。

1207	帔	音配	0781A	仙帔疊青霞。
1208	帔	音配	0794B	明晃晃鳳冠霞帔。
1209	帔	音配	0953A	霞帔兒怎掛者。
1210	帔	音備	0121B	安排下金冠霞帔。
1211	帔	音備	0921C	納了官衫帔子。
1212	帖	湯也切	0203B	壞了咱牆頭上傳情簡帖。
1213	帖	湯也切	0434B	多嗒是您勾魂帖。
1214	帘	音廉	0281A	青帘。風外懸。
1215	帘	音廉	0402A	茅簷外疏刺刺布帘兒斜。
1216	帘	音廉	0912C	俺將這酒帘兒掛上。
1217	帛	巴埋切	0221B	少衣的截些絹帛。
1218	帛	巴埋切	0343B	這的則好與婦女搥帛。
1219	帛	巴埋切	0472B	我比那買官的省些玉帛。
1220	帛	巴埋切	0912B	恰便似重添上一件綿帛。
1221	彄	音叨	0054E	聖天子亦爲心動。堪憐憫鳥盡弓彄。
1222	忽	音虎	0962B	我心中不恍忽。
1223	怙	音戶	0171C	子常怙勢而驕。
1224	怯	丘也切	0203B	撲撲的心頭怯。
1225	怯	丘也切	0273B	你身子兒薄怯。
1226	怯	丘也切	0434B	又何必恁怯。
1227	怯	丘也切	0821B	他見人有些嬌怯。
1228	抹	音罵	0021B	將眼梢兒斜抹。
1229	抹	音罵	0194B	險把俺白袍將功勞勾抹。
1230	抹	音罵	0482B	纔敢把虎頭來料鬃來抹。
1231	抹	音罵	0514B	眼花只得偷睛抹。
1232	抹	音罵	0543B	覷了他精神口抹。
1233	抹	音罵	0563B	他背影裏斜將眼稍抹。
1234	抹	音罵	0801B	卻被這海棠枝七林林將頭巾來抹。
1235	抹	音磨	0812B	斷人魂魄的樹梢頭昏慘慘野煙微抹。
1236	抹	磨上聲	0941B	將衫兒腮上抹。
1237	押	羊架切	0213B	教幾箇鹵莽的宮娥監押。
1238	押	羊架切	0490B	那一個官司敢把勾頭押。
1239	押	羊架切	0581B	這幾日公文不押。
1240	押	羊架切	0643B	逼勒得將招伏文狀押。
1241	押	羊架切	0804B	惡曹司將文卷押。

1242	押	奚佳切	0543B	為甚麼將原告人倒監押。
1243	拆	釵上聲	0034B	登時間肉拆、血灑。
1244	拆	釵上聲	0351B	那廝也怎敢便來胡拆。
1245	拆	釵上聲	0671B	直至君王御案上拆。
1246	拈	奴兼切	0190C	十八般武藝。無有不拈。無有不曉。
1247	拈	尼兼切	0041A	挺長日頻拈我這繡針兒。
1248	拈	尼兼切	0942C	拈各千戶的便是。
1249	拈	音鮎	0091D	鎮日相隨莫拋躲。針線拈來共伊坐。
1250	拌	音伴	0884B	甘蔗汁酥油饊拌。
1251	拍	鋪買切	0082A	穩拍拍乘舟騙馬。
1252	拍	鋪買切	0294B	見有理無錢的即便拍。
1253	拍	鋪買切	0374B	我將這老精神強打拍。
1254	拍	鋪買切	0814A	穩拍拍的綠窗下做針線。
1255	拐	乖上聲	0400C	着人拐的走了。
1256	拔	邦加切	0141B	你將我這螻蟻殘生廝救拔。
1257	拔	邦加切	0482B	銅鑄下的旛杆就地拔。
1258	拔	邦加切	0543B	教咱。救拔。
1259	拔	邦加切	0571B	那個提拔。
1260	拔	邦加切	0612B	將俺這弟子來提拔。
1261	拔	邦加切	0643B	將妹子怎生提拔。
1262	拔	邦加切	0944B	我是箇婆娘怎生救拔。
1263	拔	邦佳切	0213B	沒亂殺怎救拔。
1264	拔	邦佳切	0801B	一隻手就把刀拔。
1265	拔	邦佳切	0911B	枉將他救拔。
1266	拗	么去聲	0734A	休拗折並頭蓮。
1267	拗	音要	0012C	一言之出。誰敢違拗。
1268	拗	音要	0222B	怎生由他恁撒拗。
1269	拗	音要	0291B	赤緊的官長又廉。曹司又拗。
1270	拗	音要	0331C	俺怎敢違拗。
1271	拗	音要	0383C	不敢違拗。
1272	拗	音要	0572B	這的是小生的違拗。
1273	拗	音要	0712A	你行者休違拗。
1274	拗	音要	0753B	我怎肯將他來違拗。
1275	拗	音要	0762B	我着你做神仙倒撒拗。
1276	拗	腰上聲	0851A	但違拗的早一箇箇誅夷盡。

1277	易	銀計切	0373B	都是些禮記和周易。
1278	易	銀計切	0423B	滴露研硃點周易。
1279	易	銀計切	0513B	金山寺裏說交易。
1280	易	銀計切	0794B	怎改易。
1281	服	房夫切	0051B	可不道舉枉錯直民不服。
1282	服	房夫切	0133B	拽着衣服。
1283	服	房夫切	0153B	我吃飯時曬乾了舊衣服。
1284	服	房夫切	0173B	緊揪住俺這兄弟的衣服。
1285	服	房夫切	0182B	你冷不能與人便做衣服。
1286	服	房夫切	0292A	你是必休是必休接受買服錢。
1287	服	房夫切	0323B	他便相偎相抱扯衣服。
1288	服	房夫切	0333B	待和他廝結着衣服。
1289	服	房夫切	0341B	着儒服。
1290	服	房夫切	0364B	您拽着我布道服。
1291	服	房夫切	0372B	我只得緊撏住衣服。
1292	服	房夫切	0633B	一隻手撏住道服。
1293	服	房夫切	0791B	穿着這單布衣服。
1294	服	房夫切	0854B	剝了他花來簇幾套服。
1295	服	房夫切	0991B	都是些貂裘暖帽錦衣服。
1296	服	音扶	0443B	止不過賍仗衣服。
1297	杲	音槁	0202A	我則怕似趙杲送曾哀。
1298	杲	音槁	0272A	他也恰便似趙杲送曾哀。
1299	杲	音槁	0452A	哥哥也恰如趙杲送燈臺。
1300	杻	音丑	0403C	上了腳鐐手杻。
1301	杻	音丑	0584A	誰救你爹爹脫杻械。
1302	杻	音肘	0034A	今遭杻械。
1303	杼	音注	0403A	倒杼翻機。
1304	枒	音牙	0781B	當門松檜樹槎枒。
1305	氛	音紛	0422B	眼見得滅狼煙息戰氛。
1306	沫	音磨	0604B	你既知這榮華似水上沫。
1307	沫	音磨	0941B	骨嚕嚕潮上痰涎沫。
1308	沱	音陀	0113D	謾誇積雪深千丈。不及滹沱一片冰。
1309	沲	音陀	0583B	撲籟籟淚滂沱。〔註5〕

〔註5〕 明刻本被釋字作「沲」，劇文作「沱」。

1310	泊	巴毛切	0101B	則這一條大官道又不是梁山泊。
1311	泊	巴毛切	0144B	一直的走到梁山泊。
1312	泊	巴毛切	0853B	見孩兒臥血泊。
1313	泊	巴貌切	0131B	半席地恰便似八百里梁山泊。
1314	泔	音甘	0094A	煖的那溫泔清手面輕揉。
1315	法	方雅切	0011B	粉壁上除了差法。
1316	法	方雅切	0141B	往常時我習武藝學兵法。
1317	法	方雅切	0194B	不枉了從前教你學兵法。
1318	法	方雅切	0213B	斷遣盡枉展污了五條刑法。
1319	法	方雅切	0441B	尊於師守禮法。
1320	法	方雅切	0482B	問甚麼經文也那佛法。
1321	法	方雅切	0490B	他為臣不守法。
1322	法	方雅切	0514B	無禮法。
1323	法	方雅切	0543B	相公道老夫人違條犯法。
1324	法	方雅切	0563B	他雖是違條犯法。
1325	法	方雅切	0612B	我如今不遭王法。
1326	法	方雅切	0621B	端的個無禮法。
1327	法	方雅切	0643B	遭這場無情的官法。
1328	法	方雅切	0733B	有甚麼差了禮法。
1329	法	方雅切	0781B	那裏有六韜書三略法。
1330	法	方雅切	0793E	則要你審問推詳。使不着舞文弄法。
1331	法	方雅切	0804B	你若要正法。
1332	法	方雅切	0911B	捏胎兒依正法。
1333	泠	音凌	0014B	崑溜泠泠。
1334	泠	音凌	0062B	一弄兒指法泠泠。
1335	泠	音凌	0451A	泠然風韻。
1336	泠	音凌	0622B	玉露泠泠。
1337	泠	音凌	0732A	露泠泠溼繡鞋。
1338	泠	音零	0764D	守孤墳北邙山下。詠風月一曲泠然。
1339	泠	音零	0831A	正泠泠指下傳。
1340	泠	音靈	0601A	駕泠風徧八區。
1341	泡	音砲	0963A	休想他水泡般性命。
1342	泥	去聲	0531D	孩兒忒滯泥。不必再沈吟。
1343	炒	平聲	0214B	亂宮商鬧鬧炒炒。
1344	牧	音暮	0341B	後訪揚州牧。

1345	物	音務	0064B	只當做醒酒之物。
1346	物	音務	0124B	酒和羊車上物。
1347	物	音務	0133B	這錢財是倘來之物。
1348	物	音務	0182B	你問波可甚的是那衣冠文物。
1349	物	音務	0323B	倒做了個拈花弄柳的人物。
1350	物	音務	0333B	你道他抵盜那財物。
1351	物	音務	0443B	俺孩兒不比塵俗物。
1352	物	音務	0483B	喒兩個可正是凌煙閣上的人物。
1353	物	音務	0531B	又科斂軍民錢物。
1354	物	音務	0542B	窩盤窩盤人物。
1355	物	音務	0653B	銷乏了幾多錢物。
1356	物	音務	0681B	量隨行有甚希奇物。
1357	物	音務	0793E	李德昌本為躲災。販南昌多有錢物。
1358	物	音務	0953E	小詞倉卒對君書。付與你個知心人物。
1359	物	音務	0962B	謝師父救了我這蠢蠢之物。
1360	物	音務	0984B	也不枉鮫綃帕留為信物。
1361	物	音務	0991B	赤緊的先要了我這希奇無價物。
1362	物	音務	1002B	何日見泉州景物。
1363	的	音底	0052B	你休性執。勸不的。
1364	的	音底	0063B	教他款慢裏、勸諫的、俺夫妻和會。
1365	的	音底	0072B	我坐則坐戰兢兢的。
1366	的	音底	0093B	相公那鋪蓋兒知他是橫的豎的。
1367	的	音底	0104B	知他是死的還是活的。
1368	的	音底	0112B	近新來陡恁的。
1369	的	音底	0121B	誰不待揀個稱意的。
1370	的	音底	0162B	是賺表子平生落得的。
1371	的	音底	0193B	也是我間別來的多年把你不認的。
1372	的	音底	0201B	你教女孩兒羞答答說甚的。
1373	的	音底	0234B	落可便下的。
1374	的	音底	0243B	可也管着些甚的。
1375	的	音底	0254B	卻教俺亂棒胡敲忍下的。
1376	的	音底	0262B	不俫你着我說一個甚的。
1377	的	音底	0284B	想李素蘭剪斷香雲為甚的。
1378	的	音底	0293B	委實委實不認的。
1379	的	音底	0303B	驟馬橫鎗覺甚的。

1380	的	音底	0322B	爹爹也你可便只恁般下的。
1381	的	音底	0331B	你可便因甚的。
1382	的	音底	0344B	就裏。端的。
1383	的	音底	0353B	暢好是君皇下的。
1384	的	音底	0363B	愚是不省的。鼓是沒眼的。
1385	的	音底	0373B	貌堂堂都是一火灑合娘的。
1386	的	音底	0383B	那老的。
1387	的	音底	0393B	你手裏要昨日賣草索錢的。
1388	的	音底	0403B	量俺這窮莊家有甚的。
1389	的	音底	0433B	這的是腳短的先生可便落的。
1390	的	音底	0452E	則有一箇飛不動。爭奈身上沒穿的。
1391	的	音底	0473B	不圖甚的。
1392	的	音底	0492B	與蓼兒洼爭甚的。
1393	的	音底	0513B	見小玉言端的。
1394	的	音底	0522B	口喝着個么六是贏的。
1395	的	音底	0544B	常言道愛他的着他的。
1396	的	音底	0593B	你暢好是下的。
1397	的	音底	0644B	他是個無情分堯婆管甚的。
1398	的	音底	0694B	去年時我記的。
1399	的	音底	0731B	待怎的。
1400	的	音底	0764B	到今日說個甚的。
1401	的	音底	0773B	你娘呵是箇做活的。
1402	的	音底	0862B	這無情棍棒教我捱不的。
1403	的	音底	0872B	這其間拋閃殺那艸橋店白頭老的。
1404	的	音底	0894B	出氣力落來的。
1405	的	音底	0921B	嗒可便少甚的。
1406	的	音底	0963B	做屠的。
1407	的	音底	0994B	你若是這裏。等的。
1408	盂	音余	0903C	二來與我執唾盂。
1409	直	征移切	0201B	比天台山到逕抄直。
1410	直	征移切	0234B	纔見的你百千年天性忠直。
1411	直	征移切	0293B	則我那一管筆扭曲直。
1412	直	征移切	0322B	水罐銀盆擺的直。
1413	直	征移切	0331B	我可也自小心直。
1414	直	征移切	0353B	不打死不算忠直。

1415	直	征移切	0423B	怎倒做舉枉錯諸直。
1416	直	征移切	0643A	則被他撇撒我階直下。
1417	直	征移切	0803B	恰纔行了一直。
1418	直	征移切	0872B	你道我忒口快，忒心直。
1419	穹	區容切	0010D	氈帳秋風迷宿草。穹盧夜月聽悲笳。
1420	穹	區容切	0631B	上蒼穹。
1421	穹	區容切	0714A	蒸龍涎一炷透穹蒼。
1422	空	去聲	0063A	則索向空間偷覷。
1423	空	去聲	0101A	妹子也你可甚空房中來和草。
1424	空	去聲	0511C	爭奈叫官身的無一日空閒。
1425	空	去聲	0641C	只等覷個空便纔好下手。
1426	空	去聲	0841A	常好是識空便。
1427	空	去聲	0932B	則俺這兩隻腳爭些兒踏空。
1428	糾	音九	0492A	他憑着惡哏哏威風糾糾。
1429	糾	音九	0592C	糾察人間善惡。
1430	糾	音九	0742A	威糾糾要決箇輸贏。
1431	糾	音九	0781C	糾察人間善惡。
1432	糾	音九	0793A	見雄糾糾公人如虎狼。
1433	芊	音米	0171C	芊旋
1434	者	平聲	0273B	這樁事我敢猜者。
1435	者	平聲	0953B	索用甚從人攔當者。
1436	者	音遮	0402B	怎當這佳人士女醉扶者。
1437	者	音遮	0552B	到黃昏。廝守者。
1438	肪	音方	0061B	玉比肌肪。
1439	芟	音衫	0482A	直殺的他似芟蒲刈葦。
1440	軋	音鴨	0210C	禱于軋犖山戰鬥之神而生某。
1441	迍	音屯	0251A	怎當的進退迍邅。
1442	迍	音肫	0373A	受煞迍邅。
1443	邯	音寒	0054C	二不合擊殺章邯等三秦王。取了關中之地。
1444	邯	音寒	0131A	全不想到頭時剛落得個邯鄲道。
1445	邯	音寒	0362C	在邯鄲道王化店。遇着鍾離師父。
1446	邯	音寒	0424A	只想着邯鄲道上。
1447	邯	音寒	0451C	來到這邯鄲道黃化店。
1448	邯	音寒	0601C	道經邯鄲。
1449	邯	音寒	0632A	我平生不識邯鄲道。

1450	邯	音寒	0741C	降章邯。
1451	邳	音披	0051A	索強如少年逃難下邳初。
1452	長	音丈	0133A	你卻怎生背地裏閒言落可便長語。
1453	長	音丈	0270C	家兄遺下二子。長叫福童。次叫安童。
1454	長	音丈	0493A	不識羞閒言長語。
1455	長	音丈	0501A	見人呵閒言長語三十句。
1456	長	音丈	0551C	你這等閒言長語。
1457	長	音仗	0102A	那妮子閒言長語。
1458	長	音掌	0061B	伊尹呵從稼穡中長。
1459	長	音掌	0071C	你這一萬年不得長進的人。
1460	長	音掌	0100C	妾身比你卻長一歲。
1461	長	音掌	0141C	我癡長你兩歲。
1462	長	音掌	0182A	這壁廂凌逼着我家長。
1463	長	音掌	0241A	長養着百十槽衝鋒的慣戰馬。
1464	長	音掌	0322A	早來到土長根生舊鄉地。
1465	長	音掌	0531C	如今老相公見小姐成人長大。
1466	長	音掌	0551A	想高皇本亭長區區泗水濱。
1467	長	音掌	0571A	眼看得青雲兄長事無成。
1468	長	音掌	0610C	長者，小生洛陽人氏。
1469	長	音掌	0641C	長成五歲了也。
1470	長	音掌	0651C	火焰也似長將起來。
1471	長	音掌	0662A	請侍長快疾行。
1472	長	音掌	0721A	十度願從良，長則九度不依允。
1473	長	音掌	0733A	從小裏長在京華。
1474	長	音掌	0741C	俺漢王自亭長出身。
1475	長	音掌	0751C	所生二子。長是孫策。次是孫權。
1476	長	音掌	0771A	你娘看承你似地長出菩提樹。
1477	長	音掌	0781C	長同志趣。
1478	長	音掌	0823C	生長在京城古汴。
1479	長	音掌	0841A	入水長並頭蓮。
1480	長	音掌	0850C	待他長立成人。
1481	長	音掌	0911C	地不長無名之草。
1482	長	音掌	0931C	莫非在鵁鶄殿中生長的麼。
1483	長	音掌	0942A	我扶侍義養兒使長多生受。
1484	長	音掌	0970C	年長一十八歲。

1485	長	音掌	0982A	是是是草木長香噴噴長生藥材。
1486	長	音掌	0991C	長的可喜。
1487	阿	何哥切	0071A	爹爹妳妳阿。
1488	阿	何哥切	0184C	墮阿鼻老僧罪大。
1489	阿	何哥切	0293A	只俺個把官猾吏墮阿鼻。
1490	阿	何哥切	0331A	打阿老。
1491	阿	何哥切	0494B	常則是日夜宿山阿。
1492	阿	何哥切	0502C	天阿。你也有那住的時節也呵。
1493	阿	何哥切	0531A	父親阿你壞風俗。
1494	阿	何哥切	0583B	且是會打悲阿。
1495	阿	何哥切	0604B	俺是個窮貧道。住山阿。
1496	阿	何哥切	0611A	誰想你是箇瘦阿難結果收因好。
1497	阿	何哥切	0650C	天阿。我幾曾慣做那賊來。
1498	阿	何哥切	0711E	眞箇此寺不同他寺宇，此山非比別山阿。
1499	阿	何哥切	0874C	可是一口太阿寶劍。
1500	阿	何哥切	0891A	沒阿只你箇董太師掌大權。〔
1501	阿	何哥切	0911A	據着那阿鼻地獄天來大。
1502	阿	何哥切	0931n	／
1503	阿	何哥切	0991C	天阿，也是我一點好心。
1504	阿	音窩	0234A	將那廝直押送十八層地獄阿鼻。
1505	阿	烏戈切	0133A	這業海打一千個家阿撲逃不去。
1506	陂	音杯	0601C	這條水是渼陂通出去的。
1507	便	平聲	0241C	許你便宜行事。先斬後聞。
1508	便	平聲	0522A	疾局到底便宜。
1509	便	平聲	0533D	覷孟光不得便宜。空惹他傍人一笑。
1510	便	平聲	0872A	看那個便宜。
1511	便	平聲	0952A	着那廝得便宜。
1512	促	音取	0064B	休恁般相逼促。
1513	促	音取	0173B	你個掌命司的梢公可便休催促。
1514	促	音取	0253B	怎知道壽短促。
1515	促	音取	0333B	不索你便將我來催促。
1516	促	音取	0744B	吁吁吁馬和人都氣促。
1517	促	音取	0793E	他來到廟中困歇。不承望感的病促。
1518	俗	詞沮切	0911A	管甚麼敗風俗、殺風景、傷風化。
1519	俗	詞疽切	0044A	書舍無俗氣。

1520	俗	詞疽切	0064B	須聞得溫嶠不塵俗。
1521	俗	詞疽切	0124B	公然的傷風敗俗。
1522	俗	詞疽切	0133B	空生得貌堂堂一表非俗。
1523	俗	詞疽切	0182B	若論着今日風俗。
1524	俗	詞疽切	0204B	他道我更不賢達敗壞風俗。
1525	俗	詞疽切	0333B	這廝每敗壞風俗。
1526	俗	詞疽切	0372B	這公事不比尋俗。
1527	俗	詞疽切	0493B	這的是敗壞風俗。
1528	俗	詞疽切	0531B	父親阿你壞風俗。
1529	俗	詞疽切	0601B	我與你割斷凡俗。
1530	俗	詞疽切	0633B	翠娉婷衡不俗。
1531	俗	詞疽切	0653B	陰府內神靈也混俗。
1532	俗	詞疽切	0660B	應對不塵俗。
1533	俗	詞疽切	0681B	來混塵俗。
1534	俗	詞疽切	0744B	此一陣不尋俗。
1535	俗	詞疽切	0791B	淋的來不尋俗。
1536	俗	詞疽切	0833A	休想有半點俗情。
1537	俗	詞疽切	0944B	據一表儀容非俗。
1538	俗	詞疽切	0984B	音韻非俗。
1539	俗	詞疽切	0991B	這人物不尋俗。
1540	俗	詞疽切	1002B	此景非俗。
1541	俠	音協	0354D	楊六郎合門忠孝。焦光贊俠氣超群。
1542	俠	音協	0384C	豪俠的勾當。
1543	冒	音墨	0010C	俺祖公公冒頓單于。
1544	冠	去聲	0661C	年方弱冠。
1545	冠	去聲	0752A	那軍師有冠世才。
1546	剉	倉坐切	0764A	爛剉肉如泥。
1547	削	音小	0662B	等閒間早害得來肌膚如削。
1548	削	音小	1003B	你與我那屈死的親爺將冤恨削。
1549	剌	那架切	0514B	倒噎的俺老虔婆血糊淋剌。
1550	剌	那架切	0543B	我敢搠碎你口中牙不剌。
1551	剌	那架切	0612B	休廝纏。胡遮剌。
1552	剌	音辣	0072A	疏剌剌寒風起。
1553	剌	音辣	0102A	疎剌剌的風雨篩。
1554	剌	音辣	0144A	爲甚麼乾支剌吐着舌頭。

1555	剌	音辣	0243A	差幾個曳剌勾追。
1556	剌	音辣	0302A	去買一瓶兒打剌酥吃着耍。
1557 〔註6〕	剌	音辣	0371A	軟答剌冷了四肢。
1558	剌	音辣	0402A	茅簷外疎剌剌布帘兒斜。
1559	剌	音辣	0501A	一壁廂有各剌剌象板敲。
1560	剌	音辣	0521A	不剌剌引馬兒先將箭道通。
1561	剌	音辣	0533A	鋪的是乾忽剌的葦蓆。
1562	剌	音辣	0553A	打的這馬不剌剌風團兒馳驟。
1563	剌	音辣	0591A	舌剌剌不住口。
1564	剌	音辣	0600C	你穿着這破不剌的舊衣。
1565	剌	音辣	0643A	腳稍天騰的喫個仰剌叉。
1566	剌	音辣	0674A	不剌剌走似煙。
1567	剌	音辣	0744A	骨剌剌旗門開處。
1568	剌	音辣	0911C	去那三山骨上贈上他一鞭，那馬不剌剌。
1569	剌	音辣	0932A	忽剌剌半空霹靂聲驚動。
1570	剌	音辣	0944A	那婆娘舌剌剌挑茶斡剌。
1571	剌	音辣	0981A	聽疎剌剌晚風。
1572	剌	音辣	0991A	疎剌剌風亂鼓。
1573	刹	音察	0183D	世人重金寶。我愛刹那靜。
1574	刹	音察	0600C	我荒刹雖則淒涼。
1575	刹	音察	0962C	俗說能化一羅刹，莫度十七斜。
1576	刹	音察	0981C	此寺古刹。
1577	勃	音婆	0183A	這便是風送王勃。
1578	勅	音耻	0063B	休題着違宣抗勅。
1579	勅	音耻	0423B	央及陳摶受宣勅。
1580	厖	音忙	0021A	那姐姐怕不待厖兒俊俏可人憎。
1581	厖	音忙	0061B	花比腮厖。
1582	厖	音忙	0151A	則見他身兒俊俏厖兒秀。
1583	厖	音忙	0242A	則我那銀盆也似厖兒膩粉鈿。
1584	厖	音忙	0463A	端詳着厖兒俊。
1585	厖	音忙	0632A	俊厖兒落雁沈魚貌。
1586	厖	音忙	0662A	他將那不犯觸的厖兒變了。
1587	咤	倉詐切	0362C	有喑噁叱咤之勇。舉鼎拔山之力。

〔註6〕 明刻本被釋字作「剌」，劇文作「剌」。

1588	咤	瘡詐切	0741C	嗟想項王暗啞叱咤。
1589	怘	音止	0792A	盼家門怘尺似天遙。
1590	咱	茲沙切	0441B	則為這孩兒每幼小且饒咱。
1591	咱	茲沙切	0781B	多多少少欺咱。
1592	咱	茲沙切	0801B	我在這月明中閒翫咱。
1593	咳	音孩	0244B	你得要鬧咳咳。鬧咳咳。使性窄。
1594	咳	音孩	0294B	一箇家鬧咳咳。
1595	咷	音桃	0223A	則見他子母每哭嚎咷。
1596	咷	音桃	0334A	每日家嚎咷痛哭。
1597	咷	音逃	0214B	叫不應雨淚嚎咷。
1598	咷	音逃	0283A	聽不的他死聲咷氣，惡又白賴。
1599	咷	音逃	0902B	定奴兒痛哭號咷。
1600	咷	音逃	1002A	只有個椎天搶地號咷哭。
1601	咽	衣也切	0402B	我見他自推自擓自哽咽。
1602	咽	衣也切	0552B	既然道有事關心能哽咽。
1603	咽	衣也切	0763B	自哽咽。
1604	咽	音烟	0144A	咽喉內熱涎潮。
1605	咽	音烟	0154B	我我我叫破了喉咽。
1606	咽	音烟	0333A	他道嬤子也把咽喉緊緊的掐住。
1607	咽	音烟	0373B	迷留沒亂救他叫破俺喉咽。
1608	咽	音煙	0363E	念一回。唱一回。潤俺喉咽。
1609	咽	音煙	0461A	怎生下我咽喉。
1610	咽	音燕	0734B	原來是手帕在喉咽。
1611	咿	音衣	0412A	櫓咿啞。
1612	咿	音衣	0603A	趁着這響咿啞數聲柔艣前溪口。
1613	哂	身上聲	0181B	暗評跋。忽笑哂。
1614	哂	身上聲	0313B	我覷了暗地哂。
1615	哂	身上聲	0370B	卻被那愚民暗哂。
1616	哂	身上聲	0422B	覷浮世暗中哂。
1617	哂	身上聲	0610B	一任教傍人將我來笑哂。
1618	哂	身上聲	0623B	我可便自暗哂。
1619	哂	身上聲	0693B	只落的微微暗哂。
1620	哂	身上聲	0711B	你可也莫要哂。
1621	哂	身上聲	0823C	休得見哂。
1622	哂	身上聲	0933B	則我這重疊疊的眷姻可也堪自哂。

1623	哄	烘去聲	0594B	怎生的我根前還來打哄。
1624	哈	五鴉切	0621B	笑哈哈捧流霞。
1625	哏	很平聲	0264B	全不想冰雪堂無事哏。
1626	哏	很平聲	0391B	你沒事哏。
1627	哏	狠平聲	0072A	惡哏哏全不顧親兄弟。
1628	哏	狠平聲	0113D	惡哏哏後擁前推。雄赳赳橫拖倒拽。
1629	哏	狠平聲	0123B	則見他惡哏哏摸按着無情棍。
1630	哏	狠平聲	0134B	爲甚麼只古裏裸袖揎拳無事哏。
1631	哏	狠平聲	0142B	他將那惡性兒把咱哏。
1632	哏	狠平聲	0192A	則見他惡哏哏的公吏兩邊排。
1633	哏	狠平聲	0224B	我敢哏。
1634	哏	狠平聲	0302A	惡哏哏的人離了寨柵。
1635	哏	狠平聲	0321B	這廝每哏。
1636	哏	狠平聲	0403A	做甚麼惡哏哏怒從你那心上起。
1637	哏	狠平聲	0442B	雄赳赳的公人手腳哏。
1638	哏	狠平聲	0492A	他憑着惡哏哏威風糾糾。
1639	哏	狠平聲	0721B	沒事哏。
1640	哏	狠平聲	0811A	常則是惡哏哏緊搭着條黃桑棍。
1641	哏	狠平聲	0842A	則見他惡哏哏獨自撞將來。
1642	哏	狠平聲	0931A	惡哏哏豎着髭鬚。
1643	哏	狠平聲	1004A	惡哏哏便待生逼俺娘親爲匹聘。
1644	垓	音該	0114B	則聽的他鬧垓垓。
1645	垓	音該	0272B	我則要你引鶯雛飛出韓侯那一座大會垓。
1646	垓	音該	0351B	只聽的鬧垓垓。
1647	垓	音該	0732B	人紛紛鬧九垓。
1648	垛	多上聲	0802B	我則道是血磔磔屍首堆垛。
1649	垛	音朵	0591A	垛下乾柴。
1650	垣	音丸	0213A	壞垣破屋兩三家。
1651	姝	音朱	0064B	共謝得當今主嬌姝。
1652	姝	音朱	0153B	眼見的折挫殺女嬌姝。
1653	姝	音朱	0460E	汝爲豫章姝。十三纔有餘。
1654	姝	音朱	0523B	我這裏回頭猛然覷艷姝。
1655	姝	音朱	0633B	美嬋娟嬌艷姝。
1656	姝	音朱	0844B	六宮中多少女嬌姝。
1657	姝	音朱	0991B	道道道別求箇女艷姝。

1658	姪	征移切	0243B	他是叔父我是姪。
1659	姪	征移切	0353B	今皇帝是俺嫡堂叔姪。
1660	姪	征移切	0522B	我和你須叔姪。
1661	姪	征移切	0794B	須是你親姪。
1662	姹	倉詐切	0633A	嬰兒姹女趣。
1663	姹	瘡詐切	0422A	降伏盡嬰兒姹女。
1664	姹	瘡詐切	0451C	使姹女嬰兒配定。
1665	姹	瘡詐切	0763A	姹女將帶揪者。
1666	娃	音蛙	0010B	寡人待刷室女選宮娃。
1667	娃	音蛙	0042B	可憐我這沒照覷的嬌娃。
1668	娃	音蛙	0213B	又沒甚綵鑑宮娃。
1669	娃	音蛙	0543B	你道是不曾見他女嬌娃。
1670	娃	音蛙	0581B	全不想生男育女舊嬌娃。
1671	客	音楷	0042E	帽兒窄窄。今日做個嬌客。
1672	客	音楷	0183B	我也再不做那江南的賈客。
1673	客	音楷	0202B	又不比秦樓夜讌金釵客。
1674	客	音楷	0283B	我本要秦樓夜訪金釵客。
1675	客	音楷	0343B	秀才也更做甚麼客。
1676	客	音楷	0400B	也則是虧着俺為人在客。
1677	客	音楷	0452B	望不見嬌客。
1678	客	音楷	0472B	怎做的斗牛星畔客。
1679	客	音楷	0511B	早送舊客迎新客。
1680	客	音楷	0564B	搖椿廝挺春風門下客。
1681	客	音楷	0634B	墮塵埃。為貴客。
1682	客	音楷	0664B	惱了這春風門下客。
1683	客	音楷	0671B	畫麒麟閣上客。
1684	客	音楷	0861E	袖兒窄窄。今日做箇嬌客。
1685	客	音楷	0874B	出脫你這乾風情的畫眉客。
1686	客	音楷	0974A	我對着眾客展開。
1687	客	音楷	0982B	多管是失了船的過客。
1688	客	音楷聲	0800B	一來是躲災二來是做客。
1689	客	揩上聲	0272B	三不知逢着貴客。
1690	客	楷上聲	0842B	現掌些六院裏金釵客。
1691	客	楷上聲	0912B	越顯的你個哥哥敬客。
1692	室	傷以切	0044B	因此上被強勒為妻室。

1693	室	傷以切	0063B	有多少千金嬌艷爲妻室。
1694	室	傷以切	0413B	剗地接絲鞭別娶了新妻室。
1695	室	傷以切	0492B	莽奪人妻室。
1696	室	傷以切	0533B	我窮則窮是秀才的妻室。
1697	室	傷以切	0544B	他他他強要人妻室。
1698	室	傷以切	0582B	新亡了正室。
1699	室	傷以切	0752B	可知道劉玄德重興漢室。
1700	屋	音伍	0523B	昨日個深居華屋。
1701	屋	音塢	0791B	住兩間高瓦屋。
1702	屋	音塢	0844B	出入在華堂錦屋。
1703	崒	勒沒切	0982A	高崒嵂山勢崑崙大。
1704	崝	音澄	0424D	平生潑賴曾爲盜。一運崝嶸卻做官。
1705	度	多勞切	0131B	心下自量度。
1706	度	多勞切	0214B	廝輳着暗地量度。
1707	度	多勞切	0611B	我這裏量度。
1708	度	多勞切	0642B	則你那心兒裏自想度。
1709	度	多勞切	0703B	母親意下量度。
1710	度	多勞切	0762B	不回頭不忖度。
1711	度	多勞切	0792B	量度。
1712	度	多勞切	0873B	只見他搖頭側腦費量度
1713	度	多勞切	0902B	想度。
1714	度	多勞切	0922B	我爲甚兩下裏自量度。
1715	度	多勞切	0964B	他小心兒不肯自量度。
1716	度	多勞切	1003B	請大人自量度。
1717	弴	音米	0754A	保封疆弴禍災。
1718	律	音慮	0323B	吃萬剮的遭刑律。
1719	律	音慮	0372B	俺孩兒犯着徒流絞斬蕭何律。
1720	律	音慮	0633B	歌古調達音律。
1721	律	音慮	0653B	又不曾方頭不律。
1722	律	音慮	0944B	出出律律忽忽嚕嚕陰雲開處。
1723	思	去聲	0070C	也見兄弟的意思。
1724	思	去聲	0314B	怎生意思。
1725	思	去聲	0322C	甚麼意思。
1726	思	去聲	0401C	不好意思。
1727	思	去聲	0552C	老夫一點爲國求賢的意思。

1728	思	去聲	0592C	如今桃花女甚有意思。
1729	思	去聲	0601C	這不是你要歸家的意思。
1730	思	去聲	0640C	我想他也無過要多索些財禮意思。
1731	思	去聲	0660C	這是聖賢勉人謹身，與人改過的意思。
1732	思	去聲	0690B	怎肯道是無用也於才思。
1733	思	去聲	0712A	想足下縱有才思十分。
1734	思	去聲	0730C	我看那小娘子的說話。儘有些意思。
1735	思	去聲	0742C	敢則是隨何自家的意思。
1736	思	去聲	0782A	因此上思入風雲變態中。
1737	思	去聲	0823B	較文呵有賈馬班楊藻思。
1738	思	去聲	0854C	卻像要交付醫人的意思。
1739	思	去聲	0912C	你的意思我也猜着你了。
1740	思	去聲	0934C	看了書中意思。
1741	思	去聲	0973C	你可敢還思想着他麼。
1742	急	巾以切	0072B	不停閒雪兒緊風兒急。
1743	急	巾以切	0413B	爭奈匆匆去急。
1744	急	巾以切	0513B	歸心更比江流急。
1745	恍	呼廣切	0572C	身心恍惚。
1746	恰	強雅切	0463B	模樣兒十分喜恰。
1747	恰	強雅切	0571B	每日裏笑恰。
1748	恰	強雅切	0621B	提起來偏喜恰。
1749	扃	居名切	0073B	稀刺刺草戶扃。
1750	扃	居名切	0211B	正是金闕西廂叩玉扃。
1751	扃	居名切	0231B	村犬吠柴扃。
1752	扃	居名切	0661B	聽呀的門扃。
1753	扃	居翁切	0782B	月滿蘭房夜未扃。
1754	拯	音整	0164C	若非你拯救吹噓。
1755	拯	音整	0253C	老夫包拯是也。
1756	拯	音整	0334C	老夫包拯是也。
1757	拯	音整	0372C	老夫姓包名拯。
1758	拯	音整	0494C	老夫姓包名拯。
1759	拯	音整	0543C	老夫姓包名拯。
1760	拯	音整	0804C	老夫姓包名拯。
1761	拴	尸關切	0951B	俺從今把心猿意馬緊牢拴。
1762	挼	哉上聲	0301A	排營挼挼。

1763	拷	音考	0283A	將你拷一百流逐三千里外。
1764	拷	音考	0953A	俺只待拖狗皮的拷斷他腰截。
1765	拽	音夜	0402B	又被那夥喬男喬女將咱來拽。
1766	拽	音夜	0434B	俺這裏箭早拽。
1767	拽	音夜	0821B	管絃拖拽。
1768	拾	繩知切	0071A	落可便刮土兒收拾盡。
1769	拾	繩知切	0112B	倒不如早收拾。
1770	拾	繩知切	0201B	看時節針線強收拾。
1771	拾	繩知切	0353B	剁手足自收拾。
1772	拾	繩知切	0363B	我勸你這片凡心早收拾。
1773	拾	繩知切	0411A	盡收拾心事上眉梢。
1774	拾	繩知切	0513B	把頭面收拾。
1775	拾	繩知切	0712B	意馬收拾。
1776	拾	繩知切	0731B	又不是老親多事把我緊收拾。
1777	拾	繩知切	0794B	潑水在地怎收拾。
1778	拾	繩知切	0823B	諕的我手忙腳亂緊收拾。
1779	拾	繩知切	0862A	收拾出了咱家門裏。
1780	拾	繩知切	0872B	則今番不許收拾。
1781	拾	繩知切	0881A	收拾心事上眉尖。
1782	挑	上聲	0211A	宮娥雙挑絳紗燈。
1783	挑	上聲	0632B	酒旗向青杏園林挑。
1784	挑	上聲	0993B	草刷兒向牆頭挑。
1785	施	去聲	0770C	這山下有一施主人家是柳媽媽。
1786	施	去聲	0981C	送長老權爲布施。
1787	昵	音匿	0010C	多昵女色。
1788	柘	音蔗	0944A	都只待奏新聲舞柘枝。
1789	柘	遮去聲	0314A	白玉堂前舞柘枝。
1790	柘	遮去聲	0592A	我這裏穿大道桑柘林。
1791	柚	音又	0934A	猛聞的洞庭湖橘柚香。
1792	柞	音詐	0874A	一柞來銅錢恰便似砍麻稭。
1793	柯	音戈	0614B	恰便似一枕夢南柯。
1794	柯	音哥	0164B	莫不是夢裏南柯。
1795	柯	音哥	0192C	原來是南柯一夢。
1796	柯	音哥	0301A	到頭都總。南柯夢。
1797	柯	音哥	0464A	喚的箇一枕南柯夢初醒。

1798	柯	音哥	0481A	恰便似一枕南柯夢。
1799	柯	音哥	0492A	則除是南柯夢兒裏。
1800	柯	音哥	0601A	把一枕南柯省悟。
1801	柯	音哥	0782A	學不的淳于一枕南柯夢。
1802	柯	音哥	0802B	想人生總是一南柯。
1803	柯	音哥	0812B	惱人情腸的金井傍滴溜溜梧葉辭柯。
1804	柯	音哥	0974A	我正是幾度南柯夢中來。
1805	柵	釵上聲	0302B	惡狠狠的人離了寨柵。
1806	毒	東盧切	0064B	解臟毒。
1807	毒	東盧切	0153B	忒狠毒。
1808	毒	東盧切	0204B	恁母親從來狠毒。
1809	毒	東盧切	0253B	命苦毒。
1810	毒	東盧切	0333B	李二也天生狠毒。
1811	毒	東盧切	0372B	三哥打的更毒。
1812	毒	東盧切	0444E	小的每把筆來尚自腕怯。怎生敢提刀狠毒。
1813	毒	東盧切	0483B	可不道四大人天火最毒。
1814	毒	東盧切	0493B	便做道忒賢達。不狠毒。
1815	毒	東盧切	0542B	更打着有智量的婆娘更狠毒。
1816	毒	東盧切	0633B	論所爲忒狠毒。
1817	毒	東盧切	0702B	到多來羊角呼號最狠毒。
1818	毒	東盧切	0744B	整彪軀輪巨毒。
1819	毒	東盧切	0793E	到家中七竅內迸流鮮血。知他是怎生服毒。
1820	毒	東盧切	0844B	他不合意狠腸毒。
1821	毒	東盧切	0854B	做冤讎能做毒。
1822	毒	東盧切	0883A	想起他這狠切的毒心。
1823	毒	東盧切	0991B	又將咱性命屠毒。
1824	毒	東盧切	1002B	兀那駕船的梢公和你有甚毒。
1825	冽	郎夜切	0552B	奠楸夢斷陰風冽。
1826	洒	商鮓切	0213B	灞橋衰柳風瀟灑。
1827	洒	商鮓切	0571n	／
1828	洗	先上聲	0582C	我如今洗剝了。
1829	洗	音選	0152C	洗剝了與我打着者。
1830	洮	音逃	0891C	乃隴西臨洮人也。
1831	活	音和	0053B	到晚來向羊圈裏、且存活。消磨。
1832	活	音和	0103B	負屈銜冤怎生過。不存活。

1833	活	音和	0164B	俺如今有過活。
1834	活	音和	0352B	拆的來做不得存活。
1835	活	音和	0454B	尋思來。那快活。
1836	活	音和	0494B	俺自撇下家緣過活。
1837	活	音和	0583B	盡都是把手爲活。
1838	活	音和	0592B	我端的救了你命活。
1839	活	音和	0604B	這便俺仙家的過活。
1840	活	音和	0614B	乾丟了銅斗兒家活。
1841	活	音和	0741A	便教我做活佛。
1842	活	音和	0802B	似這般腥臊臭穢怎存活。
1843	活	音和	0812B	因甚的鬧炒炒做不的箇存活。
1844	活	音和	0924C	綽號活閻羅阮小五的便是。
1845	活	音和	0941B	你把解庫存活。
1846	洼	音蛙	0492A	與蓼兒洼爭甚的。
1847	洼	音蛙	0764A	怎將蓼兒洼強猜做藍橋驛。
1848	洽	奚佳切	0042B	辦着個志誠心着俺這夫婦每歡洽。
1849	洽	奚佳切	0194B	好生謙洽。
1850	洽	奚佳切	0543B	須是我賞發與一夜歡洽。
1851	洽	奚佳切	0571B	我陪着個笑臉兒百般的喜洽。
1852	洽	奚佳切	0581B	子母每恰歡洽。
1853	洽	奚佳切	0781B	舉止少謙洽。
1854	洽	奚佳切	0911B	沒半點和氣謙洽。
1855	炮	音袍	0063A	廚房中水陸烹炮珍羞味。
1856	炮	音袍	0521A	尙食局炮鳳烹龍。
1857	炮	音袍	0682A	強如列珍羞炮鳳烹龍。
1858	炮	音袍	0704A	烹龍炮鳳。
1859	炰	音袍	0503C	我如今且着孩兒在家中炰下那疙疸茶兒。
1860	炰	音袍	0632B	列鼎食珍羞揀口兒炰。
1861	炰	音袍	0711D	烹龍炰鳳總成虛。
1862	爲	音位	0423A	索分個爲人爲己。
1863	爲	音畏	0564A	也是俺官官相爲。
1864	狡	音皎	0384B	若提起驛亭那日多姦狡。
1865	玷	音店	0810A	無瑕玷的情懷圖個永久。
1866	玻	音波	0461A	拂銀篦湘水玻瓈皺。
1867	珀	鋪買切	0183B	碑碟琥珀。

1868	珀	鋪買切	0912B	香濃也勝琥珀。
1869	珂	康和切	0282A	夜月鳴珂巷。
1870	珂	康和切	0494B	須不是風月鳴珂。
1871	相	去聲	0401C	這人相貌雖惡。心是善的。
1872	相	去聲	0424B	你好是輕薄相。
1873	相	去聲	0591C	那星官是什麼形相。
1874	相	去聲	0601A	便做道佩蘇秦相印待何如。
1875	相	去聲	0714B	從今後識破了人相我相眾生相。
1876	相	去聲	0770E	好個醉和尚。人間非有相。
1877	相	去聲	0801C	不是我小器相。
1878	相	去聲	0842A	那裏也將相之才。
1879	相	去聲	0864C	小的見他生相是個惡的。
1880	相	去聲	0934B	不道我愁容苦相。
1881	相	去聲	0944A	俺孩兒福相貌雙耳過肩墜。
1882	相	去聲	0970C	眾人皆許他卿相之器。
1883	相	去聲	0983C	只要火氣十分旺相。
1884	盹	敦上聲	0014C	恰纔我打了個盹。
1885	盹	敦上聲	0142B	拳着處早可撲的精磚上盹。
1886	盹	敦上聲	0154A	我我我立盹行眠。
1887	盹	敦上聲	0181B	銀堆兒盹。
1888	盹	敦上聲	0422B	我待靜倚蒲團自在盹。
1889	盹	敦上聲	0451B	一半兒應承一半兒盹。
1890	盹	敦上聲	0462C	不覺的盹睡着了。
1891	盹	敦上聲	0562C	我盹睡咱。
1892	盹	敦上聲	0654B	只爲你哭的我行眠立盹。
1893	盹	敦上聲	0672C	我適纔到營帳裏打的一個盹。
1894	盹	敦上聲	0732C	權時盹睡咱。
1895	盹	敦上聲	1001B	強搭伏這鮫綃盹。
1896	盹	頓上聲	0333C	我正在私房裏打盹。
1897	盹	頓上聲	0392C	等我略盹一盹。
1898	盹	頓上聲	0761B	我且做一半兒朦朧一半兒盹。
1899	盹	頓上聲	0922A	我恰纔困騰騰盹睡着。
1900	盾	音遯	0850C	文者是趙盾。
1901	盾	豚去聲	0580B	他爲甚甘心趙盾。
1902	省	生上聲	0892A	你這新女婿省財錢。

1903	眊	毛去聲	0212C	如今明皇年已昏眊。
1904	看	平聲	0573A	你劃的將我似牛羊般看待。
1905	看	平聲	0601E	幽燕當北望。吳越向南看。
1906	看	平聲	0611C	兀那劉均佐看財奴。
1907	看	平聲	0731A	每日家羞看燕舞。
1908	看	平聲	0774A	飽看取明月清風況。
1909	看	平聲	0784A	看花長在洛陽橋。
1910	看	平聲	0801A	小人呵則是我不合來這裏看花。
1911	看	平聲	0930D	夫妻何事不相投。罰去看羊過幾秋。
1912	看	平聲	0972C	我請太醫來看相公的病。
1913	砆	音夫	0502A	你似那碔砆石比玉何驚駭。
1914	砆	音孚	0021A	恰便似碔砆石待價。
1915	研	音訝	0612B	那堪獨扇門兒研。
1916	祆	音軒	0414A	則待教祆廟火刮刮匝匝烈焰生。
1917	祆	音軒	0663A	須不比祆廟火煙飛浩蕩。
1918	祆	音軒	0784A	沒來由夜宿祆神廟。
1919	祆	音軒	0834A	填平洛浦摧翻祆廟。
1920	祆	音軒	0943A	祆廟火宿世緣。
1921	祆	音軒	0101A	我今夜着他個火燒祆廟。
1922	祇	音其	0063B	本命神祇。
1923	祇	音其	0072B	哥哥也你瞞天地。昧神祇。
1924	祇	音其	0181E	休將姦狡昧神祇。禍福如同逐影隨。
1925	祇	音其	0193B	莫不是半空中降下雪神祇。
1926	祇	音其	0234B	我忙合手頂禮神祇。
1927	祇	音其	0342C	卻怨恨俺這神祇
1928	祇	音其	0593C	這早晚正值鬼金羊昴日雞兩個神祇巡綽。
1929	祇	音其	0653C	這是陰府神祇。
1930	祇	音其	0770C	祇樹林中。
1931	祇	音其	0910B	空內有神祇。
1932	祇	音其	0921B	我可便謝天謝地謝神祇。
1933	祇	音其	0943A	是神祇。
1934	种	音冲	0824C	老夫姓种名師道。
1935	种	音冲	0641C	誰想他跟着一個什麼經略相公种師道。
1936	突	東盧切	0064B	那一個臉抹的黑突突。
1937	突	東盧切	0191B	將別人功績強糊突。

1938	突	東盧切	0204B	可怎生做事糊突。
1939	突	東盧切	0333B	你一個水晶塔官人忒胡突。
1940	突	東盧切	0372B	見鑾輿便唐突。
1941	突	東盧切	0443B	一剗的木笏司糊突。
1942	突	東盧切	0483B	管教他便人亡馬倒都做血糊突。
1943	突	東盧切	0653B	土地也不胡突。
1944	約	音杳	0214B	懊惱。窨約。
1945	約	音杳	0222B	孜孜的窨約。
1946	約	音杳	0243E	告相公心中暗約。將法度也須斟酌。
1947	約	音杳	0342B	黃州書自窨約。
1948	約	音杳	0703B	好共歹從他窨約。
1949	約	音杳	0784B	這時節武陵溪怎暗約。
1950	約	音杳	0792B	越教人廝窨約。
1951	約	音杳	0834B	怎知俺父母有盟約。
1952	約	音杳	0902B	我如今與他定約。
1953	約	音杳	0921A	我這裏自窨約。
1954	約	音耀	0642B	自暗約。
1955	約	音耀	0662B	又不曾言期約。
1956	羿	音異	0112C	被后羿在崑崙山頂上。射落九烏。
1957	羿	音意	0663C	被后羿在崑崙山頂上射落九個。
1958	胙	租去聲	0783C	受胙飲酒。
1959	胚	鋪梅切	0864A	倒做了惹禍的胚胎。
1960	胛	江雅切	0643B	我這裏挺一挺聳着肩胛。
1961	胛	江雅切	0801B	猛見個挵住肩胛。
1962	胛	江雅切	0911B	你看他聳起肩胛。
1963	胤	音孕	0851B	你為趙氏存遺胤。
1964	胤	音孕	0904B	想着那軬車後拖麻的是誰家胤。
1965	脉	音買	0634B	這一段風流意脉。
1966	苒	音冉	0474D	遂淹留不得返荏苒三年。
1967	苒	音冉	0662C	那生見今含情荏苒。
1968	苒	音冉	0702A	荏苒荷盤老柄枯。
1969	苒	音冉	0930A	愁荏苒。
1970	苞	音包	0392A	且休說受苞苴是窮民血。
1971	苫	失廉切	0103C	（挵的）一枝苫牆柳樹。
1972	苫	聲占切	0182A	枉了我便一生苫鰥寡孤獨。

1973	苫	聲占切	0191A	射不着的苫莊三頃地。
1974	苫	聲占切	0262C	俺一家兒努眼苫眉。只待要逼蘇秦險些上弔。
1975	苫	聲占切	0312A	苫眼鋪眉盡都是謊。
1976	苫	聲占切	0392C	你替我打個草苫兒。
1977	苫	聲占切	0452C	鋪眉苫眼。
1978	苫	聲占切	0531A	睜眼苫眉撚鬢鬚。
1979	苫	聲占切	0691A	出來的苫眼鋪眉。
1980	苫	聲占切	0771A	卻又早苫上西鄰。
1981	苫	聲占切	0822C	我苫着個科子。
1982	苫	聲占切	0852C	苫莊三頃地。
1983	苫	聲占切	0881B	我看你瘦懨懨眼札眉苫。
1984	苫	聲占切	0921A	為甚麼苫眉努目閒淘氣。
1985	苴	音疽	0392A	且休說受苞苴是窮民血。
1986	虐	音要	0214B	會把愁人定虐。
1987	虐	音要	0642B	將我這百姓每忒凌虐。
1988	虐	音要	0853B	卻教我老公孫受這般虐。
1989	虼	音乞	0121A	那廝雖穿着幾件虼蜋皮。
1990	要	平聲	0852A	要請甚旗牌下九重。
1991	負	付上聲	0654E	百般的破敗家財，都是大孩兒塡還你那債負。
1992	負	音赴	0364B	我若是欠人債負。
1993	赳	音九	0113D	惡哏哏後擁前推。雄赳赳橫拖倒拽。
1994	赳	音九	0172A	依還的雄威赳赳。
1995	赳	音九	0190A	則你那雄赳赳氣昂昂。
1996	赳	音九	0442A	雄赳赳的公人手腳哏。
1997	迤	音拖	0602A	你則為功名兩字相迤逗。
1998	迤	音拖	0762A	我我我迤逗的他心內焦。
1999	迤	音移	0012A	爭忍教第一夜夢迤逗。
2000	迤	音移	0023A	心緒悠悠。不明白這場迤逗。
2001	迤	音移	0062A	幾時迤逗的獨強性。
2002	迤	音移	0094A	莫不是將咱故意相迤逗。
2003	迤	音移	0264C	迤逗而來。
2004	迤	音移	0322C	他道誰迤逗俺渾家來。
2005	迤	音移	0783B	過了這百千重山路逶迤。

2006	迤	音移	0871A	待不吃呵又被這酒旗兒將我來相迤逗。
2007	迤	音移	0903C	迤邐行來。
2008	迤	音移	0963A	乾迤逗的箇姜女送寒衣。
2009	迭	音爹	0203B	手腳麤狂去不迭。
2010	迭	音爹	0402B	打得那一匹馬不剌剌走不迭。
2011	迭	音爹	0434B	急切難迭。
2012	迭	音爹	0552B	聽的道君命至越着俺披襟走不迭。
2013	迭	音爹	0953B	喚相公早醒些，快迭。
2014	酊	丁上聲	0143B	灌得我來酩酊。
2015	酊	丁上聲	0231B	若不是灌的來十分酩酊。
2016	重	平聲	0074D	纏得他心回意轉。重和好復舊如初。
2017	重	平聲	0100D	繡衲襖千重花艷。茜紅巾萬縷霞生。
2018	重	平聲	0141A	則當一枚針挑去了一重沙。
2019	重	平聲	0163A	更休想重上紅樓理玉箏。
2020	重	平聲	0403A	喚你的是王重義。
2021	重	平聲	0531A	重整頓珠翠冠梳。
2022	重	平聲	0551A	肉重千斤。
2023	重	平聲	0574A	誰想道這搭兒重相遇。
2024	重	平聲	0591C	然後重開舖面。
2025	重	平聲	0603A	細網索重編就。
2026	重	平聲	0613A	相識每重重講。
2027	重	平聲	0652A	則除非向來生重把那生修。
2028	重	平聲	0674D	饒君披上鎧三重，抹着鞭梢骨節折。
2029	重	平聲	0691A	這陰風不透重簾幕。
2030	重	平聲	0711D	幾重水，幾重渦，帶着野田空闊。
2031	重	平聲	0731A	我索與你金環兒重改造。
2032	重	平聲	0741D	五國諸侯俱聽命。一時無奈楚重瞳。
2033	重	平聲	0752A	可知道劉玄德重興漢室。
2034	重	平聲	0773D	纖毫情不盡。便隔幾重天。
2035	重	平聲	0782B	人在珠簾第幾重。
2036	重	平聲	0802C	你與我把這店門重重關上。
2037	重	平聲	0824A	寒不把重裘試。
2038	重	平聲	0842C	奉九重之歡。
2039	重	平聲	0851D	只要你出的九重帥府連環寨。便是脫卻天羅地網災。

2040	重	平聲	0861D	我救了你老性命死裏重生。怎割捨得不肯把肉身陪待。
2041	重	平聲	0891A	我本是一重愁，翻做了兩重愁。
2042	重	平聲	0914D	若不是陳德甫仔細說分明。怎能勾周奉記父子重相會。
2043	重	平聲	0930A	天那知他何日得重完備。
2044	重	平聲	0944C	今日個天賜俺父子重完。
2045	重	平聲	0971A	害了個慽漸漸的鬼病兒，積趲下重重疊疊恨。
2046	重	平聲	0984C	重返瑤池。
2047	重	平聲	0992A	他可便遭賊盜值重喪。
2048	陌	音賣	0192B	你那一日離莊宅。登紫陌。
2049	陌	音賣	0272B	抵多少東風飄蕩垂楊陌。
2050	陌	音賣	0343B	更怕我東南倦上紅塵陌。
2051	陌	音賣	0732B	多情月送我在三條九陌。
2052	陌	音賣	0912B	恰便似玉瑑成六街三陌。
2053	陌	音賣	0944B	銅駝陌紛紛鬧奢華。
2054	降	希江切	0854A	直使的諸邦降伏。
2055	降	奚江切	0064A	降了你乖處。
2056	降	奚江切	0191E	獨據遼東一小邦。大唐休怪不歸降。
2057	降	奚江切	0422A	降伏盡嬰兒姹女。
2058	降	奚江切	0591A	伯伯也則教他到我行納下降籌。
2059	降	奚江切	0670C	自降唐以來。
2060	降	奚江切	0692B	孫臏投齊氣怎降。
2061	降	奚江切	0721A	拿着一串數珠是嚇子弟降魔印。
2062	降	奚江切	0741C	若得能言巧辨之士。說他歸降。
2063	降	奚江切	0751C	不幸爲許貢降卒射死。
2064	降	奚江切	0823E	兩軍旗鼓倒也好相當。單則三寸東西不易降。
2065	降	奚江切	0891A	到如今文官每盡拜降。
2066	降	奚江切	0930C	發猛的要降着我。
2067	降	奚江切	0982C	降伏着他。
2068	食	音似	0371B	咱每日一瓢飲一簞食。
2069	食	繩知切	0063B	執料些飲食。
2070	食	繩知切	0072B	似這雪呵教韓信怎乞食。
2071	食	繩知切	0121B	耳邊休採那等閒食。

2072	食	繩知切	0163A	你待要我賣笑求食，直將我來慢慢的等。
2073	食	繩知切	0191A	想當日韓元帥。乞食那漂母。
2074	食	繩知切	0243B	他則待殢酒食。
2075	食	繩知切	0262C	幾口氣擡舉他偌大。恰便似燕子銜食。
2076	食	繩知切	0284B	從今後足衣。足食。
2077	食	繩知切	0322B	貧和富是您孩兒裙帶頭衣食。
2078	食	繩知切	0344B	今日個列鼎而食。
2079	食	繩知切	0383B	憑短簫一曲覓衣食。
2080	食	繩知切	0393B	沒來由廢寢忘食。
2081	食	繩知切	0403B	你可也思量些甚飯食。
2082	食	繩知切	0413B	似這般廢寢忘食。
2083	食	繩知切	0423B	愛吃的藜藿食。
2084	食	繩知切	0433B	偏要吃他這茶食。
2085	食	繩知切	0522B	似啄木尋食。
2086	食	繩知切	0533B	只這等是一世衣食。
2087	食	繩知切	0544B	這些時廢寢忘食。
2088	食	繩知切	0571A	他每都人人邊戶將糧食化。
2089	食	繩知切	0731B	也省的人廢寢忘食。
2090	食	繩知切	0764B	逼的他覓衣食。
2091	食	繩知切	0783B	饕餮他酒共食。
2092	食	繩知切	0794B	悶懨懨廢寢忘食。
2093	食	繩知切	0803B	你莫不是野鬼孤魂索酒食。
2094	食	繩知切	0872B	到今日卻做了日月交食。
2095	食	繩知切	0921B	揀口兒吃食。
2096	首	去聲	0102C	着家中嫡親的人來首狀。
2097	首	去聲	0653C	我首告他走一遭去。
2098	首	去聲	0852A	他父親斬首在雲陽。
2099	娩	音免	0221C	倘是我小梅這妮子分娩了。
2100	娩	音免	0272C	十箇月滿足。將次分娩。
2101	眝	音佔	0423A	空教人眝眼舒眉。
2102	衏	音杭	0961A	做屠戶的這些衏衏。
2103	俳	音排	0461A	妙舞俳優。
2104	俶	音叔	0311C	不得與俶相會。
2105	倆	音兩	0054B	使什麼伎倆。
2106	倆	音兩	0061B	我欲說話別無甚伎倆。

2107	倆	音兩	0091A	賣弄的有伎倆。
2108	倆	音兩	0312B	想我那往常。伎倆。
2109	倆	音兩	0381A	那般伎倆。
2110	倆	音兩	0424B	貧道呵除外別無伎倆。
2111	倆	音兩	0692B	可着俺越多伎倆。
2112	倈	郎爹切	0131A	不倈更那月夕花朝。
2113	倈	郎爹切	0282A	訕杓倈手腳慌張。
2114	倈	郎爹切	0592A	他這般唱叫揚疾不倈便可也為甚麼。
2115	倈	郎爹切	0821B	我也曾向煙月所上花臺做子弟倈。
2116	倈	梨靴切	0071A	閃的我無投倈無逩。
2117	倈	梨靴切	0141A	不倈偏不的我風團般着這拄杖打。
2118	倈	離靴切	0083B	不倈問相公這一半兒那裏每可便將來。
2119	倈	離靴切	0182A	卻原來都是俺冤家倈債主。
2120	倈	離靴切	0312C	兀那月下閒行的正是那倈。
2121	倈	離靴切	0324A	不倈我提籃去探桑。
2122	倈	離靴切	0403C	叔待有倈。
2123	倈	離靴切	0501A	我一會家時復挑燈倈看古書。
2124	倈	離靴切	0511C	倘有俊倈來。
2125	倈	離靴切	0611A	我謝你箇達磨倈把衣鉢親交。
2126	倈	離靴切	0812A	沒見識的杓倈知甚死活。
2127	倈	離靴切	0944A	擺列的是一行行朱唇倈皓齒。
2128	偬	音剔	0751C	只說我家妹子志氣偬儻。
2129	偬	音剔	1002C	言談偬儻。
2130	倩	千去聲	0971A	少年倩女綠窗魂。
2131	倩	阡去聲	0201A	似舟中載倩女魂。
2132	倩	阡去聲	0513A	搬倩女離魂酒一杯。
2133	倩	青去聲	0021A	我只待要倩宮鶯銜出上陽花。
2134	倩	青去聲	0443A	怕不要倩外人。
2135	倩	青去聲	0461A	樂陶陶倩春風散客愁。
2136	倩	淺去聲	0061C	止生得一個女兒。小字倩英。
2137	倩	淺去聲	0491A	只被你巧笑倩禍機藏。
2138	倩	淺去聲	0762C	妾身劉倩嬌是也。
2139	倩	淺去聲	0833A	則被你引得這倩女離了魂靈。
2140	倬	音卓	0823C	大廈高堂俏倬的郎君子弟。
2141	剔	音體	0353B	剗眼睛便挑剔。

2142	剗	音產	0023A	剗的似水泄般不漏。
2143	剗	音產	0033A	一剗的在青樓纏戀。
2144	剗	音產	0082A	剗的去問天買卦。
2145	剗	音產	0111A	剗地要斬妖魔仗劍鋒。
2146	剗	音產	0123C	你剗地將我打罵。
2147	剗	音產	0130C	你剗地不知道。
2148	剗	音產	0293A	一剗精細。
2149	剗	音產	0354A	一剗的殘害忠良。
2150	剗	音產	0443A	一剗的木笏司糊突。
2151	剗	音產	0613A	他剗地抱子攜男。
2152	剗	音產	0661C	小姐剗的待要講書哩。
2153	剗	音產	0722C	一剗的長起青苔來。
2154	剗	音產	0794A	你剗地硬抵着頭皮兒對。
2155	剗	音產	0823A	剗的着俺不存不濟。
2156	剗	音產	0833D	剗地不思金榜日。只待暗約楚臺雲。
2157	剗	音產	0842A	一剗的織錦繡翡翠簾櫳。
2158	剗	音產	0861A	剗的便巧畫蛾眉成配偶。
2159	剗	音產	0921A	他一剗的瞞心昧己。
2160	剜	烏官切	0301A	恰便似刀剜我這心痛。
2161	剜	烏官切	0650C	將這牆上剜一箇大窟籠。
2162	剜	烏官切	0942A	公然的指尖兒把頰腮剜透。
2163	剜	碗去聲	0353A	痛殺殺腹若錐剜。
2164	剜	碗平聲	0031D	正是醫的眼前瘡。剜卻心頭肉。
2165	剜	碗平聲	0121A	那的是最容易剜眼睛嫌的。
2166	剜	碗平聲	0252D	怎不教我悲啼痛苦。想起來似刀剜肺腑。
2167	剜	碗平聲	0383A	直着那廝摘膽剜心。
2168	剜	碗平聲	0484C	剜出心肝。
2169	剜	碗平聲	0562A	錐剜也似額角疼。
2170	剜	碗平聲	0574A	想着你那摘膽剜心處。
2171	剜	碗平聲	0763A	逼得人剜牆鑽窟將金資覓。
2172	剜	碗平聲	0802A	將這廝剜着眼珠。
2173	剜	碗平聲	0811A	鎙鐯杓剜眼輪。
2174	剜	碗平聲	0924C	將他兩個剖腹剜心。
2175	剜	碗平聲	0961A	將我這摘膽剜心手段展。
2176	剝	音飽	0131B	星星開剝。

2177	剝	音飽	0214B	碎聲兒剝剝。
2178	厝	音醋	0253E	將骨殖做一擔挑來。指望的傍祖塋好生安厝。
2179	員	音云	0692A	我便似伍員去楚心猶壯。
2180	員	音雲	0171C	某姓伍名員。字子胥。
2181	員	音雲	0381C	只有他小的孩兒。乃是伍員。
2182	員	音運	0174A	伍員無敵。
2183	哨	妻笑切	0792A	我正是自養着家生哨。
2184	哨	雙罩切	0214B	順西風低把紗窗哨。
2185	哨	雙罩切	0561A	哨禽兒怎入鶯花傳。
2186	哨	雙罩切	0572B	颼颼的幾聲胡哨。
2187	哨	雙罩切	0691B	起三陣五陣簷風哨。
2188	哭	音苦	0154D	便哭殺帝女娥皇也。誰許你麗淚去滴成斑竹。
2189	哭	音苦	0204B	都一時啼哭。
2190	哭	音苦	0253B	只落得自吞聲暗啼哭。
2191	哭	音苦	0333B	當日個爲孩兒撒拗便啼哭。
2192	哭	音苦	0372B	啼啼哭哭。
2193	哭	音苦	0443B	怎不教我放聲啼哭。
2194	哭	音苦	0483B	滿城中都痛哭。
2195	哭	音苦	0493B	放聲啼哭。
2196	哭	音苦	0542B	那壁廂兒啼哭。
2197	哭	音苦	0643C	哽噎噎千啼萬哭。
2198	哭	音苦	0653B	我死後誰澆茶誰奠酒誰啼哭。
2199	哭	音苦	0854B	便是那鐵石人也放聲啼哭。
2200	哭	音苦	0931B	魂斷頻哭。
2201	哭	音苦	0962B	快啼哭。
2202	哭	音苦	0991B	放聲啼哭。
2203	哭	音苦	1002B	只有個椎天搶地號咷哭。
2204	哮	希交切	0284A	全不怕咆哮兩行公人立。
2205	哮	希交切	0853B	怒咆哮。
2206	哮	音梟	0964C	那馬嘶喊咆哮。
2207	哲	長蛇切	0552B	孔門十哲。
2208	哺	音布	0383C	俺眾人撮哺着。
2209	哺	音步	0332A	我將你懷兒中撮哺似心肝兒般敬。
2210	哽	音景	0332B	不由我。不悲哽。

2211	唆	音梭	0084C	那小廝不知被母親唆使他那裏去。
2212	唆	音梭	0253D	可憐劉安住負屈銜冤。須不是李社長教唆為務。
2213	唆	音梭	0301A	我則索教唆詞訟。
2214	唆	音梭	0583B	罵那無正事頹唆。
2215	唆	音梭	0592B	則辦得兩下裏挑唆。
2216	唆	音梭	0681C	必是老楊在師父跟前唆說。
2217	唆	音梭	0930C	搬唆幾句言語。
2218	唆	音梭	0981E	叵耐這鬼怪妖魔。將花言巧語調唆。
2219	唉	音哀	0842B	見娘娘走向前唉。
2220	啤	音奢	0402A	那廝暢好是忒啤嗻。
2221	吵	音沙	0643B	告告告狠爹爹寧耐吵。
2222	圄	音語	0552A	圄圄內管夷吾枉餓做兩截。
2223	埃	音哀	0183B	我俺的是這紫陌黃埃。
2224	埃	音哀	0302B	不騰騰馬踐塵埃。
2225	埃	音哀	0842B	紫霧香埃。
2226	奘	莊去聲	0274A	粗奘腰肢。
2227	娉	批明切	0143A	驀見個女娉婷引着個後生。
2228	娉	批明切	0622A	花列玉娉婷。
2229	娉	聘平聲	0114D	你原是廣寒宮娉婷仙桂。不合共陳世英暗成歡會。
2230	娉	聘平聲	0464A	原來是足下女娉婷。
2231	娉	聘平聲	0604A	這一個貌娉婷笊籬手把。
2232	娉	聘平聲	0720D	占斷楚城歌舞地。娉婷。天上人間第一名。
2233	娌	音里	0220C	為這妯娌兩箇不和。
2234	娌	音里	0253A	莫不您叔嫂妯娌不和睦。
2235	娌	音里	0262C	但凡人家不和。皆起于妯娌爭長競短。
2236	娌	音里	0271C	我和你妯娌之情。
2237	娌	音里	0331C	他妯娌不和。
2238	娌	音里	0653C	俺妯娌二人。
2239	娌	音里	0864C	和妯娌，睦街坊。
2240	娑	音梭	0583B	你莫不是眼摩挱。
2241	娑	音簑	0494B	且圖個五柳婆娑。
2242	娛	音余	0282C	夜夜歡娛。
2243	娛	音余	0493B	還戀甚衾枕歡娛。
2244	娜	挪上聲	0281A	他生的身軀嬝娜真堪羨。

2245	娜	挪上聲	0461A	越顯的宮腰嫋娜纖楊柳。
2246	娜	挪上聲	0684E	柳共桃今番度脫，再不逞妖嬈嫋娜。
2247	娜	挪上聲	0720D	嫋娜復輕盈。都是宜描上翠屏。
2248	娟	音涓	0394B	回頭兒觀覷女嬋娟。
2249	娟	音涓	0624B	我本是畫閣嬋娟。
2250	娩	音免	0082C	別的女人懷胎十個月分娩。
2251	娩	音免	0851C	這些時該分娩了。
2252	家	音姑	0660B	更壓着漢宮裏尊賢曹大家。
2253	射	音社	0953B	見官人遠離一射。
2254	射	繩知切	0052B	准備着窩弓將虎豹射。
2255	射	繩知切	0193B	與他副弓箭能射。
2256	射	繩知切	0593B	我盎把弓箭忙射。
2257	峨	音娥	0782A	勢嵯峨走鸞飛鳳。
2258	峨	音蛾	0212A	替你愁那嵯峨峻嶺連雲棧。
2259	峪	于句切	0084C	我要到窩弓峪裏尋個人去。
2260	峪	于句切	0242A	你可便久鎮着南邊夾山的那峪前。
2261	峪	于句切	0434E	白楊樹下白楊峪。正是龐涓合死處。
2262	峪	音裕	0481C	被他圍在虎口交牙峪。
2263	峪	音裕	0671A	你道是赤瓜峪。
2264	峪	音預	0453A	崎嶇峪道。
2265	峭	音俏	0702A	寒料峭透羅廚。
2266	峴	音現	0471A	夢先到襄陽峴山。
2267	峽	音狎	0701A	這筆陣流三峽掃千軍。
2268	峽	奚加切	0412B	雲歸楚峽。
2269	峽	奚加切	0661E	自從識得嬌柔面，魂夢悠悠會楚峽。
2270	峽	奚佳切	0021B	神女出巫峽。
2271	峽	奚佳切	0213B	一步步劍嶺巴峽。
2272	峽	奚佳切	0514B	他有數百塊名高月峽。
2273	峽	奚佳切	0563B	莫不是夢兒中雲雨巫峽。
2274	差	抽支切	0314C	陞賞各有等差。
2275	差	抽支切	0392B	想危亡頃刻參差。
2276	差	抽支切	0574C	着某在丞相府差定二十八個開國功臣。
2277	差	抽支切	0684A	更有那寶殿參差。
2278	差	音叉	0171A	差時不聽忠臣諫。
2279	差	音虳	0372E	草蟲之蝴蝶。一命在參差。

2280	差	音嗟	0152B	山勢參差。
2281	差	音嗟	0841D	柳葉參差掩畫樓。曉鶯啼送滿宮愁。
2282	差	音遳	0751B	萬一箇被他識破有參差。
2283	席	星西切	0044B	今日也還席。
2284	席	星西切	0063B	我這裏磕頭禮拜卻回席。
2285	席	星西切	0072B	更過如呂太后的筵席。
2286	席	星西切	0093B	止不過見了那幾箇筵席。
2287	席	星西切	0104B	做一個家好筵席。
2288	席	星西切	0174B	殿庭中擺設下千金席。
2289	席	星西切	0201B	羅裙作地席。
2290	席	星西切	0243B	每日則是吹笛擂鼓做筵席。
2291	席	星西切	0271B	妝黨太尉的筵席。
2292	席	星西切	0322B	妳妳也只恁般好做那筵席。
2293	席	星西切	0344B	得青春割斷管寧席。
2294	席	星西切	0353B	赴這個好筵席。
2295	席	星西切	0383B	空走到十數筵席。
2296	席	星西切	0403B	織屨編席。
2297	席	星西切	0433B	在那摘星樓上我便做筵席。
2298	席	星西切	0473B	舞劍尊席。
2299	席	星西切	0593B	今日是會新親待客做筵席。
2300	席	星西切	0694B	今朝輪到我還席。
2301	席	星西切	0712B	自今宵即便與你回席。
2302	席	星西切	0724A	則道是喜孜孜設席肆筵。
2303	席	星西切	0783B	則道是餔啜之人來撞席。
2304	席	星西切	0872B	則不如做箇會六親慶喜的筵席。
2305	席	星西切	0944E	喜骨肉團圓聚會。理當做慶賀筵席。
2306	席	星西切	0994B	並不要你還席。
2307	弱	饒去聲	0572B	家兄軟弱。
2308	弱	饒去聲	0703B	分甚麼文強武弱。
2309	弱	饒去聲	0784B	你若肯扶傾濟弱。
2310	恙	音樣	0054B	盟言無恙。
2311	恙	音樣	0384D	但保得鄭邦無恙。包還你爵賞非輕。
2312	息	喪擠切	0072B	直背的到家來不得口好氣息。
2313	息	喪擠切	0093B	可便調理無箇消息。
2314	息	喪擠切	0112B	要一個明白消息。

2315	息	喪擠切	0121B	我伯你受不過男兒氣息。
2316	息	喪擠切	0174B	萬古干戈息。
2317	息	喪擠切	0271B	雖然咱有家私我這眼前無一個子息。
2318	息	喪擠切	0303B	這幾年不通個信息。
2319	息	喪擠切	0322B	怕不待要請太醫。看脈息。
2320	息	喪擠切	0363B	再休想一枝逗漏春消息。
2321	息	喪擠切	0413B	都做了一春魚雁無消息。
2322	息	喪擠切	0433B	受了些腌臢歹氣息。
2323	息	喪擠切	0500B	你是必耳打聽好消息。
2324	息	喪擠切	0533B	因此上甘受這糟糠氣息。
2325	息	喪擠切	0544B	這桃符泄漏春消息。
2326	息	喪擠切	0593B	又則怕泄漏了春消息。
2327	息	喪擠切	0714E	只愁昨夜夢中魂。一枝漏泄春消息。
2328	息	喪擠切	0731B	梅香也你休要等閑泄漏春消息。
2329	息	喪擠切	0764B	人能清靜常存息。
2330	息	喪擠切	0773B	兀的不泄漏了春消息。
2331	息	喪擠切	0794B	因甚上通消息。
2332	息	喪擠切	0803n	／
2333	息	喪擠切	0823B	則恐怕等閒間洩漏了春消息。
2334	息	喪擠切	0921A	我只要你將也波息這病體。
2335	息	喪擠切	0944B	十三年不知箇信息。
2336	悄	音俏	0131n	／
2337	悅	魚夜切	0552B	不由人添歡悅。
2338	悅	魚夜切	0821B	一聲查梨條賣也，猛聽了心歡悅。
2339	悅	魚夜切	0953B	穩情取好夫妻百年喜悅。
2340〔註7〕	挨	音哀	0081A	那塵埃中埋沒殺多才俊。
2341	挾	希耶切	0203B	勘姦情八棒十挾。
2342	挾	希爺切	0402B	把那廝滴溜撲馬上活挾。
2343	捉	之卯切	0792B	咽喉被藥把捉。
2344	捉	之卯切	0993B	殺人賊便拿捉。
2345	捉	之左切	0583B	捕巡軍快拿捉。
2346	捋	力闊切	0373A	一捋一把雨淚漣漣。
2347	捋	亂入聲	0762A	揎拳捋袖行凶暴。

〔註7〕 明刻本被釋字作「挨」，劇文作「埃」。

2348	捏	尼夜切	0253C	這廝故意的來捏舌。
2349	捏	尼夜切	0953B	先圖些打捏。
2350	捏	音聶	0114D	一個個供下狀吐出眞情。有誰敢捏虛詞半毫隱諱。
2351	捏	音聶	0793C	所供是實，並無虛捏。
2352	捐	音元	0384D	想父親爲甚捐生。料伍相必肯收兵。
2353	捐	音元	0660C	先相國捐館。
2354	捐	音元	0844A	捨命捐軀。
2355	晃	音謊	0122C	則見那轎子一晃一晃的。
2356	晃	荒上聲	1003A	我我我怕的是明晃晃一把殺人刀。
2357	晌	音賞	0061B	白日短。無時晌。
2358	晌	音賞	0253C	可怎麼這一晌還不見出來。
2359	晌	音賞	0263B	這一盞酒推辭了多半晌。
2360	晌	音賞	0590C	到今番日將晌午。
2361	晌	音賞	0604A	則俺曾夢黃梁一晌滾湯鍋。
2362	晌	音賞	0641B	則見他悶沈沈等半晌。
2363	晌	音賞	0793B	明明的觀了半晌。
2364	晌	音賞	0803B	我聽沈了多半晌。
2365	晌	音賞	0832A	則教我半晌家難回話。
2366	晌	音賞	0954A	諕的他半晌只茫然。
2367	朔	聲卯切	0853B	休別了橫亡的趙朔。
2368	栢	音擺	0272B	到如今歲寒然後知松栢。
2369	栢	音擺	0502B	那知道歲寒然後知松栢。
2370	栢	音擺	0634B	饑後餐松栢。
2371	栢	音擺	0651B	我則會歲寒知松栢。
2372	栲	音考	0061C	前廳上將老相公坐的栲栳圈銀交椅來。
2373	栳	音老	0061C	前廳上將老相公坐的栲栳圈銀交椅來。
2374	格	皆上聲	0024A	不是這韓飛卿性格拗。
2375	格	皆上聲	0294B	改不了司房裏欺人惡性格。
2376	格	皆上聲	0472B	非王粲疎狂性格。
2377	格	皆上聲	0842B	斟量了性格。
2378	格	饑也切	0402B	惱起我這草坡前倒拖牛的性格。
2379	桌	之卯切	0453B	香焚石桌。
2380	桎	音至	0944B	病懨懨睡損了裙兒袿。
2381	氤	音因	0214A	淡氤氳串煙裊。

2382	氤	音因	0362n	／
2383	氤	音因	0783A	我受用淡氤氲香噴鵲尾爐。
2384	氤	音因	0833A	寶篆氤氲爇金鼎。
2385	浣	音玩	0382C	每日溪頭出浣紗。皆言妾貌以桃花。
2386	浪	平聲	0361B	怎消得我幾行兒醉墨淋浪。
2387	浮	音巫	0382B	一片月光浮。
2388	浮	音符	1002B	樹色全從水面浮。
2389	浴	于句切	0633B	蘭湯試浴。
2390	浸	音侵	0091A	是我那涇浸浸舞困袖梢兒。
2391	浸	音侵	0883B	書兩字泥金行行血淚浸。
2392	烈	郎夜切	0203B	妻兒眞烈。
2393	烈	郎夜切	0402B	強逞我這些敵官軍勇烈。
2394	烈	郎夜切	0552B	神道般剛明猛烈。
2395	烈	郎夜切	0953B	不是我誇貞烈。
2396	狹	奚加切	0733B	我金蓮步狹。
2397	狹	奚佳切	0781B	倦紅塵路徑狹。
2398	狹	奚佳切	0911B	則說街狹。
2399	狻	音酸	0363D	獅子鑪。狻猊鑪。香噴龍涎。
2400	玭	音此	0091B	衡才調無瑕玭。
2401	玭	音此	0113B	是那個偏無瑕玭。
2402	玭	音此	0371B	你三人平昔無瑕玭。
2403	玭	音此	0814A	端的個無瑕玭粉遶花纏。
2404	玭	音此	0843B	我欲待重打呵又恐怕他吐出些瑕玭。
2405	珓	音叫	0342A	將碑珓兒咒願了。
2406	珓	音教	0082C	有個玉杯珓兒。
2407	畜	丑去聲	0901B	折了孳畜。
2408	疾	精妻切	0063B	這一場出醜揚疾。
2409	疾	精妻切	0072B	可怎生近新來偏恁覺來疾。
2410	疾	精妻切	0093B	我則是斟量着緊慢遲疾。
2411	疾	精妻切	0104B	這關節兒到來的疾。
2412	疾	精妻切	0174B	借秦兵復國偏能疾。
2413	疾	精妻切	0201B	又不曾染病疾。
2414	疾	精妻切	0212A	也合看空便覷遲疾緊慢。
2415	疾	精妻切	0243B	你這個關節兒常好道來的疾。
2416	疾	精妻切	0262B	又誰知遇天行染了這場兒病疾。

2417	疾	精妻切	0271B	沒來由出醜揚疾。
2418	疾	精妻切	0284B	老虔婆唱叫揚疾。
2419	疾	精妻切	0293B	誰承望半路裏腳殘疾。
2420	疾	精妻切	0322A	則願的白頭娘早晚遲疾可。
2421	疾	精妻切	0331B	唱叫揚疾。
2422	疾	精妻切	0344B	你道你父親年老更殘疾。
2423	疾	精妻切	0353B	喚左右快疾。
2424	疾	精妻切	0433B	起動你問我瘡疾。
2425	疾	精妻切	0473B	只爭個遲也麼疾。
2426	疾	精妻切	0504A	去年時為甚躭疾怨。
2427	疾	精妻切	0513B	比及他覺來疾。
2428	疾	精妻切	0522B	你便會泛遲快打疾。
2429	疾	精妻切	0533B	調弄他舌巧口疾。
2430	疾	精妻切	0582B	怎禁他這孩兒倒疾。
2431	疾	精妻切	0644B	氣的個親男兒唱叫揚疾。
2432	疾	精妻切	0731B	早醫可了這染病躭疾。
2433	疾	精妻切	0764B	暢叫揚疾。
2434	疾	精妻切	0783B	唱叫揚疾。
2435	疾	精妻切	0803B	莫不是風緊雁行疾。
2436	疾	精妻切	0862B	感着這般病疾。
2437	疾	精妻切	0921B	大嫂又染病躭疾。
2438	疾	精妻切	0972B	因病成疾。
2439	痂	音家	0141B	則我這瘡口兒未結痂。
2440	盌	與碗同	0791C	這個鼓兒是我衣飯盌兒。
2441	眕	眞上聲	0383A	他將這條過頭拄杖眕眕的。
2442	眨	側洽切	0681A	眨眼間白石已爛。
2443	眩	虛眷切	0752C	至今頭目還是昏眩的。
2444	眩	虛眷切	0923A	我這裏頭瞑眩。
2445	砧	音針	0921A	一搭裏砧刀上剁做肉泥。
2446	祝	去聲	0993A	你與我去城隍根前祝禱。
2447	祝	音主	0714A	祝吾王壽元無量。
2448	祟	音歲	0121B	纏郎君天魔祟。
2449	祟	音歲	0361C	又有杜康廟前一株白梅花。在此作祟。
2450	祟	音歲	0433B	纏殺我也天魔祟。
2451	祟	音歲	0544B	他門定桃符辟邪祟。

2452	祟	音歲	0593B	他道是日遊神爲禍祟。
2453	祟	音歲	0803B	指望你驅邪斷祟。
2454	祟	音歲	0953B	着鬼祟醉眼乜斜。
2455	祟	音歲	0974C	怕有妖精鬼怪纏擾爲祟。
2456	祟	音歲	0994B	只當住邪魔惡祟。
2457	秭	音子	0011C	昨日來到成都秭歸縣。
2458	窄	音側	0231C	您兄弟量窄。
2459	窄	音側	0764C	此處敢區窄。
2460	窄	責上聲	0573B	只恁的天寬地窄。
2461	窄	齋上聲	0042E	帽兒窄窄。今日做個嬌客。
2462	窄	齋上聲	0062A	一對不倒踏窄小金蓮。
2463	窄	齋上聲	0094C	小官量窄。
2464	窄	齋上聲	0141B	又不是官街窄。
2465	窄	齋上聲	0183B	趁着這風力軟水橫天地窄。
2466	窄	齋上聲	0244B	你得要鬧咳咳。鬧咳咳。使性窄。
2467	窄	齋上聲	0272B	他立不定天寬地窄。
2468	窄	齋上聲	0302B	他則是劣馬乍調嫌路窄。
2469	窄	齋上聲	0343B	閃的我天寬地窄。
2470	窄	齋上聲	0351B	偏你這謝金吾嫌道窄。
2471	窄	齋上聲	0400B	做多少家鞋弓襪窄。
2472	窄	齋上聲	0433E	空愁望。空悲嘅。舉動唯嫌天地窄。
2473	窄	齋上聲	0443A	侵井口窄將印縫鋪。
2474	窄	齋上聲	0472B	赤緊的晏平仲他那度量窄。
2475	窄	齋上聲	0564B	不爭你大鬧西川性窄。
2476	窄	齋上聲	0664B	你道你酒量窄。
2477	窄	齋上聲	0842B	比着那五鳳丹樓較區窄。
2478	窄	齋上聲	0861E	袖兒窄窄。今日做箇嬌客。
2479	窄	齋上聲	0920C	我便是泥鞋窄襪走隸公人。
2480	窄	齋上聲	0982B	變大呵乾坤中較窄。
2481	窈	音杳	0023D	當日個裏王窈窕思賢才。趙貞女包上築墳臺。
2482	窈	音杳	0312A	怎如大院深宅窈窕娘。
2483	窈	音杳	0410A	可待要隔斷巫山窈窕娘。
2484	窈	音杳	0631A	擺窈窕翠娥紅袖。
2485	窈	音杳	0663A	怎生來翻悔了巫山窈窕娘。
2486	站	知濫切	0330C	哥哥你只在這橋邊站着。

2487	笄	音肌	0262D	做哥的纔入門便嗔便罵。做嫂嫂的又道是你發跡瓮生根驢生笄角。
2488	笄	音肌	0662C	年方及笄。
2489	笊	音爪	0541A	誰有閒錢補笊籬。
2490	笊	音爪	0684A	這個是提笊籬不認椒房。
2491	笊	音罩	0604A	這一個貌娉婷笊籬手把。
2492	笊	嘲去聲	0322A	妳妳也誰有那閒錢來補笊籬。
2493	笏	音虎	0601B	說甚麼榮耀人也紫羅襴烏紗帽白象笏。
2494	粃	音妣	0030C	米裏面再插上些泥土糠粃。
2495	納	囊亞切	0011B	那西施半籌也不納。
2496	納	囊亞切	0021B	也不是那羅帕藤箱玉納。
2497	納	囊亞切	0141B	到如今半籌也不納。
2498	納	囊亞切	0213B	父老每忠言聽納。
2499	納	囊亞切	0482B	喒手裏半籌不納。
2500	納	囊亞切	0514B	願陛下海量寬納。
2501	納	囊亞切	0563B	怎救搭。怎按納。
2502	納	囊亞切	0571A	我則見他番穿着綿納甲。
2503	納	囊亞切	0612B	我可便按納。
2504	納	囊亞切	0643B	似這等無明火難按納。
2505	納	囊雅切	0801B	只教我冤氣騰騰怎按納。
2506	紕	音批	0291A	或是他賣段疋揀箇寬窄覷箇紕薄。
2507	紕	音批	0311A	怕只怕是那羅紕錦舊。
2508	級	巾以切	0383B	自刎了六陽的那首級。
2509	級	巾以切	0764B	竿尖上挑首級。
2510	索	思果切	0812B	青絲髮是縛子弟降魔索。
2511	索	音嫂	0143A	落的這徹骨毛索性。
2512	索	音嫂	0662B	他想着書舍裏人蕭索。
2513	索	音嫂	0873B	轆轤上截井索。
2514	索	篩上聲	0272B	我將那少欠錢無心去索。
2515	索	篩上聲	0912B	納了利從頭兒再取索。
2516	缺	區也切	0552B	紀綱敗缺炎炎的漢火看看滅。
2517	缺	區也切	0953B	莫待他花殘月缺。
2518	罡	音剛	0144D	則俺三十六勇耀罡星。一個個正直公平。
2519	罡	音剛	0602A	踏罡風吹上碧雲遊。
2520	罡	音剛	0924D	今日個英雄聚會。一個個上應罡星。
2521	翃	音橫	0021C	小生姓韓名翃。

2522	翅	蚩去聲	0041B	我着這綠絨兒分作鴛鴦翅。
2523	翅	蚩去聲	0371B	恨不的兩肋生雙翅。
2524	耆	音其	0163C	他可做的柳耆卿麼。
2525	耗	音好	0831C	如今兩家寥落，絕無消耗。
2526	耙	音罷	0344A	你只會搜耙扶犁。
2527	耙	音罷	0441B	有一個伊尹呵他在莘野中扶犁耙。
2528	胲	音孩	0452B	低首自慚胲。
2529	脆	音翠	0510E	世間好物不堅牢。彩雲易散琉璃脆。
2530	脆	音翠	0862A	加料添椒纔脆美。
2531	脊	將洗切	0303B	便做有銅鑄就的天靈和那鐵背脊。
2532	舀	音杳	0801C	舀將水來。
2533	舀	音杳	0872C	舀一瓢冷酒來。
2534	舀	音杳	0982C	舀在鍋兒裏。
2535	舁	音余	0653B	多管是蓆捲橡舁。
2536	茜	阡去聲	0100D	繡衲襖千重花艷。茜紅巾萬縷霞生。
2537	茜	阡去聲	0144A	還了俺這石榴色茜紅巾。
2538	茜	阡去聲	0401C	你這般茜紅巾。
2539	茜	阡去聲	0424A	茜裙羅襪縷金裳。
2540	茨	音慈	0123A	那裏像喀乾茨臘手搶着粉。
2541	茨	音慈	0163A	俺娘那茅茨火熬煎殺紙湯餠。
2542	茸	音戎	0021A	碧茸茸杜若芳洲。
2543	茸	音戎	0521B	滿地綠茸茸。
2544	茸	音戎	0631B	花列繡蒙茸。
2545	茸	音戎	0713B	映垂楊絲颺豐茸。
2546	茸	音戎	0832A	茸茸芳草襯殘霞。
2547	茸	音戎	0932B	着傷處鬧茸茸。
2548	荅	音打	0141B	我把哥哥那山海也似恩臨廝報荅。〔註8〕
2549	荏	仁枕切	0474D	遂淹留不得返荏苒三年。
2550	荏	壬上聲	0662C	那生見今含情荏苒。
2551	荏	壬上聲	0930A	愁荏苒。
2552	荏	任上聲	0702A	荏苒荷盤老柄枯。
2553	荑	音啼	0062A	倒能勾柔荑般指尖擎。
2554	蚌	音謗	0742A	權待他鷸蚌相持俱斃日。

〔註8〕 明刻本被釋字作「荅」，劇文作「答」。

2555	虺	音回	0131C	誰是你肚裏虺虫。
2556	蚡	扶粉切	0811B	則願的臭死屍骸蛆亂蚡。
2557	蚩	音癡	0482A	那廝須不是布霧的蚩尤。
2558	衲	音納	0494D	身穿羊皮百衲衣。饑時化飯飽時歸。
2559	衲	囊亞切	0194B	執瓻揝茱。縫衣補衲。
2560	訊	音信	0171A	我則道重脩訊問傳書簡。
2561	訊	音信	0342C	我問訊咱。
2562	訊	音信	0971B	慚愧你東風一夜傳芳訊。
2563	訐	音揭	0113A	訐人曖昧。
2564	訕	山去聲	0263A	訕笑寒酸魍魎。
2565	訕	山去聲	0282A	訕杓俫手腳慌張。
2566	訕	山去聲	0721C	等他兩個不和訕起臉來。
2567	訕	山去聲	0811A	一會家難禁努目訕筋。
2568	訖	巾以切	0052B	倒將他斬訖。
2569	訖	巾以切	0383B	諫不從斬訖。
2570	訖	音豈	0794n	╱
2571	託	音討	0642B	哥哥因為少喫無穿來投託。
2572	趄	山去聲	0583A	我與你打鬧處先趄過。
2573	趄	之山切	0812A	打鬧裏疾趄過。
2574	軏	音越	0572C	大車無輗。小車無軏。
2575	辱	如去聲	0051B	總不如隱山林棄鐘鼎倒可也無榮辱。
2576	辱	如去聲	0204B	既為官怎臉上無羞辱。
2577	辱	如去聲	0354B	你道我平白地把得人把得人來加凌辱。
2578	辱	如去聲	0443B	受會恥辱。
2579	辱	如去聲	0523B	舊榮新辱。
2580	辱	如去聲	0531B	為官的一榮一辱。
2581	辱	如去聲	0542B	今日今日羞辱。
2582	辱	如去聲	0744B	兩下裏廝恥辱。
2583	辱	如去聲	0813B	我寧死不辱。
2584	辱	如去聲	0854B	怕甚麼主憂臣辱。
2585	迸	方孟切	0072A	你迸着臉噇喝的我。
2586	迸	方孟切	0661B	垂楊露綠絲穿透珍珠迸。
2587	迸	方孟切	0711D	山禽如語語不歇，山澗飛泉迸碧波。
2588	迸	音柄	0031B	打的來滿身血迸。
2589	迸	音柄	0622B	我為甚直抄過綠徑慌忙迸。

2590	迸	逋夢切	0583C	我是石頭縫裏迸出來的。
2591	迸	逋夢切	0621A	迸定個腌臢不良鼻凹。
2592	迸	逋夢切	0782B	水呵索強如翠巖前三千丈玉泉飛迸。
2593	迸	逋夢切	0792C	七竅迸流鮮血死了也。
2594	迸	逋夢切	0981B	滴溜溜舒春纖亂撒珍珠迸。
2595	逅	音後	0624A	我和他邂逅春風甚可憐。
2596	逆	銀計切	0072B	嫂嫂也我不曾犯十惡五逆。
2597	逆	銀計切	0331B	就這般生忿忤逆。
2598	逆	銀計切	0694B	說着呵尚兀自惡心嘔逆。
2599	逆	銀計切	0783B	將咱忤逆。
2600	逆	銀計切	0862B	不是竇娥忤逆。
2601	酌	之可切	0802B	天注定斟和酌。
2602	酌	音沼	0243E	告相公心中暗約。將法度也須斟酌。
2603	酌	音沼	0411B	杯中酒和淚酌。
2604	酌	音沼	0691B	則這的便是俺一斟一酌。
2605	酌	音沼	0703B	意兒裏斟酌。
2606	酌	音沼	0861E	行醫有斟酌。下藥依本草。
2607	釘	去聲	0163B	常挤着枷稍上長釘釘。
2608	閃	音陝	0174C	不想水中金光閃爍。冷氣逼人。
2609	陘	音形	0054C	四不合渡井陘。殺陳餘。并趙王歇。
2610	陕	張耻切	0112B	假乖張拍案的封陕。
2611	陡	音斗	0022C	陡遇一小姐。
2612	陡	音斗	0091A	你陡恁的無才思。
2613	陡	音斗	0174C	因風浪陡作。
2614	陡	音斗	0233C	直着他鐘鼓司劻陡房裏托生去。
2615	陡	音斗	0394C	陡遇莊家。得其消息。
2616	陡	音斗	0462A	這些時陡恁春寒繡被空。
2617	陡	音斗	0603C	波浪陡作。
2618	陡	音斗	0633A	陡澗高山。
2619	陡	音斗	0771A	則我這布囊陡覺青蚨盡。
2620	隻	張耻切	0413B	俺娘把冰綃剪破鴛鴦隻。
2621	隻	張耻切	0423B	上天下天鶴一隻。
2622	隻	張耻切	0894B	呂溫侯鸞孤鳳隻。
2623	骨	音古	0153B	可又早閃了胯骨。
2624	骨	音古	0323B	你燙我一燙拷了你那腰截骨。

2625	骨	音古	0372B	打的來傷觔動骨。
2626	骨	音古	0443B	。可不道父娘一樣皮和骨。
2627	骨	音古	0483B	似伴着老令公灰骨。
2628	骨	音古	0501B	打熬成這一付窮皮骨。
2629	骨	音古	0601B	這都是神仙骨。
2630	骨	音古	0633B	仙風道骨。
2631	骨	音古	0803A	呆老子也卻原來是一個土骨堆。
2632	鬯	音唱	0891C	九秬鬯。
2633	咽	坤上聲	0161A	咽羊骨不嫌羶。
2634	咽	坤上聲	0872D	鴉嗛肝肺扎煞尾。狗咽骷髏抖搜毛。
2635	喀	音床	0051D	喀的又醉又飽整整儻了半個月。
2636	喀	音床	0083C	喀的一聲射去。
2637	喀	音床	0214A	喀喀似噴泉瑞獸臨雙沼。
2638	喀	音床	0353C	衙內還在那裏喀酒。
2639	喀	音床	0561A	響喀喀心窩裏中幾下連珠箭。
2640	喀	音床	0592C	喀不了。
2641	喀	音床	0744A	喀喀喀響颼颼陣上發箇金鏃。
2642	哜	音忝	0122C	着那廝哜又哜不着。
2643	倏	音叔	0164A	那火倏的來忽的着。
2644	倏	音叔	0780C	倏忽一載。
2645	偈	音忌	0711C	又叫做偈語。
2646	偌	人夜切	0351A	也不知費他府藏偌多財。
2647	偎	音威	0174B	非是俺急時偎緩時棄。
2648	偎	音威	0362A	你自待偎慵惰懶。
2649	做	租去聲	0064B	虧的我能說又能做。
2650	做	租去聲	0124B	到處裏胡為做。
2651	做	租去聲	0372B	割捨了待潑做。
2652	做	租去聲	0542B	有甚惡差使情願替哥哥做。
2653	做	租去聲	0962B	常言道避着不做。
2654	側	齋上聲	0202B	相逢正是花溪側。
2655	側	齋上聲	0302B	略把略把虎軀側。
2656	側	齋上聲	0330B	哥哥你莫得胡行休動側。
2657	側	齋上聲	0472B	想昨朝風送煙波側。
2658	側	齋上聲	0584B	兄弟每滿滿的休推莫側。
2659	側	齋上聲	0711D	峰勢側，洞門殢，洞裏月光愛娑婆。

2660	側	齋上聲	0842B	逐朝不離丹墀側。
2661	偵	音稱	0012C	延入塞內。偵候動靜。
2662	兜	斗平聲	0191C	驚的我這魂不在頭上，就撥轉馬頭一彎兜跑了。
2663	兜	斗平聲	0352A	誰與兜羅。
2664	剮	音寡	0354D	上木驢凌遲碎剮。顯見的王法無親。
2665	剮	音寡	0403C	那廝少不得車碾馬踏。該殺該剮。
2666	剮	音寡	0543B	看那鬧市雲陽木驢上剮。
2667	剮	音寡	0583A	萬剮了堯婆。
2668	剮	音寡	0804B	直將他萬剮。
2669	剮	音寡	0843A	怎揣與我這該敲該剮罪名兒。
2670	剮	音寡	0864A	便萬剮了喬才。
2671	勘	坎去聲	0040C	我如今有罪赴京聽勘。
2672	勘	坎去聲	0113A	謝眞人勘問我赴西池對會詞。
2673	勘	坎去聲	0334A	今日到南衙來勘問。
2674	勘	坎去聲	0362A	勘破塵寰。
2675	勘	坎去聲	0392A	要推勘王小二。
2676	勘	坎去聲	0442A	休屈勘平人。
2677	勘	坎去聲	0713C	恐怕他謝端卿勘破。
2678	勘	坎去聲	0794A	若把這冤屈事說與勘官知。
2679	勘	坎去聲	0814A	玉梳兒對勘的依然。
2680	勘	坎去聲	0904A	我也曾勘婚。
2681	勘	坎去聲	0933A	他舒心兒不勘婚。
2682	勘	坎去聲	1004C	須索仔細體勘一個虛實。
2683	勘	看去聲	0954C	先自勘問。
2684	勘	堪去聲	0032C	一來糶米。二來就勘斷這樁事。
2685	匏	音袍	0021A	吾豈匏瓜。
2686	匏	音袍	0343A	想吾豈匏瓜也哉。
2687	匏	音袍	0631A	七政匏爲定。
2688	匿	女計切	0944B	我只道他州他府潛逃匿。
2689	參	抽森切	0152A	山勢參差。
2690	參	抽森切	0372D	草蟲之蝴蝶。一命在參差。
2691	參	抽森切	0392A	想危亡頃刻參差。
2692	參	抽森切	0684A	更有那寶殿參差。
2693	參	抽森切	0751A	萬一箇被他識破有參差。

2694	參	抽森切	0841D	柳葉參差掩畫樓。曉鶯啼送滿宮愁。
2695	嚇	音夏	0044D	賊徒嚇嚇結良緣。號令沈枷在市廛。
2696	唳	音利	0423A	不聽的華山裏鶴唳猿啼。
2697	唳	音利	0631B	清風明月孤鶴唳。
2698	唳	音利	0683A	數聲鶴唳呵不比那兩箇黃鸝囀。
2699	唳	音利	0764B	柴門半倚聞鶴唳。
2700	唳	音利	0962B	唳野猿嘯風虎。
2701	唻	郎爹切	0872A	宋江唻這是甚所為。
2702	唻	離靴切	0081A	陳虎唻，我則理會得人居在貧內親。
2703	唻	離靴切	0772A	柳翠唻少不的搜尋遍四大神州。
2704	唽	音昔	0513D	謳啞啁唽難為聽。今夜聞君彈一曲。
2705	啁	音周	0513D	謳啞啁唽難為聽。今夜聞君彈一曲。
2706	啅	音琢	0644D	外人誰敢擅喧嘩。便是烏鵲過時不啅噪。
2707	啕	音逃	0922B	想俺那小冤家苦痛嚎啕。
2708	啖	音淡	0212C	因貴妃娘娘好啖鮮荔枝。
2709	啜	昌說切	0584D	非是我甘心為盜。故意來啜賺哥哥。
2710	啜	樞悅切	0592A	啜人口似蜜缽。
2711	啜	樞悅切	0741C	曾足供其一啜乎。
2712	啜	樞說切	0062A	你便是醉中茶一啜曛然醒。
2713	啜	樞說切	0512C	儘着老虔婆百般啜哄。
2714	啜	樞說切	0551C	大丈夫豈為餔啜而已。
2715	啜	樞說切	0661C	區區豈為餔啜而來。
2716	啜	樞說切	0783A	則道是餔啜之人來撞席。
2717	啜	樞說切	0794A	啜賺出是和非。
2718	啞	音雅	0362C	有喑啞叱咤之勇。舉鼎拔山之力。
2719	啞	音鴉	0603A	趁着這響咿啞數聲柔艣前溪口。
2720	啞	音鴉	0741C	嗒想項王喑啞叱咤。
2721	啞	鴨上聲	0563B	那裏有娶媳婦當筵廝喑啞。
2722	圇	音倫	0261A	則我這領破藍衫剛有那一條囫圇領。
2723	圇	音倫	0513A	囫圇課你拿只。
2724	圇	音倫	0811B	急抽身不囫圇。
2725	圈	去聲	0961B	恰便似餓狼般撞入肥羊圈。
2726	國	音鬼	0174A	謝大王憐下國。
2727	國	音鬼	0303B	共扶持我那當今大唐國。
2728	國	音鬼	0353B	一輩輩於家為國。

2729	國	音鬼	0383B	青春離故國。
2730	國	音鬼	0423B	道有個治家治國。
2731	國	音鬼	0433B	我仗天書扶立你東齊國。
2732	國	音鬼	0513B	出煙波漁父國。
2733	國	音鬼	0972B	那些兒於家爲國。
2734	執	張恥切	0052B	你休性執。
2735	執	張恥切	0794B	你只道見有人當官來告執。
2736	執	張恥切	0921B	把贓物收執。
2737	娉	聘平聲	0543D	一點妒心生。斷送女娉婷。
2738	婪	音藍	0882B	赤緊的張橫渠不肯貪婪。
2739	宿	音秀	0722B	到處裏停眠整宿。
2740	宿	羞上聲	0012B	今夜且則向灞陵橋畔宿。
2741	宿	羞上聲	0340B	則這客僧投寺宿。
2742	宿	羞上聲	0553B	我今夜只伴着衰草白楊在這墳院宿。
2743	宿	須上聲	0154E	離門樓。趂店道。別尋個人家宵宿。
2744	宿	須上聲	0493B	也只是野人自愛山中宿。
2745	宿	須上聲	0804E	轉回來止隔得四十程途。權向這他家寄宿。
2746	宿	須上聲	0813B	臂廝摟似並頭蓮在鴛幃宿。
2747	宿	須上聲	0844B	卻元來都命犯着寡宿。
2748	寂	精妻切	0784A	四顧寂寥。
2749	寂	精妻切	0993A	說不盡寂寥。
2750	密	忙背切	0783B	見了這三五搭人家稀密。
2751	密	忙閉切	0121B	你道這子弟情腸甜似蜜。〔註9〕
2752	密	忙閉切	0201B	柳暗青煙密。
2753	密	忙閉切	0544B	他共李順渾家姦情密。
2754	將	去聲	0401C	傳着某的將令道。
2755	將	去聲	0601A	早經了一將功成萬骨枯。
2756	將	去聲	0692B	立取他封侯拜將。
2757	將	去聲	0751D	曹劉豈是無雄將。只俺周郎名振大江東。
2758	將	去聲	0823C	分給沿邊將士。
2759	將	去聲	0842A	那裏也將相之才。
2760	將	去聲	0851C	你拿將程嬰去。
2761	將	去聲	0893B	則爭無虎賁郎將。

〔註9〕 明刻本被釋字作「密」，劇文作「蜜」。

2762	將	去聲	0973A	天將把神通顯。
2763	尉	音謂	0544B	知他甚娘報門戶尉。
2764	崎	音欺	0153A	這路崎嶇。
2765	崎	音欺	0453A	崎嶇峪道。
2766	崎	音欺	0633A	嶮峻崎嶇。
2767	崎	音欺	0784A	路崎嶇寂無人到。
2768	崎	音欺	0944A	早是那窄窄狹狹溝溝塹塹路崎嶇。
2769	崒	昨律切	0222A	遮莫他虎嘯風崒律律的高山直走上三千遍。
2770	崢	音澄	0370C	幾時是那崢嶸發跡的時節也呵。
2771	崢	音橙	0073A	這等人狗年間發跡俫崢嶸。
2772	崢	音橙	0094C	賢弟崢嶸有日。奮發有時。
2773	崢	音橙	0261C	我看先生必有崢嶸之日。
2774	崢	音橙	0271A	你辦着一片至誠的心可自有個崢嶸日。
2775	崢	音橙	0321D	軍中若把文章用。管取崢嶸衣錦歸。
2776	崢	音橙	0464A	不戀富貴崢嶸。
2777	崦	音掩	0453C	你過的山崦兒。
2778	崦	音掩	0674A	剛崦裏藏。
2779	崒	才筆切	0982A	高崒峍山勢崑崙大。
2780	巢	鋤昭切	0024B	火燒了俺白玉樓頭翡翠巢。
2781	巢	鋤昭切	0144B	早跳出虎穴狼巢。
2782	巢	鋤昭切	0384B	元來他也是個遯世的由巢。
2783	巢	鋤昭切	0632B	怎捨的俺銅斗般錦窠巢。
2784	巢	鋤昭切	0703B	有福分先奪春風翡翠巢。
2785	巢	鋤嘲切	0922B	折倒了銅斗兒好窠巢。
2786	強	音絳	0061B	見他的不動情你便都休強。
2787	強	音絳	0312B	不似這天臣強。
2788	強	音絳	0324B	你個水晶塔便休強。
2789	強	音絳	0592C	元來這姐姐口強心不強。
2790	強	音絳	0641B	他道我會支吾對面舌頭強。
2791	強	音絳	0853A	我委實的難熬尚兀自強着牙根兒鬧。
2792	強	音絳	0881A	改不了強文憸醋饑寒臉。
2793	強	音絳	0930C	尚然口強。
2794	強	欺養切	0593A	那裏取這不明白強人婚配。
2795	強	欺養切	0692A	大夫也強將來做薦壽觴。
2796	強	欺養切	0751A	且因而勉強從之。

2797	強	欺養切	0780D	雲液既歸須強飲。玉書無事莫頻開。
2798	強	欺養切	0823D	勉強贈行裝。願爾長驅掃夏涼。
2799	強	欺養切	0891A	我則怕煩惱皆因強出頭。
2800	強	欺養切	0933C	我豈可強他。
2801	強	欺瀼切	0663C	讀書繼晷怕黃昏。不覺西沈強掩門。
2802	強	溪養切	0851A	誰着你強做保孤人。
2803	強	溪養切	0991A	強整身軀。
2804	強	雞漾切	0892C	我道這老匹夫強不過。
2805	彪	巴矛切	0371C	自家葛彪是也。
2806	彪	巴矛切	0482A	湧彪軀。舒猿臂。
2807	彬	音賓	0314C	近日宋主遣曹彬下江南。
2808	彬	音賓	0580C	有護橋龍宋彬打死平人。
2809	彬	音賓	0820C	如今西延邊上高常彬。
2810	得	亨美切	0593B	周公也你在我桃花女根前如何過去得。
2811	得	亨美切	0644B	則這個有疼熱親娘怎下得。
2812	得	烹美切	0862B	別人怎生替得。
2813	得	當美切	0093B	濫黃齏我也記得。
2814	得	當美切	0104B	其實下俺這喉嚨不得。
2815	得	當美切	0121B	我也勸你不得。
2816	得	當美切	0243A	這都是你那戀酒迷歌上落得的。
2817	得	當美切	0262B	文學呵又不是沒得。
2818	得	當美切	0344B	張仲澤你忒下得。
2819	得	當美切	0353B	千軍易得。
2820	得	當美切	0383B	可惜不認得。
2821	得	當美切	0413B	也只為這癆候因他上得。
2822	得	當美切	0473B	爭奈我身貧歸未得。
2823	得	當美切	0492B	沒福的怎生消得。
2824	得	當美切	0513B	相公呵怕你要做好事興奴儘依得。
2825	得	當美切	0773B	那其間早則妝么不得。
2826	得	當美切	0783B	這搭兒分明記得。
2827	得	當美切	0794B	我跟前怎過得。
2828	得	當美切	0803B	天心的這正法俺可也不省得。
2829	得	當美切	0872B	便跳出你那七代先靈也將我來勸不得。
2830	得	當美切	0963B	跳出俺那七代先靈將我來勸不得。
2831	從	去聲	0074C	人命關天。分甚麼首從。

2832	從	去聲	0521B	休落後了一行步從。
2833	從	去聲	0534C	老夫孟從叔是也。
2834	從	去聲	0552C	就將小官的從馬。
2835	從	去聲	0631B	相隨相從。
2836	從	去聲	0642B	狼虎般排着袛從。
2837	從	去聲	0690C	從者六七人。
2838	從	去聲	0703A	光綽綽從人爭導。
2839	從	去聲	0750C	玄德公着從者行動些。
2840	從	去聲	0780C	小妾是桃源洞仙子侍從的。
2841	從	去聲	0840C	雖不曾陪從他鵷班豹尾。
2842	從	去聲	0852B	再休想鵷班豹尾相隨從。
2843	從	去聲	0892C	一行步從擺着頭踏過來。
2844	從	去聲	0932B	無非是魚鱉黿鼉共隨從。
2845	從	去聲	0981B	有披鱗帶角相隨從。
2846	從	去聲	0991C	多鞁幾匹從馬。
2847	從	音匆	0243D	小官每豈敢自專。望從容尊鑑不錯。
2848	從	音匆	0594B	那裏便埋沒我四德三從。
2849	從	音匆	0673A	他道我已得命好從容。
2850	從	音匆	0713A	怎還許花間四友得從容。
2851	從	音匆	0852A	倒大來從容。
2852	從	音匆	0981B	我與你笑相從。
2853	惆	音紬	0372A	空教我意下惆悵。
2854	惚	音忽	0572C	身心恍惚。
2855	惚	音虎	0154E	一者是心中不足。二者是神思恍惚。
2856	惚	音鬆	0631B	金蹀躞翠籠惚。
2857	戚	食洗切	0403B	俺兩個又不是那真個親戚。
2858	戚	倉洗切	0262B	當街裏劬劬恁炒戚。
2859	戚	倉洗切	0293B	知他是甚親戚。
2860	戚	倉洗切	0322B	牛表牛觔是你親戚。
2861	戚	倉洗切	0331B	你可便不親的結托爲親戚。
2862	戚	倉洗切	0492B	知他是甚親戚。
2863	戚	倉洗切	0513B	我這裏淹粉淚懷愁戚。
2864	戚	倉洗切	0582B	可又沒甚的遠親近戚。
2865	戚	倉洗切	0862B	空悲戚。
2866	戚	倉洗切	0930B	共親戚。

2867	戛	音甲	0042A	元來是各支支聲戛琅玕竹。
2868	挲	音梭	0604B	我如今與你拂塵俗將聖手搓挲。
2869	挽	碗平聲	0194A	執麻挽菜。縫衣補衲。
2870	捩	音利	0272C	我拿出我這捩鼻木來。
2871	捩	音裂	0364A	俺自拿着捩鼻木。
2872	捫	音門	0361A	李白捫月在江心喪。
2873	捫	音門	0603A	你莫不是李謫仙捫月去。
2874	捫	音門	0711C	那女子出其手，捫其髻。
2875	捰	羅上聲	0914A	廝捰的見官司。
2876	捱	去聲	0102B	這打拷實難捱。
2877	捱	去聲	0153A	躭疼痛、捱程途。
2878	捱	去聲	0642A	捱今宵。
2879	捺	囊亞切	0612B	深山中將一箇養家心來按捺。
2880	捻	尼夜切	0203B	輕拈掇慢拿捻。
2881	捻	音聶	0021C	都要赴九龍池賞楊家一捻紅。
2882	捻	音聶	0062C	妹子根前捻手捻腕。
2883	捻	音聶	0221C	我又不曾捻殺他。
2884	捻	音聶	0361A	餓得那楚宮女腰肢一捻香。
2885	捻	音聶	0791A	我這裏捻土焚香畫地爐。
2886	捻	音聶	0813A	顯一捻兒風流處。
2887	捽	音祖	0323B	手腳兒扯扯也那捽捽。
2888	捽	音祖	0372B	則見他前推後擁廝揪捽。
2889	捽	音祖	0991B	他將我這衣領揪捽。
2890	捽	音租	0364B	你將我袍袖揪捽。
2891	捽	音租	0443B	待向前去又被揪捽。
2892	捽	音租	0633B	俺將他緊揪捽。
2893	掀	音軒	0083A	誰肯着半掀兒家土埋。
2894	掀	音軒	0161B	他自有錦套兒騰掀。
2895	掀	音軒	0214A	忽見掀簾西風惡。
2896	掀	音軒	0281B	任抓掀。
2897	掀	音軒	0491A	一昧裏掀撥家私如敗雲風亂捲。
2898	掀	音軒	0561B	覷不的那抓掀。
2899	掀	音軒	0722A	只管撲地掀天無了休。
2900	掀	音軒	0764A	風月所掀騰翡翠幃。
2901	掀	音軒	0834A	你只待掀倒秦樓。

2902	掀	音軒	0841B	恰纔箇弓開的不掀。
2903	掂	低廉切	0043A	動不動掂折我腿脡。
2904	掂	低廉切	0784A	吉丁當掂碎連環玉。
2905	掂	店平聲	0203A	相公把拄杖掂詳。
2906	掂	店平聲	0294A	我這裏掂腳舒腰拜。
2907	掂	店平聲	0541A	有一日掂折你腿脡。
2908	掂	店平聲	0883A	待古裏掂折了玉簪。
2909	掂	店平聲	0961A	賣弄他掂斤播兩。
2910	掂	抵廉切	0810C	掂做兩半。
2911	掇	音朵	0053B	你待胡扯撮。強領掇。
2912	掇	音朵	0352B	樞密院將邊關事領掇。
2913	掇	音朵	0583B	憑老實把衣食掇。
2914	掇	音朵	0592B	你休則管裏閒攛掇。
2915	掇	音朵	0741B	相攛掇。
2916	掇	音朵	0812B	更怕我不趲你那冷氣虛心廝拾掇。
2917	掉	音吊	0220C	是你掉下二十兩了。
2918	掏	音叨	0191C	則去撲蟆蚱。摸螃蟹。掏蜘蛛。
2919	掖	音亦	0210C	白衣不好出入宮掖。
2920	掙	爭去聲	0143B	我這裏呵欠罷翻身打個嚲掙。
2921	掙	爭去聲	0842A	你若是分毫兒掙閣。
2922	掙	爭平聲	0742B	氣撲撲重添蘦掙。
2923	掙	音爭	0211B	打個嚲掙。
2924	掙	音爭	0332B	他那裏越懶拗放懞掙。
2925	掙	音爭	0484B	這廝待放懞掙。
2926	掠	音料	0703B	新梳掠。
2927	掠	音料	0853B	更避甚痛笞掠。
2928	掠	音料	1003B	俺母親被他驅掠。
2929	探	平聲	0842A	恰便似狗探湯不敢望前邁。
2930	探	平聲	0882B	我着些言語來探。
2931	接	音姐	0203A	也強如帶滿頭花向午門左右把狀元接。
2932	接	音姐	0402B	車馬相接。
2933	接	音姐	0552B	見高車來俺只索倒屣連忙接。
2934	接	音姐	0821B	那愁他沒鸞膠將絃斷接。
2935	接	音姐	0953B	你若是報一聲着人遠接。
2936	控	空去聲	0481B	因此上向兒行一星星悲控。

2937	推	退平聲	0013A	我煞大臣行說一個推辭謊。
2938	推	退平聲	0061A	再無推讓。
2939	推	退平聲	0093B	不由我淚雨似扒推。
2940	推	退平聲	0100A	但吃虧了些兒他可早推詐死。
2941	推	退平聲	0181C	在家如此推故。
2942	推	退平聲	0241A	我見他一半兒推辭一半兒肯。
2943	推	退平聲	0314A	他一件件盡推辭。
2944	推	退平聲	0321A	推整羅裙。
2945	推	退平聲	0371A	把俺橫拖倒拽怎推辭。
2946	推	退平聲	0383B	你承當了怎推。
2947	推	退平聲	0393B	省可裏後擁前推。
2948	推	退平聲	0443A	望後來怎禁推搶。
2949	推	退平聲	0574A	我如今這酬答何推拒。
2950	推	退平聲	0611C	我推了他一推便死了。
2951	推	退平聲	0641A	再不見鄰里推搶。
2952	推	退平聲	0661C	我則推不知。
2953	推	退平聲	0704A	推將寶帶鬆。
2954	推	退平聲	0734A	險些的在雲陽推轉。
2955	推	退平聲	0752B	捱的個醉醺醺滿飲不辭推。
2956	推	退平聲	0794B	可撲魯擁推擁推階前跪。
2957	推	退平聲	0892A	則見他伴帶酒推更衣且寬轉。
2958	推	退平聲	0991A	並不敢推共阻。
2959	推	退平聲	1004C	怎生還推不知哩。
2960	揞	肯去聲	0064A	倒被我勒揞的情和睦。
2961	揞	肯去聲	0142B	怎將俺這小本經紀來揞。
2962	揞	肯去聲	0292A	舊官行揞勒些東西。
2963	揞	肯去聲	0491A	衒一片害人心勒揞了些養家緣。
2964	教	平聲	0101C	金鎗教手徐寧是也。
2965	教	平聲	0762A	教下人間度艷嬌。
2966	教	平聲	0774A	一任教黃鶯紫燕忙。
2967	教	平聲	0970D	何必沈香亭子比。更教傾國倚闌干。
2968	旋	去聲	0071A	見一陣旋風兒繞定荒墳。來時節旋的慢。去時節旋的緊。
2969	旋	去聲	0094A	不問我舞旋。
2970	旋	去聲	0102A	那妮子舞旋旋摩拳擦掌。
2971	旋	去聲	0152A	我則見舞旋旋飄空的這敗葉。

2972	旋	去聲	0162C	繫着這條舞旋旋的裙兒。
2973	旋	去聲	0343A	半路裏先引的一個旋風來。
2974	旋	去聲	0512B	一個俏魂靈不離了我打盤旋。
2975	旋	去聲	0683B	蝶翅般風中旋。
2976	旋	去聲	0702A	旋起階除。
2977	旋	去聲	0771A	都爲那釀醅旋潑鵝黃嫩。
2978	旋	去聲	0804A	見一陣旋風兒逐定咱家。
2979	旋	去聲	0902A	見一個旋風兒足律律將人繞。
2980	旋	去聲	0941A	旋風兒推轉團圓磨。
2981	旋	去聲	0993C	便是旋添綿。
2982	旎	尼上聲	0093A	強何郎旖旎煞難搽粉。
2983	旎	泥上聲	0463A	旖旎春無價。
2984	旎	音你	0561C	更是風流旖旎。
2985	旎	音你	0712B	賺劉晨的旖旎。
2986	旎	寧己切	0331B	見孩兒撒旖旎。
2987	族	從蘇切	0051B	到今時忌他。便待將殺身也那滅族。
2988	族	從蘇切	0173A	你道不共族稍似疏。
2989	族	從蘇切	0382B	向雲陽早壞了俺的親族。
2990	族	聰疎切	0372B	更做道國戚皇族。
2991	晡	音逋	0164E	獨對千言日未晡。爲官洛邑見飛梟。
2992	桯	音汀	0590A	坐着門桯披着頭稍。
2993	桯	音汀	0803B	被門桯絆我一個合撲地。
2994	桯	音汀	0864A	卻攔截在門桯外。
2995	桯	音汀	0912A	快離了他這公孫弘東閣門桯外。
2996	桯	音刑	0102A	見一個碑亭般大漢將這門桯來驀。
2997	桯	音刑	0143B	我見他笑吟吟推入門桯
2998	桯	音刑	0231B	我纔出門桯。
2999	桯	音形	0133A	驀入門桯去。
3000	桯	音形	0332B	天那急的我戰篤速不敢便驀入門桯。
3001	桯	音形	0482A	門桯使腳踏。
3002	桯	音形	0754A	未入門桯。
3003	桯	音形	0812A	每日懶出門桯，繡房裏坐。
3004	桿	音趕	0311B	怎發付這一千斤鐵磨桿。
3005	梟	希交切	0084D	將陳虎碎屍萬段。梟首級號令街前。
3006	梟	音驍	0743C	人主制馭梟將之術。

3007	梢	子傘切	0392A	定頭梢下椤指。
3008	械	音薤	0584B	誰救你爹爹脫杻械。
3009	械	諧去聲	0034B	今遭杻械。
3010	欲	于句切	0542B	眞然眞然淫欲。
3011	欲	于句切	0984B	至誠的一箇箇皆如所欲。
3012	欸	音襖	0412A	歌欸乃。
3013	殺	音晒	0924A	他便待將咱殺壞。
3014	殺	雙鮓切	0011B	則他那瘦巖巖影兒可喜殺。
3015	殺	雙鮓切	0021A	兀的不妝點殺錦繡香風榻。
3016	殺	雙鮓切	0042B	喒兩個穩穩安安兀的不快活殺。
3017	殺	雙鮓切	0082B	多不到半合兒把我來侯倖殺。
3018	殺	雙鮓切	0141B	怕不道酷寒亭把我來凍餓殺。
3019	殺	雙鮓切	0194B	和遼兵做場廝殺。
3020	殺	雙鮓切	0213B	把他剝了官職貶做窮民也是陣殺。
3021	殺	雙鮓切	0380B	他躍馬當先拚廝殺。
3022	殺	雙鮓切	0412B	我不瘦殺多應害殺。
3023	殺	雙鮓切	0441B	您哥哥劍洞槍林快廝殺。
3024	殺	雙鮓切	0463B	受用全別快活殺。
3025	殺	雙鮓切	0482B	我與你火速的便去爭殺。
3026	殺	雙鮓切	0543B	枉把村老子就公廳上諕殺。
3027	殺	雙鮓切	0563B	怎麼。性大。便殺。
3028	殺	雙鮓切	0571B	憂愁殺。
3029	殺	雙鮓切	0581B	怎便信殺。
3030	殺	雙鮓切	0612B	到大來無是無非快活殺。
3031	殺	雙鮓切	0621B	可知道劉郎喜殺。
3032	殺	雙鮓切	0643B	思量起在前讎恨殺。
3033	殺	雙鮓切	0733B	把我這養育的娘親痛哭殺。
3034	殺	雙鮓切	0750B	這早晚周瑜沒亂殺。
3035	殺	雙鮓切	0781B	敢則是瓦盆邊幾場沈醉殺。
3036	殺	雙鮓切	0801B	我與你便葫蘆提拚醉殺。
3037	殺	雙鮓切	0911B	又不曾將他去劍樹上殺。
3038	殺	雙鮓切	0944B	將李春郎的父親只向那翻滾滾波心水渰殺。
3039	涎	徐煎切	0022A	誰待要頑涎醉倒瓊林宴。
3040	涎	徐煎切	0281B	纔止住這口角頭頑涎。
3041	涎	徐煎切	0292B	黑婁婁潮上涎。

3042	涎	徐煎切	0352A	則聽的喝嘍嘍口內潮涎唾。
3043	涎	徐煎切	0504B	殢人情使不着你野狐得這涎。
3044	涎	徐煎切	0561B	流兩行口角底頑涎。
3045	涎	徐煎切	0611A	只見他齁嘍嘍的冷涎潮。
3046	涎	徐煎切	0722A	頑涎兒卻依舊。
3047	涎	徐煎切	0734B	只道你嚥不下相思這口涎。
3048	涎	徐煎切	0811A	全用些野狐涎撲子弟打郎君。
3049	涎	徐煎切	0902A	黑婁婁那一口涎潮。
3050	涪	房鳩切	0981A	抵多少盼盼女詞媚涪翁。
3051	涯	音諧	0802E	我在這瓦窰居住。做些本分生涯。
3052	液	音亦	0361A	問甚麼玉液漿。
3053	液	音邑	0471D	非干我與而不與。其實你飲不的我這玉液瓊漿。
3054	液	音逸	0583A	那說起玉液金波。
3055	涴	音臥	0093D	料應嫌點涴。拋擲任東風。
3056	涴	音臥	0311C	涴了這壁子。
3057	涴	音臥	0461A	險涴了內家妝束紅鴛袖。
3058	淅	音昔	0473B	愁呵做了江風淅淅。
3059	淅	音昔	0984A	金風淅淅。
3060	淋	林去聲	0883B	煙冷龍沈銀蠟消紅淋。
3061	淤	音于	0932C	往這淤泥裏趒了罷。
3062	淤	音迂	0153B	腳底下滑擦擦泥淤。
3063	淤	音迂	0333B	因甚這般濕泥淤。
3064	淤	音迂	0473A	挽鹽車騏驥陷淤泥。
3065	淤	音迂	0791B	更和他疋丟撲搭的淤。
3066	淤	音於	0193A	摸蝦蟆混入淤泥。
3067	淥	音路	0154E	雖然是被風雨淋淋淥淥。也不合故意的喃喃篤篤。
3068	淥	音慮	0791B	淋的我濕淥淥。
3069	淥	音慮	0944B	早做了撲撲簌簌、濕濕淥淥、疏林人物。
3070	焐	烏去聲	0143C	誰與你焐腳。
3071	焐	烏去聲	0233C	熱身子焐乾了。
3072	焐	烏去聲	0512C	來與大姐焐腳。
3073	爽	霜上聲	0583C	你這廝不爽利。
3074	猊	音倪	0744C	柳葉砌成的龜背獰猊鎧。
3075	猊	音移	0352E	冠簪金獬豸。甲掛錦獰猊。

3076	猊	音移	0363D	獅子鑪。狻猊鑪。香噴龍涎。
3077	猊	音移	0513B	紫檀面拂金猊。
3078	猊	音移	0671A	然他那身邊不掛猻猊鎧。
3079	猖	音昌	0450C	好生猖獗。
3080	猙	音撑	0853A	火不騰改變了猙獰貌。
3081	猛	蒙上聲	0673B	尉遲恭威而不猛。
3082	瓠	音戶	0482A	截瓠開瓜。
3083	瓷	音慈	0583A	瓦瓮瓷缽。
3084	畦	音奚	0344B	抱瓮澆畦。
3085	畦	音奚	0392C	是打水澆畦的井。
3086	畦	音奚	0403B	俺家裏要打水澆畦。
3087	畦	音奚	0423B	俺那裏草舍花欄藥畦。
3088	畦	音奚	0444C	着我打水澆畦。
3089	畦	音奚	0962C	撥畦兒。
3090	疏	去聲	0720D	年來屢上陳情疏。怎奈君恩不放歸。
3091	疵	音慈	0041B	我須是嬌滴滴美玉無疵。
3092	疵	音慈	0152B	眼暈頭疵。
3093	疵	音慈	0314B	一抹兒瑕疵。
3094	盛	平聲	0152D	一箇大青碗。盛的飯又滿。
3095	盛	平聲	0211B	翠盤盛。
3096	盛	平聲	0311C	斗筲之器盛千鍾。
3097	盛	平聲	0881C	收拾春盛盒擔。
3098	盛	音成	0403C	你正是囊裏盛錐。尖者自出。
3099	盛	音成	0803C	則指望盛湯盛水。
3100	盛	音成	0844C	常時說我是妝盒兒盛着。
3101	盛	音成	0871A	盛酒甕摔做碎瓷甌。
3102	盛	音呈	0101A	這裏又無他那盛料盆。
3103	盛	音呈	0531C	這馬舍的官是他荷包兒裏盛着的。
3104	盛	音呈	0652C	到家裏盛將飯來。
3105	盛	音呈	0991C	春盛擔子。
3106	眥	音債	0081A	睚眥休成忿。
3107	眯	米去聲	0133C	兀的不眯了老夫的眼也。
3108	眵	抽支切	0152B	我可也把不住抹淚揉眵。
3109	眵	抽支切	0873A	越惹你揉眵抹淚哭嚎啕。
3110	眵	抽支切	0903B	空教我抹淚揉眵。

3111	眵	音蚩	0273A	哥也你那般抹淚揉眵可是因甚也。
3112	眵	音蚩	0314B	抹淚揉眵。
3113	眵	音蚩	0371B	抹淚揉眵。
3114	眵	音嗤	0843B	倒着我抹淚揉眵。
3115	眸	麻彪切	0094B	我這裏忍着淚眸。
3116	眾	平聲	0181C	佛說大地眾生。皆有佛性。
3117	眾	平聲	0290D	未滿鉼壺豈降災。眾生造業苦難捱。
3118	眾	平聲	0592C	常言道眾生好度人難度。
3119	眾	平聲	0770C	濟度眾生。
3120	着	池何切	0164A	倒着俺定奪。
3121	着	池何切	0604B	則見他荊棘律忙忙走着。
3122	着	池何切	0812A	將料着這蘇婆休想輕饒過。
3123	着	池何切	0941B	俺這廝側身兒摟抱着。
3124	着	池河切	0802A	自攬着這場彌天災禍。
3125	着	池燒切	0101A	將家長。廝瞞着。
3126	着	池燒切	0131B	你知這狗黨狐朋兩個廝趁着。
3127	着	池燒切	0144B	元來是俺哥哥廝撞着。
3128	着	池燒切	0214B	軟兀剌方纔睡着。
3129	着	池燒切	0222B	一句良言說與你聽着。
3130	着	池燒切	0342A	剗地着我又上黃州道。
3131	着	池燒切	0384B	我纔把軍兵收轉着。
3132	着	池燒切	0411B	繡針兒不待拈着。
3133	着	池燒切	0463A	情着疼熱相牽掛。
3134	着	池燒切	0534B	爭奈我兩次三番不待着。
3135	着	池燒切	0572B	我則見齊臻臻的強人擺列着。
3136	着	池燒切	0611B	將他比並着。
3137	着	池燒切	0632B	虞候親隨護從着。
3138	着	池燒切	0642B	火匝匝把衣服緊摺着。
3139	着	池燒切	0662B	忙哀告膝跪着。
3140	着	池燒切	0691A	但有些箇好穿着。
3141	着	池燒切	0703B	不轉睛廝覷着。
3142	着	池燒切	0753B	則他那巧機關在腹內暗藏着。
3143	着	池燒切	0762B	怎生不常常的記着。
3144	着	池燒切	0784B	一會價記着想着念着。
3145	着	池燒切	0792B	急回來又早病魔纏着。

3146	着	池燒切	0853B	休想我有半字兒攀着。
3147	着	池燒切	0902B	那堝裏遇着。
3148	着	池燒切	0922B	又不曾把神靈觸忤着。
3149	着	池燒切	1003B	怎當俺眾冤魂纏定着。
3150	着	池齋切	0964B	山川圍着。
3151	着	昭上聲	0834B	喒如今把圍棋識破了輸贏着
3152	研	音繭	0231C	連我也被這腳跰兒礙事。……煩兄弟與我挑破這跰者。
3153	祧	音挑	0844A	因此上宗祧有託。
3154	袿	音至	0473D	袿開袿入袿紋波。疊疊重重重數多。
3155	窕	音調	0023D	當日個襄王窈窕思賢才。趙貞女包上築墳臺。
3156	窕	音調	0312A	怎如大院深宅窈窕娘。
3157	窕	音調	0410A	可待要隔斷巫山窈窕娘。
3158	窕	音調	0631A	擺窈窕翠娥紅袖。
3159	窕	條去聲	0663A	怎生來翻悔了巫山窈窕娘。
3160	笛	丁梨切	0193B	曾倒騎牛背品腔笛。
3161	笛	丁梨切	0243A	每日則是吹笛擂鼓做筵席。
3162	笛	丁梨切	0322B	你將着羊酒呵領着一火鼓笛。
3163	笛	丁梨切	0481A	鼓笛聲送。
3164	笛	丁梨切	0513B	到不如清夜聞笛。
3165	笛	丁梨切	0731B	你將這紫霜毫做鼓笛。
3166	笛	丁梨切	0852A	鼓笛搬弄。
3167	笞	昌知切	0044B	重則鞭笞。
3168	笞	青癡切	0862n	╱
3169	笞	音癡	0023A	都做了笞杖徒流。
3170	笞	音癡	0291A	倚仗着笞杖徒流絞。
3171	笞	音癡	0961C	受鞭笞之苦。
3172	笠	音利	0402A	他戴着個玉頂子新椶笠。
3173	笠	音利	0953A	則是一撒網一蓑衣一蒻笠。
3174	笳	音加	0563B	簇擁着鼓吹鳴笳。
3175	笐	音趕	0721A	銅磨笐再不把頑石運。
3176	笐	音趕	0744C	則被他一騎馬一笐鎗，衝突將來。
3177	紮	音扎	0804C	思量紮詐我那。
3178	紮	音札	0850C	於後花園中紮下一箇草人。
3179	累	上聲	0241A	戰番兵累次建功勳。

3180	累	上聲	0294A	與亡靈累七修齋。
3181	累	上聲	0323C	累立奇功。
3182	累	上聲	0552C	某累次遣人持書辟召。
3183	累	上聲	0600C	累次寄書相請。
3184	累	上聲	0661C	小生累次教人問這親事。
3185	累	上聲	0720C	隨朝數載。累蒙擢用。
3186	累	上聲	0741C	累次差使命來到嗏這裏窺探動靜。
3187	累	上聲	0751C	累輩漢臣。
3188	累	上聲	0824C	累次立功。
3189	累	上聲	0991C	累代簪纓之子。
3190	紺	甘去聲	0021A	鬢嵯峨、堆紺髮。
3191	紺	甘去聲	0512A	興奴也你早則不滿梳紺髮挑燈剪。
3192	紺	甘去聲	0633A	元來這琳宮紺宇。
3193	絆	音扮	0951B	怕甚麼塵緣羈絆。
3194	缽	波上聲	0494B	甜似蜜缽。
3195	缽	波上聲	0583B	瓦瓷瓷缽。
3196	缽	波上聲	0812B	口如蜜缽。
3197	缽	音撥	0143C	把這梨花樣磁缽遮着暗燈。
3198	罣	音卦	0183A	待把我這一寸心田無罣礙。
3199	罣	音掛	0774A	無罣礙無遮障。
3200	習	星西切	0112B	五車書並不肯攻習。
3201	習	星西切	0152B	將經史溫習。
3202	習	星西切	0193B	便把那鎗兒棒兒強溫習。
3203	習	星西切	0433B	想當初在雲夢山中把天書習。
3204	習	星西切	0500B	十載詩書曉夜習。
3205	習	星西切	0752B	則我這三從四德幼閑習。
3206	習	星西切	0823B	將龍韜虎略溫習。
3207	習	星西切	0910B	也曾將釋典儒宗細講習。
3208	習	星西切	0972B	醫方脈訣幼曾習。
3209	脖	音勃	0311A	脖項上搭上套頭。
3210	脚	音皎	0144B	你去這白革坡潛蹤躡腳。
3211	脚	音皎	0691B	好靴腳。
3212	脚	音皎	0873B	過的這翠巍巍一帶山崖腳。
3213	脡	音挺	0043B	動不動掂折我腿脡。
3214	脡	音挺	0332B	為你呵走折我這腿脡。

3215	脫	音妥	0053B	事冗也辭身湧脫。
3216	脫	音妥	0164B	何時解脫。
3217	脫	音妥	0352B	兒也你若得飛出城門便是你一命脫。
3218	脫	音妥	0454B	覷着你潑殘生我手裏難逃脫。
3219	脫	音妥	0583B	急開門走不脫。
3220	脫	音妥	0604B	怎將你儒生度脫。
3221	脫	音妥	0684E	柳共桃今番度脫，再不逞妖嬈嬝娜。
3222	脫	音妥	0741B	卻把你箇漢隨何謊對脫。
3223	脫	音妥	0941B	拘不定精神衣怎脫。
3224	脬	音拋	0743C	撒脬尿在裏面。
3225	脯	音蒲	0611A	可怎生番印在他胸脯。
3226	荷	去聲	0523A	也不學劉伶荷鍤。
3227	荷	去聲	0592B	休則管裏空擔荷。
3228	荼	音徒	0201A	我且來散心到荼蘼架底。
3229	莎	音梭	0572A	我這裏戰欽欽膝跪和莎草。
3230	莖	音刑	0362A	我着你看韓湘子開冬雪雙莖錦牡丹。
3231	莖	音形	0462A	這酒卻便似瀉金莖中玉露擎仙掌。
3232	莖	音形	0633D	一足剛蹻一足輕。數莖頭髮亂鬅鬙。
3233	莢	音結	0561A	散東風楡莢錢。
3234	蚰	音尤	0281A	似熱地蚰蜒。
3235	蚰	音由	0900A	尋的蚰蜒鑽耳朵。
3236	蚱	音齋	0191C	則去撲蟆蚱。摸螃蟹。掏蚯蚓。
3237	蛇	音移	0752B	一個個禮度委蛇。
3238	蛉	音零	0441C	必然是你乞養過房螟蛉之子。
3239	術	繩朱切	0051B	他他他擊陳餘。有權術。
3240	術	繩朱切	0064B	夫人呵他自有通仙術。
3241	術	繩朱切	0124B	有權術。
3242	術	繩朱切	0182B	想着俺借錢時有甚惡心術。
3243	術	繩朱切	0364B	休猜俺做左道術。
3244	術	繩朱切	0493B	引人婦女的方術。
3245	術	繩朱切	0633B	不知怎生用些道術。
3246	術	繩朱切	0681B	你問我有何術。
3247	術	繩朱切	0854B	使着權術。
3248	術	繩朱切	0962B	我道你敢是箇南方左道術。
3249	術	繩朱切	0984B	神術。

3250	袈	音加	0612A	那裏有皂直掇披上錦袈裟。
3251	覓	忙閉切	0121B	（覓下稍。）恰便是黑海也似難尋覓。料的來人心不問。天理難欺。
3252	覓	忙閉切	0403B	那坨兒裏無尋覓。
3253	覓	忙閉切	0413B	早難尋難覓。
3254	覓	忙閉切	0544B	且別尋覓。
3255	覓	忙閉切	0644B	向我求覓。
3256	覓	忙閉切	0773B	可着我拔樹將根覓。
3257	覓	忙閉切	0783B	我則怕春光去了難尋覓。
3258	覓	音密	0261A	我只索去那虎狼叢裏覓前程。
3259	覓	音密	0463A	覓包彈無半搯。
3260	覓	音密	0470A	穩情取談笑覓封侯。
3261	訛	音娥	0014A	可不差訛了四時節令。
3262	訛	音娥	0653A	俺孩兒也不曾訛言謊語。
3263	訣	居也切	0434B	我和你從今便永訣。
3264	訣	居也切	0763B	三日後向城西傳取長生訣。
3265	設	商者切	0273B	急的我兩頭兒無能無能計設。
3266	設	商者切	0402B	吹筒粘竿有諸般來擺設。
3267	設	商者切	0434B	按天書把三軍擺設。
3268	設	商者切	0763B	怎當他轉關兒有百計千謀設。
3269	設	商者切	0821B	錦繡鋪設。
3270	設	商者切	0953B	怕不的船兒上有五十座笙歌擺設。
3271	責	齋上聲	0034B	受這般罪責。
3272	責	齋上聲	0102B	你待教我從實取責。
3273	責	齋上聲	0244B	休道遲。莫見責。
3274	責	齋上聲	0272B	由着他責。
3275	責	齋上聲	0283B	莫尋咱罪責。
3276	責	齋上聲	0374B	這言語休見責。
3277	責	齋上聲	0400B	你個嫂嫂莫得見責。
3278	責	齋上聲	0452B	平白地招罪責。
3279	責	齋上聲	0634B	乞仙眞痛責。
3280	責	齋上聲	0732B	敢是母親行有些嗔責。
3281	責	齋上聲	0864B	怎教咱替你躭罪責。
3282	責	齋上聲	0874B	呼保義哥哥見責。
3283	責	齋上聲	0912B	俺兒也差着一個字千般的見責。

3284	赧	難上聲	0431C	今周郝王在位。
3285	赧	囊亶切	0314D	此心愧赧難回汴。只得潛身且寄杭。
3286	跰	音蹇	0943B	腳心裏踏成跰。
3287	跰	音繭	0381C	兀的這兩腳上不跚成了跰也。
3288	躭	音擔	0041A	躭閣了二十一二。
3289	躭	音擔	0261A	早是我身躭病。
3290	躭	音擔	0963A	虛躭了一世。
3291	躭	都藍切	0254A	我荷葉枷倒替他躭將罪。
3292	躭	都藍切	0441A	將俺寡婦孤兒躭待煞。
3293	逐	直由切	0603B	見輕鷗。廝趁逐。
3294	逐	直由切	0722B	步步相逐。
3295	逐	直由切	0970B	他陪着箇小意兒和咱相趁逐。
3296	逐	長如切	0333B	只老漢和他步步相逐。
3297	逐	長如切	0382B	也則怕有軍士緊追逐。
3298	逐	長如切	0483B	多敢是韓延壽那廝緊追逐。
3299	逐	長如切	0633B	走兔飛鳥緊相逐。
3300	逐	長如切	0931B	是則是海藏龍宮曾共逐。
3301	逐	音紬	0032B	怎當的這狗兒緊追逐。
3302	逐	音紬	0172B	他他他怎放走緊逼逐。
3303	逐	常如切	0991B	一群價飛鷹走犬相隨逐。
3304	逑	音求	0204E	從來女大不中留。馬上牆頭亦好逑。
3305	逗	音豆	0012B	爭忍教第一夜夢迤逗。
3306	逗	音豆	0023B	心緒悠悠。不明白這場迤逗。
3307	逗	音豆	0062A	幾時迤逗的獨強性。
3308	逗	音豆	0091C	直逗的相公惱了。
3309	逗	音豆	0113A	誰引逗的劉晨阮肇至於斯。
3310	逗	音豆	0192A	我則道又是那一個拖逗我的小喬才。
3311	逗	音豆	0201D	偶然間兩相窺望。引逗的春心狂蕩。
3312	逗	音豆	0322C	他道誰迤逗俺渾家來。
3313	逗	音豆	0452C	這小的每眼見的說謊。逗我要哩。
3314	逗	音豆	0582C	我逗他要來。
3315	逗	音豆	0602B	你則為功名兩字相迤逗。
3316	逗	音豆	0621C	往後花園逗引那趙秀才。
3317	逗	音豆	0762A	我我我迤逗的他心內焦。
3318	逗	音豆	0871B	待不吃呵又被這酒旗兒將我來相迤逗。

3319	逗	音豆	0904A	兩三番迤逗人。
3320	逗	音豆	0933A	就兒裏相逗引。
3321	逗	音豆	0963A	乾迤逗的箇姜女送寒衣。
3322	速	蘇上聲	0323B	諕的我手兒腳兒滴羞蹀躞戰篤速。
3323	速	蘇上聲	0341B	恁兄弟一片功名心更速。
3324	速	蘇上聲	0574B	諕的我手兒腳兒滴羞蹀躞戰篤速。
3325	速	蘇上聲	0813B	諕的我意慌張，心喬怯，戰都速。
3326	造	音操	0423A	窮妙理。造玄機。
3327	造	音糙	0074A	這公事非同造次。
3328	造	音糙	0274A	投至俺得相逢非同造次。
3329	造	音糙	0751A	雖則你圖爲造次。
3330	造	音糙	0914A	父子們廝見非同造次。
3331	逡	蛆荀切	0113A	險將他逡巡間凍死。
3332	逡	蛆荀切	0603D	一葉逡巡送客歸。山光水色自相依。
3333	逡	蛆荀切	1001A	可甚的沿路只逡巡。
3334	逢	音蓬	0673B	更催着戰鼓逢逢。
3335	郭	沽卯切	0291B	你問他在村鎮居城郭。
3336	郭	音果	0583B	建法場把市郭。
3337	郲	音來	0171A	邛郲坂。
3338	郴	抽森切	0741C	項王使英布陰殺義帝于郴。
3339	酕	音毛	0603A	拚的個醉酕醄斗轉參橫。
3340	酘	音豆	0231C	再買幾碗酘他一酘。
3341	酌	音寶	0072C	再置酒席與我酌一酌去來。
3342	鈒	音衫	0882A	一迷裏口似潑鈒怎撲揞。
3343	釧	川上聲	0292B	早聘下金釵釧。
3344	釧	川去聲	0062A	我又早先聽的玉釧鳴。
3345	釧	川去聲	0541A	這釵釧委的是金子委的是銀。
3346	釧	川去聲	0731A	到如今釧鬆了玉腕。
3347	釧	川去聲	0810C	全副頭面釧鐲。
3348	陸	音溜	0822B	圍棋雙陸。
3349	雀	音悄	0784B	怎肯學鶤鵬飛雜燕雀。
3350	雀	音勤	0411B	又不比鬧清曉茅檐燕雀。
3351	雀	音勤	0691B	學太康放鷹鶻拿燕雀。
3352	雪	須也切	0203B	勝滾浪千堆雪。
3353	雪	須也切	0434B	今日個馬陵道上把大冤雪。

3354	雪	須也切	0552B	冒凍雪。
3355	雪	須也切	0821B	潤瓊酥白處白如雪。
3356	馗	音葵	0544B	畫鍾馗。
3357	馗	音葵	0803B	手攞了這應夢的鍾馗。
3358	鯠	音鬆	0490C	彈弓粘竿鯠兒小鷁。
3359	鹵	音魯	0392C	人民頑鹵。
3360	鹵	音魯	0741C	嗏是個麤鹵武將。
3361	鹿	音路	0191B	你待做趙高妄指秦庭鹿。
3362	鹿	音路	0633B	銜花鹿。
3363	鹿	音路	0962B	朱頂鶴獻花鹿。
3364	鹿	音盧	0051B	共逐秦鹿。
3365	麥	音賣	0192B	牀底下還有那二升家的蕎麥。
3366	麥	音賣	0272B	耗散了中庭麥。
3367	麥	音賣	0343B	看你怎生飄麥。
3368	麥	音賣	0440B	等收了蟲麥。
3369	麥	音賣	0912B	多謝你范堯夫肯付舟中麥。
3370	唸	低廉切	0084A	唸題道有十餘遍。
3371	唸	店平聲	0072A	我掛口兒並不曾唸題。
3372	唸	店平聲	0274A	你再休唸唇波掛齒。
3373	唸	店平聲	0543A	我這裏唸詳罷。
3374	唸	店平聲	0881A	不索你話兒唸。
3375	殂	藏棱切	0711E	峰勢側，洞門殂，洞裏月光愛娑婆。
3376	迤	音里	0264C	迤迆而來。
3377	迤	音里	0903C	迤迆行來。
3378	傪	音炒	0660C	因此上都喚他做傪梅香。
3379	傪	音鄒	0151B	打扮的體態又傪。
3380	傪	音鄒	0461B	拽扎起太學內體樣兒傪。
3381	傪	粗叟切	0093A	則今番文傪傪的施才藝。
3382	傪	粗叟切	0392A	正廳上坐着個傪憨憨問事官人。
3383	嗄	音呀	0031A	元來是八升嗄小斗兒加三秤。
3384	嗄	音呀	0042B	我可是問你嗄。
3385	嗄	音呀	0643B	你個火性緊的哥哥廝覷嗄。
3386	熌	音惱	0454A	沒熌聒。
3387	蒤	徐靴切	0514A	老虔婆意中只待頻蒤刮。
3388	蒤	徐靴切	0563A	蒤蒤磨磨。

3389	袸	音至	0751A	則我這裙兒袸。
3390	傀	匡委切	0852A	向這傀儡棚中。
3391	傀	音詭	0330C	我要傀儡兒耍子。
3392	傀	音詭	0481A	傀儡棚中。
3393	傍	去聲	0641B	也不是俺便做下的這一個冷臉兒難親傍。
3394	傍	去聲	0714D	傍路臨溪不長久。落葉歸秋又衰朽。
3395	傍	去聲	0934B	你怎不記涇河隄傍。
3396	傍	去聲	0993A	傍幾家兒村雞啞啞。
3397	傑	其耶切	0203B	憑男子豪傑。
3398	傑	其耶切	0273B	那老子識時務也便爲俊傑。
3399	傑	其耶切	0280B	現如今國家選用豪傑。
3400	傑	其耶切	0434B	寫着道今夜裏此處斬豪傑。
3401	傑	其耶切	0552B	更和那漢國三傑。
3402	傑	其耶切	0763B	笑興亡自古豪傑。
3403	傑	其耶切	0821B	多敢是眞心的愛豪傑。
3404	傒	音奚	0332A	急攘攘空傒倖。
3405	傒	音奚	0392A	少不的去司房中悶懨懨傒倖死。
3406	傖	音撑	0743A	元來這子房也是個傖頭。
3407	凱	開上聲	0384C	奏凱而回。
3408	凱	開上聲	0434C	奏凱班師。
3409	剩	音盛	0062A	除底外四週圍並無餘剩。
3410	剩	音盛	0231B	擡動腳二百里還餘剩。
3411	剩	音盛	0261B	因此上空囊那討一文剩。
3412	剩	音盛	0582C	遺剩了一紙文書只。
3413	剩	音盛	0614A	我可便剩念了些彌陀。
3414	剩	音盛	0622A	你休愁我衾寒枕剩人孤另。
3415	剩	音盛	0792A	一星星不剩分毫。
3416	剩	音盛	0833A	因此上枕剩衾餘夢不成。
3417	割	哥上聲	0164B	同心摟帶拚教割。
3418	勛	與勳同	0793C	爲俺祖父多有功勛。
3419	勛	與勳同	0823C	建立功勛。
3420	勝	平聲	0691C	不勝大喜。
3421	勝	平聲	0711D	親曾見全勝宋玉。想像賦高唐。
3422	勝	平聲	0751C	使我不勝煩惱。
3423	勝	平聲	0850C	不勝大惱。

3424	勝	平聲	0892C	呂布不勝分離之感。
3425	博	巴毛切	0101B	敢則是靠些賭官博。
3426	博	巴毛切	0353A	刀尖上博功績。
3427	唾	拖去聲	0583B	題名兒罵了孜孜的唾。
3428	唾	拖去聲	0600C	自謂功名唾手可拾。
3429	啻	施去聲	0174C	不啻饑渴。
3430	嗯	音濃	0631B	刺古笛兒嗯嗯。
3431	喂	音位	0282C	如今篩子裏喂驢漏豆了。
3432	喃	音南	0783C	非是俺喃喃篤篤。
3433	喋	音爹	0552B	你可便不必喋喋。
3434	喏	音惹	0952A	不聽的報喏聲齊。
3435	暗	音音	0071A	我這裏嘴盧都暗暗的納悶。
3436	暗	音音	0563A	那裏有娶媳婦當筵廝暗啞。
3437	暗	音音	0741C	喒想項王暗啞叱咤。
3438	喑	音陰	0362C	有喑啞叱咤之勇。舉鼎拔山之力。
3439	喑	音蔭	0332A	他那裏喑氣吞聲。
3440	喑	音蔭	0661A	喑的吞聲。
3441	喑	音蔭	0784A	這時節武陵溪怎喑約。
3442	喑	音蔭	0883B	則索咬定牙兒喑。
3443	喑	音蔭	0984A	你自喑付。
3444	嗒	音嗒	0882B	顛倒連累嗒。
3445	喘	川上聲	0033B	似肥漢相博我着他只落的一聲兒喘。
3446	喘	川上聲	0841B	那一箇坐來枝上喘。
3447	喘	川上聲	0892B	我見他手纖纖搭扶着丁香樹兒喘。
3448	喘	昌軟切	0491B	恁時節則落的幾度喘。
3449	喘	穿上聲	0022B	空着我趕上文君，則落的這一聲喘。
3450	喘	穿上聲	0582A	走的我氣喘狼藉。
3451	喟	匡委切	0411A	俺氣氳氳喟然聲不定交。
3452	喨	音亮	0013B	呀呀的聲嘹喨。
3453	喨	音亮	0684B	仙音嘹喨。
3454	喨	音亮	0831C	聽的這裏彈琴聲音嘹喨。
3455	喫	音恥	0234B	倒去熬粥湯送他吃。〔註10〕
3456	喫	音恥	0393B	我可便買與你個合酪吃。

〔註10〕 明刻本被釋字作「喫」，劇文作「吃」。序號3456、3459同此。

3457	喫	音恥	0513B	把似噇不的少喫。
3458	喫	音恥	0794B	可不的勢劍倒是咱先喫。
3459	喫	音恥	0963B	二來香醪再不吃。
3460	單	音廛	0010C	某乃呼韓耶單于是也。
3461	單	音蟬	0492A	來來來渾一似嫁單于出塞明妃。
3462	堝	音窩	0231A	這堝兒裏無動靜。
3463	堝	音窩	0371A	你覰那着傷處一堝兒青間紫。
3464	堝	音窩	0583B	黃甘甘面皮如蠟堝。
3465	堝	音窩	0614B	多大一堝。
3466	堝	音窩	0633A	這堝裏雲水林巒。
3467	堝	音窩	0653A	可著我那堝兒發付。
3468	堝	音窩	0771A	久以後你少不得這堝兒種下禍根。
3469	堝	音窩	0813A	這堝兒使不着我美貌嬌容。
3470	堝	音窩	0855A	直剁的他做一堝兒肉醬。
3471	堝	音窩	0902A	那堝裏遇着。
3472	堝	音窩	0992A	你道他昨來箇那堝兒裏殺壞了范杞梁。
3473	堠	音后	0152A	恨不能五六里安箇堠子。
3474	堠	音后	0903A	出陳州五里巴堠子。
3475	堠	音後	0813A	盼郵亭巴堠子。
3476	壖	口專切	0683A	夢魂兒則想江壖。
3477	婷	音亭	0114D	你原是廣寒宮娉婷仙桂。不合共陳世英暗成歡會。
3478	婷	音亭	0464B	原來是足下女娉婷。
3479	婷	音亭	0543E	一點妒心生。斷送女娉婷。
3480	婷	音亭	0604A	這一個貌娉婷笊籬手把。
3481	婷	音亭	0622B	花列玉娉婷。
3482	婷	音亭	0720E	占斷楚城歌舞地。娉婷。天上人間第一名。
3483	嵌	音闞	0631A	嵌曉星。
3484	嵌	音闞	0814C	這梳上對嵌處。
3485	嵌	音闞	0840C	嵌的是鴉鶻石。
3486	嵌	音闞	0884A	嵌玲瓏香毬。
3487	嵌	欺岩切	0572A	眼嵌鼻瞘撓着臉腦。
3488	嵐	音藍	0513A	再不愛山市晴嵐翠。
3489	嵐	音藍	0522A	倚晴嵐數層金碧。
3490	嵐	音藍	0604A	有青山高聳煙嵐潑。

3491	嵐	音藍	0711D	莫訝朝嵐寒槭槭，仙家洞府接天河。
3492	嵐	音藍	0782D	天和樹色藹蒼蒼。霞重嵐深路渺茫。
3493	嵓	音巖	0014A	嵓溜泠泠。
3494	嵓	音巖	0834A	想着你瘦嵓嵓精神漸槁。
3495	幾	上聲	0752B	想着我同胞的能有幾。
3496	廁	音次	0222C	是東廁門上的。
3497	弼	薄密切	0621C	小官姓劉名輔。字公弼。
3498	弼	薄密切	0830C	我是梁公弼的夫人。
3499	彘	音治	0193B	雞豚狗彘。
3500	彘	音治	0843A	恰便待鴆了如意，彘了戚氏。
3501	復	房夫切	0182B	這都是無往不復。
3502	復	房夫切	0854B	黑沈沈怨未復。
3503	復	音扶	0443B	有句話實情拜復。
3504	復	音府	0654E	撚指過三十餘春，生二子明彰報復。
3505	惑	音回	0044B	索甚麼疑惑。
3506	惑	音回	0383B	莫疑惑。
3507	惑	音回	0403B	告押衙休疑惑。
3508	惑	音回	0544B	休得要假疑惑。
3509	惑	音回	0803B	俺這裏轉轉的疑惑。
3510	惑	音回	0972B	你可休心下疑惑。
3511	惑	音或	0430C	今晚三更三點。熒惑失位。
3512	惡	阿上聲	0812B	助人長吁的紗窗外疏剌剌風勢惡。
3513	惡	音襖	0071A	咬牙根做出那惡精神。
3514	惡	音襖	0214B	忽見掀簾西風惡。
3515	惡	音襖	0304A	榆科園惡精神。
3516	惡	音襖	0411B	片帆休遮西風惡。
3517	惡	音襖	0534B	你是個君子人不念舊惡。
3518	惡	音襖	0792B	行惡得惡。
3519	惡	音襖	1003B	不隄防半途逢禍惡。
3520	惡	烏去聲	0881A	你須惡厭。
3521	惡	襖去聲	0994E	窮秀才獻寶到京師。遇賊徒見利心生惡。
3522	戟	巾以切	0193B	更使着一條方天畫戟。
3523	戟	巾以切	0243B	着你門排畫戟。
3524	戟	巾以切	0303B	明晃晃鎗刀劍戟。
3525	戟	巾以切	0823B	戈矛劍戟。

3526	捶	吹上聲	0822A	折莫是捶丸氣毬。
3527	掣	音徹	0213A	明颭颭掣劍離匣。
3528	掣	音徹	0411A	他是掣風濤混海鯨鼇。
3529	掣	音徹	0434A	旗掣電。
3530	掣	音徹	0932D	雷公電母顯靈通。掣電轟雷縹緲中。
3531	搦	女角切	0264C	冰不搦不寒。
3532	搭	音閙	0062A	恰纔輕搭着春蔥儘燒俸。
3533	搭	音閙	0082A	親子父在拳中的這搭沙。
3534	搭	音閙	0094C	冰不搭不寒。
3535	搭	音閙	0141A	我一隻手把銅環來緊搭。
3536	搭	音閙	0282A	搭着一條黃桑棒。
3537	搭	音閙	0301A	他若是搭鋼鞭款款把征騌鞚。
3538	搭	音閙	0484A	搭雙拳打不停。
3539	搭	音閙	0500C	冰不搭不寒。
3540	搭	音閙	0542A	我見他手搭着巨毒。
3541	搭	音閙	0744A	兀的不生搭損明晃晃這柄簸箕般金蘸斧。
3542	搭	音閙	0782A	搭粉搏酥。
3543	搭	音閙	0811A	常則是惡哏哏緊搭着條黃桑棍。
3544	搭	音閙	0941C	搭殺不成團。
3545	揄	音余	0341B	山鬼揶揄。
3546	揄	音余	0681B	怎容他山鬼揶揄。
3547	揆	音跪	0423B	掌管台衡總百揆。
3548	揉	音柔	0094B	煖的那溫泔清手面輕揉。
3549	揉	音柔	0141C	君子將你那手摩的熱着揉你那眼。
3550	揉	音柔	0273A	哥也你那般抹淚揉眵可是因甚也。
3551	揉	音柔	0623A	也則爲揉損了青枝。
3552	揉	音柔	0652B	肚皮上用手揉。
3553	揉	音柔	0843A	倒着我抹淚揉眵。
3554	揉	與撓同	0131B	那一個出得他摑打搊揉。
3555	揉	與撓同	0342B	可着我心癢難揉。
3556	揉	與撓同	0633A	揉腮瞪目。
3557	揉	與撓同	0784B	一會價心癢難揉。
3558	揉	與撓同	0792B	急煎煎心癢難揉。
3559	揉	與撓同	0811A	搊揉皮肉。
3560	揉	與撓同	0874C	這是揉着我山兒的癢處。

3561	揉	與撓同	0902B	心癢難揉。
3562	揎	音宣	0033A	休得要攞袖揎拳。
3563	揎	音宣	0062A	他兀自未揎起金衫袖。
3564	揎	音宣	0072A	他見我早揎拳攞袖。
3565	揎	音宣	0134A	為甚麼只古裏裸袖揎拳無事哏。
3566	揎	音宣	0331A	你這般揎拳攞袖為因何。
3567	揎	音宣	0394A	還待要攞袖揎拳。
3568	揎	音宣	0592A	俺父親揎拳攞袖因何事。
3569	揎	音宣	0722A	你與我高揎起春衫酒淹袖。
3570	揎	音宣	0762A	揎拳捋袖行凶暴。
3571	揎	音宣	0921A	揎拳攞袖喬聲勢。
3572	揎	音宣	0973A	他每都叫吼吼攞袖揎拳。
3573	揎	音宣	0993C	他看着我揎拳攞袖。
3574	插	抽鮓切	0011B	那昭陽到處難安插。
3575	插	抽鮓切	0021B	他送春情便把金釵插。
3576	插	抽鮓切	0042B	我釵墜了無心插。
3577	插	抽鮓切	0141B	先綽的這棒頭來向深處插。
3578	插	抽鮓切	0441B	腰間箭插。
3579	插	抽鮓切	0571B	傷心老母難安插。
3580	插	抽鮓切	0643B	你你你是將我這頭面金釵插。
3581	插	抽鮓切	0911B	這等人向官員財主裏難安插。
3582	揪	音昝	0302A	揪住揪住獅蠻帶。
3583	揪	音昝	0642A	火匝匝把衣服緊揪着。
3584	揪	音昝	0802A	怎知道被我來揪住衣服。
3585	揪	簪上聲	0083C	我一隻手揪住頭。一隻手揪住尾。
3586	揪	簪上聲	0324A	揪住羅裳。
3587	揪	簪上聲	0351A	向前去手揪住腰間帶。
3588	揪	簪上聲	0401C	一隻手揪住腳腕。
3589	揪	簪上聲	0453A	緊揪住頭梢。
3590	揪	簪上聲	0482A	揪定袈裟。
3591	揪	簪上聲	0542A	他把我頭稍頭稍揪住。
3592	揪	簪上聲	0622A	怎敢緊揪住他角帶輥。
3593	揪	簪上聲	0633A	一隻手揪住道服。
3594	揪	簪上聲	0872C	一隻手揪住腰帶。
3595	揪	簪上聲	0962A	一隻手揪住道服。

3596	摺	簪上聲	0964A	我敢摺住你那頭梢。
3597	揞	音俺	0882B	春衫雙袖漫漫將淚揞。
3598	握	歪上聲	0874B	驪龍頷下把明珠握。
3599	握	音杳	0023A	拿雲握霧手。
3600	握	音杳	0191A	拿雲握霧。
3601	握	音杳	0672A	拿雲握霧的手。
3602	握	音約	0133A	你往常時在那鴛鴦帳底那般兒攜雲握雨。
3603	握	音約	0471A	那裏也握髮周公。
3604	搲	匡雅切	0801B	明晃晃一把鋼刀搲。
3605	搲	匡雅切	0932A	搲撒了熟銅。
3606	揣	平聲	0272B	欺負喒軟弱囊揣。
3607	揩	楷平聲	0043C	你鏇酒兒。打榮兒。抹卓兒。揩檯兒。
3608	揩	楷平聲	0141A	再着些唾揩光我這冷鼻凹。
3609	揩	楷平聲	0194D	扶持的乾坤清泰。揩磨的日月輝光。
3610	揩	楷平聲	0394A	臭名兒怎揩免。
3611	揩	楷平聲	0452B	醜名兒出去怎生揩。
3612	揩	楷平聲	0611C	可怎生揩了一手巾忍字也。
3613	揩	楷平聲	0791A	奇怪這兩三番揩不乾我這額顱。
3614	揩	楷平聲	0912B	他則是偷將那淚揩。
3615	揭	機也切	0434B	我劍鋒親把樹皮揭。
3616	揲	音舌	0903A	請山人占卦揲蓍。
3617	揲	音爹	0273B	慌的我來戰篤速這手兒可怎生攛揲。
3618	揲	繩遮切	0411A	不索占夢揲蓍草。
3619	揶	音爺	0341A	山鬼揶揄。
3620	揶	音爺	0681A	怎容他山鬼揶揄。
3621	搵	溫去聲	0042A	汗浸浸搵濕香羅帕。
3622	搵	溫去聲	0142B	我妝一個喜臉兒將他來搵。
3623	散	上聲	0181A	我爲甚一生瀟散不戀那一生錢。
3624	散	上聲	0951B	到你行求丸散。
3625	斌	音賓	0281C	小生姓李名斌。
3626	斝	音賈	0132A	走斝也那飛觥。
3627	斝	音賈	0263A	早難道洗塵斟玉斝。
3628	斝	音賈	0441B	得志呵你上金鑾斟玉斝。
3629	斝	音賈	0514B	一個待飛觴走斝。
3630	斝	音賈	0563B	我這裏纖手高擎玉斝。

3631	斝	音賈	0571B	飛觥也那乜斝。
3632	斝	音賈	0611B	我恰纔斟玉斝相邀命。
3633	斝	音賈	0761C	妾身是唐明皇時管玉斝夫人。
3634	斝	音賈	0782A	走斝飛觥。
3635	斝	音賈	0801B	這煖溶溶的玉斝。
3636	斝	音賈	0981A	玉斝金鍾。
3637	晷	音癸	0663C	讀書繼晷怕黃昏。不覺西沈強掩門。
3638	晾	音亮	0323C	我試晾一晾咱。
3639	晾	音諒	0681C	似這等風吹日晾。
3640	曾	音層	0140A	誰曾住半霎兒程途。
3641	曾	音層	0822A	幾曾離舞裙歌袖。
3642	朝	音潮	0720D	少小知名建體闈。白頭猶未解朝衣。
3643	朝	音潮	0931C	上朝應舉。
3644	椓	音利	0982D	撥轉頂門關椓子。阿誰不是大羅仙。
3645	棧	士諫切	0171B	小可如君騎贏馬連雲棧。
3646	棧	音綻	0054C	一不合明修棧道。暗度陳倉。
3647	棧	音綻	0212B	替你愁那嵯峨峻嶺連雲棧。
3648	棧	音綻	0311B	更崒似軍騎贏馬連雲棧。
3649	棧	音綻	0362B	管甚麼張子房燒了連雲棧。
3650	棧	音綻	0483A	恰便似漢張良燒斷了連雲棧。
3651	棧	音綻	0741C	明修棧道。闇度陳倉。
3652	棧	音綻	0944B	恰便似子房燒了連雲棧。
3653	森	音參	0442A	白森森的皓齒。
3654	森	音參	0761A	他向那青森森樹底顯香魂。
3655	植	音滯	0112B	賦洛神採珠的曹植。
3656	欹	音欺	0832A	幾時能勾月枕雙欹。
3657	殖	繩知切	0254B	纔許我埋葬的這兩把兒骨殖。
3658	殼	音巧	0453B	這一個早直挺了軀殼。
3659	殼	音巧	0572B	拳攣着我這凍軀殼。
3660	殼	音巧	0762B	早忘了你在先軀殼。
3661	殼	音巧	0964B	天也我幾時能勾金蟬脫殼。
3662	渦	音窩	0334A	見一陣旋風兒打個盤渦。
3663	渦	音窩	0711E	幾重水，幾重渦，帶着野田空闊。
3664	港	音講	0401C	有七十二道深河港。
3665	溳	衣監切	0882B	藍橋驛平空水溳。

3666	湆	音掩	0464A	我向這酒葫蘆着湆不曾醒。
3667	湆	音淹	0791A	白茫茫水湆長途。
3668	渲	疎眷切	0412A	高挑起染渲佳人丹青畫。
3669	渲	疎選切	0214A	渲湖山漱石竅。
3670	渲	疎選切	0633A	立呵渲丹青仕女圖。
3671	渲	疎選切	0712A	桃也只要你烘曉日渲朝霞。
3672	渲	疎選切	0772A	偏來渲房裏宿。
3673	渲	疎選切	0791A	更那堪吉丟古堆波浪渲城渠。
3674	渲	疎選切	0932A	俺只見淹淹的血水渲做江湖。
3675	渲	疎譔切	0362B	把個茶博士終朝淘渲。
3676	渴	音可	0352B	二來是腹內煩渴。
3677	渴	音可	0592B	可正是望梅止渴。
3678	渴	音可	0812B	你要我便是望梅止渴。
3679	渼	音美	0601C	這條水是渼陂通出去的。
3680	湍	他變切	0174E	當年母子沒風湍。爲保君王玉體安。
3681	湫	茲因切	0514A	水地湫凹。
3682	湲	音袁	0062A	金徽彈流水潺湲。
3683	溈	音圭	0613C	（佛門中傳三十六祖五宗五教正法。是那五宗。是臨濟宗。雲門宗。曹溪宗。法眼宗。）溈山宗。
3684	焙	音備	0662A	着碗來大的艾焙燒。
3685	犇	音奔	0591A	包管你病羊兒犇似虎彪。
3686	犇	音奔	1002A	一謎的將俺犇呼。
3687	犇	與奔同	0674A	那一個犇。
3688	猩	音生	0703A	猩血錦宮袍。
3689	猱	音撓	0091A	早知道則做箇啞猱兒。
3690	猱	音撓	0561A	有那等滴溜的猱兒不覓錢。
3691	猱	音撓	0572A	寬展那猿猱臂。
3692	猱	音撓	0694A	快與我抦住猿猱臂。
3693	猱	音撓	0714C	你本不是妓館猱兒。
3694	猱	音撓	0773A	你娘呵則是倚仗着你箇弟子猱兒勢。
3695	猱	音撓	0813A	我與那普天下猱兒每可都做的主。
3696	猱	音撓	0821C	必是個賣俏的傣兒。
3697	猱	音撓	0903A	占猱兒養弟子。
3698	琦	音奇	0030C	老夫姓韓名琦。
3699	琦	音奇	0292C	老夫姓韓名琦。

3700	琦	音奇	0472C	某有二子。長曰劉琦。次曰劉琮。
3701	琨	音昆	0422B	我往常雞鳴舞劍學劉琨。
3702	璟	音鹿	0631A	珠璟籔玉玲瓏。
3703	璟	音祿	0813A	玉玎璫金璨璫珠璟籔。
3704	琮	音叢	0472C	某有二子。長曰劉琦。次曰劉琮。
3705	琰	炎上聲	0211C	父親楊玄琰。
3706	甦	音蘇	0081C	這一會覺甦醒了也。
3707	甦	音蘇	0102C	你甦醒着。
3708	甦	音蘇	0252C	安住孩兒甦醒者。
3709	甦	音蘇	0292C	你甦醒者。
3710	甦	音蘇	0332C	嫂嫂甦醒着。
3711	甦	音蘇	0352C	六郎你甦醒者。
3712	甦	音蘇	0432C	哥哥甦醒者。
3713	甦	音蘇	0443C	楊謝祖甦醒着。
3714	甦	音蘇	0453C	你甦醒者。甦醒者。
3715	甦	音蘇	0493C	你甦醒者。
3716	畫	胡乖切	0472B	我不讓張子房佐漢的有計畫。
3717	畫	胡乖切	0502B	你敢少他一畫。
3718	畫	胡乖切	0634B	則俺那頭巾上珍珠砌成界畫。拖四葉飛霞帶。
3719	畫	音畫	0612B	一點一般畫畫。
3720	發	方雅切	0042B	登時間事發。
3721	發	方雅切	0082B	我則聽的張員外家遺漏火發。
3722	發	方雅切	0141B	天那您不肯道是相齎發。
3723	發	方雅切	0194B	俺孩兒肯奮發。
3724	發	方雅切	0213B	因甚不進發。
3725	發	方雅切	0412B	聽長笛一聲何處發。
3726	發	方雅切	0441B	則他那無名的草木年年發。
3727	發	方雅切	0482B	忿怒發。
3728	發	方雅切	0543B	若事發。
3729	發	方雅切	0563B	惱的個絕纓會將軍怒發。
3730	發	方雅切	0571B	我羞答答將甚些甚些齎發。
3731	發	方雅切	0581B	他敢和我便怒發。
3732	發	方雅切	0612B	一回家火發。
3733	發	方雅切	0621B	怎不教人嗔怒發。

3734	發	方雅切	0643B	又加上些膿撼撼的棒瘡發。
3735	發	方雅切	0733B	原來是繡鞋兒事發。
3736	發	方雅切	0750B	我着你換上青驄前路發。
3737	發	方雅切	0832B	俺出家人從來不會調發。
3738	發	方雅切	0911B	爲甚麼桃花向三月奮發。
3739	皖	喚上聲	0144A	一齊的去那皖子城中送老。
3740	睇	音地	0931C	你看他顰眉凝睇。
3741	矬	坐平聲	0210C	這人又矬矮。又會舞旋。
3742	窖	音叫	0583A	也強如提關列窖。
3743	窘	君上聲	0081B	直恁般家道窘。
3744	窘	君上聲	0391C	家中窮窘。朝趁暮食。
3745	窘	君上聲	0610B	你貧呵生受凄涼活受窘。
3746	窘	君上聲	0711B	送的箇老東坡翻成轅下窘。
3747	筆	邦每切	0331B	我手擎着紙共筆。
3748	筆	邦每切	0344B	險白頭擲卻班超筆。
3749	筆	邦每切	0413B	憑八韻賦縱橫大筆。
3750	筆	邦每切	0963B	茶園中無紙筆。
3751	筆	邦美切	0804E	也曾斷開雙賦後庭花。也曾追還兩紙合同筆。
3752	筆	部每切	0293B	他殺狗刀不快如俺完成筆。
3753	筇	音窮	0604A	杖短筇凝眺。
3754	筇	音窮	0782B	我這裏度危橋拄瘦筇。
3755	答	音打	0042B	不索你階直下絮絮答答。
3756	答	音打	0194B	俺把你大恩人如何報答。
3757	答	音打	0463B	將你個撮合山慢慢酬答。
3758	答	音打	0543B	這話兒你休對答。
3759	答	音打	0612B	諕的我這兩手便可刺答。
3760	答	音打	0621B	秀才每習禮義。學問答。
3761	答	音打	0733B	卻教我羞羞答答。
3762	答	音打	0911B	須索將禮數酬答。
3763	策	釵上聲	0034B	偏不知包待制多謀策。
3764	策	釵上聲	0191A	再習些戰策兵書。
3765	策	釵上聲	0202B	他也有風情有手策。
3766	策	釵上聲	0260B	憑着這兵書也那戰策。
3767	策	釵上聲	0281A	醉醺醺紅妝扶策下瑤階。

3768	策	釵上聲	0302B	向尉遲行誇戰策。
3769	策	釵上聲	0343B	你則休教八輔相葫蘆提了那萬言策。
3770	策	釵上聲	0374B	您兩個施呈手策。
3771	策	釵上聲	0472B	又不曾草下甚麼平蠻策。
3772	策	釵上聲	0502B	我直到九龍殿裏題長策。
3773	策	釵上聲	0564B	你麟閣上論戰策。
3774	策	釵上聲	0584B	將哥哥左右相扶策。
3775	策	釵上聲	0651B	引着些箇潑男潑女相扶策。
3776	策	釵上聲	0664B	是俺那老夫人使的計策。
3777	策	釵上聲	0671B	腹隱着兵書也那戰策。
3778	策	釵上聲	0754B	是誰的手策。
3779	策	釵上聲	0842B	這其中有甚的計策。
3780	策	釵上聲	0944B	也不唱漢司馬陳言獻策。
3781	策	鋪買切	0221B	無倒斷則是營生的計策。
3782	粟	須上聲	0182B	也則是日食的三升兒粟。
3783	粟	須上聲	0341B	四五斗家粟。
3784	粟	須上聲	0501B	人都道書中自有千鍾粟。
3785	粟	須上聲	0531B	消不的千鍾粟。
3786	粟	須上聲	0991B	可甚麼書中自有千鍾粟。
3787	粥	音主	0650E	冷時穿一領布袍。饑時餐二盂粳粥。
3788	粥	音肘	0012B	害渴時喝一杓兒酪和粥。
3789	粥	音周	0861B	蚤晚羹粥。
3790	絍	音壬	0881A	我如今絍得金針卻倒拈。
3791	絏	音屑	0404D	孫孔目反遭縲絏。有口也怎得伸冤。
3792	絏	音薛	0113E	桂花仙一念思凡。眾神將都遭縲絏。
3793	結	饑也切	0203B	怎生的拆開我連理同心結。
3794	結	饑也切	0402B	那廝綠羅衫條是玉結
3795	結	饑也切	0434B	他把切骨的冤讎死也似結。
3796	結	饑也切	0494A	便是俺還俗的也不悮了正結果。
3797	結	饑也切	0763B	怎倒惹的你愁眉結。
3798	絕	莊靴切	0273B	把他來誇獎的就做了世間絕。
3799	絕	藏靴切	0203B	魚雁信音絕。
3800	絕	藏靴切	0280B	憑着我三冬足用文章絕。
3801	絕	藏靴切	0402B	我這裏便觀也波絕。
3802	絕	藏靴切	0434B	山崖斗絕。

3803	絕	藏靴切	0552B	漢道復衰絕。
3804	絕	藏靴切	0711E	自從生下三蘇後，一望眉山秀氣絕。
3805	絕	藏靴切	0763B	單注着老妖精祿盡衣絕。
3806	絕	藏靴切	0821B	就兒中這一箇尤嬌絕。
3807	絕	藏靴切	0922B	我和他義斷恩絕。
3808	給	更移切	0803B	柴和米是誰給。
3809	聒	音果	0103B	我一靈兒悲風內喧喧聒聒。
3810	聒	音果	0352B	一家兒鬧喧聒。
3811	聒	音果	0454B	沒媧聒。
3812	聒	音果	0494B	絮絮聒聒。
3813	聒	音果	0592B	不知俺家中有甚的人焦聒。
3814	聒	音果	0812B	攪人夢境的小階前絮叨叨夜蛩頻聒。
3815	肅	音須	0132A	你有那施捨的心呵訕笑得魯肅。
3816	肅	須上聲	0191B	怎如的周瑜魯肅。
3817	肅	須上聲	0341B	有周瑜魯肅。
3818	腆	天上聲	0323A	腆着臉着我呪他上祖。
3819	腆	天上聲	0504B	做多少假腼腆。
3820	腆	天上聲	0663C	腆着你那紅馥馥的臉兒。
3821	腼	他典切	0112C	腆着你那紅馥馥的臉兒。
3822	腆	他典切	0354A	那一個王樞密氣昂昂腆着胸脯。
3823	腼	他典切	0512B	他從來有些腼腆。
3824	腼	拖典切	0292B	他從來腼腆。
3825	腋	音逸	0612A	我啜的是兩腋清風七盞茶。
3826	腌	音庵	0641A	倒屈陷我腌臢勾當。
3827	腌	音淹	0571A	你覷他泥污的腌身分。
3828	腌	音菴	0803C	這腌臢臭穢。
3829	腌	掩去聲	0263A	腌情況。甚紀綱。
3830	腌	掩平聲	0391A	則你那幫閒鑽懶腌身分。
3831	腌	掩平聲	0793A	攬這場不分明的腌勾當。
3832	腕	烏慣切	0233B	丟天靈剪手腕。
3833	腕	碗去聲	0583A	弔着腳腕又不敢將腳尖那。
3834	腕	彎去聲	0452A	似恁地怎生將手腕解。
3835	菁	音精	0552C	藝苑菁華。
3836	菊	音矩	0633B	正蛩吟清露滋黃菊。
3837	菊	音矩	0962B	秋天籬邊玩松菊。

3838	菡	含去聲	0201A	菡萏花深鴛並宿。
3839	華	去聲	0551A	將雲間太華平吞。
3840	華	去聲	0891C	弘農華陰人氏。
3841	菰	音孤	0412A	疎刺刺秋水菰蒲。
3842	萄	音桃	0282A	再誰供養我那荔枝漿薔薇露葡萄釀。
3843	萄	音桃	0462A	這酒更勝似釀葡萄紫駝銀甕。
3844	萄	音桃	0474A	准備着葡萄釀。
3845	萄	音桃	0631A	出蒲萄紫駝銀甕。
3846	萄	音桃	0703B	噴香風撲鼻葡萄。
3847	萇	音腸	0863A	這就是咱萇弘化碧。
3848	萏	音淡	0201A	菡萏花深鴛並宿。
3849	著	池燒切	0873B	便在黑影中摸索也應着。
3850	蛄	音豈	0773A	柳翠也從今後早則去了你那蛄蜋皮。
3851	蛩	音窮	0091D	寒蛩秋夜忙催織。戴勝春朝苦勸耕。
3852	蛩	音窮	0153n	／
3853	蛩	音窮	0214A	砌下寒蛩。
3854	蛩	音窮	0312C	蛩聲聒耳。
3855	蛩	音窮	0473C	寒蛩聲唧唧啾啾。
3856	蛩	音窮	0580D	寒蛩秋夜忙催織。戴勝春朝苦勸耕。
3857	蛩	音窮	0621D	寒蛩秋夜忙催織。戴勝春朝苦勸耕。
3858	蛩	音窮	0633A	正蛩吟清露滋黃菊。
3859	蛩	音窮	0702A	到秋來啾啾響和蛩吟絮。
3860	蛩	音窮	0812A	攪人夢境的小階前絮叨叨夜蛩頻聒。
3861	蛩	音窮	0981B	切若寒蛩。
3862	衕	音同	0301B	殺的你人似血衚衕。
3863	衕	音同	0464B	但說着花衚衕我可早願隨鞭鐙。
3864	衕	音同	0631B	人在錦衚衕。
3865	衕	音同	0782B	引入花衚衕。
3866	袱	房夫切	0633B	繡包髻鸂鶒袱。
3867	袴	與褲同	0424C	使盡機謀常是飽。錦衣紈袴不知寒。
3868	裂	郎夜切	0434B	喊一聲海沸山裂。
3869	裂	郎夜切	0552B	五情裂。
3870	覰	癡髯切	0741C	覰你罪釁。
3871	覰	癡髯切	0881B	向湖山緊覰。
3872	詈	音利	0044B	輕則罵詈。

3873	詖	音波	0103B	告哥哥休打諢評詖
3874	貸	音太	0034B	這一番顛倒把別人貸。
3875	貸	音泰	0924B	據情理難容貸。
3876	貸	音態	0040D	可憐我囊橐淒清。專望你假貸登程。
3877	貼	湯也切	0273B	乳哺的寧貼。
3878	貼	湯也切	0434B	不得寧貼。
3879	貼	湯也切	0552B	我正心緒不寧貼。
3880	貼	湯也切	0821B	不寧貼。
3881	賁	音奔	0061A	便賁育呵怎敢賭當。
3882	賁	音奔	0891C	六虎賁。
3883	趁	嗔去聲	0391C	家中窮窘。朝趁暮食。
3884	趁	嗔去聲	0442B	索與他打簸箕的尋趁。
3885	趁	嗔去聲	0493A	則不如趁早歸山去。
3886	趁	嗔去聲	0551A	我恨不的趁天風飛出山陽郡。
3887	趁	嗔去聲	0571C	只得隨處趁熟。
3888	趁	嗔去聲	0953C	趁浪尋食。
3889	趂	嗔去聲	0623B	攜着個匾籃兒儼然廝趂。
3890	趄	且上聲	0143C	怪道我這腳趔趄站不定呵。
3891	趄	且去聲	0031C	把斛放趄着。
3892	趄	且去聲	0391A	腳趔趄難支吾荒冗冗。
3893	趄	且去聲	0542A	不覺的身趔趄。
3894	趄	且去聲	0962A	尙兀自腳趔趄醉眼模糊。
3895	趄	青夜切	0402B	那一個婦人疊坐着鞍兒把身體趄。
3896	趄	青夜切	0783A	腳趔趄佳人錦瑟傍邊立。
3897	趄	青夜切	0953A	那廝也忒懵懂玉山低趄。
3898	趄	青耶切	0434A	腳趔趄。
3899	跋	巴毛切	0534B	休教外人把俺評跋。
3900	跋	巴毛切	0753B	我怕您無人處將我廝評跋。
3901	跋	音巴	0204A	太公跋扈。
3902	跋	音波	0164B	眾口評跋。
3903	跋	音波	0592B	有甚的好話評跋。
3904	跋	音波	0604B	你自去評跋評也波跋。
3905	跋	音波	0614B	好教我無語評跋。
3906	跌	音爹	0434B	他那裏自推自跌。
3907	跌	音爹	0552B	汨羅江楚三閭醉的來亂跌。

3908	跎	音陀	0584E	待幾時風塵寧靜。我和你招安去未是蹉跎。
3909	跑	音袍	0453B	黃精自跑。
3910	跑	音袍	0783A	往時節將嫩苗跑土栽。
3911	跖	音執	0914A	一個那盜跖延年。
3912	跖	音質	0863A	可怎生糊突了盜跖顏淵。
3913	跖	張耻切	0104B	我是粉鼻凹柳盜跖。
3914	跖	張耻切	0773B	你是一箇麗春院柳盜跖。
3915	跖	張耻切	0872B	更和這新女婿郎君哎你箇柳盜跖。
3916	跚	思關切	0233C	他偶然跚破腳。
3917	跚	思關切	0381C	兀的這兩腳上不跚成了跀也。
3918	跋	波上聲	0294A	因此上瘸瘸跛足踐塵埃。
3919	軸	直由切	0553B	百般的拽不動輿車軸。
3920	軸	直由切	0603B	動地軸。
3921	軻	音可	0604B	知他道誰是逍遙誰轗軻。
3922	軻	康和切	0474A	蔡邕也你便似臧倉毀孟軻。
3923	辜	音姑	0210A	怎肯便辜負了你這功勞簿。
3924	辜	音姑	0313A	卻又早負德辜恩。
3925	辜	音姑	0354B	可不的屈殺無辜。
3926	辜	音姑	0391C	我便寫與你保辜文書。
3927	辜	音姑	0424A	辜負一醉無憂老杜康。
3928	辜	音姑	0443B	屈陷無辜。
3929	辜	音姑	0473E	有志無時命矣夫。老天生我亦何辜。
3930	辜	音姑	0493B	我可便負你有何辜。
3931	辜	音姑	0574D	示群臣各加策勵。休辜負聖代恩榮。
3932	辜	音姑	0762A	休辜負值千金一刻春宵。
3933	辜	音孤	0032E	我今日得見龍圖。告父親屈死無辜。
3934	迸	本去聲	0123B	着這廝有家難迸。
3935	迸	本去聲	0352A	兒也你只自迸你的前程顧甚我。
3936	迸	本去聲	0923A	他把我死羊般拖迸入牢房。
3937	迤	音威	0783A	過了這百千重山路逶迤。
3938	鄆	云去聲	0401C	小生鄆城縣人氏。
3939	鄆	云去聲	0871C	曾爲鄆州鄆城縣把筆司吏。
3940	鄆	雲去聲	0920D	自幼鄆城爲小吏。因殺娼人遭迭配。
3941	酡	音陀	0494B	飲香醪醉顏酡。
3942	量	平聲	0321A	你可也曾量忖。

3943	量	平聲	0692B	暗自斟量。
3944	量	平聲	0751C	再做商量。
3945	量	平聲	0992B	小丫鬟忙來呼喚道衙內共我商量。
3946	鈐	其炎切	0881B	有失拘鈐。
3947	間	去聲	0161A	折倒的額顱破便似間道皮腰線
3948	間	去聲	0613A	到大來間別無恙。
3949	間	去聲	0662C	倘若有些間阻呵。
3950	間	去聲	0724A	爲老母相間阻。
3951	間	去聲	0741E	說英布舉兵歸漢。絕勝他捐金反間。
3952	間	去聲	0843A	這嫩皮膚青間紫。
3953	間	去聲	0892D	池畔分開並蒂蓮。可堪間阻又經年。
3954	間	去聲	0974A	間別來可便三二載。
3955	間	去聲	0984A	則爲這波濤相間的故人疏。
3956	隄	音低	0593A	怎當我萬般的隄備。
3957	集	精妻切	0072B	晉孫康難點檢書集。
3958	集	精妻切	0093B	姐姐每誰敢道袖褪樂章集。
3959	集	精妻切	0413B	將小簡帖聯做斷腸集。
3960	颩	音磴	0213A	明颩颩掣劍離匣。
3961	颩	音磴	0454B	我這裏穩丕丕土坑上迷颩沒騰的坐。
3962	颩	音磴	0624A	你箇颩風小狀元。
3963	颩	音磴	0741A	恰便似明颩颩斧鉞叢中過。
3964	颩	音磴	0811A	俺那娘颩着一個冷鼻凹百般兒沒事狠。
3965	颩	音磴	0904A	早是我希颩胡都喜。
3966	飫	音位	0511A	待覓厭飫的新黃菜。
3967	飫	音謂	0033C	我與你那一件厭飫的東西。
3968	馮	音平	0494A	魯齋郎他可敢暴虎馮河。
3969	黑	亨美切	0072B	我黑說到明明說到黑。
3970	黑	亨美切	0193B	早辰間哭到黑。
3971	黑	亨美切	0271B	有甚的論黃數黑。
3972	黑	亨美切	0301A	你看那昏慘慘征塵遮的遍地黑。
3973	黑	亨美切	0413B	秀才每心腸黑。
3974	黑	亨美切	0804E	去時昏昏慘慘日猶高。回來陰陰沈沈天道黑。
3975	黑	亨美切	0953A	相公船兒上黑駒駒的熟睡歇。
3976	黑	亨美切	0963B	哭啼啼哭到黑。

3977	黑	亨美切	0994B	可早變的來天昏也那地黑。
3978	黹	音旨	0314B	便弄針黹。
3979	嘔	音鄒	0503C	嘔出來的。
3980	嘔	音鄒	0871B	怎敢便信口胡嘔。
3981	懰	音炒	0192A	則見他懰懰開聖旨。
3982	懰	音炒	0243A	則見他懰懰的做樣勢。
3983	懰	音炒	0664C	說那人有些心懰懰囉。
3984	瓅	音迸	0813A	玉玎璫金瓅瓊珠瓅簌。
3985	裯	音稍	0132A	我覷不的你裯寬也那褙下。
3986	鞠	音要	0072C	哥哥靴鞠裏有五錠鈔哩。
3987	傭	音容	0590C	止有一個傭工的喚做彭祖。
3988	傭	音庸	0533D	將何度朝夕。且與作傭工。
3989	傻	音要	0033C	我也是個傻弟子孩兒。
3990	傻	音要	0133D	柴又不貴。米又不貴。兩個傻廝。正是一對。
3991	傻	商鮓切	0083C	你也是個傻老弟子孩兒。
3992	傻	商鮓切	0100C	傻弟子孩兒。
3993	傻	商鮓切	0223C	你個傻廝。
3994	傻	商鮓切	0281C	好一個傻琴童也。
3995	傻	商鮓切	0302B	房玄齡徐茂公眞老傻。
3996	傻	商鮓切	0342C	傻厮放手。
3997	傻	商鮓切	0393C	傻廝。
3998	傻	商鮓切	0403C	一個傻弟子孩兒。
3999	傻	商鮓切	0443C	傻老婆子。
4000	傻	商鮓切	0603C	這秀才也是個傻廝。
4001	傻	商鮓切	0642C	我是個傻廝那。
4002	傻	商鮓切	0652C	是一箇眞傻廝。
4003	傻	商鮓切	0732n	／
4004	傻	商鮓切	0981C	我家東人好傻也。
4005	傻	商鮓切	1002C	也不曾見這老傻廝。
4006	傾	逼容切	0932B	娘聽了珠淚傾。
4007	剗	音產	0134A	畫閣蘭堂一剗新。
4008	剗	音產	0311B	但來的和土剗。
4009	剿	焦上聲	0973C	誓欲剿除天下妖邪鬼怪。
4010	募	音暮	0823C	如今延安府經略相公招募天下英雄豪傑。
4011	勣	與績同	0670C	某姓徐。雙名世勣。

4012	勦	精小切	0823C	勦捕西夏。
4013	勦	精小切	0853B	將三百口全家老小盡行誅勦。
4014	厫	音敖	0031A	都是些吃倉厫的鼠耗。
4015	厫	音敖	0392A	這的是重蓋下倉厫庫司。
4016	疊	音爹	0203B	王伯當屍疊。
4017	嗑	音渴	0611C	他嗓嗑貧僧哩。
4018	嗓	桑上聲	0163C	你嗓磕他怎的。
4019	嗓	桑上聲	0231C	只吃那嗓子粗。
4020	嗓	桑上聲	0611C	他嗓嗑貧僧哩。
4021	嗓	桑上聲	0992B	是誰人村聲潑嗓。
4022	嗛	與唧同	0872D	鴉嗛肝肺扎煞尾。狗咽骷髏抖搜毛。
4023	嗤	抽支切	0661A	恰纔嗤的失笑。
4024	嗤	音癡	0762B	嗤嗤嗤扯碎布袍。
4025	塋	音盈	0481A	盼不到先塋舊壟。
4026	塋	音盈	0491A	到先塋來祭奠。
4027	塌	音塔	0044A	只要你還了時方纔死心塌地。
4028	塌	湯打切	0082B	被巡軍橫拽塌。
4029	塌	湯打切	0213B	一聲喊山摧塌。
4030	塌	湯打切	0482B	睞一睞赤力力的天摧地塌。
4031	塌	湯打切	0571B	我則見天轉山搖地塌。
4032	塌	湯打切	0581B	有錢財似你恁作塌。
4033	塌	湯打切	0781B	糞土牆容易塌。
4034	塔	湯打切	0482B	兀良我與你直推倒了這一座玲瓏舍利塔。
4035	塔	湯打切	0781B	費琢磨水晶塔。
4036	塔	湯打切	0832B	將那個包待制看成做水晶塔。
4037	塞	思子切	0473A	又被那浮雲塞閉。
4038	塞	音賽	0010D	控弦百萬爲君長。款塞稱藩屬漢家。
4039	塞	音賽	0154C	寒蛩唧唧。塞雁叨叨。
4040	塞	音賽	0311A	恰便似額顱上掛着紫塞。
4041	塞	音賽	0353D	掌管番兵都領袖。塞北英雄第一名。
4042	塞	音賽	0444C	爲你着親生子邊塞當軍。
4043	塞	音賽	0451A	你看這紫塞軍。
4044	塞	音賽	0473D	西風塞雁添愁怨。衰草淒淒更暮秋。
4045	塞	音賽	0523A	似出塞美人圖。
4046	塞	音賽	0631A	楚雨湘雲塞雁飛。

4047	塞	音賽	0671B	離邊塞。
4048	塞	音賽	0702A	渡關河寒凜凜徯落殺思歸塞下夫。
4049	塢	音五	0281C	我有心請他來花塢中。
4050	塢	音五	0460C	舞態出花塢。歌聲上雲衢。
4051	塢	音五	0632A	竹塢人家小。
4052	塢	音五	0803A	原來是竹塢人家傍小溪。
4053	塢	音五	0830C	我家祖上曾建下竹塢草庵一座。
4054	嫉	精妻切	0383B	費賊的妒嫉。
4055	嫋	音鳥	0461A	越顯的宮腰嫋娜纖楊柳。
4056	嫋	音鳥	0720D	嫋娜復輕盈。都是宜描上翠屏。
4057	嵩	音松	0580C	小生姓鄭名嵩。
4058	嵬	音韋	0352A	直趕上馬嵬坡。
4059	嵯	音磋	0212A	替你愁那嵯峨峻嶺連雲棧。
4060	嵯	音磋	0454A	山勢惡險峻嵯峨。
4061	嵯	音磋	0782A	勢嵯峨走鸞飛鳳。
4062	嵯	音磋	0900B	路嵯峨。
4063	嵯	倉梭切	0401A	我可敢搬倒那嵯峨。
4064	幌	胡誑切	0092B	我見他嚴容端坐挨着羅幌。
4065	幌	胡誑切	0362A	恰離了雲幌星壇。
4066	廈	音下	0600D	連天大廈無棲處。來歲如今歸未歸。
4067	廈	音夏	0764C	不如你高堂大廈麼。
4068	廋	音搜	0644C	人焉廋哉。
4069	廋	音搜	0794C	人焉廋哉。
4070	彀	音搆	0144C	聽知的俺哥哥燕和落在那婦人彀中。
4071	徯	音奚	0110C	則被你徯落殺小生也。
4072	徯	音奚	0231A	哥也我則怕沿路上歹人徯倖。
4073	徯	音奚	0414n	／
4074	憨	音閔	0054C	朕實憨焉。
4075	搊	音炒	0401A	忒搊殺。
4076	搊	音鄒	0461B	銀甲輕搊。
4077	搊	音鄒	0563A	你賣弄你那搊扎。
4078	搊	音鄒	0672B	憑着他相貌搊。
4079	摅	抽埋切	0511B	俺娘吃不的葷腥教酒肉摅。
4080	搓	音磋	0583B	僧住將手心兒搓。
4081	搓	音磋	0623A	諕的我慌搓玉筍。

4082	搓	音磋	0711D	膩玉圓搓素頸，藕絲嫩，新織仙裳。
4083	搗	音禱	0220C	與你噇膿搗血將去。
4084	搠	音朔	0013A	人搠起纓鎗。
4085	搠	音朔	0392C	他望上一搠。
4086	搠	聲卯切	0282A	這廝待搠斷了俺風月佳期。
4087	搠	聲卯切	0302A	鎗搠透他三思臺。
4088	搠	聲卯切	0352C	着你整搠軍馬。巡綽各邊。
4089	搠	聲卯切	0381A	我將的潑無徒直搠滿了這湛盧槍。
4090	搠	聲卯切	0464A	搠包兒錦陣花營。
4091	搠	聲卯切	0492A	斜搠面杏黃旗。
4092	搠	聲卯切	0502A	便是凍蘇秦也怎生去搠筆巡街。
4093	搠	聲卯切	0543A	我敢搠碎你口中牙不剌。
4094	搠	聲卯切	0741C	一壁廂整搠軍馬。
4095	搠	聲卯切	0904A	軟肋上粗棍子搠。
4096	搠	聲卯切	0912A	捹的個搠筆巡街。
4097	搦	女角切	0380C	單搦你費無忌出馬交鋒。
4098	搦	女角切	0702D	搦管下庭除，書作相思字。
4099	搦	女卓切	0130C	兩手搦得緊緊的。
4100	搦	音聶	0474C	冰不搦不寒。
4101	搦	囊帶切	0191C	單搦大唐名將出馬。
4102	搦	囊帶切	0301C	單搦尉遲敬德出馬。
4103	搦	囊帶切	0363A	單搦着陳摶睡。
4104	搦	囊帶切	0634A	腰枝一搦東風擺。
4105	搦	囊帶切	0662A	你個不了事的呆才可元來在這手兒裏搦着。
4106	搧	扇平聲	0292B	綵扇題詩則將那墓頂搧。
4107	搧	扇平聲	0624B	我這裏輕搧。
4108	搧	扇平聲	0841B	撲剌剌兩翅搧。
4109	搧	扇平聲	0961B	輕躲過臂忙搧。
4110	搪	音唐	0233B	沈點點鐵棍將那廝臂膊搪。
4111	搪	音唐	0923B	肐膊來搪。
4112	搭	音打	0082B	則將這衫兒半壁匣蓋上搭。
4113	搭	音打	0213B	剩水殘山五六搭。
4114	搭	音打	0412B	一分兒抹搭。
4115	搭	音打	0482B	眾兒郎都把那麻衣搭。
4116	搭	音打	0514B	和賤妾勾勾搭搭。

4117	搭	音打	0543B	我若出公門小民把我胡撲搭。
4118	搭	音打	0563B	怎救搭。怎按納。
4119	搭	音打	0571B	歪簒笠頭上搭。
4120	搭	音打	0612B	你可休叫吖吖一迷裏胡撲搭。
4121	搭	音打	0621B	暢好是兜兜搭搭。
4122	搭	音打	0733B	見相公語話兒兜搭。
4123	搭	音打	0781B	望青山那搭。
4124	搭	音打	0801B	途路兜搭。
4125	搯	音恰	0220C	他從來有些搯尖落鈔。
4126	搯	音恰	0323A	搯我一搯我着你三千里外該流遞。
4127	搯	音恰	0333A	他道嬸子也把咽喉緊緊的搯住。
4128	搯	音恰	0352A	我這裏搯人中。
4129	搯	音洽	0221C	又不曾搯殺他。
4130	搯	音洽	0233A	兩個指可便搯眼。
4131	搯	音洽	0261A	俺把那指尖兒搯定。
4132	搯	音洽	0374A	你與我揪住頭心搯下頦。
4133	搯	音洽	0462A	手背上搯着疼。
4134	搯	音洽	0561A	泥窩裏搯殺雙飛燕。
4135	搯	音洽	1002A	我這裏款款的搯春蔥來細數。
4136	搯	張雅切	0944B	猛將咱家長喉嚨搯。
4137	搯	強雅切	0021B	尋褻彈、覓破綻、敢則無纖搯。
4138	搯	強雅切	0082B	天網恢恢不漏搯。
4139	搯	強雅切	0141B	一隻手把腰腳牢搯。
4140	搯	強雅切	0213B	國家又不曾虧你半搯。
4141	搯	強雅切	0463B	覓包彈無半搯。
4142	搯	強雅切	0482B	管心右手搯。
4143	搯	強雅切	0571B	他每都家家上樹把這槐芽搯。
4144	搯	強雅切	0612B	數珠在手中搯。
4145	搯	強雅切	0804B	只爲你那門神戶尉一似狠那吒將巨斧頻頻搯。
4146	撓	音蛙	0031C	我量與你米。打個雞窩。再撓了些。
4147	搵	溫上聲	0331A	我把這手帕兒搵了腮邊淚。
4148	搵	溫去聲	0134B	無語淚偷搵。
4149	搵	溫去聲	0312A	早把我腰款抱搵殘妝。
4150	搵	溫去聲	0511A	香搵玉人腮。

4151	搵	溫去聲	0734A	越教我搵不住淚漣漣。
4152	搵	溫去聲	0853A	背地裏搵了。
4153	搵	溫去聲	0961A	這一箇撲的腮搵土。
4154	搵	溫去聲	1001A	搵不乾汗淋淋溼滿巾。
4155	搶	鎗去聲	0443A	望後來怎禁推搶。
4156	暈	音運	0251A	眼暈頭旋。
4157	暈	音運	0311C	但聽音樂頭暈腦悶。
4158	暈	音運	0981D	海東一片暈紅霞。三島齊開爛漫花。
4159	暈	音韻	0152A	眼暈頭疵。
4160	暈	音韻	0211A	一箇暈龐兒畫不就描不成。
4161	暈	音韻	0281A	眼暈頭旋。
4162	暈	音韻	0622A	恰便似佳人面暈微醒。
4163	暈	音韻	0633A	眼暈心虛。
4164	暈	音韻	1001A	暈的呵眉黛顰。
4165	會	音桂	0501C	老漢會稽郡人氏。
4166	椶	音宗	0402A	他戴着個玉頂子新椶笠。
4167	椹	音甚	0854C	欲待摘他桑椹子吃。
4168	楔	音屑	0292A	立綽楔在門前。
4169	楔	音屑	0453A	門無綽楔。
4170	楔	音屑	0553C	門安綽楔。
4171	楔	音械	0774C	我與他抽丁拔楔。
4172	楞	盧登切	0042A	元來是仡楞楞騰宿鳥串荼蘼架。
4173	楞	盧登切	0141A	會輪鎗偏不會支楞楞撥琵琶。
4174	楞	盧登切	0414A	將水面上鴛鴦仡楞楞騰分開交頸。
4175	楞	盧登切	0512A	支楞的琴斷絃。
4176	楞	盧登切	0673A	支楞楞扯出霜鋒。
4177	業	音也	0821B	塵世裏怎遇這活冤業。
4178	業	音夜	0203B	今生今業。
4179	業	音夜	0273B	也是喒前生的冤業。
4180	業	音夜	0402B	可知道你做營運的家家業。
4181	業	音夜	0434B	你既做了這業。
4182	業	音夜	0552B	他既值凶事我問甚麼勳業。
4183	業	音夜	0763B	他逃不出一生冤業。
4184	業	音夜	0922B	指望和意同心成家業。
4185	極	更移切	0093B	我永世兒不和你廝極。

4186	極	更移切	0112B	這相思無盡極。
4187	歇	希也切	0273B	恰得個休歇。
4188	歇	希也切	0434B	枉了也參拜無休歇。
4189	歇	希也切	0552B	我和他一處行。一處歇。
4190	歇	希也切	0763B	方信道風起雨雲歇。
4191	歇	希也切	0821B	弄玉傳香無盡歇。
4192	歇	希也切	0953B	相公船兒上黑駒駒的熟睡歇。
4193	殛	音急	0894C	天殛其惡。
4194	氲	於君切	0063A	則見他無發付氲氲惡氣。
4195	溢	銀計切	0052B	滿而不溢。
4196	溷	音混	0711B	權妝溷。
4197	溺	奴吊切	0272C	百忙裏溺我一身尿。
4198	溺	尼叫切	0121B	遮莫向狗溺處藏。
4199	溺	尼叫切	0361D	灌得肚兒脹。溺得臍兒疼。
4200	溺	尼叫切	0404C	貓溺下尿來了。
4201	溺	尼叫切	0541A	誰貪酒溺腳跟。
4202	溺	泥叫切	0741C	每每看見儒生。便取其儒冠擲地。溺尿其中。
4203	溺	泥叫切	0902B	兒呵你休做了貓兒向屋頭溺。
4204	溺	銀計切	0174B	稚子繼沈溺。
4205	滛	傷以切	0513B	咱兩個離愁雖似茶煙滛。
4206	滂	鋪忙切	0583A	撲簌簌淚滂沱。
4207	滅	迷夜切	0203B	時乖運蹇遭磨滅。
4208	滅	迷夜切	0434B	正應着唾是命隨燈滅。
4209	滅	迷夜切	0552B	紀綱敗缺炎炎的漢火看看滅。
4210	滅	迷夜切	0763B	爭如我不生不滅。
4211	滅	迷夜切	0953B	從今不受人磨滅。
4212	滑	呼加切	0441B	武藝上頗熟滑。
4213	滑	呼佳切	0011B	恰纔家輦路兒熟滑。
4214	滑	呼佳切	0141B	我怕只怕這路兒有些步步滑。
4215	滑	呼佳切	0412B	莎草帶霜滑。
4216	滑	呼佳切	0463B	本事熟滑。
4217	滑	呼佳切	0514B	一個毬子心腸到手滑。
4218	滑	呼佳切	0571B	不是我無食力身軀閃這一滑。
4219	滑	呼佳切	0612B	可便不着你趁閃藏滑。

4220	滑	呼佳切	0621B	夜靜歸來路兒滑。
4221	滑	呼佳切	0643B	須是這光出律的冬凌田地滑。
4222	滑	呼佳切	0733B	田地滑。
4223	滑	呼佳切	0781B	一上天台石徑滑。
4224	滑	呼佳切	0832B	念一首斷腸詞顛倒熟滑。
4225	滑	呼佳切	0911B	一種姦猾。〔註11〕
4226	煅	端去聲	0443A	鐵鑄就的皮膚也煅煉的枯。
4227	煅	端平聲	0984A	煅化的為夫婦。
4228	煉	連去聲	0443A	鐵鑄就的皮膚也煅煉的枯。
4229	煞	音晒	0083B	不似俺這兩口兒公婆每便窮的來煞。
4230	煞	音晒	0114B	活活的折罰煞。
4231	煞	音晒	0202B	別恨禁持得煞。
4232	煞	音晒	0343B	不似今番特煞。
4233	煞	音晒	0351B	他也忒欺人煞。
4234	煞	音晒	0502B	你也敢嫌俺這貧的忒煞。
4235	煞	音殺	0181A	我可也煞曾窮問。
4236	煞	音殺	0593C	避過了他那惡煞。
4237	煞	音曬	0034B	非咱忒煞。
4238	煞	與殺同	0042B	就把姑姑央及煞。
4239	煞	與殺同	0362A	煞強似久墮風塵大道間。
4240	煞	與殺同	0581B	靶滿城人將你來怨煞。
4241	煞	與殺同	0631A	煞強似你那白雲洞。
4242	煞	霜債切	0584B	俺哥哥在酷寒亭怕不活凍煞。
4243	煞	雙鮓切	0290B	聽的道燒了我屍骸將我來沒亂煞。
4244	煞	雙鮓切	0441B	只守着個村學兒也還清貴煞。
4245	煞	雙鮓切	0463B	玉軟香溫受用煞。
4246	煞	雙鮓切	0543B	覷了王慶呵慌張勢煞。
4247	煞	雙鮓切	0571B	被這些窮家活把他沒亂煞。
4248	煞	雙鮓切	0781B	聽得那夕陽杜宇啼聲煞。
4249	煞	雙鮓切	0801B	倉忙煞。
4250	煞	雙鮓切	0832B	枉將你那機謀用煞。
4251	煞	雙鮓切	0911B	那一片貪財心沒亂煞。
4252	煠	之殺切	0911A	又不曾將他去油鍋裏煠。

〔註11〕 明刻本被釋字作「滑」，劇文作「猾」。

4253	煠	音查	0571B	現如今心似油煠。
4254	煠	音查	0902C	我侯興買了五貫錢的油煠骨朵兒。
4255	煠	音渣	0042B	好着我便心似熱油煠。
4256	煨	音威	0661A	他每都撥煨爐尋蹤影。
4257	煬	音陽	0361A	煬帝宮中春晝長。
4258	煬	音陽	0772C	那隋煬帝要到廣陵。
4259	牒	音爹	0203B	便待要興詞訟發文牒。
4260	猾	呼加切	0750B	再休來俺面上弄姦猾。
4261	猾	呼佳切	0194B	怎當他張總管賣弄姦猾。
4262	猾	呼佳切	0380B	這廝只會暗地裏弄姦猾。
4263	猾	呼佳切	0463B	賢慧心腸不狡猾。
4264	猾	呼佳切	0514B	其間一位多姦猾。
4265	猾	呼佳切	0543B	誰敢道僥倖姦猾。
4266	猾	呼佳切	0581B	誰不知你這吏人猾。
4267	猾	呼佳切	0643B	他他他坑殺人機謀狡猾。
4268	猾	呼佳切	0781B	心行更姦猾。
4269	猾	呼佳切	0793E	你個無端的賊吏奸猾。將老夫一謎裏欺壓。
4270	猾	呼佳切	0804B	念小人怎敢調弄姦猾。
4271	珸	音妹	0631A	金雀屏開玳瑁筵。
4272	瑕	音霞	0194B	無釁無瑕。
4273	瑕	音霞	0314A	一抹兒瑕疵。
4274	瑟	生止切	0152B	我則待婦隨夫唱和你調琴瑟。
4275	瑟	生止切	0314B	許下俺調琴瑟。
4276	瑟	生止切	0714E	冷氣虛心效琴瑟。灑淚成斑憔悴死。
4277	瑟	生止切	0824B	從今後美恩情一似調琴瑟。
4278	當	上聲	0663B	滿口兒之乎者也無攔當。
4279	當	上聲	0732C	我被社火遊人攔當。
4280	當	上聲	0953A	索用甚從人攔當者。
4281	當	上聲	0983B	怎做這般熱忽喇的勾當。
4282	當	去聲	0072A	你便十分的覷當他。
4283	當	去聲	0141C	私下裏和這楊衙內有些不伶俐的勾當。
4284	當	去聲	0154D	管待欽差猶自可。倒是親隨伴當沒人情。
4285	當	去聲	0183A	只當是裝一船家兀那橫禍非災。
4286	當	去聲	0371A	則除典當了閒文字。
4287	當	去聲	0553A	這一片心雖過當果無虛謬。

4288	當	去聲	0590C	好不順當。
4289	當	去聲	0640C	可着小賤人做這等辱門敗戶的勾當。
4290	當	去聲	0704A	替雁帖當魚封。
4291	當	去聲	0751C	既然商量停當。
4292	當	去聲	0770C	香積廚下燒火的那腌臢和尚,也當一個。
4293	當	去聲	0783C	當眞去百餘年了。
4294	當	去聲	0801C	以外別的歹勾當,我也不做。
4295	當	去聲	0822C	只當墜下活地獄一般。
4296	當	去聲	0851C	怎肯做這般勾當。
4297	當	去聲	0872A	強賭當。
4298	當	去聲	0893B	早擺設的都停當。
4299	當	去聲	0934B	則教你熱心腸看不破這勾當。
4300	當	去聲	0944A	單看俺當家兒。
4301	當	去聲	0970C	做的好勾當也。
4302	當	去聲	0991C	教那伴當每借將來。
4303	痾	何哥切	0413A	早是俺抱沈痾添新病發昏迷。
4304	睚	羊戒切	0081A	睚皆休成忿。
4305	雎	音雖	0741C	雎水爲之不流。
4306	睦	音暮	0064B	倒被我勒揞的情和睦。
4307	睦	音暮	0204B	夫妻和睦。
4308	睦	音暮	0443B	他叔嫂從來和睦。
4309	睦	音暮	0523B	愛惜民戶兄弟和睦。
4310	睦	音暮	0813B	施呈着我尊前席上那些假虛脾和睦。
4311	睦	音暮	0900B	情相睦。
4312	睦	音暮	0931B	怎和睦。
4313	睫	音捷	0471A	多只在閭闔之下。眉睫之間。
4314	矮	哀上聲	0272A	則他生的短矮也那蠢坌身材。
4315	矮	挨上聲	0832A	淨坐在方牀矮榻。
4316	碌	音路	0762A	腰纏着碌簌條。
4317	碓	音對	0231A	可正和着各瑯瑯的搗碓聲。
4318	碓	音對	0452D	湛湛青天不可欺。兩個碓嘴撥天飛。
4319	碓	音對	0512A	碓搗罷教牛頭磨磨研。
4320	碓	音對	0533C	這碓場在那裏。
4321	碓	音對	0801C	我便踏着碓。
4322	碔	音武	0021A	恰便似碔砆石待價。

4323	砆	音武	0502A	你似那砆砆石比玉何驚駭。
4324	祿	音路	0051B	他立下十大功。合請受萬鍾祿。
4325	祿	音路	0191B	那一箇無功勞的請俸祿。
4326	祿	音路	0204B	戶部裏革罷了俸祿。
4327	祿	音路	0210B	寡人待定奪些別官祿。
4328	祿	音路	0341B	無錢的子張學干祿。
4329	祿	音路	0372B	受榮華請俸祿。
4330	祿	音路	0443B	官人每枉請着皇家祿。
4331	祿	音路	0501B	學干祿。
4332	祿	音路	0531B	也注還他一分祿。
4333	祿	音路	0574B	穩請受皇家俸祿。
4334	祿	音路	0844B	活在的殿階前賜俸祿。
4335	祿	音路	0991B	又不曾向皇家請俸祿。
4336	祿	路上聲	0654E	他都是世海他人，怎做得妻財子祿。
4337	禁	平聲	0102A	這般苦禁持。
4338	禁	平聲	0243A	他去那血泊裏難禁忍。
4339	禁	平聲	0321A	赤緊的禁咱愁恨。
4340	禁	平聲	0502A	禁不過氣惱。
4341	禁	平聲	0531A	你道是春睡不禁啼鳥喚。
4342	禁	平聲	0553A	痛殺殺難禁受。
4343	禁	平聲	0732A	你如今倒把我廝禁害。
4344	禁	平聲	0852A	那其間枯皮朽骨難禁痛。
4345	禁	平聲	0861A	數年禁受。
4346	禁	平聲	0883B	是前日打鞦韆鬭草處無拘禁。
4347	禁	平聲	0972C	不禁瘴厲侵染之故。
4348	稔	壬上聲	0521A	盛世黎民歌歲稔。
4349	稔	音甚	0944A	更兼着沒煩惱豐稔的年時。
4350	稕	音准	0801C	挑出這草稕兒去。
4351	稕	音准	0991D	曲律竿頭懸草稕。綠楊影裏撥琵琶。
4352	稕	音準	0402A	牆角畔滴溜溜草稕兒挑。
4353	稕	音準	0871D	曲律竿頭懸草稕。綠楊影裏撥琵琶。
4354	稕	准去聲	0583D	曲律竿頭懸草稕。綠楊影裏撥琵琶。
4355	稠	音紬	0281C	你看這郊外人稠物穰。
4356	稠	音紬	0332A	恨不的翻過那物穰人稠臥牛城。
4357	窟	音苦	0483B	跳出這龍潭虎窟。

4358	窟	音苦	0523B	早跳出龍潭虎窟。
4359	筲	音稍	0021A	斗筲器矜誇。
4360	節	音姐	0203B	這其間未是他來時節。
4361	節	音姐	0273B	則俺那小哥哥從幼兒便有志節。
4362	節	音姐	0280B	那時分。恁時節。
4363	節	音姐	0402B	這田地上赤留兀剌那時節。
4364	節	音姐	0434B	恰便似酒酣時節。
4365	節	音姐	0552B	屠沽子封侯建節。
4366	節	音姐	0763B	又生出閒枝節。
4367	節	音姐	0821B	酬佳節。
4368	節	音姐	0953B	正是中秋令節。
4369	絛	音叨	0451A	繫一絛一抹絛。
4370	綈	音啼	0693A	賜綈袍無慳吝。
4371	黿	音掩	0023A	都只為掉黿子鸞交鳳友。
4372	黿	音掩	0464A	誰着你調黿子畫閣蘭堂。
4373	罩	招去聲	0112C	雲生四野。霧罩八方。
4374	罩	嘲去聲	0212A	端的個絳紗籠罩水晶寒。
4375	罩	嘲去聲	0352A	不見了祥雲罩碧瓦丹甍。
4376	罩	嘲去聲	0431A	早則見罩四野征雲慘慘。
4377	罩	嘲去聲	0453B	淡煙籠罩。
4378	罩	嘲去聲	0484D	掃地恐傷螻蟻命。為惜飛蛾紗罩燈。
4379	罩	嘲去聲	0634A	罩祥雲隔斷浮埃。
4380	罩	嘲去聲	0650D	掃地恐傷螻蟻命。為惜飛蛾紗罩燈。
4381	罩	嘲去聲	0661A	芳草煙翠紗籠罩玻璃淨。
4382	罩	嘲去聲	0762A	白雲籠罩着。
4383	罩	嘲去聲	0842C	則見紅光紫霧，罩定太子身上。
4384	罩	嘲去聲	0871A	煙罩定綠楊洲。
4385	罩	嘲去聲	0932A	煙罩煙飛。
4386	翛	音消	0074C	小官姓王名翛然。
4387	翛	音消	0441C	老夫乃王翛然是也。
4388	腤	音庵	0262A	可兀的乾受了你這一肚皮腤臜氣。
4389	腤	音庵	0352A	因拆門樓得了些腤臜氣。
4390	腤	音庵	0401A	他見我血漬的腌臜是這衲襖腥。〔註12〕

〔註12〕　明刻本被釋字作「腤」，劇文作「腌」。

4391	腤	音庵	0621A	迸定個腤臘不良鼻凹。
4392	腤	音庵	0762A	你休笑我無拘役腤臘的這布袍。
4393	腤	音菴	0283A	這廝他村則村到會做這等腤臘態。
4394	腤	音菴	0362A	休笑我形骸土木腤臘扮。
4395	腤	音菴	0663A	幾曾做這般出醜腤臘勾當。
4396	腳	音皎	0101B	款那步輕攧腳。
4397	腳	音皎	0262E	不是我炒炒鬧鬧。痛傷情搥胸跌腳。
4398	腳	音皎	0384B	只要他休洩漏俺這萍根浪腳。
4399	腳	音皎	0453B	那一個拳聯着腳。
4400	腳	音皎	0572B	我猛然拜罷那雙腳。
4401	腳	音皎	0611B	又不曾那動腳。
4402	腹	音府	0064B	明知道詩書飽滿腹。
4403	腹	音府	0154E	若不是逢豺虎送我殘生。必然的埋葬在江魚之腹。
4404	腹	音府	0182B	鼴鼠飲黃河無過裝的滿腹。
4405	腹	音府	0443B	並無聰明正直的心腹。
4406	腹	音府	0493B	反倒做他心腹。
4407	腼	面上聲	0292A	他從來腼腆。
4408	腼	音免	0504A	做多少假腼腆。
4409	腼	音免	0512A	他從來有些腼腆。
4410	蕚	音鄂	0021A	花蕚樓扶上馬。
4411	蕚	音傲	0611B	我憂呵憂你去西天西坐損了那蓮花蕚。
4412	落	音澇	0024B	繡球兒身邊落。
4413	落	音澇	0101B	妹子也到官司要發落。
4414	落	音澇	0131B	你少不的撒搖搥學打幾句蓮花落。
4415	落	音澇	0160E	去時荷葉小如錢。回來必定蓮花落。
4416	落	音澇	0214B	一會價緊呵似玉盤中萬顆珍珠落。
4417	落	音澇	0342B	空流落。
4418	落	音澇	0384B	只除是東方日落。
4419	落	音澇	0534B	可不道俺則會打蓮花落。
4420	落	音澇	0572B	半生四海無着落。
4421	落	音澇	0642B	你道是經官發落。
4422	落	音澇	0662B	撲簌簌胭脂零落。
4423	落	音澇	0691B	有千片萬片梨花落。
4424	落	音澇	0703B	金珠錯落。

4425	落	音澇	0762B	久以後那裏每着落。
4426	落	音澇	0784B	桃花片空零落。
4427	落	音澇	0792B	迭屑屑魂飛膽落。
4428	落	音澇	0853B	並沒那半個兒剩落。
4429	落	音澇	0873B	踹匾了盛漿鐵落。
4430	落	音澇	0902B	甚處流落。
4431	落	音澇	0922B	送的俺一家兒四分五落。
4432	落	音澇	0993B	問箇下落。
4433	落	羅去聲	0604B	香風不動松華落。
4434	落	羅去聲	0802B	現如今死魂靈無着落。
4435	落	羅去聲	0812B	染人血淚的窄溝岸紅颭颭楓亂落。
4436	葉	音夜	0203B	他須是你裴家枝葉。
4437	葉	音夜	0273B	哥也除你外別無甚枝葉。
4438	葉	音夜	0402B	更和那梨花初放如銀葉。
4439	葉	音夜	0763B	休侵枝葉。
4440	葉	音夜	0821B	憑着我拈花摘葉。
4441	葛	哥上聲	0812B	做女的有疼熱有瓜葛。
4442	葦	音委	0384D	又見他腹中饑餓。權避在蘆葦邊傍。
4443	葭	音加	0412B	有折蒲衰柳老蒹葭。
4444	葭	音家	0603A	卻教我呆鄧鄧葭蒲邊耐心守。
4445	葭	音家	0813A	蒹葭排雁字。
4446	葳	音威	0284A	並蔕共葳蕤。
4447	葷	音昏	0142B	可不道這姐姐今年個斷葷。
4448	葷	音昏	0711B	怎還說持戒斷腥葷。
4449	葷	音昏	0771B	因此上不斷您這腥葷。
4450	葷	音昏	0811B	每日家三餐飽飯要腥葷。
4451	葷	音昏	0833C	葷了鍋竈。
4452	葷	音昏	0961C	將一方之地，都化的不吃腥葷。
4453	號	平聲	0553A	仰天號哭破咽喉。
4454	號	平聲	0792B	難叫難號。
4455	號	平聲	0802D	有何神號鬼哭。怕甚上命官差。
4456	號	平聲	0853B	那一個哭哭號號。
4457	蛻	音稅	0423B	身安靜宇蟬初蛻。
4458	蜀	繩朱切	0204B	誰叫你飛出巴蜀。
4459	蜀	繩朱切	0554A	得蜀望隴休多想。

4460	蜀	繩汝切	0051B	只這漢高皇怕不悶死在巴蜀。
4461	蜇	音者	0203B	夫人又叫丫丫似蠍蜇。
4462	蜋	音郎	0121A	那廝雖穿着幾件屹蜋皮。
4463	蜋	音郎	0773A	柳翠也從今後早則去了你那蛣蜋皮。
4464	蜍	音除	0202B	月也你本細如弓一半兒蟾蜍。
4465	蜍	音除	0984B	攀仙桂步蟾蜍。
4466	裔	音異	0472C	本劉之宗親。漢之苗裔。
4467	裟	音沙	0612B	那裏有皀直掇披上錦袈裟。
4468	解	上聲	0154A	不爭你虧心的解元。
4469	解	上聲	0183B	便是把金枷來自解。
4470	解	上聲	0202B	是他撒滯殢把香羅帶兒解。
4471	解	上聲	0452B	似恁地怎生將手腕解。
4472	解	上聲	0593C	着他與我解救咱。
4473	解	上聲	0673A	我見他格截架解不放空。
4474	解	上聲	0720D	少小知名建體闈。白頭猶未解朝衣。
4475	解	上聲	0732A	說甚麼金尊倒處千愁解。
4476	解	上聲	0751A	只怕你未解的腹中愁。
4477	解	上聲	0770C	盡皆妙解。
4478	解	上聲	0851C	結下這等深讎，幾時可解也。
4479	解	上聲	0892A	蒼生要解倒懸。
4480	解	上聲	0973A	開闡教廣與眾生解倒懸。
4481	解	上聲	0982B	惡性兒無可解。
4482	解	音械	0092D	留待柳耆卿。他自解關節。
4483	解	音械	0183B	大道的事着你世人不解。
4484	解	音械	0311C	料無有解者。
4485	解	音械	0374B	誰想有這一解。
4486	解	音械	0523A	則這春風一枝花解語。
4487	解	音械	0593A	大公也你可怎生不解其中意。
4488	解	音械	0613D	出言解長神天福。見性能傳佛祖燈。
4489	解	音械	0691C	文通三略，武解六韜。
4490	解	音械	0712A	心自解西來意。
4491	解	音械	0730D	世人誰解求風曲。拈得瓊簫莫浪吹。
4492	解	音械	0752C	這是蒲州解良人。
4493	解	音械	0773A	老婆婆不解的我這其中意。
4494	舡	古橫切	0094A	又無箇交錯舡籌。

4495	觥	古橫切	0132B	走罍也那飛觥。
4496	觥	古橫切	0211B	咱日日醉霞觥。
4497	觥	古橫切	0461A	交錯觥籌。
4498	觥	古橫切	0571A	飛觥也那髪罍。
4499	觥	古橫切	0611A	觥籌交錯。
4500	觥	姑橫切	0401B	吃酒處就與他綽鏇提觥。
4501	觥	姑橫切	0722B	則許你交錯勸觥籌。
4502	觥	音公	0682B	我待從容飲巨觥。
4503	觥	音公	0782B	走罍飛觥。
4504	詫	倉詐切	0082C	怎麼有這一場詫事。
4505	詫	瘡詐切	0293A	醜詫面皮。
4506	詫	瘡詐切	0490B	赤緊的他官職大的忒稀詫。
4507	詫	瘡詐切	0543B	你休喝掇休驚詫。
4508	詫	瘡鮓切	0801B	只爲這適間夢裏多希詫。
4509	詰	溪入聲	0084C	盤詰奸細。
4510	貅	音休	0210D	坐擁貔貅鎭朔方。每臨塞下受降王。
4511	貅	音休	0434E	卜大夫載回齊國。拜軍師坐擁貔貅。
4512	貅	音休	0671A	你是個領貔貅天下材。
4513	貅	音休	0743B	現統領着百萬貔貅。
4514	貉	音豪	0342B	氐土貉。
4515	貲	音茲	0041B	又道他富不貲。
4516	賂	音路	0611C	爭奈此人貪饕賄賂。
4517	賂	音路	0991B	我也不求厚賂但遂意便沽諸。
4518	賄	音晦	0911C	不知怎生貪財好賄。
4519	賄	音毀	0181C	則爲這貪財好賄。
4520	賄	音誨	0222A	都是我好賄貪財。
4521	賄	音誨	0611C	爭奈此人貪饕賄賂。
4522	賈	音古	0180C	習儒不遂。去而爲賈。
4523	賈	音古	0693C	後來趙盾有屠岸賈之難。
4524	賈	音古	0850C	某乃晉國大將屠岸賈是也。
4525	賊	才上聲	0452B	赤緊的併贓拿賊。
4526	賊	池齋切	0083B	只爲那當年認了個不良賊。
4527	賊	池齋切	0664B	併贓拿賊。
4528	賊	則平切	0803B	你道俺老而不死是爲賊。
4529	賊	則平聲	0044B	這洛陽城劉員外他是個有錢賊。

4530	賊	則平聲	0072B	俺孫員外不枉了結義這等精賊。
4531	賊	則平聲	0104B	我主意兒不認這負心賊。
4532	賊	則平聲	0234B	你這個潑賊。
4533	賊	則平聲	0243B	他那裏肯道把隘口退強賊。
4534	賊	則平聲	0284A	不弱如打家劫舍殺人賊。
4535	賊	則平聲	0293B	怎支持謊人賊。
4536	賊	則平聲	0302A	早活挾過活挾過這逆逆逆逆賊來。
4537	賊	則平聲	0322B	我則罵你鬧市雲陽吃劍賊。
4538	賊	則平聲	0344B	常言道老而不死是為賊。
4539	賊	則平聲	0351A	似你這不忠不信害人賊。
4540	賊	則平聲	0363B	有有有誰是個殺人賊。
4541	賊	則平聲	0383B	我則為那費賊。
4542	賊	則平聲	0393B	親自問殺人賊。
4543	賊	則平聲	0403B	俺哥哥又不是打家截道的殺人賊。
4544	賊	則平聲	0513B	則被你殃煞我喫敲賊。
4545	賊	則平聲	0544B	則問你誰是殺人賊。
4546	賊	則平聲	0611A	我今蓋一座看經修煉的團標我也不怕有賊盜。
4547	賊	則平聲	0764B	這總是你家門賊。
4548	賊	則平聲	0794B	投至我勘問出強賊。
4549	賊	則平聲	0823B	這逆賊。
4550	賊	則平聲	0851A	怎有這屠岸賈賊臣。
4551	賊	則平聲	0862B	怎肯便放了你好色荒淫漏面賊。
4552	賊	則平聲	0894B	誰與咱剿滅這姦賊。
4553	賊	則平聲	0994B	智賺出殺人賊。
4554	趔	劣平聲	0143C	怪道我這腳趔趄站不定呵。
4555	趔	郎夜切	0542A	不覺的身趔趄。
4556	趔	郎夜切	0783A	腳趔趄佳人錦瑟傍邊立。
4557	趔	郎耶切	0434A	腳趔趄。
4558	趔	郎耶切	0962A	尚兀自腳趔趄醉眼模糊。
4559	跐	音此	0062A	幾時得使性氣由他跐。
4560	跡	將洗切	0044B	只為那舉債文書我畫的有親筆跡。
4561	跡	將洗切	0072B	白茫茫雪迷了人蹤跡。
4562	跡	將洗切	0234B	見咱蹤跡。
4563	跡	將洗切	0344B	誰知。可元來運通也有發跡。
4564	跡	將洗切	0354B	現放着腳板上兩行兒硃砂字跡。

4565	跡	將洗切	0423B	是未發跡。
4566	跡	將洗切	0533B	你道他發跡。
4567	跡	將洗切	0544B	可則去李順家裏訪蹤跡。
4568	跡	將洗切	0783B	敢欺侮咱浮蹤浪跡。
4569	跧	之灣切	0072A	兀的般滿身風雪蹀跧臥。
4570	跧	之灣切	0362B	打的我死狗兒彎跧。
4571	跳	音條	0133A	全不想日月兩跳丸。
4572	輅	音路	0633B	錦襖子金較輅。
4573	輅	音路	0894C	便乘五輅之車。
4574	載	上聲	0183B	我則待顯名兒千年萬載。
4575	載	上聲	0651B	三十載。
4576	載	上聲	0754A	願皇圖萬萬載。
4577	載	上聲	0851A	豈可二十載同僚沒些兒義分。
4578	載	上聲	0912B	便受用呵多不到十年五載。
4579	載	上聲	0974A	則我這俏身軀三載土中埋。
4580	載	音在	0183B	這金銀呵反爲輕載。
4581	載	音在	0811C	裝二十載綿花來這松江貨賣。
4582	辟	音匹	0431C	那齊公子問俺魏公子要辟塵如意珠。
4583	辟	音匹	0544A	他門定桃符辟邪祟。
4584	辟	音匹	0633A	佩辟惡赤靈符。
4585	辟	音壁	0550C	累次辟召。皆不肯就。
4586	辟	音關	0593A	怎知有千隻眼先驅能辟鬼。
4587	逼	兵迷切	0044B	把咱凌逼。
4588	逼	兵迷切	0052B	多管是你惡限臨逼。
4589	逼	兵迷切	0072B	我只怕鐘聲盡被那巡夜的凌逼。
4590	逼	兵迷切	0254B	百般驅逼。
4591	逼	兵迷切	0293B	衣食又催逼。
4592	逼	兵迷切	0423B	不住的使命催。奉御逼。
4593	逼	兵迷切	0492B	受這等死臨逼。
4594	逼	兵迷切	0644B	也則是喫不過這棍棒臨逼。
4595	逼	兵迷切	0794B	枉惹得棍棒臨逼。
4596	逼	兵迷切	0862B	萬種凌逼。
4597	逼	音彼	0262B	待不去來則這裏勿勿勿風共雪相摧逼。
4598	逼	音彼	0393B	怎當的官司臨逼。
4599	逼	音彼	0413B	也則是死限緊相催逼。

4600	逼	音彼	0921B	一壁廂官司又臨逼。
4601	逼	音彼	0963B	秋鴻春燕相催逼。
4602	過	平聲	0073A	前者得過承。
4603	過	平聲	0163A	也做的過家私疊等。
4604	過	平聲	0202A	我也肯過從肯軌待。
4605	過	平聲	0553A	覷的個一介寒儒過如萬戶侯。
4606	過	平聲	0591D	月過十五光明少。人到中年萬事休。
4607	過	平聲	0604B	葛履環條整頓過。
4608	過	平聲	0614B	我去則有三箇月期過。
4609	過	平聲	0664A	不到那二更過敢掙破了天靈蓋。
4610	過	平聲	0711E	老樹老藤忘歲月，古山古寺絕經過。
4611	過	平聲	0721A	你道俺纔過二旬。
4612	過	平聲	0724E	三載爲官臥治過。別無一事繫心窩。
4613	過	平聲	0752A	只見他目睛轉盼能過耳。
4614	過	平聲	0772A	你道是月過十五也索還依舊。
4615	過	平聲	0802B	他他他千般苦盡受過。
4616	過	平聲	0854A	誰着你使英雄忒使過。
4617	過	平聲	0891C	也都勇過賁育。
4618	過	平聲	0931D	月過十五光明少。人到中年萬事休。
4619	過	平聲	0941B	白日休空過。
4620	過	平聲	0970E	一作潮陽令。俄驚數載過。
4621	達	當加切	0082B	更和着箇媳婦兒不賢達。
4622	達	當加切	0194B	甚的是出入通達。
4623	達	當加切	0213B	他又無罪過頗賢達。
4624	達	當加切	0412B	我敢似孟光般顯賢達。
4625	達	當加切	0441B	想先賢古聖未通達。
4626	達	當加切	0463B	禮數撑達。
4627	達	當加切	0514B	下學上達。
4628	達	當加切	0543B	便是官宦賢達。
4629	達	當加切	0581B	不賢達。
4630	達	當加切	0621B	可又不賢達。
4631	達	當加切	0643B	你則道所事賢達。
4632	達	當加切	0781B	人物不撑達。
4633	達	當加切	0801B	出入通達。
4634	達	當加切	0911B	俺可便管他甚貧富窮達。

4635	酪	命上聲	0953A	酪子裏愁腸酪子裏焦。
4636	酪	音茗	0231A	若不是灌的來十分酪酊。
4637	酪	音茗	0274A	酪子裏接上連枝。
4638	酪	音茗	0323A	他酪子裏丟抹娘一句。
4639	酪	音茗	0701A	酪子裏向晚妝樓目斷楚臺雲。
4640	酪	音茗	0143A	灌得我來酪酊。
4641	酪	音茗	0161A	酪子裏揣與些柳青錢。
4642	酪	音茗	0213A	怎的教酪子裏題名單罵。
4643	酪	音澇	0012A	害渴時喝一杓兒酪和粥。
4644	酪	音澇	0242A	可買的這一瓶兒村酪酒。
4645	酪	音澇	0393A	我可便買與你個合酪吃。
4646	酪	音澇	0884A	荔枝漿乳酪蜜團。
4647	鈸	音波	0812B	也不索做水陸動鐘鼓鐃鈸。
4648	鈿	田去聲	0211A	百花鈿盒表深情。
4649	鈿	音田	0831B	早荷花點翠鈿。
4650	鉋	音袍	0131B	廣鋤鉋。
4651	鉋	音袍	0191C	諸葛亮鋤田鉋地。
4652	鉋	音袍	0260E	若要富。土裏做。若要饒。土裏鉋。
4653	鉋	音袍	0291B	又不會耕種鋤鉋。
4654	鉋	音袍	0341D	莊農只得鋤鉋力。答賀天公雨露恩。
4655	鉋	音袍	0383D	雖然只得鉋鋤力。托賴天公雨露恩。
4656	鉋	音袍	0441A	俺孩兒耕種鋤鉋怕甚麼。
4657	鉋	音袍	0502D	莊農只得鋤鉋力。答賀天公雨露恩。
4658	鉋	音袍	0912C	鉋出一石槽金銀來。
4659	鉏	助平聲	0343A	我為甚的做鉏麑觸槐。
4660	鉏	音雛	0850C	某也曾遣一勇士鉏麑。
4661	鉗	其炎切	0854A	把鐵鉗拔出他斕斑舌。
4662	鉛	音延	0021A	他只待送春歸幾樹鉛華。
4663	鉢	波上聲	0592B	啜人口似蜜鉢。
4664	鉢	音撥	0283A	這虔婆怕不口甜如蜜鉢。
4665	鉦	音征	0672A	因此上息卻鉦鼙。
4666	閘	丈甲切	1004C	因向船頭點閘水軍。
4667	閛	鋪蒙切	0983C	尋那小行者打閛閛去也。
4668	隔	皆上聲	0192B	我則道父子每相間隔。
4669	隔	皆上聲	0452B	孤椿椿靠定明亮隔。

4670	隔	皆上聲	0584B	喒兩個自間隔。
4671	隔	皆上聲	0634A	無障隔無遮礙。
4672	隘	羊戒切	0084C	把守這窩弓峪隘口。
4673	雎	音疽	0321A	那關雎爲首正人倫。
4674	雎	音疽	0690C	小官家中有一辯士，乃是范雎。
4675	雎	音疽	0751A	我本待誦雎鳩淑女詩。
4676	雎	音疽	0843E	太平無一事。回首憶關雎。
4677	雹	巴毛切	0024B	我覷的亂下風雹。
4678	雹	巴毛切	0101B	敢可也亂下風雹。
4679	雹	巴毛切	0922B	沒來由惹下風雹。
4680	雹	音薄	0502C	每日風吹日曬雹子打。
4681	雹	音薄	0692A	淚雹子腮邊落。
4682	雹	音薄	0942A	只願的下雹子打你娘驢頭。
4683	靶	音霸	0141B	搨動我這長梢靶。
4684	靶	音霸	0563B	險些的露出風流話靶。
4685	靶	音霸	0581B	靶滿城人將你來怨煞。
4686	靶	音霸	0612B	我則見黑模糊的印在鋼刀靶。
4687	靶	音霸	0621B	做這一場話靶。
4688	靸	殺賈切	0571B	破麻鞋腳下靸。
4689	頏	音杭	0744A	與韓信三齊共頡頏。
4690	頓	音突	0010C	俺祖公公冒頓單于。
4691	飴	音移	0054C	視死如飴。
4692	飾	傷以切	0063B	但能勾與你插戴些首飾。
4693	鳧	音巫	0681B	全憑着足底一雙鳧。
4694	鳧	音符	0473A	眞乃是鶴長鳧短不能齊。
4695	撦	抽支切	0401A	將我這夾鋼斧綽清泉觸白石撦撦的新磨淨。
4696	撦	音痴	0414A	被我都撦撦的。
4697	撦	音癡	0482A	頑石上撦撦的將斧刃擦。
4698	猨	與猿同	0453A	古木林中驀聽的山猨叫。
4699	僑	音喬	0384C	小官覆姓公孫名僑。
4700	僑	音喬	0572B	誚的我怯怯僑僑。
4701	僕	邦模切	0483B	惱了喒嘉州孟太僕。
4702	僕	邦模切	0531B	散了奴僕。
4703	偢	鋤山切	0012A	吾當偢倸。
4704	偢	鋤山切	0023A	害則害甘心兒爲他偢倸。

4705	㑉	鋤山切	0094A	將咱㑉㑉。
4706	㑉	鋤山切	0432A	我見他自推自跌自㑉㑉。
4707	㑉	鋤山切	0553A	我這裏謝相識親友省㑉㑉。
4708	㑉	鋤山切	0602A	幾家㑉㑉。
4709	㑉	鋤山切	0652A	落得箇自㑉自㑉。
4710	㑉	鋤山切	0722A	也免的自㑉自㑉。
4711	㑉	鋤山切	0772A	㑉㑉的雲鬢鬆。
4712	㑉	鋤山切	0822A	卻攬下這一場不明白的㑉㑉。
4713	㑉	鋤山切	0891A	自尋些閑㑉㑉。
4714	㑉	鋤山切	0903A	離鄉背井將你來㑉㑉死。
4715	㑉	鋤山切	0942A	心上事自㑉㑉。
4716	僥	音交	0261A	端的是雲霄有路難僥倖。
4717	僥	音交	0394A	那一個漏網的何僥倖。
4718	僥	音交	0672C	倖者不可屢僥。
4719	僥	音交	0911A	都則待僥倖成家。
4720	僥	音交	1004A	則你那夜來兒惡可也還僥倖。
4721	劃	胡乖切	0102B	這公事怎刮劃。
4722	劃	胡乖切	0183B	怎教我不心意裁劃。
4723	劃	胡乖切	0192B	空教我心勞意攘怎支劃。
4724	劃	胡乖切	0202B	你看這場風月規劃。
4725	劃	胡乖切	0221B	我這裏自裁劃。
4726	劃	胡乖切	0244B	你心下自裁劃。
4727	劃	胡乖切	0272B	我這裏把這恩養錢我可也便刮劃。
4728	劃	胡乖切	0283B	你一個忒聰明肯做美的姨姨你自裁劃。
4729	劃	胡乖切	0294B	一靈兒無處刮劃。
4730	劃	胡乖切	0334E	老夫心下自裁劃。你將金錢銀紙快安排。
4731	劃	胡乖切	0351B	教我便有口渾身也怎劈劃。
4732	劃	胡乖切	0392C	大凡掌刑名的有八件事。可是那八件事。一筆札。二算子。三文狀。四把法。五條劃。六書契。七抄寫。八行止。
4733	劃	胡乖切	0440B	我也幾度徘徊無刮劃。
4734	劃	胡乖切	0452B	不是中間老漢廝支劃。
4735	劃	胡乖切	0502B	馬相如我看你怎的把他去支劃。
4736	劃	胡乖切	0564B	放心波今上自裁劃。
4737	劃	胡乖切	0651B	急巴巴日夜費籌劃。
4738	劃	胡乖切	0800B	似這般少米無柴怎刮劃。

4739	劃	胡乖切	0842B	可著我怎刮劃怎刮劃。
4740	劃	胡乖切	0851E	程嬰心下自裁劃。趙家門戶實堪哀。
4741	劃	胡乖切	0874B	怎擘劃。
4742	劃	胡乖切	0912B	便待要輕輕的下了筆劃。
4743	劃	胡乖切	0944B	閒家擘劃。
4744	劃	胡乖切	0982B	任佈劃。
4745	劃	胡乖切	0994E	老夫心下自裁劃。你將銀錢金紙快安排。
4746	劃	音畫	0243C	你今日犯下正條劃的罪來。
4747	劃	音畫	0583C	那婆娘將一把刀子去盤子上一劃。把一箇水答餅劃做兩塊。
4748	劃	音畫	0703A	困騰騰劃損眉梢。
4749	劃	音畫	0823A	他所犯那樁兒不是有條劃的罪。
4750	劃	音畫	0953C	妾身略識些撇豎點劃。
4751	笝	莊洒切	0441B	文不解書笝。
4752	厭	平聲	0412A	趁着這厭厭露華。
4753	厭	平聲	0662A	厭厭的月上花梢樹影高。
4754	厭	平聲	0962A	轉茅檐厭的行過去。
4755	嗻	音遮	0402B	那廝暢好是忒咩嗻。
4756	嗁	開上聲	0433E	空愁望。空悲嗁。舉動唯嫌天地窄。
4757	嗁	開去聲	0343B	空悲嗁。
4758	嗲	參上聲	0122A	那一個不嗲可可道橫死亡。
4759	嘔	歐上聲	0862C	我如今打嘔。
4760	壍	僉去聲	0171D	人去似星馳。江隔如天壍。
4761	壍	僉去聲	0193A	投坑落壍。
4762	壍	僉去聲	0234A	也少不得做個落壍拖坑的沒頭鬼。
4763	壍	僉去聲	0881B	怕甚麼妳母舌兒壍。
4764	壍	僉去聲	0944A	早是那窄窄狹狹溝溝壍壍路崎嶇。
4765	境	音景	0414B	做了場棄業拋家惡夢境。
4766	境	音景	0464B	糊塗了黃粱夢境。
4767	境	音景	0661B	一程程捱入相思境。
4768	境	音景	0742B	還歸舊境。
4769	墊	音店	0132A	半霎兒人扛你來土墊的平。
4770	墊	音店	0332C	着石板蓋上。再墊上些土兒。踹一踹。
4771	墊	音店	0694C	我先殺了你這老匹夫，落箇墊背的。
4772	墊	音店	0761A	石上鹿皮鋪墊的穩。

4773	墊	音店	0814A	白日裏墊鬆髻兒權襯着青絲。
4774	墊	音店	0881B	將他那模樣兒心坎上頻頻墊。
4775	墊	音店	0914A	單爲這口銜墊背幾文錢。
4776	墊	音店	1003C	快把篙子墊住。
4777	黈	音寅	0022C	黈夜入人家。非姦即盜。
4778	黈	音寅	0033A	那怕你天章學士有黈緣。
4779	黈	音寅	0352D	黈夜裏回到家庭。天未曉又待登程。
4780	黈	音寅	0661A	黈夜閒行。
4781	黈	音寅	0711A	他不合黈夜款佳賓。
4782	夥	羅上聲	0113A	怎當那驅邪院一夥天兵至。
4783	夥	羅上聲	0272A	伴着夥泛泛之才。
4784	夥	羅上聲	0301A	你本是那潑泥鰍打夥相隨從。
4785	奩	音廉	0123C	我好意將着車輛鞍馬奩房來尋你。
4786	奩	音廉	0321D	雖然沒甚房奩送。倒也落的三朝吃喜筵。
4787	奩	音廉	0414A	望見首飾妝奩。
4788	奩	音廉	0463A	倒賠裝奩許招嫁。
4789	奩	音廉	0474C	老丞相將老夫人搬至京師。一般蓋下畫堂。又陪房奩。
4790	奩	音廉	0492A	自取些奩房斷送陪隨。
4791	奩	音廉	0532C	多共少也與您孩兒些奩房斷送波。
4792	奩	音廉	0814B	問甚麼首飾房奩。
4793	奩	音廉	0881B	嬾對妝奩。
4794	奪	音多	0053B	任從他利名相定奪。
4795	奪	音多	0103B	來看的將巷口攙奪。
4796	奪	音多	0164B	倒着俺定奪。
4797	奪	音多	0191A	也則是惡紫奪朱。
4798	奪	音多	0352B	爭地鋪的攙奪。
4799	奪	音多	0494B	因甚強奪。
4800	奪	音多	0583B	又被堯婆擘手把碗來奪。
4801	奪	音多	0592B	那問親的無禮法將我來劫奪。
4802	奪	音多	0604B	怎倒來叩神仙求定奪。
4803	奪	音多	0741B	活佛怎定奪。
4804	奪	音多	0941B	把雲期雨約枉爭奪。
4805	嫖	音飄	0472A	我不讓霍嫖姚領雄兵橫行邊塞。
4806	嫣	音烟	0632A	綻嫣紅花簇冰綃。

4807	嫣	音烟	0704A	都只在嫣然一笑中。
4808	嫣	音煙	0623A	嬌似嫣紅。
4809	寞	音冒	0214B	梨花雨玉容寂寞。
4810	寞	音磨	0454B	路兜答。人寂寞。
4811	寞	音磨	0494B	爲何。受寂寞。
4812	寞	音磨	0812B	病易感添寂寞。
4813	察	抽鮓切	0082B	天能鑑察。
4814	察	抽鮓切	0194B	若不遇老軍師神明鑑察。
4815	察	抽鮓切	0213B	允不允陳玄禮將軍鑑察。
4816	察	抽鮓切	0514B	聖機難察。
4817	察	抽鮓切	0581B	詳也波察。
4818	察	抽鮓切	0612B	雖然是忍心中自詳察。
4819	察	抽鮓切	0621B	是和非你心中自監察。
4820	察	抽鮓切	0804B	上告你個待制爺爺俯鑑察。
4821	察	抽鮓切	0832B	你將那無顯驗的文書是監察。
4822	察	抽鮓切	0911B	請上聖鑑察。
4823	實	繩知切	0052B	黑洞洞不知一個的實。
4824	實	繩知切	0072B	我我我定睛的覷個眞實。
4825	實	繩知切	0083A	但的他殘湯半碗充實我這五臟。
4826	實	繩知切	0093B	整三年有名無實。
4827	實	繩知切	0112B	他從來老老實實。
4828	實	繩知切	0121B	待妝個老實。
4829	實	繩知切	0191A	你兩個較贏輸。辨實虛。
4830	實	繩知切	0243B	則着俺校椅上怎坐實。
4831	實	繩知切	0271B	我言語盡是誠實。
4832	實	繩知切	0344B	其實。驅逼的我無存濟。
4833	實	繩知切	0393B	我十猜八九是眞實。
4834	實	繩知切	0403B	俺做莊家忒老實。
4835	實	繩知切	0413B	靈鵲兒不誠實。
4836	實	繩知切	0443A	照肝膽察實虛。
4837	實	繩知切	0464A	都訴出實情。
4838	實	繩知切	0544B	那椿事不分箇虛共實。
4839	實	繩知切	0593B	我這裏說眞實。
4840	實	繩知切	0644B	街坊也卻不道您吐膽傾心說眞實。
4841	實	繩知切	0731B	說眞實。

4842	實	繩知切	0752B	民富實。
4843	實	繩知切	0794B	全無有半星實。
4844	實	繩知切	0862B	照妾身肝膽虛實。
4845	實	繩知切	0872B	覷的實。
4846	實	繩知切	0894B	忙出去問眞實。
4847	屣	音洗	0783B	兒呵你也合開門倒屣。
4848	嵸	音宗	0634A	鬱巎嵸翠微仙界。
4849	嶇	音區	0153A	這路崎嶇。
4850	嶇	音區	0633B	嶮峻崎嶇。
4851	嶇	音區	0944B	早是那窄窄狹狹溝溝塹塹路崎嶇。
4852	幕	音冒	0214B	潤濛濛楊柳雨淒淒院宇侵簾幕。
4853	幕	音冒	0662B	悄悄的私出蘭房離繡幕。
4854	幘	音責	0693A	你看我這巾幘舊雪冰透我腦門。
4855	幠	音冒	0342B	堂上鋪陳掛幔幠。
4856	幠	音冒	0691B	這陰風不透重簾幠。
4857	幠	音磨	0352B	不見了曉日映珠簾繡幠。
4858	幠	音磨	0812B	這效鸞凰翠屏繡幠。
4859	徹	昌偌切	0552B	辯不及蒯徹。
4860	徹	昌惹切	0203B	總是我業徹。
4861	徹	昌惹切	0402B	你看那桃花杏花都開徹。
4862	徹	昌惹切	0434B	我將這紫兔毫深蘸徹。
4863	徹	昌惹切	0763B	他二十年冤業都還徹。
4864	徹	昌惹切	0953B	官人你救黎民爲人須爲徹。
4865	慁	音混	0451B	混沌初分生人廝慁。
4866	慣	光患切	0951B	怎知我齑米飯也曾慣。
4867	慳	溪閒切	0311A	饒你便會使慳。
4868	慳	溪閒切	0471B	主人慳。
4869	慵	音蟲	0041A	粉黛慵施。
4870	慵	音蟲	0213A	鐙慵踏。
4871	慵	音蟲	0362A	你自待偎慵惰懶。
4872	慵	音蟲	0460A	慵斟酒訴離情。
4873	慵	音蟲	0531C	鶯慵燕懶。
4874	慵	音蟲	0591A	你可也敢則是飽諳世事慵開口。
4875	慵	音蟲	0662C	近日慵妝倦綉。
4876	慵	音蟲	0731A	慵梳洗。

4877	慵	音蟲	0751A	慵妝粉黛。
4878	慵	音蟲	0811A	爲俺呵搬的那讀書的慵觀經史。
4879	慵	音蟲	0971A	慵施粉黛。
4880	餓	妻向切	0473A	則願的穩坐定蟠龍餓金椅。
4881	餓	妻相切	0973A	這一個餓金鎧身上穿。
4882	戩	音剪	0150C	爲因高俅楊戩童貫蔡京苦害黎庶。
4883	截	藏斜切	0203B	栲折。下截。
4884	截	藏斜切	0273B	把俺這連枝樹可怎麼一時截。
4885	截	藏斜切	0402B	我把那廝脊梁骨各支支生捌做兩三截。
4886	截	藏斜切	0434B	爭知這馬陵道上有攔截。
4887	截	藏斜切	0552B	囹圄內管夷吾枉餓做兩截。
4888	截	藏斜切	0763B	你躲了休將他大道攔截。
4889	截	藏斜切	0821B	我向這鬧花深處緊攙截。
4890	截	藏斜切	0953B	俺只待拖狗皮的拷斷他腰截。
4891	摑	乖上聲	0083B	將我這手去摑。
4892	摑	乖上聲	0094A	廝摑廝揪。
4893	摑	乖上聲	0103A	將女孩兒面皮摑破。
4894	摑	乖上聲	0131A	那一個出得他摑打搊揉。
4895	摑	乖上聲	0334C	你爲甚麼將這李德義來揪搿摑打。
4896	摑	乖上聲	0374B	教我空沒亂把地皮摑。
4897	摑	乖上聲	0502B	你向我這凍臉上不儉你怎麼左摑來右摑。
4898	摑	乖上聲	0632A	見他風風魔魔摑着手。
4899	摑	乖上聲	0723A	摑着手分開雲雨。
4900	摑	乖上聲	0912B	那員外伸着五個指十分的便摑。
4901	摑	乖上聲	0921A	我如今手摑着胸膛悔後遲。
4902	摑	乖上聲	0942A	錯摑打了別人怎罷休。
4903	摑	音國	0662C	我本將摑破你個小賤人的口來。
4904	摔	升擺切	0102B	可正是拾得孩兒落的摔。
4905	摔	升擺切	0272B	你可便休道是拾得一個孩兒落得價摔。
4906	摔	升擺切	0842B	娘娘也你拾的箇孩兒敢可也落的價摔。
4907	摔	升擺切	0872C	滴留撲摔個一字。
4908	摔	音洒	0202B	則是拾的孩兒落的摔。
4909	摔	音洒	0220C	是你袖兒裏摔出來的。
4910	摔	音洒	0283A	走將來摔碎瑤琴。
4911	摔	音洒	0294B	你正是拾的孩兒落的摔。

4912	摔	音洒	0302n	／
4913	摔	音洒	0322A	媳婦兒怎敢是敦葫蘆摔馬杓。
4914	摔	音洒	0351B	不隄防被他來這一摔。
4915	摔	音洒	0374B	空教我哭啼啼自敦自摔。
4916	摔	音洒	0414A	吉丁丁瑲精磚上摔破菱花鏡。
4917	摔	音洒	0452B	我則見颼颼的枷棒摔。
4918	摔	音洒	0462A	摔碎了雕籠。
4919	摔	音洒	0484A	先摔你個滿天星。
4920	摔	音洒	0502A	摔瑤琴做燒柴。
4921	摔	音洒	0553A	恨不的摔碎我袖裏絲鞭。
4922	摔	音洒	0633A	吉丁當摔碎連環玉。
4923	摔	音洒	0883A	摔碎了瑤琴。
4924	摔	音洒	0963C	你怎麼把孩兒摔殺了。
4925	摔	音洒	0062C	我把這玉鏡臺摔碎了罷。
4926	摔	音灑	0721A	今日箇漾人頭廝摔。
4927	摔	音灑	0743C	先摔他一個腳稍天。
4928	摔	音灑	0753D	幾時得摔破玉籠飛彩鳳。頓開金鎖走蛟龍。
4929	摔	音灑	0802C	不如摔碎他娘罷。
4930	摘	責上聲	0573B	由你將我心肝一件件摘。
4931	摘	齋上聲	0193A	摘棗兒。摘棗兒。摘您娘那腦兒。
4932	摘	齋上聲	0202B	翠冠兒懶摘。
4933	摘	齋上聲	0284A	同心結莫摘離。
4934	摘	齋上聲	0383A	直着那廝摘膽剜心。
4935	摘	齋上聲	0440B	可正是目下農忙難離摘。
4936	摘	齋上聲	0634B	將奇花摘。
4937	摘	齋上聲	0874B	磣可可心肝摘。
4938	摘	齋上聲	0974B	合歡花縱心摘。
4939	摘	齋上聲	0982B	可教人怎離摘。
4940	摟	婁上聲	0202A	解下這裙刀和摟帶。
4941	摧	慈隨切	0592A	倒着我桃花女平白地遭摧挫。
4942	摧	慈隨切	0711C	見太湖石摧其一角。
4943	摧	慈隨切	0832D	三十餘年仕路間。風塵無處不摧顏。
4944	摸	音摩	0604B	則問你搗蒜似街頭拜怎摸。
4945	摸	音磨	0454B	那漢子去脖項上婆娑沒索的摸。
4946	摺	音者	0273B	聽說罷這週摺。

4947	摺	音者	0402B	必然個寬打着大週摺。
4948	摺	音者	0953B	那一番週摺。
4949	摺	音哲	0041A	寬掩過羅裙摺。
4950	摺	音執	0552A	只見他摺回衫袖把面皮遮。
4951	撇	邦也切	0434B	逐定咱不相撇。
4952	撇	扁也切	0203B	便將球棒兒撇。
4953	撇	音瞥	0992C	有些懶拗。〔註13〕
4954	撇	偏也切	0552B	但得本錢兒不折上手來便撇。
4955	撇	偏也切	0763B	你今日向林員外將貧道撇。
4956	撇	偏也切	0821B	我將明珠一斛親棄撇。
4957	撧	昌惹切	0552B	將衣袂緊揪撧。
4958	撧	音車	0402B	柳絮堪撧。
4959	斡	烏括切	0113A	調三斡四。
4960	斡	烏括切	0171A	這劍按陰陽斡運。
4961	斡	烏括切	0583A	也強如斡擔挑籮。
4962	斡	烏括切	0944A	那婆娘舌剌剌挑茶斡刺。
4963	斡	蛙果切	0454B	斡斡斡禁聲的休回和。
4964	斡	蛙果切	0843A	非是我挑茶斡刺。
4965	旖	音以	0561C	更是風流旖旎。
4966	旖	音奇	0093A	強何郎旖旎煞難搽粉。
4967	旖	音倚	0331A	見孩兒撒旖旎。
4968	旖	音倚	0463A	旖旎春無價。
4969	旖	音倚	0712A	賺劉晨的旖旎。
4970	榮	餘平切	0414B	方信道耀門閭畫錦榮。
4971	榮	餘平切	0464A	桃李春榮。
4972	榮	餘平切	0574E	示群臣各加策勵。休辜負聖代恩榮。
4973	楮	音支	0824B	據元帥雨不將傘蓋楮。
4974	榻	湯打切	0011B	明日多管是醉臥在昭陽御榻。
4975	榻	湯打切	0021B	我則見翠擁紅遮似錦繡榻。
4976	榻	湯打切	0213B	兼踏着寡人御榻。
4977	榻	湯打切	0412B	你道我爲甚麼私離繡榻。
4978	榻	湯打切	0463B	錦衾繡榻。
4979	榻	湯打切	0482B	拖離禪榻。

〔註13〕 明刻本被釋字作「撇」，劇文作「懶」。

4980	榻	湯打切	0543B	你與我還似昨宵臨臥榻。
4981	榻	湯打切	0563B	芙蓉繡榻。
4982	榻	湯打切	0581B	他如今屍首停在牀榻。
4983	榻	湯打切	0612B	他兩個端然在那坐榻。
4984	榻	湯打切	0781B	比陳蕃不下榻。
4985	榻	湯打切	0801B	這軟欸欸的坐榻。
4986	榻	湯打切	0832B	那裏取那銀屏的這繡榻。
4987	槅	皆上聲	0351B	虯鏤亮槅。
4988	槅	皆上聲	0713A	俺這裏排亮槅揭簾櫳。
4989	槅	皆上聲	0842B	朱紅漆虯樓亮槅。
4990	槅	音革	0222C	山核桃差着一槅兒哩。
4991	槊	聲卯切	0301A	分明是活脫下一個單鞭奪槊的尉遲恭。
4992	槊	聲卯切	0672C	使一條狼牙棗槊。
4993	槎	音茶	0011B	他每見絃管聲中巡玉輦。恰便似斗牛星畔盼浮槎。
4994	槎	音茶	0601A	乘着這浮槎而去。
4995	槎	音茶	0781A	當門松檜樹槎枒。
4996	氲	於君切	0214A	淡氤氲串煙裊。
4997	氲	於君切	0411A	俺氣氲氲喟然聲不定交。
4998	氲	於君切	0783A	我受用淡氤氲香噴鵲尾爐。
4999	氲	於君切	0833A	寶篆氤氲爇金鼎。
5000	氲	於君切	0904A	不由我怒氲氲。
5001	氲	蘊平聲	0172A	氲的呵遮漫了宇宙。
5002	滌	音笛	0023A	哎險也漢相如滌器臨邛市。
5003	滌	音體	0464A	洗滌了風雲興。
5004	滌	音體	0862A	這一箇似卓氏般當鑪滌器。
5005	滎	音盈	0741C	屯駐滎陽。
5006	滲	所禁切	0231A	覺一陣滲滲的身上冷。
5007	滲	森去聲	0573D	澗水灣灣遶寨門。野花斜插滲青巾。
5008	滲	森去聲	0633A	滲金睛猛虎伏。
5009	滲	森去聲	0782A	香滲滲落松花把山路迷。
5010	滲	森去聲	0802A	來來來先着這冷颼颼滲人風過。
5011	滲	森去聲	0871D	澗水潺潺遶寨門。野花斜插滲青巾。
5012	滲	森去聲	0883B	字字胭脂滲。
5013	滲	森去聲	0924D	澗水潺潺繞寨門。野花斜插滲青巾。

5014	滲	森去聲	0932D	滿目霞光籠宇宙。潑天波浪滲人魂。
5015	滲	森去聲	0993A	我我我看了些青滲滲峻嶺層巒。
5016	滹	音呼	0113D	謾誇積雪深千丈。不及滹沱一片冰。
5017	滻	音產	0212A	更那堪滻水西飛雁。
5018	漂	音飄	0214B	把高鳳麥來漂。
5019	漂	音飄	1003B	水上浮漂。
5020	漉	音鹿	0464A	裹着一頂漉酒巾學五柳先生。
5021	漉	音祿	0422A	漉渾酒的綸巾。
5022	漚	音歐	0122B	他每一做一個水上浮漚。
5023	漚	音歐	0432B	富貴如水上漚。
5024	漚	音歐	0603B	做的個水上浮漚。
5025	漚	音鷗	0232C	這浮漚兒便是證見。
5026	漚	歐去聲	0323A	漚麻坑養不活比目魚。
5027	漚	歐去聲	0344A	你待將漚麻坑索換我那鳳凰池。
5028	漚	謳去聲	0191A	怎如他漚麻坑扶立的擎天柱。
5029	漫	幔平聲	0982A	黑瀰漫水容滄海寬。
5030	漬	音恣	0062A	由你水銀漬朱砂斑翡翠青。
5031	漬	音恣	0214A	漬蒼苔倒牆角。
5032	漬	音恣	0392B	一星兒土漬。
5033	漬	音恣	0562A	腮斗上淚痕粉漬定。
5034	漱	音嗽	0214A	渲湖山漱石竅。
5035	漲	音帳	0173C	江水泛漲。
5036	漲	音帳	0663B	可做了藍橋水洪波泛漲。
5037	漸	音尖	0971A	害了個懨漸漸的鬼病兒，積趲下重重疊疊恨。
5038	餺	音包	0541A	做一箇餺煎滾。
5039	熒	音盈	0430C	今晚三更三點。熒惑失位。
5040	熒	音盈	0622B	顏色兒熒熒。
5041	熒	音盈	0994C	今夜燈燭熒煌。
5042	熗	妻相切	0983B	聞不得鼻口內乾煙熗。
5043	犒	音靠	0014C	着光祿寺大排筵席，犒賞來使回去。
5044	犖	音落	0210C	禱于軋犖山戰鬥之神而生某。
5045	獸	帶平聲	0601C	省得人笑你杭州阿獸。
5046	獄	于去聲	0173A	往地獄好尋娘去。
5047	獄	于句切	0083A	則俺兩口兒受冰雪堂地獄災。
5048	獄	于句切	0153B	乾支剌送的人活地獄。

5049	獄	于句切	0182B	這的可便抵多少業在深牢獄。
5050	獄	于句切	0204B	風流的牢獄。
5051	獄	于句切	0333B	一個個都吞聲兒就牢獄。
5052	獄	于句切	0341B	我干受了漏星堂半世活地獄。
5053	獄	于句切	0372B	赤緊地子母每坐牢係獄。
5054	獄	于句切	0501B	一會家受饑寒便似活地獄。
5055	獄	余去聲	0443B	總是個疑獄。
5056	𪗉	音湊	0633A	霜瓦密鴛鴦𪗉。
5057	疃	象上聲	0503A	我每日家則是轉疃波尋村。
5058	疃	湯卵切	0942A	我村疃裏淹留。
5059	疃	湯卵切	0993A	只今的離村疃猶然早。
5060	疃	湯短切	0591A	則俺這村居野疃。
5061	疃	湯短切	0650D	也不戀北疃南圭。也不戀高堂邃宇。
5062	瘮	音要	0902B	教我戰篤速如發瘮。
5063	睺	音後	0111C	有這羅睺計都纏攪妾身。
5064	瞅	音秋	0082A	他也波他不瞅咱。
5065	瞅	音揪	0591B	倒將咱伴不瞅。
5066	瞅	音揪	0023B	則見他背東風伴不瞅。
5067	瞅	音揪	0032C	這老子怎麼瞅我那一眼。
5068	瞅	音揪	0071A	俺哥哥富家山野有人瞅。
5069	瞅	音揪	0094B	我則是伴不相瞅。
5070	瞅	音揪	0122B	有誰人相睞瞅。
5071	瞅	音揪	0224A	怎將俺不瞅問。
5072	瞅	音揪	0232A	我將這廂左瞅。右瞅。
5073	瞅	音揪	0264A	我怎肯不瞅不問。
5074	瞅	音揪	0761A	我這般窮身潑命誰瞅問。
5075	碣	其耶切	0203B	築墳臺上立個碑碣。
5076	碣	其耶切	0552B	着後人向墓門前高聳聳立一統碑碣。
5077	碣	音竭	0254D	將父母祖塋安葬。立碑碣顯耀幽魂。
5078	碧	音彼	0522B	倚晴嵐數層金碧。
5079	福	音府	0153B	你可也沒甚福。
5080	福	音府	0182B	衡則是一塊兒家福。
5081	福	音府	0204B	也是他前生福。
5082	福	音府	0323B	我慌還一個莊家萬福。
5083	福	音府	0341B	看小子今番命福。

5084	福	音府	0372B	則今日當廳定禍福。
5085	福	音府	0443B	兒也倒大來是福。
5086	福	音府	0493B	這兩個不肖孩兒也有甚麼福。
5087	福	音府	0531A	他有文章怕沒文章福。
5088	福	音府	0542B	是是是人也有吉凶禍福。
5089	福	音府	0574B	甚福。
5090	福	音府	0633B	多來大福。
5091	福	音府	0653B	又何必滿堂金纏是福。
5092	福	音府	0813B	道萬福。
5093	福	音府	0844B	多則是天生分福。
5094	福	音府	0991B	量小生有甚福。
5095	稭	音皆	0141A	瘦的來我這身子兒沒個麻稭大。
5096	稭	音皆	0351B	把沈香柱一似拆麻稭。
5097	稭	音皆	0644A	孩兒也這臂膊似麻稭細。
5098	稭	音皆	0874B	一柞來銅錢恰便似砍麻稭。
5099	種	上聲	0102A	他將我這一雙業種陰圖害。
5100	種	上聲	0323A	說甚麼萬種恩情。
5101	種	上聲	0594B	則我這桃花元是那上天的種。
5102	種	上聲	0613C	心火炎炎。燒壞菩提之種。
5103	種	上聲	0730A	誰知道半霎相看百種愁。
5104	種	上聲	0782B	花呵莫不碧桃天上種。
5105	種	上聲	0851A	你便藏著那未滿月麒麟種。
5106	種	上聲	0932B	想他在涇河岸上愁千種。
5107	種	上聲	0973A	更有那一萬種心頭怨。
5108	稱	去聲	0072A	我怎生來不稱俺哥哥意。
5109	稱	去聲	0141C	爭奈俺兩個則是不能勾稱心。
5110	稱	去聲	0401D	說些私情話。必定稱心懷。
5111	稱	去聲	0532C	怎與你相稱。
5112	稱	去聲	0751A	那其間纏稱了你平生志。
5113	稱	去聲	0851D	待滿月鋼刀鍘死。纏稱我削草除根。
5114	稱	去聲	0892A	急切裏稱不的王允心。
5115	稱	去聲	0944C	方稱你孩兒心願。
5116	稱	去聲	0982A	可稱懷。
5117	窨	音去聲	0991A	自窨付。
5118	窨	音蔭	0051A	丞相你也須自窨付。

5119	窨	音蔭	0104C	窨下酒。
5120	窨	音蔭	0121C	窨子裏秋月。
5121	窨	音蔭	0174C	窨下酒。
5122	窨	音蔭	0191A	自窨付。
5123	窨	音蔭	0204A	你是窨付負與何辜。
5124	窨	音蔭	0214A	懊惱。窨約。
5125	窨	音蔭	0222A	孜孜的窨約。
5126	窨	音蔭	0333A	外郎呵自窨付。
5127	窨	音蔭	0342A	黃州書自窨約。
5128	窨	音蔭	0384A	幾回家暗窨約。
5129	窨	音蔭	0444C	窨下酒。臥番羊。
5130	窨	音蔭	0674C	窨下酒。
5131	窨	音蔭	0703A	好共歹從他窨約。
5132	窨	音蔭	0744C	窨下酒。
5133	窨	音蔭	0792A	越教人廝窨約。
5134	窨	音蔭	0813A	楚臣索自窨付。
5135	窨	音蔭	0902A	窨約。
5136	窨	音蔭	0921A	我這裏自窨約。
5137	窨	陰去聲	0474C	就今日臥翻羊窨下酒。
5138	窩	音倭	0494B	早先尋安樂窩。
5139	箍	音姑	0371A	下腦箍使拶子。
5140	箍	音姑	0442A	紇支支的麻繩箍腦門。
5141	箍	音姑	0542B	又不曾麻搥下腦箍。
5142	箔	巴毛切	0214B	撲簌簌動朱箔。
5143	箝	其簪切	0410A	你不拘箝我可倒不想。
5144	綠	音慮	0191B	鐙藏着征靴綠。
5145	綠	音慮	0523B	銀絲界破波文綠。
5146	綠	音慮	0633B	卷雲靴跟抹綠。
5147	綢	音紬	0023A	錢也誰承望你無倒斷阻隔綢繆。
5148	綢	音紬	0094A	揚言說要結綢繆。
5149	綢	音紬	0282C	他兩個過的綢繆。不離寸步。
5150	綢	音紬	1004D	巡江官相邀共飲。出妻子禮意綢繆。
5151	綣	音眷	0292B	您娘別尋了繾綣。
5152	綣	音眷	0312A	把美繾綣則怕貴人多忘。
5153	綣	音眷	0323A	剛只是一宵繾綣。

5154	綣	音眷	0723A	一片家繾綣情。
5155	綣	音眷	0931A	成繾綣。
5156	綣	勸上聲	0814B	兩情繾綣。
5157	縮	灣上聲	0952A	舊的是縮角兒夫妻。
5158	綳	音崩	0273A	他將那錦綳兒繡藉。
5159	綳	音崩	0393C	弔拷綳扒。
5160	綳	音崩	0733A	禁不的這弔拷與綳扒。
5161	綳	音崩	0823A	細麻鞋緊綳輕護膝。
5162	綳	音崩	0953C	包髻團衫袖腿綳。
5163	綳	逋耕切	0131A	你娘將你那綳藉包。
5164	綴	音贅	0411A	心不遂閒綴作。
5165	綴	音贅	0633A	團衫纓絡綴珍珠。
5166	絡	音柳	0291C	你卻叫有翦絡的。
5167	絡	音柳	0392C	這是剪絡的。
5168	絡	音柳	0571A	腰纏着一絡兒麻。
5169	絡	音柳	0842C	誰想寇承御是箇三絡梳頭兩截穿衣女流之輩。
5170	綻	士諫切	0833A	我再不綻口兒念着道德經。
5171	綽	手山果切	0454B	我我我沒揣的猿臂綽。
5172	綽	昌約切	0292A	立綽楔在門前。
5173	綽	超上聲	0021A	寬綽綽翠亭邊蹴踘場。
5174	綽	超上聲	0061A	綽人眼光。
5175	綽	超上聲	0352C	界河兩岸巡綽使。
5176	綽	超上聲	0401A	將我這夾鋼斧綽清泉觸白石撞撞的新磨淨。
5177	綽	超上聲	0572B	筵席忒寬綽。
5178	罰	扶加切	0082B	總是天折罰。
5179	罰	扶加切	0213B	豈可教妃子受刑罰。
5180	罰	扶加切	0290B	今日向陰司折罰。
5181	罰	扶加切	0612B	不受刑罰。
5182	罰	扶加切	0733B	相公你懷揣着明鏡掌刑罰。
5183	罰	扶加切	0911B	今世裏折罰。
5184	羫	音腔	0392C	賞你一羫羊。
5185	翡	肥去聲	0024A	火燒了俺白玉樓頭翡翠巢。
5186	翡	肥去聲	0062A	藕絲翡翠裙。
5187	翡	肥去聲	0621A	我裙拖翡翠。

5188	肇	音兆	0113A	誰引逗的劉晨阮肇至於斯。
5189	肇	音兆	0622A	若是桃花呵怕阮肇卻早共你爭。
5190	肇	音兆	0701A	想當日阮肇劉晨。
5191	肇	音兆	0781C	又見天台縣劉晨阮肇。
5192	膀	音旁	0464A	我做了強項令肩膀硬。
5193	膁	音廉	0123C	燈草打折膁兒骨。
5194	膁	音廉	0294A	因此上瘸膁跛足踐塵埃。
5195	膂	音呂	0441C	大的個孩兒有膂力。
5196	膂	音旅	0083C	膂力過人。
5197	膂	音旅	0383C	我一生膂力過人。
5198	膂	音旅	0434C	此人大有膂力。
5199	膊	波上聲	0352B	我與你搖臂膊。
5200	膊	音博	0580A	將臂膊代車輪。
5201	蒐	音搜	0551A	總不如唐虞氏把七政蒐羅成曆象。
5202	蒹	音兼	0412A	有折蒲衰柳老蒹葭。
5203	蒺	音疾	0441A	看看那蒺藜沙上花。
5204	蓑	饒去聲	0953A	則是一撒網一蓑衣一蒻笠。
5205	蓆	星西切	0044B	鋪開紫藤蓆。
5206	蓆	星西切	0533B	鋪的是乾忽剌的葦蓆。
5207	蓍	音尸	0421A	蓍插方餅。
5208	蓍	音詩	0903B	請山人占卦撲蓍。
5209	蜒	音延	0281B	似熱地蚰蜒。
5210	蜒	音延	0900A	尋的蚰蜒鑽耳朵。
5211	蜜	忙閉切	0201B	殘花醞釀蜂兒蜜。
5212	蜜	忙閉切	0284B	量你個野蜂兒怎調和蜂蜜。
5213	蜜	忙閉切	0712B	這是戒和尚念彼觀音蜜。
5214	蜜	忙閉切	0823B	荔枝圓眼多澆些蜜。
5215	蜾	音果	0073A	又不是蜾蠃螟蛉。
5216	蝕	音食	0113C	今者時遇中秋。偶逢月蝕。
5217	蝕	繩知切	0492B	從來有日月交蝕。
5218	裯	音紬	0722B	往常簡侍衾裯。
5219	裸	羅上聲	0053B	我為甚的呆鄧鄧把衣裳袒裸。
5220	裸	羅上聲	0774C	淨裸裸赤瀴瀴。
5221	覰	音橄	0210C	母阿史德。為突厥覰者。
5222	訕	去聲	0061B	俺書香今世無虛訕。

5223	誆	光去聲	0053C	你有誆君之罪。
5224	誆	光去聲	0263B	我言語。不虛誆。
5225	誆	光去聲	0314A	這是他誆君的招狀。
5226	誆	光去聲	0444B	說的來語言兒誆。
5227	說	音稅	0311C	此人必來以遊說爲功。
5228	說	音稅	0692A	全仗着那一箇遊說齊邦。
5229	說	音稅	0741D	一自酈生烹殺後。漢家遊說更無人。
5230	說	音稅	0894E	蔡邕學士多智謀。往來其間用遊說。
5231	說	書也切	0434B	俺把心中事明訴說。
5232	說	書者切	0273B	我問道時無話說。
5233	說	書惹切	0203B	諕的我死臨侵地難分說。
5234	說	書惹切	0402B	他那裏必丟不搭說。
5235	說	書惹切	0552B	着人做笑話兒說。
5236	說	書惹切	0763B	着我去誰根前說。
5237	說	書惹切	0821B	這的是美玉生香花解說。
5238	說	書惹切	0953B	不消的咱說。
5239	豨	音希	0672A	那一個韓信呵他也曾調陣豨執手。
5240	趄	徐靴切	0053A	趄着我後巷前街打趄磨。
5241	趄	徐靴切	0081A	遶戶趄門。
5242	趄	徐靴切	0721C	有幾個打趄客旅輩。
5243	踉	音涼	0144A	你去那大北坡踉蹌走。
5244	輒	張蛇切	0203B	賽靈輒。
5245	輒	張蛇切	0552B	桑樹下食椹子噎殺靈輒。
5246	輔	音府	0154E	不爭那帶長枷橫鐵鎖愁心淚眼的臭婆娘。驚醒了他這馳驛馬掛金牌先斬後聞的老宰輔。
5247	辣	那架切	0141B	可又早切切裏凍的我這腳麻辣。
5248	遘	音垢	0012B	若和他留侯留侯廝遘。你可也羞那不羞。
5249	遞	音地	0323A	搯我一搯我着你三千里外該流遞。
5250	遏	湯打切	0781B	眼見得路迢遙芒鞋遏遢。
5251	醒	音呈	0562B	困騰騰一枕春醒。
5252	酴	音徒	0841A	諕的那錦鳩兒不離酴醿串。
5253	酷	音苦	0253B	伯娘你也忒狠酷。
5254	酺	音蒲	0744C	賜士卒大酺三日者。
5255	閣	科上聲	0592B	我我我不戀你居蘭堂住畫閣。
5256	閣	音何	0352B	他若是見說拆毀喈樓閣。

5257	閣	音杲	0611B	將我這花圍樓臺并畫閣。
5258	閣	音杲	0753B	爲着個甚些擔閣。
5259	閣	音葛	0593A	離得這閨閣裏。
5260	閣	音稿	0411B	見淅零零滿江千樓閣。
5261	閣	音稿	0453B	強如龍樓鳳閣。
5262	閣	哥上聲	0053B	我捨不的蘭堂畫閣。
5263	閣	哥上聲	0103B	遠的是蘭堂也那畫閣。
5264	閣	哥上聲	0604B	修眞共上蓬萊閣。
5265	閣	哥上聲	0812B	丟了您那長女生男親令閣。
5266	閣	哥上聲	0941B	都虼閣。
5267	閣	高上聲	0214B	細絲絲梅子雨妝點江干滿樓閣。
5268	閣	高上聲	0632B	眼皮上閣。
5269	閣	高上聲	0993B	店欺着東閣。
5270	閣	音葛	0844A	要問他西宮閣下兒存否。
5271	閩	音民	0311C	如南閩北虜。河東西蜀。望風皆降。
5272	閩	音民	0973C	遍遊荊襄江淮閩廣等處。
5273	隙	音豈	0234B	我和他又沒甚殺爺娘搶道路深讎隙。
5274	隙	音豈	0872B	俺兩箇半生來豈有些嫌隙。
5275	隙	音喜	0201B	九十日春光如過隙。
5276	勒	音要	0222C	靫勒裏有兩錠鈔。
5277	鞁	音被	0292C	我一馬不鞁兩鞍。
5278	鞁	音備	0124C	鞁騾子。
5279	鞁	音備	0130C	鞁馬。
5280	鞁	音備	0220C	便着下次小的每鞁馬。
5281	鞁	音備	0272C	下次小的每鞁下頭口兒。
5282	鞁	音備	0482A	我與你疾忙鞁馬。
5283	鞁	音備	0593A	先與他停停當當鞁上這一重鞍彎。
5284	鞁	音備	0991C	多鞁幾匹從馬。
5285	頗	平聲	0874A	道莽撞的廉頗請罪來。死也應該。
5286	颭	占上聲	0104A	俺只見颭西風這一面杏黃旗。
5287	颭	占上聲	0211A	撲撲簌簌風颭珠簾影。
5288	颭	占上聲	0301A	繡旗颭颭。
5289	颭	占上聲	0662A	刷刷的風颭芭蕉鳳尾搖。
5290	颭	占上聲	0881B	驚飛花亂颭。
5291	颭	占上聲	0953A	您娘向急颭颭船兒上去也。

5292	颭	昌染切	0741A	恰便似一箇飛蛾兒急颭颭來投火。
5293	颮	音袍	0964B	亂下風颮。
5294	颯	音撒	0411A	颯然驚覺。
5295	颯	音薩	0501A	耳邊廂風颯颯。
5296	颯	殺賈切	0082B	我則見必律律狂風颯。
5297	颯	殺賈切	0213B	黃埃散漫悲風颯。
5298	颯	殺賈切	0621B	撲粉面香風颯颯。
5299	餉	賞去聲	0923B	他救到有半餉。
5300	骰	音投	0093A	我將這色數兒輕放在骰盆內。
5301	骰	音投	0483C	做牌兒骰子兒耍子。
5302	鳶	音元	0301A	他帶着這鐵幞頭把鳶肩來一聳。
5303	麼	眉波切	0352B	你慌來家做甚麼。
5304	麼	眉波切	0583B	到官司問甚麼。
5305	麼	音魔	0454B	你則管裏纏我娘親待怎麼。
5306	麼	音魔	0812B	難退送的冤魂像個甚麼。
5307	麼	音魔	0164B	鬧火火爲甚麼。
5308	鼻	平聲	0283A	硬鼻凹寒森森掃下雪來。
5309	鼻	音毗	0234A	將那廝直押送十八層地獄阿鼻。
5310	鼻	音疲	0184C	墮阿鼻老僧罪大。
5311	鼻	音疲	0293B	只俺個把官猾吏墮阿鼻。
5312	鼻	音疲	0364A	俺自拿着捱鼻木。
5313	鼻	音疲	0392C	原來是個牛鼻子。
5314	鼻	音疲	0484A	現如今火燒人肉噴鼻腥。
5315	鼻	音疲	0774C	苦是阿鼻地獄門。
5316	鼻	音疲	0911A	據着那阿鼻地獄天來大。
5317	懶	邦也切	0203B	是那些劣懶。
5318	懶	邦也切	0243A	則見他懵懶懶的做樣勢。
5319	懶	邦也切	0273B	但有些兒焦懶。
5320	懶	邦也切	0402B	不與呵山兒待放會劣懶。
5321	懶	音必	0664C	說那人有些心努懶囉。
5322	懶	音必	0854A	懶支支惡心煩。
5323	懶	音繁	0024C	你怎生這般古懶。
5324	懶	音繁	0031C	人見我性兒不好。都喚我做張懶古。
5325	懶	音繁	0064A	懶的我沒牙沒口題橋柱。
5326	懶	音繁	0192A	則見他懵懶懶開聖旨。

5327	憨	音驚	0312C	昨日陶學士座中古憨。
5328	憨	音驚	0332A	他那裏越憨拗放憨掙。
5329	憨	音驚	0392A	正廳上坐着個傻憨憨問事官人。
5330	憨	音驚	0424C	好個古憨先生。
5331	憨	音驚	0461C	卻不道文苑中古憨秀才家。
5332	憨	音驚	0482C	我想孟良是個憨強的性兒。
5333	憨	音驚	0503C	這早晚那張憨古敢待來也。
5334	憨	音驚	0541A	你且妝些古憨溫淳。
5335	憨	音驚	0572A	憨憨焦焦。
5336	憨	音驚	0721C	你只管與孩兒憨性怎的。
5337	憨	音驚	0731A	又不是侍女無情與我相憨憕。
5338	憨	音驚	0802C	有張憨古老的問嗆討個夜盆兒。
5339	憨	音驚	0881A	改不了強文憨醋饑寒臉。
5340	憨	音驚	0902A	我是你堂上尊撇的來這般憨憨焦焦。
5341	憨	音驚	0934A	則他那古憨性尚然強。
5342	憨	音驚	0942C	是張憨古。
5343	憨	音驚	0974A	請你個假古憨的官人休怪。
5344	憨	音驚	1001A	怕流不盡俺心頭憨憨的悶。
5345	瞑	音面	0413A	空服徧瞑眩藥不能痊。
5346	閣	音債	0032A	我須是筆尖上掙閣來的千鍾祿。
5347	閣	音債	0102B	急待要掙閣。
5348	閣	音債	0192B	我只見麻繩背綁教他難掙閣。
5349	閣	音債	0251C	你自掙閣。
5350	閣	音債	0272C	你掙閣者。
5351	閣	音債	0292C	閣閣下平日愛穿的幾件衣服。
5352	閣	音債	0351B	他那裏硬掙閣。
5353	閣	音債	0452B	他如何敢閣閣。
5354	閣	音債	0502B	你可怎生着我掙閣。
5355	閣	音債	0562C	好歹閣閣些兒。
5356	閣	音債	0651B	這家私端的是誰閣閣。
5357	閣	音債	0664B	教你掙閣一個金魚袋。
5358	閣	音債	0842B	你若是分毫兒掙閣。
5359	閣	音債	0855A	你你你怎掙閣怎攔擋。
5360	閣	音債	0861A	閣閣的銅斗兒家緣百事有。
5361	閣	音債	0901A	掙閣的封妻蔭子。

5362	閣	音債	0924B	怎知道還能闖閣。
5363	闉	齋上聲	0114B	我待掙闉怎掙闉。
5364	闉	齋上聲	0220C	掙闉下許來大家私。
5365	闉	齋上聲	0261A	掙闉了身邊冷。
5366	闉	齋上聲	0790B	則俺這男子爲人須闖闉。
5367	僵	音姜	0054B	兀的不是狡兔死走狗僵。
5368	僵	音姜	0501C	凍的手都僵的。
5369	懤	音驟	0012B	吾當僝懤。
5370	懤	音驟	0023B	害則害甘心兒爲他僝懤。
5371	懤	音驟	0094B	將咱僝懤。
5372	懤	音驟	0432B	我見他自推自跌自僝懤。
5373	懤	音驟	0553B	我這裏謝相識親友省僝懤。
5374	懤	音驟	0602B	幾家僝懤。
5375	懤	音驟	0652B	落得箇自僝自懤。
5376	懤	音驟	0722B	也免的自僝自懤。
5377	懤	音驟	0772A	僝懤的雲鬢鬆。
5378	懤	音驟	0822B	卻攬下這一場不明白的僝懤。
5379	懤	音驟	0891B	自尋些閑僝懤。
5380	懤	音驟	0903A	離鄉背井將你來僝懤死。
5381	懤	音驟	0942B	心上事自僝懤。
5382	儇	呼關切	0123A	我當初倚大呵妝儇主婚。
5383	儇	呼關切	0362B	休只管賣弄拳儇。
5384	儋	都藍切	0061A	何止是析圭儋爵。
5385	劇	其去聲	0521E	也會做院本。也會唱雜劇。
5386	劈	鋪米切	0714E	佛印從來快開劈。蘇軾特來閒料嘴。
5387	嘲	之捎切	0112A	怎麼耳邊傍不住相嘲戲。
5388	嘲	之稍切	0092A	當時嘲撥無攔當。
5389	嘲	之稍切	0201C	寫個簡帖兒嘲撥他。
5390	嘲	之稍切	0834B	也顧不得人笑人嘲。
5391	嘲	之稍切	0941C	你休嘲撥着俺這花奶奶。
5392	嘹	音料	0582A	可着我走南嘹北。
5393	嘹	音聊	0831C	聽的這裏彈琴聲音嘹喨。
5394	嘹	音僚	0013A	呀呀的聲嘹喨。
5395	嘹	音僚	0684A	仙音嘹喨。
5396	噀	音浚	0113C	一噀如霜。二噀如雪。

5397	嘆	音潛	0781A	情願做嘆酒孿巴。
5398	嘆	荀去聲	0594A	因此上嘆法水不惜救童蒙。
5399	嘆	詢去聲	0133A	你往常時在那玳瑁筵前可便嘆玉噴珠。
5400	嘆	詢去聲	0313B	則不要滴留噴嘆。
5401	嘆	詢去聲	0430C	一嘆如霜。二嘆如雪。三嘆天地清淨。
5402	嘆	詢去聲	0931A	那裏是嘆玉噴珠。
5403	噇	音床	0072A	你吃了酒噇了食。
5404	噇	音床	0220C	與你噇膿搗血將去。
5405	噇	音床	0513A	把似噇不的少喫。
5406	噇	音床	0534D	我做秀才快噇飯。五經四書不曾慣。
5407	噇	音床	0541A	我只道噇酒吃肉央的人困。
5408	噇	音床	0872C	到山下去噇了多少酒。
5409	噎	衣也切	0484A	那裏每噎噎哽哽。
5410	噎	衣者切	0273B	不由我不喉堵也那氣噎。
5411	噎	音以	0373A	你你你胡噎饞。
5412	噎	與咽同	0272C	則聽的那裏面噎噎的啼哭。
5413	噴	平聲	0313A	則不要滴留噴嘆。
5414	噴	平聲	0353B	你怎麼信口胡噴。
5415	噴	平聲	0391B	發狂言信口胡噴。
5416	噴	平聲	0931A	那裏是嘆玉噴珠。
5417	墨	忙背切	0293B	他退豬湯不熱如俺濃研的墨。
5418	墨	忙背切	0331B	你與我疾忙研墨。
5419	墨	忙背切	0344B	多謝你老禪師倒賠了紙墨。
5420	嫵	音武	0712A	膩何郎的嫵媚。
5421	嬋	音蟬	0313C	古人云十年不識君王面。始信嬋娟解誤人。
5422	嬋	音蟬	0394A	回頭兒覷覷女嬋娟。
5423	嬋	音蟬	0462A	我伴着些玉嬋娟相守相從。
5424	嬋	音蟬	0624A	我本是畫閣嬋娟。
5425	屟	音屑	0161A	書屟踏殘紅杏雨。
5426	嶠	音叫	0603A	你莫不是燃犀溫嶠江心裏走。
5427	嶠	喬去聲	0202B	幾時得月離海嶠。
5428	幢	音床	0563A	惡嶝嶝在碧油幢下。
5429	幢	音床	0634A	霞彩飄飄幢旛蓋。
5430	幢	音床	0774B	伴着這寶蓋香幢。
5431	幢	音童	0431B	便有六丁神我敢也驅下天宮。五方幢。招颭如風。

5432	彈	平聲	0152D	若還斷了彈。八個都吃跌。
5433	徵	音止	0243C	乾坤宮商角徵羽。
5434	徵	音止	0282A	論角徵宮商。
5435	德	當美切	0052B	也只是養道德。趑是非。別無主意。
5436	德	當美切	0121B	學三從四德。
5437	德	當美切	0174B	若不是賢達婦三從四德。
5438	德	當美切	0254B	雖然是張秉彝十分仁德。
5439	德	當美切	0271B	可怎生全不依三從波四德。
5440	德	當美切	0303B	又不曾閒了敬德。
5441	德	當美切	0413B	則道你辜恩負德。
5442	德	當美切	0423B	俺須索志於道依於仁據於德。
5443	德	當美切	0502A	你道你便三從四德。
5444	德	當美切	0533B	我怎敢便忘了你這深恩大德。
5445	德	當美切	0544B	可甚麼三從四德。
5446	德	當美切	0694B	又道我只報讎不報德。
5447	德	當美切	0752B	堪可稱龍德。
5448	德	當美切	0764B	蒲團上講道德。
5449	德	當美切	0910B	他為甚施仁布德。
5450	德	當美切	0963B	賣弄他三從四德。
5451	慧	音位	0181D	斷絕貪嗔癡妄想。堅持戒定慧圓明。
5452	慧	音惠	0091B	都只為聰明智慧。
5453	慧	音惠	0331C	好生不賢慧那。
5454	慧	音惠	0463A	賢慧心腸不狡猾。
5455	慧	音惠	0494A	只說他包龍圖智慧多。
5456	慧	音惠	0563C	善吹彈歌舞。更智慧聰明。
5457	慧	音惠	0613C	貧僧乃汴梁嶽林寺首座定慧和尚是也。
5458	慧	音惠	0634A	他慧性到蓬萊。
5459	慧	音惠	0640C	聰明智慧。
5460	慧	音惠	0794B	教誨教誨的心聰慧。
5461	慧	音惠	0952C	更兼聰明智慧。
5462	慧	音惠	0981C	我見秀才聰明智慧。
5463	慧	音會	0271B	常好是不賢慧。
5464	慧	音會	0441C	這小的又賢慧。
5465	慰	音謂	0720C	殊慰鄙懷。
5466	慾	于句切	0493B	害良民肆生淫慾。

5467	慾	于句切	0813B	這廝只因飽煖生淫慾。
5468	憍	音喬	0661A	不是我心憍怯。
5469	戮	音慮	0854B	他他他把俺一姓戮。
5470	撅	音掘	0033C	忽然的叫了一聲，丟了箇撅子。
5471	撅	渠靴切	0273B	那廝敢平地下鍬撅。
5472	撅	渠靴切	0552B	洞庭湖范蠡爛了椿撅。〔註14〕
5473	撅	渠靴切	0763B	我將這連枝樹撅。
5474	撅	與掘同	0284A	見俫子撅天撲地。
5475	撅	與掘同	0351A	遮莫待撾怨鼓撅皇城。
5476	撅	與掘同	0820A	撅並頭蓮。
5477	撅	與掘同	0834C	着鍬撅出你來。
5478	撅	與掘同	0951A	撅了椿。
5479	撅	與掘同	0963B	撅荄挑葱。
5480	撏	詞僉切	0181A	這些時廝撏碎了魯褒的這錢神論。
5481	撏	詞纖切	0233B	我正待劈頭毛廝扯撏。
5482	撏	詞纖切	0334C	你為甚麼將這李德義來揪撏摑打。
5483	撏	詞纖切	0502A	有如那撏綿扯絮隨風灑。
5484	撏	詞纖切	0643A	早早早又被揪撏了頭髮。
5485	撏	詞纖切	0704A	手撏着繡絨。
5486	撏	詞纖切	0811A	揪撏頭鬢。
5487	撏	詞纖切	0820A	撏比翼鳥。
5488	撏	詞纖切	0881B	嫺把綵絨撏。
5489	撏	詞纖切	0991A	亂紛紛扯絮撏綿空內舞。
5490	撏	慈僉切	0163A	捉的那錦鴛鴦苦死欲撏翎。
5491	撏	慈纖切	0030C	若不與我呵。就踢就打。就撏毛一交。
5492	撒	殺賈切	0042A	哎你個撒滯殢的先生也那假若是有人見。
5493	撒	殺賈切	0911B	前世裏拋撒。
5494	撕	音斯	0881A	將姻緣簿親檢自撕撏。
5495	撚	奴典切	0201D	深閨拘束暫閒遊。手撚青梅半掩羞。
5496	撚	奴典切	0314A	撚斷吟髭。
5497	撚	尼蹇切	0021A	露春纖笑撚香羅帕。
5498	撚	尼蹇切	0134C	與我撚這兩個光棍出去。
5499	撚	尼蹇切	0140A	則撚了個不出力的燕青去。

〔註14〕　明刻本被釋字作「撅」，劇文作「橛」。

5500	撚	尼蹇切	0362A	想嗻這百年人則在這撚指中間。
5501	撚	尼蹇切	0522A	從來那撚無凝滯。
5502	撚	尼蹇切	0531A	睜眼苫眉撚鬢鬚。
5503	撚	尼蹇切	0610D	明性不把幽花撚。見心何須貝葉傳。
5504	撚	尼蹇切	0721C	把他撚出去了。
5505	撚	尼蹇切	0811C	日日撚他去。
5506	撚	尼蹇切	0822C	將他撚出門去。
5507	撚	尼蹇切	0930C	撚他去了。
5508	撚	尼蹇切	0963A	這手帕中做布撚。
5509	撚	音碾	0404C	撚做箇紙撚。
5510	撥	波上聲	0614B	也不索去官中標撥。
5511	撏	疽也切	0132A	你這般撏耳撓腮可又便怎生。
5512	撏	疽且切	0371A	行行裏撓腮撏耳。
5513	撏	疽且切	0452A	聽說罷撏耳揉腮。
5514	撏	疽且切	0763B	雙頭蓮撏。
5515	撏	疽且切	0932A	粗鐵索似撏蔥。
5516	撏	疽且切	0963A	赤緊的荣園中撏蔥般人脆。
5517	撏	疽雪切	0402A	我把那廝脊梁骨各支支生撏做兩三截。
5518	撏	疽雪切	0801A	我待撏花枝在頭上插。
5519	撮	搓上聲	0592B	你將那好言語往來收撮。
5520	撮	磋上聲	0053B	你待胡扯撮。強領掇。
5521	撮	磋上聲	0352B	又不曾將我廝揪撮。
5522	撮	磋上聲	0583B	則待折損殺業種活撮。
5523	撮	磋上聲	0614B	這公事怎好收撮。
5524	撮	磋上聲	0741B	怎收撮。
5525	撮	磋上聲	0812B	休假溫存絮叨叨取撮。
5526	撮	磋上聲	0941B	他每便喬趨搶取撮。
5527	撲	音普	0154E	告哥哥不須氣撲。我冤枉事誰行訴與。
5528	撲	音普	0813B	則見他惡哏哏嗔忿忿氣撲撲。
5529	撲	音普	0854B	又一個惡犬兒只向着這穿紫的頻去撲。
5530	撏	音率	0282D	休撏撏。莫伴群芳亂折。
5531	撏	音墩	0282D	休撏撏。莫伴群芳亂折。
5532	敵	丁梨切	0243B	可怎生不交戰。不迎敵。
5533	敵	丁梨切	0303B	這逆賊。敢料敵。
5534	敵	丁梨切	0450B	但願的功成破敵。

5535	敵	丁梨切	0582B	來來來我便死也挣得和你做頭敵。
5536	敵	丁梨切	0823B	憑著俺驅兵領將萬人敵。
5537	敵	丁梨切	0854A	憑着我能文善武萬人敵。
5538	敵	丁離切	0174B	伍員無敵。
5539	敵	丁離切	0353B	普天下那一個不識的他是楊無敵。
5540	數	上聲	0153B	嫩皮膚上棍棒數。
5541	數	上聲	0181A	演武的不數那南山射虎。
5542	數	上聲	0852C	如今斜倚柴門數雁行。
5543	數	音朔	0021C	常孜孜於忠孝。不數數於功名。
5544	暴	音僕	0122A	逐朝家如暴囚。
5545	槨	姑卯切	0214B	不能勾死後也同棺槨。
5546	槨	活卯切	0662B	便指望同棺槨。
5547	槭	音戚	0711D	莫訝朝嵐寒槭槭，仙家洞府接天河。
5548	槿	音謹	0951A	豈不聞芳槿無終日。
5549	樁	音莊	0223B	則俺這一雙老枯樁。
5550	樁	音莊	0361B	久已後乾撇下你箇老孤樁。
5551	樁	音莊	0951A	撅了樁。
5552	樂	姚去聲	0214B	舞按霓裳樂。
5553	樂	姚去聲	0460C	自古道筵前無樂。不成歡樂。
5554	樂	音澇	0214B	妃子呵常記得千秋節華清宮宴樂。
5555	樂	音澇	0342B	我猶自不改其樂。
5556	樂	音澇	0460C	自古道筵前無樂。不成歡樂。
5557	樂	音澇	0534B	到今日大家樂。
5558	樂	音澇	0572B	喫了呵則願的年老的尊堂得安樂。
5559	樂	音澇	0662B	你戀着這尾生期改盡顏回樂。
5560	樂	音澇	0691B	但得箇身安樂。
5561	樂	音澇	0720C	筵前無樂。不成歡樂。
5562	樂	音澇	0734A	又不曾取樂枕屏邊。
5563	樂	音澇	0762B	你會唱昇平樂太平樂怎不唱逍遙樂。
5564	樂	音澇	0792B	是是是我兄弟間別身安樂。
5565	樂	音澇	0834B	落的個盡世裏同享歡樂。
5566	樂	音澇	0902B	愁戚戚情不樂。
5567	樂	音澇	0933A	你道是貴主還宮安樂穩。
5568	樂	音澇	0993B	萬民安樂。
5569	樂	音耀	0024B	也不索頻頻的樓前動樂。

5570	樂	音耀	0720C	筵前無樂。不成歡樂。
5571	樗	昌書切	0682A	樗散材怎能勾做梁作棟。
5572	樞	昌書切	0341B	剗地着我瓮牖桑樞。
5573	樞	昌書切	0474A	今日個樞府新元帥。
5574	樞	昌書切	0600D	則恐登樞要。何曾問草廬。
5575	樞	處平聲	0350C	今有王樞密奏知聖人。
5576	孨	音膩	0021A	則他那孨風流天寶君王駕。
5577	孨	音膩	0042A	哎你個撒滯孨的先生也那假若是有人見。
5578	孨	音膩	0092A	豈知他孨雨殢雲俏智量。
5579	孨	音膩	0102A	我可也不孨酒不貪財。
5580	孨	音膩	0131A	孨人的玉軟香嬌。
5581	孨	音膩	0202A	是他撒滯孨把香羅帶兒解。
5582	孨	音膩	0243A	他則待孨酒食。
5583	孨	音膩	0282A	我則待簪花孨酒賦詞章。
5584	孨	音膩	0313D	安排打鳳牢龍計。引起殢雲孨雨心。
5585	孨	音膩	0323A	你將着金要買人殢雲孨雨。
5586	孨	音膩	0331B	兄弟你可也撒滯孨。
5587	孨	音膩	0403B	他煙支支的撒滯孨。
5588	孨	音膩	0493A	則來俺家裏殢雲孨雨。
5589	孨	音膩	0504A	孨人情使不着你野狐得這涎。
5590	孨	音膩	0511A	俺娘不孨酒時常鬆髻歪。
5591	孨	音膩	0564A	恰只是請了個宴鴻門孨虞姬的樊噲。
5592	孨	音膩	0664C	好人呵孨酒。
5593	孨	音膩	0733A	孨柳亭花。
5594	孨	音膩	0813A	省甚的殢雲孨雨。
5595	孨	音膩	0844A	只要得殢雲孨雨。
5596	孨	音膩	0963B	撒滯孨。
5597	孨	音膩	0984D	石佛寺夜月彈琴。鳳求凰留情孨色。
5598	毆	謳上聲	0354A	又道俺毆大臣激的天顏怒。
5599	毿	音三	0433D	翠葉毿毿籠彩鳳。高枝曲曲盤蒼龍。
5600	毬	音模	0502C	洗白復生高麗毬絲布。
5601	潑	音頗	0352B	縱賊子放乖潑。
5602	潑	音頗	0592B	知他是您行兇也那我放潑。
5603	潑	音頗	0604B	有青山高聳煙嵐潑。
5604	潑	音頗	0741B	他可也忒放潑。

5605	潔	飢也切	0953B	使不着我那冰清玉潔。
5606	潔	饑上聲	0234B	我癡心想望貞潔。
5607	潔	饑也切	0552B	爲儒者賣弄修潔。
5608	潔	饑也切	0763B	我度你個小鬼頭冰清玉潔。
5609	潢	音黃	0353A	我須是天潢支派沒猜疑。
5610	潦	音老	0244A	只留得你潦倒餘生便是大古裏㑇。
5611	潺	鋤山切	0062A	金徽彈流水潺湲。
5612	潺	鋤山切	0871D	澗水潺潺遶寨門。野花斜插滲青巾。
5613	潺	鋤山切	0911C	只看那奈河潺潺。
5614	潺	鋤山切	0924D	澗水潺潺繞寨門。野花斜插滲青巾。
5615	潺	鋤山切	0981A	響潺潺水衝。
5616	澀	生止切	0392A	登澀道下階址。
5617	澀	音瑟	0792A	我與你恰下澀道。
5618	澀	音瑟	0884A	尚古自苦澀寒酸。
5619	澀	音瑟	0902A	我澀的難行立。
5620	澌	音斯	0113B	你今日雪消也下流澌。
5621	澌	音斯	0163A	尚兀自冰澌生玉鼎。
5622	澌	音斯	0314D	冰澌乍泮春來早。一夜野梅開了。
5623	澍	音樹	0923A	只指望旱苗逢澍雨。
5624	潸	音山	0473C	不覺潸然淚下。
5625	潸	音山	0603A	淚潸潸不住流。
5626	熟	音柔	0942B	聽的鄉談語音滑熟。
5627	熟	商由切	0172B	都一般武藝滑熟。
5628	熟	常由切	0591B	白酒熟。
5629	熟	常由切	0603B	這其間可不是炊黃粱鍋內纔熟。
5630	熟	常由切	0822B	俺也曾使的沒纏學的滑熟。
5631	熟	常由切	0832A	念一首斷腸詞顛倒熟滑。
5632	熟	裳由切	0012B	怎知我西宮下偏心兒夢境熟。
5633	熟	裳由切	0311A	難施逞樂藝熟閑。
5634	熟	裳由切	0441A	武藝上頗熟滑。
5635	熟	裳由切	0461B	我這裏笑談的局面熟。
5636	熟	裳由切	0672B	武藝熟。
5637	熟	裳由切	0871B	一壁廂肉又熟。
5638	熟	裳由切	0901B	這四件忒精熟。
5639	熟	裳由切	0932A	搭撒了熟銅。

5640	熟	償由切	0232B	似聽的這聲音熟。
5641	熟	繩朱切	0253B	趁着豐熟。
5642	熟	繩朱切	0493B	莫不你兩個有些兒曾面熟。
5643	熟	繩朱切	0542B	這門前喚的語音熟。
5644	熟	繩朱切	0721A	頻頻的間阻休熟分。
5645	熟	繩朱切	1002B	你道是與俺家尊故熟。
5646	熱	仁蔗切	0203B	無親娘無疼熱。
5647	熱	仁蔗切	0273B	發着潮熱。
5648	熱	仁蔗切	0552B	賣着領雪練也似狐裘赤緊的遇着那熱。
5649	熱	仁蔗切	0763B	端的是他心涼你心乾熱。
5650	熱	仁蔗切	0922B	無半米着疼熱。
5651	熱	仁蔗切	0953B	世不曾和個人兒熱。
5652	熱	仁遮切	0434B	腸慌腹熱。
5653	獒	音敖	0850C	西戎國進貢一犬，呼曰神獒。
5654	獗	音決	0450C	好生猖獗。
5655	獠	音老	0514A	怎當那獠姨夫物擡高價。
5656	瑩	盈去聲	0211B	銀河光瑩。
5657	瑩	音用	0782B	水呵近滄波濯塵纓一溪光瑩。
5658	璇	音旋	0634A	吹得璇璣從左轉。
5659	璇	音旋	0891A	豈不見天象璇璣。
5660	璈	音敖	0114A	則聽得奏雲璈仙音一派。
5661	璈	音敖	0363A	樂奏雲璈音調奇。
5662	璈	音敖	0634A	共奏着雲璈天籟。
5663	畿	音祁	0052B	若將軍一腳到京畿。
5664	瞋	音嗔	0742A	瞋目攢眉側耳聽。
5665	瞎	香假切	0141B	哥也你則可憐見我這窮漢瞎。
5666	瞎	香賈切	0011B	端的是卿眇目，他雙瞎。
5667	瞎	許轄切	0330C	你眼瞎。撞了我打是麼不緊。
5668	瞑	音面	0923A	我這裏頭瞑眩。
5669	碾	女窘切	0220C	與我碾麥子搋磨。
5670	碾	奴典切	0011A	車碾殘花
5671	碾	尼展切	0292C	雙輪不碾四輞。
5672	碾	尼蹇切	0842A	碧琉璃碾玉亭臺。
5673	碾	年上聲	0403C	那廝少不得車碾馬踏。該殺該剮。
5674	磕	音可	0083A	我再不去佛囉佛囉將我這頭去磕。

5675	磕	音可	0163C	你嗓磕他怎的。
5676	磕	音可	0253A	我拚把個頭磕碎金階叫道委實的屈。
5677	磕	音可	0302A	磕磕磕的鐙相磨。
5678	磕	音可	0383A	他磕撲的跪在街基。
5679	磕	音可	0471C	縢磕老夫不識賢哩。
5680	磕	音可	0542A	磕破頭顱。
5681	磕	音可	0742A	嗒也曾磕擦擦登山驀嶺。
5682	磕	音可	0782A	磕磕磕踞虎豹跨上虬龍。
5683	磕	音可	0802A	怎將他磕磕磕把盆兒捏做。
5684	磕	音可	0812B	休習閒牙磕。
5685	磕	音可	0822A	知音達律磕牙聲嗽。
5686	磕	音可	0842A	卻教我將着箇磕磕磕惡頭兒掇過來。
5687	磕	音可	0952A	我着那廝磕着頭見一番。
5688	稷	將洗切	0052B	扶持了漢社稷。
5689	稷	將洗切	0303B	鎗刺成的社稷。
5690	稷	將洗切	0353B	他他他也則爲俺趙社稷。
5691	稷	將洗切	0450B	則要你在意扶持唐社稷。
5692	稷	將洗切	0473B	一片心扶持社稷。
5693	稷	將洗切	0823B	指望待整乾坤定江山安社稷。
5694	積	音真	0513C	小官姓元名積。
5695	稽	音豈	0061A	詣門稽顙。
5696	稽	音豈	0631C	稽首。
5697	穀	音古	0051B	只待要修仙辟穀。
5698	箠	吹上聲	0662C	妾身不免於箠楚。
5699	箠	吹上聲	0783B	走將來手便箠。
5700	篆	傳去聲	0833A	寶篆氳氳爇金鼎。
5701	篋	丘也切	0201C	可爲囊篋寶玩。
5702	緗	音湘	0860D	讀盡縹緗萬卷書。可憐貧殺馬相如。
5703	緘	饞咸切	0432A	兄弟也可怎生問着時緘口來閉口。
5704	緘	鑑平聲	0171D	親捧一緘書。來索千金劍。
5705	緘	鑑平聲	0882B	相通這書一緘。
5706	緝	倉洗切	0794B	教俺教俺難根緝。
5707	緱	音鈎	0062A	緱山無夢碧瑤笙。
5708	罷	與疲同	0642C	欺侮我罷軟。
5709	羯	音結	0212A	花奴羯鼓。

5710	膘	音標	0611B	這和尙肉重千斤不算膘。
5711	膝	喪擠切	0093B	諕的我連忙的跪膝。
5712	膝	喪擠切	0193B	好着我磕撲的在馬前跪膝。
5713	膝	喪擠切	0243B	到根前不下個跪膝。
5714	膝	喪擠切	0644B	妾身在廳階下忙跪膝。
5715	膝	喪擠切	0752B	手臂垂來直至膝。
5716	膝	喪擠切	0823B	細麻鞋緊繃輕護膝。
5717	膝	喪擠切	0952B	恰便似神羊兒忙跪膝。
5718	蕈	音淳	0702B	憶蕈鱸。
5719	蔀	音剖	0423A	貧道呵愛穿的蔀落衣。
5720	蝎	希也切	0763B	他母親狠似那雙蟳蝎。
5721	蝎	希也切	0821B	乖劣呵渾如雙尾蝎。
5722	蝎	音歇	0301A	剔蝎撩蜂。
5723	蝎	音歇	0723A	我比那窬牆賊蝎螫索自忍。
5724	蝎	音歇	0842A	便是蛇蝎心腸。
5725	蝣	音由	0523A	可怎生浮蝣兒不動纖須。
5726	蝤	音由	0062A	玉膩蝤蠐頸。
5727	蝶	音爹	0201A	輕輕風趁蝴蝶隊。
5728	蝶	音爹	0281B	翻滾滾玉闌干搵粉翅飛倦採香蝶。
5729	蝶	音爹	0402B	路行人拂袖撲蝴蝶。
5730	蝶	音爹	0552B	元來是破莊周一枕夢蝴蝶。
5731	蝶	音爹	0722A	我沒福和你那鶯燕蜂蝶爲四友。
5732	蝶	音爹	0763B	拆散蜂蝶。
5733	蝶	音爹	0782A	成不的莊周一枕蝴蝶夢。
5734	蝶	音爹	0821B	採香蕊粉牆飛困玉蝴蝶。
5735	蝸	音蛙	0604A	你看那蝸角名。蠅頭利。
5736	蝸	音蛙	0683A	蝸角名難戀。
5737	蝸	音蛙	0831A	則他這蠅頭蝸角。
5738	衚	音胡	0301A	殺的你人似血衚衕。
5739	衚	音胡	0464A	但說着花衚衕我可早願隨鞭鐙。
5740	衚	音胡	0631A	人在錦衚衕。
5741	衚	音胡	0782A	引入花衚衕。
5742	褒	博毛切	0021A	尋褒彈、覓破綻、敢則無纖搯。〔註15〕

〔註15〕 「褒」爲「襃」之誤，詳見本文第一章第三節。

5743	褐	音何	0053B	鐵單袴倒做墨褐。
5744	襃	音包	0181C	你可曾聞魯襃那錢神論麼。
5745	襃	音包	0352C	也不是我襃獎他。
5746	襃	音包	0855D	老公孫立碑造墓。彌明輩概與襃揚。
5747	襃	音包	0903A	無襃彈無破綻沒瑕疵。
5748	褕	音魚	0854B	我只見這一個身着錦襠褕。
5749	褙	音貝	0724A	今日個紙褙子又將咱欺騙。
5750	褙	音背	0314A	褙子冠兒。
5751	誹	音非	0061A	俺家聲先世無誹謗。
5752	調	平聲	0074A	盡場兒調刺。
5753	調	平聲	0642B	向夫主廝搬調。
5754	調	平聲	0712A	則被這東坡學士相調戲。
5755	調	平聲	0731A	與我言來語去相調戲。
5756	調	平聲	0752D	我做將軍慣對壘。又調百戲又調鬼。
5757	調	平聲	0782A	品竹調絲。
5758	調	平聲	0972C	乞歸調養。
5759	調	平聲	1004D	接了使客轉回來。閑向官廳調百戲。
5760	諕	音夏	0042B	你草庵中道童休諕。
5761	諕	音夏	0213B	就勢兒把吾當諕。
5762	諕	音夏	0353A	諕的我急煎煎心如刀攪。
5763	諕	音夏	0442A	悠悠的諕了魂。
5764	諕	音夏	0733B	哥哥也你休將這女孩兒相驚諕。
5765	諕	音夏	0832C	諕殺我也。
5766	諕	音夏	0873C	你可休諕他。
5767	諕	音夏	0911B	將神鬼都瞞諕。
5768	諕	音夏	0954A	諕的他半晌只茫然。
5769	諕	音夏	0971A	不索你諕鬼瞞神。
5770	論	平聲	0573D	帶糟濁酒論盆飲。葉子黃金整秤分。
5771	論	平聲	0851A	他兩箇細評論還是那箇狠。
5772	論	平聲	0971A	燈下細論文。
5773	論	平聲	0992A	說短論長。
5774	豌	烏官切	0242A	則我那珍珠豌豆也似圓。
5775	豌	烏官切	0822A	銅豌豆。
5776	賚	音賴	0664B	荷皇恩榮陞寵賚。
5777	賠	音裴	0343A	乾賠了對踐紅塵踏路的芒鞋。

5778	廧	音京	0701C	何故廧和他人詞章。
5779	質	張恥切	0872B	不爭你搶了他花朵般青春艷質。
5780	質	張恥切	0972B	他比孟德耀還多艷質。
5781	踏	當加切	0011B	休怪我不曾來往乍行踏。
5782	踏	當加切	0021B	傳芳信款把繡鞋踏。
5783	踏	當加切	0042B	誰曾向街巷行踏。
5784	踏	當加切	0141B	我爲甚將這腳尖兒細細踏。
5785	踏	當加切	0194B	你看他參隨人馬甚頭踏。
5786	踏	當加切	0213B	鐙慵踏。
5787	踏	當加切	0290B	火坑裏消息我敢踏。
5788	踏	當加切	0412B	向沙堤款踏。
5789	踏	當加切	0482B	莫不是大遼軍馬廝蹅踏。
5790	踏	當加切	0543B	列袛候擺頭踏。
5791	踏	當加切	0563B	你這般廝蹅蹅。
5792	踏	當加切	0581A	問官人借對頭踏亂交加。
5793	踏	當加切	0612B	這些時不曾把他們踏。
5794	踏	當加切	0621B	春瀟灑苔徑輕踏。
5795	踏	當加切	0781B	冠蓋頭踏。
5796	踏	當加切	0801B	我則在這花裏慢行踏。
5797	踏	當加切	0832B	迅步行踏。
5798	踏	當加切	0911B	攛行花踏。
5799	踏	當架切	0490B	將百姓敢蹅踏。
5800	踘	音矩	0461A	垂肩蹴踘。
5801	踘	音菊	0021A	寬綽綽翠亭邊蹴踘場。
5802	踘	音菊	0281A	一攢攢蹴踘場。
5803	蹺	音拳	0093A	少不的蹘蹺寢睡。
5804	踢	音體	0121B	拳椎腳踢。
5805	踢	音體	0763A	當街上吃了這一場潑拳踢。
5806	踢	音體	0773B	郎君每心閒時將你腳上踢。
5807	踢	音體	0783B	腳便踢。
5808	踢	音體	0803B	使拳搥，和腳踢。
5809	踮	音店	0141A	我我我待踮着個鞋底兒去揀那淺中行。
5810	輗	音移	0572C	大車無輗。小車無軏。
5811	輛	音亮	0221C	小的每輛起車兒來。
5812	輛	音亮	0593C	一邊輛起坐車兒。

5813	輦	連上聲	0011A	他每見絃管聲中巡玉輦。恰便似斗牛星畔盼浮槎。
5814	輦	連上聲	0022B	寄居在帝輦。
5815	輦	連上聲	0171A	他他他諕的那秦姬輦怎敢遮攔。
5816	輦	連上聲	0211A	侍女齊扶碧玉輦。
5817	輦	連上聲	0281B	一叢叢香車翠輦。
5818	輦	連上聲	0381C	文欺百里奚。武勝秦姬輦。
5819	輦	連上聲	0512B	只合生死在京師帝輦。
5820	輦	連上聲	0561B	你休戀京師帝輦。
5821	輦	連上聲	0732A	莫不是雙鳳雲中駕輦來。
5822	輦	連上聲	0814B	他怎肯將小民脂血做黃金輦。
5823	輦	連上聲	0840C	卻也常接奉那鳳輦龍床。
5824	鄱	音婆	0743C	要引着大兵重向鄱陽落草。
5825	鄲	音丹	0131A	全不想到頭時剛落得個邯鄲道。
5826	鄲	音丹	0362C	在邯鄲道王化店。遇着鍾離師父。
5827	鄲	音丹	0424A	只想着邯鄲道上。
5828	鄲	音丹	0451C	來到這邯鄲道黃化店。
5829	鄲	音丹	0601C	道經邯鄲。
5830	鄲	音丹	0632A	我平生不識邯鄲道。
5831	醁	音鹿	1002A	可着我翠袖慇勤捧醆醁。
5832	醁	音路	0064A	我着金杯飲醆醁。
5833	醄	音桃	0603A	挣的個醉酕醄斗轉參橫。
5834	醄	音桃	0994A	挣了箇酕醄沈醉。
5835	醅	音披	0454A	將那潑醅酒瀝瀝連糟嚥。
5836	醅	音披	0771A	都爲那釀醅旋潑鵝黃嫩。
5837	醅	音胚	0871A	你與我便熟油般造下春醅酒。
5838	醅	鋪梅切	0584A	酒斟着醇糯醅。
5839	銳	音芮	0471C	則是涵養他那銳氣。
5840	鋏	音結	0261C	馮驩彈鋏。
5841	鋤	聰疎切	0744B	咪咪咪響颼颼陣上發箇金鏃。
5842	閫	坤上聲	0851A	可什麼閫外將軍。
5843	閬	音浪	0022A	莫不是夢迷入瑤臺也那閬苑。
5844	閬	音浪	0361B	抵多少騎驢魏野逢潘閬。
5845	閬	音浪	0631B	勝蓬萊閬苑中。
5846	閬	音浪	0683A	地名閬苑。

5847	閬	音浪	0831A	我也到不的蓬萊閬苑。
5848	閬	音浪	0842A	不弱似神仙島閬苑蓬萊。
5849	閬	音浪	0963A	也不曾遊閬苑。
5850	閱	魚夜切	0434B	您把詩中句細披閱。
5851	鞏	公上聲	0442E	小官姓鞏。諸般不懂。雖然做官。吸利打哄。
5852	頡	音俠	0744A	與韓信三齊共頡頏。
5853	頡	奚耶切	0690A	蒼頡字。
5854	頦	音孩	0031A	佳人是頦下瘦。
5855	頦	音孩	0081A	一日馬頦下纓似火。
5856	頦	音孩	0091A	你覷他交椅上擡頦樣兒。
5857	頦	音孩	0102B	他把我揪頭稍托下頦。
5858	頦	音孩	0123A	那裏像唶解了那襻胸帶，下頦上勒一道深痕。
5859	頦	音孩	0232A	諕的我呆打頦空張着口。
5860	頦	音孩	0283B	扳下頦。
5861	頦	音孩	0302B	不由我這胡髯乍滿頷頦。
5862	頦	音孩	0374B	你與我揪住頭心掐下頦。
5863	頦	音孩	0461A	呆打頦都歇在荳蔻梢頭。
5864	頦	音孩	0583A	拄着下頦。
5865	養	去聲	0893B	還顧甚多恩養。
5866	餧	奴鬼切	0801E	吃的肚裏脹膨脝。雖然不醉也不餧。
5867	餔	音逋	0551C	大丈夫豈爲餔啜而已。
5868	餔	音逋	0661C	區區豈爲餔啜而來。
5869	餔	音逋	0783A	則道是餔啜之人來撞席。
5870	骷	音枯	0023A	香車私走的卓文君。就昇仙橋上剮做骷髏。
5871	骷	音枯	0122A	我着這粉臉兒搭救你女骷髏。
5872	骷	音枯	0553A	我見他皮殼骷髏。
5873	髫	音條	0304A	將逆賊不留齠齓。〔註16〕
5874	髫	音條	0364A	垂髫時兒女妻夫。
5875	髮	方雅切	0011B	是幾度添白髮。
5876	髮	方雅切	0021B	鬢嵯峨、堆紺髮。
5877	髮	方雅切	0141B	我一隻手揪住那廝黃頭髮。
5878	髮	方雅切	0441B	賜宮花簪鬢髮。
5879	髮	方雅切	0514B	早愁鬢蕭蕭生白髮。

〔註16〕 明刻本被釋字作「髫」，劇文作「齠」。

5880	髮	方雅切	0571B	幾度添白髮。
5881	髮	方雅切	0612B	那裏也金刀兒削了青絲髮。
5882	髮	方雅切	0643B	早早早又被揪摔了頭髮。
5883	髮	方雅切	0781B	青鏡添白髮。
5884	髮	方雅切	0801B	一隻手揪住咱頭髮。
5885	髮	方雅切	0944B	磕搭地揪住頭髮。
5886	魄	音託	0464A	因此上落魄江湖載酒行。
5887	魄	鋪買切	0102B	猛聽的招魂魄。
5888	魄	鋪買切	0114B	俺本是廣寒宮冰魂素魄。
5889	魄	鋪買切	0183B	我則聽的霹靂嚮驚魂喪魄。
5890	魄	鋪買切	0192B	失魂喪魄。
5891	魄	鋪買切	0294B	諕的我忘魂喪魄。
5892	魄	鋪買切	0303A	便英雄怕不魂魄飛。
5893	魄	鋪買切	0374B	我與你高阜處招魂魄。
5894	魄	鋪買切	0573B	失魂喪魄。
5895	魄	鋪買切	0634B	依舊是風魂月魄。
5896	魄	鋪買切	0651B	氣的我老業人亡魂喪魄。
5897	魄	鋪買切	0912B	餓的我肚裏饑失魂喪魄。
5898	魅	音妹	0121A	這妮子是狐魅人女妖精。
5899	魅	音妹	0361C	妖精鬼魅極多。
5900	魅	音妹	0414C	這必是鬼魅。
5901	魅	音昧	0603A	又則見電繞空林鬼魅愁。
5902	魅	音昧	0803B	莫不是山精鬼魅。
5903	魅	音媚	0761C	必有妖精鬼魅。
5904	魆	許屈切	0661A	魆的潛行。
5905	鳷	音支	0931C	莫非在鳷鵲殿中生長的麼。
5906	鴆	沈去聲	0362C	夜眠圓枕。日飲鴆酒。
5907	鴆	沉去聲	0812A	鴆人藥是美甘甘舌尖上幾口甜唾。
5908	鴆	沉去聲	0843A	恰便待鴆了如意，毈了戚氏。
5909	鴇	音保	0162C	被老鴇趕將出來。
5910	鴇	音保	0721C	老鴇愛的鈔。
5911	鴇	音保	0814A	老鴇兒那個不愛錢。
5912	鼐	音奈	0012D	調和鼎鼐理陰陽。秉軸持鈞政事堂。
5913	鼐	音奈	0113C	調和鼎鼐。燮理陰陽。
5914	鼐	音奈	0210D	調和鼎鼐理陰陽。位列鵷班坐省堂。

5915	鼐	音奈	0282A	我向這花柳營調鼎鼐。
5916	鼐	音奈	0352A	現放着中書省鼎鼐調和。
5917	鼐	音奈	0474A	調和鼎鼐。
5918	鼐	音奈	0664B	調和鼎鼐。
5919	鼐	音奈	0892C	調和鼎鼐。
5920	劙	古絕字	0313A	今日個劙着柄冰霜臉人前又狠。
5921	瞵	音斬	0952A	見別人瞵眼攬頭。
5922	膰	音簪	0262A	可兀的乾受了你這一肚皮腤膰氣。
5923	膰	音簪	0362A	休笑我形骸土木腤膰扮。
5924	膰	音簪	0401A	他見我血漬的腌膰是這衲襖腥。
5925	膰	音簪	0641A	倒屈陷我腌膰勾當。
5926	劑	音祭	0132A	你是個脫皮兒裏劑。
5927	噙	音禽	0321A	噙熱血相噴。
5928	噤	今去聲	0453A	那一個又把牙關緊噤了。
5929	噤	音禁	0322A	則我那脊梁上寒噤是捱過這三冬冷。
5930	噤	音禁	0484A	你個韓延壽早噤聲。
5931	噥	音農	0111B	這個咕。那個噥。
5932	噥	音農	0421B	乾打哄胡廝噥過了半生。
5933	噲	音快	0051C	前日武陽侯樊噲曾與我商量此事。
5934	噲	音快	0564B	恰只是請了個宴鴻門斬虞姬的樊噲。
5935	噲	音快	0741C	這一位是樊噲。
5936	噇	音去聲	0203A	相公又惡噇噇乖劣。
5937	噇	音去聲	0213A	惡噇噇披袍貫甲。
5938	噇	音去聲	0243A	不由我不惡噇噇心下猜疑。
5939	噇	音去聲	0321A	則見他惡噇噇輪着粗桑棍。
5940	噇	音去聲	0442A	怎禁他惡噇噇的曹司責罪緊。
5941	噇	音去聲	0762A	惡噇噇的高聲叫。
5942	噇	音蔭	0072A	你迸着臉噇喝的我。
5943	噇	歆上聲	0563A	惡噇噇在碧油幢下。
5944	壁	兵迷切	0712B	怎知俺九年面壁。
5945	壁	兵迷切	0803B	俺可便趕到這壁，他可便走到那壁。
5946	壁	音彼	0022A	有一個匡衡將鄰家牆壁鑿穿。
5947	壁	音彼	0193B	這一壁那一壁。怎生逃避。
5948	壁	音彼	0254B	穩放着後堯婆在一壁。
5949	壁	音彼	0322B	更合着這子母每無笆壁。

5950	壁	音彼	0331B	大嫂你靠這壁。
5951	壁	音彼	0393B	枷姦夫在那壁。
5952	壁	音彼	0413B	則好教偷燈光鑿透鄰家壁。
5953	壁	音彼	0492B	教喝下庭階轉過照壁。
5954	壁	音彼	0544B	我則道殺人賊不知在那壁。
5955	壁	音彼	0644B	更夾着這祗候人無巴壁。
5956	壁	音彼	0783B	修補了頹垣敗壁。
5957	壁	音彼	0794B	我則道在那壁。
5958	嫋	音鳥	0281A	他生的身軀嫋娜眞堪羨。
5959	嫋	音鳥	0684D	柳共桃今番度脫，再不逞妖嬈嫋娜。
5960	學	池燒切	0972E	我做太醫手段高。難經脈訣盡曾學。
5961	學	奚交切	0023E	因咱年少失教訓。請個門館就家學。
5962	學	奚交切	0131B	怎生來一椿椿好事不曾學。
5963	學	奚交切	0222B	則不如依本分教些村學。
5964	學	奚交切	0342B	則好去深村裏教學。
5965	學	奚交切	0453B	不許外人學。
5966	學	奚交切	0534B	他那曾習讀古聖學。
5967	學	奚交切	0572B	他有那管夷吾德行才學。
5968	學	奚交切	0691B	勸今人休將前輩學。
5969	學	奚交切	0724A	一個翦紅綃翠錦學鍼線。
5970	學	奚交切	0762B	爭如我無辱無榮將道德學。
5971	學	奚交切	0922B	想着俺二十年把筆將儒業學。
5972	嶧	音驛	0661C	嶧陽焦尾。
5973	嶮	與險同	0353C	貴人不踏嶮地。
5974	嶮	與險同	0393A	嶮些兒王小二一身虧。
5975	嶮	與險同	0401A	我去呵兩隻手忙揪住巔嶮峰。
5976	嶮	與險同	0633A	嶮峻崎嶇。
5977	嶮	與險同	0900A	問甚麼山嶮峻。
5978	嶰	音械	0631A	自嶰谷起遺風。
5979	廨	音戒	0511C	在公廨中悶倦。
5980	憊	音敗	0083B	只說是馬行街公婆每都老憊。
5981	憊	音敗	0272B	想自家年老憊。
5982	憊	音敗	0861D	美婦人我見過萬千向外。 不似這小妮子生得十分憊賴。
5983	憊	音敗	0914C	這幾年間精神老憊。
5984	憨	音酣	0191D	吃的冷飯。嚼的憨蔥。若有好酒。打上三鍾

5985	憨	音酣	0384D	我父親其時便說。有一子是個村廝憨郎。
5986	憨	音酣	0502C	憨頭。
5987	憨	音酣	0882B	諕的我手忙腳亂似癡憨。
5988	憨	音酣	1001C	小兒弟憨哥。
5989	憩	音氣	0781C	少憩片時。
5990	憶	銀計切	0112B	只管裏苦思憶。
5991	憶	銀計切	0413B	將往事從頭思憶。
5992	憽	音鬆	0111B	則見他不惺憽。
5993	懆	音竈	0214B	一會家心焦懆。
5994	懆	音竈	0383C	是鱄諸一時間懆暴。
5995	懆	音竈	0482C	老爺不要懆暴。
5996	懆	音竈	0592C	不要懆暴。
5997	懆	音竈	0642A	狠公人顯懆暴。
5998	懆	音竈	0731A	又不是侍女無情與我相懆懆。
5999	懆	音竈	0763A	你休施懆暴。
6000	懆	音竈	0804D	只要分付那懊懊懆懆狠門神。 休當住咱玎玎璫璫盆兒鬼。
6001	懆	音竈	0861C	你老人家不要惱懆。
6002	懆	音竈	0892A	懊懆的我渾如癡掙。
6003	懆	音竈	0901C	你不要懆暴。
6004	懆	音竈	0982C	只是龍神懆暴。
6005	撼	含上聲	0123C	把這婆娘搖撼的實着。
6006	撼	含上聲	0702A	撼庭竹。
6007	撼	含去聲	0343A	他那裏撼嶺巴山。
6008	撼	含去聲	0401A	撼一撼赤力力山嶽崩。
6009	撼	含去聲	0450D	賊寇無端逞兇頑。殺聲振地撼天關。
6010	撼	含去聲	0482A	我搖一搖撼兩撼廝琅琅震動琉璃瓦。
6011	撼	含去聲	0603A	撼天關。
6012	撼	含去聲	0643A	又加上些膿撼撼的棒瘡發。
6013	撼	含去聲	0882B	莫怪我等閑特故來搖撼。
6014	撾	音查	0441B	一個學舞劍輪撾。
6015	攛	莊瓜切	0131A	那一個出得他摑打攛揉。
6016	攛	莊瓜切	0203A	將孩兒指尖兒都攛破也。
6017	攛	莊瓜切	0220C	去那火裏攛這文書那。
6018	攛	莊瓜切	0291C	天地間萬物。都攛的吃了。

6019	撾	莊瓜切	0303A	賣弄會撾鼓奪旗。
6020	撾	莊瓜切	0322A	向前來我可便撾撓了你這面皮。
6021	撾	莊瓜切	0333A	若無錢怎撾得你這登聞鼓。
6022	撾	莊瓜切	0351A	遮莫待撾怨鼓撼皇城。
6023	撾	莊瓜切	0482B	面門上手去撾。
6024	撾	莊瓜切	0804B	俺則見狠公吏把荊杖撾。
6025	撾	莊瓜切	0811A	撾揉皮肉。
6026	撾	莊瓜切	0903A	撾怨鼓。
6027	撾	莊瓜切	0911B	則他油鍋內見錢也去撾。
6028	撾	莊瓜切	0943A	可知道今世裏令史每都撾鈔。
6029	撾	莊瓜切	0992A	水晶般指甲兒撾破面上。
6030	擇	池齋切	0502B	魚目如珠不揀擇。
6031	擇	池齋切	0511B	不是我相擇。
6032	操	平聲	0024A	想着那俏人兒曾受爺操暴。
6033	擐	音患	0893A	又不曾擐甲冑戰沙場。
6034	擔	去聲	0611D	學道如擔擔上山。不思路遠往難還。
6035	擔	平聲	0502A	我須是不得已仍舊的擔柴賣。
6036	擔	平聲	0882B	着我老紅娘將兩下裏做一擔擔。
6037	曄	音夜	0402B	春光明曄。
6038	曆	音利	0593B	再休提天文地理星家曆。
6039	樺	音話	0812A	樺皮臉風癡着有甚廝抹。
6040	橃	音月	0083A	那捨貧的波眾檀橃。
6041	橈	音饒	0281A	一簇簇蘭橈畫船。
6042	橈	音饒	0411B	今夕何處繫蘭橈。
6043	橐	音托	0961A	橐橐裏有錢。
6044	橐	音託	0040D	可憐我橐橐凄清。專望你假貸登程。
6045	橐	音託	0082A	只待要急煎煎挾橐攜囊。
6046	橐	音託	0473D	橐裏黃金願相贈。免教和淚倚欄干。
6047	橫	去聲	0072C	這明明是天賜我兩個橫財。
6048	橫	去聲	0181C	得些兒橫財。
6049	橫	去聲	0590C	你小大哥那裏便犯這般橫禍。
6050	橫	去聲	0801C	家有賢妻，丈夫不遭橫事。
6051	橫	去聲	0891C	似此強橫。
6052	橫	去聲	0974A	倒做了橫禍飛災。
6053	歟	噴平聲	0134B	你便說天花信口歟。

6054	歁	噴平聲	0142B	新汲水那廝面皮上歁。
6055	歁	鋪門切	0851B	口角頭乳食歁。
6056	歷	音利	0544B	他和你可曾說來歷。
6057	氅	音敞	0423C	賜鶴氅金冠玉圭。
6058	氅	音敞	0604A	你將這鶴氅烏巾手自摩。
6059	氅	音敞	0762A	若得俺山中鶴氅壺中藥。
6060	澠	音繩	0472A	不讓藺相如澠池會那氣槩。
6061	澡	音早	0094A	先使了熬麩漿細香澡豆。
6062	澤	池齋切	0343B	不是甘澤。
6063	澤	池齋切	0634B	玉面猿戲丹澤。
6064	澤	池齋切	0842B	則為這東君惜愛降甘澤。
6065	澤	池齋切	0982B	平吞了八九區雲夢澤。
6066	濁	之娑切	0583B	俺生活不重濁。
6067	濁	之娑切	0863A	天地也只合把清濁分辨。
6068	濁	雛梢切	0611B	我從今後看錢眼辨箇清濁。
6069	濁	雛稍切	0642B	對官司不分個真假辨個清濁。
6070	熾	音製	0053A	更和那熾盛光佛。
6071	燕	平聲	0601D	幽燕當北望。吳越向南看。
6072	獨	東盧切	0182B	枉了我便一生苦鰥寡孤獨。
6073	獨	東盧切	0253B	整受了十五載孤獨。
6074	獨	東盧切	0323B	莫不我五行中合見這鰥寡孤獨。
6075	獨	東盧切	0372B	眼不見鰥寡孤獨。
6076	獨	東盧切	0531B	枉教那窮書生一世孤獨。
6077	獨	東盧切	0542B	你不尋思撇下的我孤獨。
6078	獨	東盧切	0653B	閃的我鰥寡孤獨。
6079	獨	東盧切	0844B	注定孤獨。
6080	獨	東盧切	0931B	情願受鰥寡孤獨。
6081	獬	音械	0352D	冠簪金獬豸。甲掛錦猻猊。
6082	璚	與瓊同	0631A	飄璚香散九重。
6083	璟	音景	0210C	賴有賢相姚元之、宋璟、韓休、張九齡。
6084	璣	音肌	0022C	文華富麗。錦繡珠璣。
6085	璣	音幾	0891A	豈不見天象璇璣。
6086	甍	音萌	0272A	我如今空蓋着那鬱沈沈大廈連甍。
6087	甍	音萌	0352A	不見了祥雲罩碧瓦丹甍。
6088	甍	音蒙	0782B	齊臻臻碧瓦朱甍。

6089	瘸	巨靴切	0203B	眼似瞎手如瘸。
6090	瘸	巨靴切	0223C	早早的足瘸車輾馬踏倒路死了。
6091	瘸	巨靴切	0293C	你一條腿瘸。
6092	瘸	巨靴切	0333C	你那兩箇指頭瘸。
6093	瘸	巨靴切	0392C	在蕭林城外瘸劉家菜園裏井口傍邊石板底下壓着哩。
6094	瘸	巨靴切	0433C	西門上拿住一個瘸先生也。
6095	瘸	渠靴切	0792C	你那兩個指頭瘸。
6096	膒	枯婁切	0572A	眼嵌鼻膒撓着臉腦。
6097	磣	初錦切	0271C	虧你不害口磣。
6098	磣	初錦切	0874A	磣可可心肝摘。
6099	磣	參上聲	0213A	怎下的磣磕磕馬蹄兒臉上踏。
6100	磣	參上聲	0302A	磣磕磕的鐙相磨。
6101	磣	參上聲	0362C	可磣殺我也。
6102	磣	參上聲	0432A	卻原來指着燈磣可可的言盟咒。
6103	磣	參上聲	0442A	磣可可的殺人要承認。
6104	磣	參上聲	0481A	怎將那一座兩狼山磣可可生扭做祁連塚。
6105	磣	參上聲	0793A	多應是磣可可的身軀着新棒瘡。
6106	磣	森上聲	0293A	磣可可的活取民心髓。
6107	磣	森上聲	0371A	一壁廂磣可可停着老子。
6108	磣	森上聲	0452A	便怎生教磣可可血泊裏倘着屍骸。
6109	磣	森上聲	0562A	空說下磣磕磕海誓山盟。
6110	磣	森上聲	0572A	他那裏磣可可的人磨着帶血刀。
6111	磣	森上聲	0612A	放心波我與你便磣可可的親自殺。
6112	磣	森上聲	0633A	將一朵並頭蓮磣可可分兩處。
6113	磣	森上聲	0782A	磣磕磕踞虎豹跨上虯龍。
6114	磣	森上聲	0802A	怎將他磣磕磕把盆兒捏做。
6115	磣	森上聲	0842A	卻教我將着箇磣磕磕惡頭兒掇過來。
6116	磣	森上聲	0883B	好着我半晌沈吟倒替他嗲。
6117	磣	森上聲	0991A	不爭將並頭蓮磣可可的帶根除。
6118	積	將洗切	0794B	他又不是多年舊積。
6119	積	將洗切	0910B	則俺這家豪富祖先積。
6120	築	音主	0051B	將元戎百萬壇臺築。
6121	築	音主	0501B	想當日傅說曾板築。
6122	篘	叉搜切	0361A	更休說釣錦鱗篘新釀。
6123	篘	叉搜切	0551A	你卻早備卜美饌篘下佳醞。

6124	篘	叉搜切	0603B	親提着這斑竹篘。
6125	篘	叉搜切	0871B	一壁廂酒正篘。
6126	篘	叉搜切	0993C	新篘的美酒。
6127	篡	初患切	0434C	後來田恆篡了齊國。
6128	篡	音纘	0484D	大宋朝篡承鴻業。選良將鎮守邊疆。
6129	篤	音堵	0154E	雖然是被風雨淋淋渌渌。也不合故意的喃喃篤篤。
6130	篦	邦迷切	0121A	戴插頭面整梳篦。
6131	篦	邦迷切	0293B	看珠翠寄釵篦。
6132	篦	邦迷切	0613C	如若凡心動者。只打五十竹篦。
6133	篦	音避	0953C	也不曾梳篦的頭。
6134	篦	音避	1002C	似篦子一般。
6135	縈	音盈	0712A	心外事無縈繫。
6136	縈	音盈	0723B	矮房裏相撲着悶懷縈。
6137	縉	音晉	1001A	家尊是縉紳。
6138	縊	音計	0864C	其姑自縊身死。
6139	縊	音記	0073C	我不如尋個自縊死罷。
6140	縊	音記	0851C	誰想公主自縊死了也。
6141	縊	音記	0963B	尋個自縊。
6142	縛	房包切	0101B	做甚道使繩子便綁縛。
6143	縛	房包切	0792B	身軀被病執縛。
6144	縛	房包切	0902B	怎想他拋家失業被病纏縛。
6145	縛	浮臥切	0592B	那裏管赤繩兒曾把姻緣縛。
6146	翰	音寒	0233B	你道他是天生就鷹鸇的羽翰。
6147	翶	音敖	0061A	翶也波翔。
6148	翶	音敖	0424A	驚的那下三山鶴夢翶翔。
6149	翶	音敖	0681A	翶翔天地。
6150	耨	囊鬪切	0591B	雖然是農家耕耨。
6151	耨	囊鬪切	0722B	有耨處散誕鬆寬着耨。
6152	膩	泥去聲	0091D	猶壓香衾臥。煖酥消膩雲鬟。
6153	膩	寧計切	0062A	玉膩蝤蠐頸。
6154	興	去聲	0104A	我則要乘興兩三杯。
6155	興	去聲	0143C	我和你吃的醉了。方纔有興。
6156	興	去聲	0401B	倘倘倘若是到泰安州敗了興。
6157	興	去聲	0661B	小姐你把看書心權作遊春興。

6158	興	去聲	0840B	因此上打動這巡遊興。
6159	興	去聲	0861A	愁則愁興闌刪嚥不下交歡酒。
6160	興	去聲	0893C	也好助些春興。
6161	興	去聲	0983C	興匆匆的跟着長老入海去了。
6162	興	去聲	0994A	直吃的盡興方歸。
6163	蕕	音由	0531A	就似那薰蕕般各別難同處。
6164	蕚	音傲	0214B	芙容拆姻脂蕚。
6165	蕚	音傲	0841A	背鶯聲花蕚樓。
6166	蒟	鑣入聲	0363A	柳呵今日蒟蒻般人脆。
6167	蕡	音焚	0121D	劉蕡下第千年恨。范丹守志一生貧。
6168	蕡	音墳	0602A	劉蕡下第。
6169	蕤	兒追切	0284B	並蒂共葳蕤。
6170	蕤	兒追切	0521C	時遇蕤賓節屆。
6171	蕪	音無	0042E	嵩岳近天都。連山入斷蕪。
6172	蝥	音秦	0503A	他道你枉則有蛾眉蝥首堆鴉鬢。
6173	蝥	音秦	0783A	害殺我蝥首蛾眉。
6174	螟	音名	0441C	必然是你乞養過房螟蛉之子。
6175	螢	音盈	0062B	針穿珠。扇撲螢。
6176	螢	音盈	0661B	積雪囊螢。
6177	衡	音肷	0121A	衡一味是虛脾。
6178	衡	音肷	0542A	早則這沒情腸的兒漢衡跋扈。
6179	衡	音肷	0882A	衡一味詩魔酒酣。
6180	衡	音肷	0922A	那婆娘衡一味嫉妒心。
6181	衡	音譚	0471D	你那裏有江湖心量。衡一片齏鹽肚腸。
6182	衡	音譚	0491A	衡一片害人心勒揹了些養家緣。
6183	衡	音譚	0511A	一鼻凹衡是乖。
6184	衡	音譚	0633A	翠娉婷衡不俗。
6185	衡	准平聲	0091A	衡才調無瑕玼。
6186	衡	准平聲	0594A	您脫空衡脫空。
6187	衡	准平聲	0753A	衡一味笑裏藏刀。
6188	衡	音肷	0312A	一鼻凹衡是雪霜。
6189	褡	音打	0571B	斜披着一片破背褡。
6190	褥	柔去聲	0861B	愁則愁意朦朧睡不穩芙蓉褥。
6191	褪	吞去聲	0064A	惡支煞倒褪回去。
6192	褪	吞去聲	0071B	我爲甚麼抽也波身卻倒褪。

6193	褪	吞去聲	0093A	姐姐每誰敢道袖褪樂章集。
6194	褪	吞去聲	0151A	待趲前還褪後。
6195	褪	吞去聲	0201A	迎新來寬褪了舊時衣。
6196	褪	吞去聲	0261A	往後來褪入井。
6197	褪	吞去聲	0281A	他那裏褪後趲前。
6198	褪	吞去聲	0391B	他慌遮掩忙身褪。
6199	褪	吞去聲	0481A	褪後呵路不通。
6200	褪	吞去聲	0623B	悒悒的把身軀兒褪。
6201	褪	吞去聲	0693B	我這裏覷絕時倒把身軀褪。
6202	褪	吞去聲	0701B	粉消香褪。
6203	褪	吞去聲	0730A	我見他趲前褪後。
6204	褪	吞去聲	0812A	催人命百忙裏着句褪科。
6205	褪	吞去聲	0953A	我將這金牌虎符都袖褪者。
6206	褪	吞去聲	1001B	待向前還倒褪。
6207	諜	音爹	0434B	須不是被傍人廝間廝諜。
6208	諜	音爹	0821B	儘教他捏怪排科廝間諜。
6209	諢	溫去聲	0253C	你不知他是詐騙人的。故來我家裏打諢。
6210	諢	溫去聲	0821C	蹴踘打諢。
6211	諢	溫去聲	0981C	撒科打諢。
6212	諳	音庵	0591A	你可也敢則是飽諳世事慵開口。
6213	諳	音庵	0600C	此人飽諳經史。
6214	諳	音菴	0783A	言不諳典。
6215	諾	囊入聲	0852A	我從來一諾似千金重。
6216	謀	音模	0051B	擒夏悅。用機謀。
6217	謀	音模	0074E	因此上燒香禱告。背地裏設下機謀。
6218	謀	音模	0204B	又怕是定計鋪謀。
6219	謀	音模	0210B	常先事設權謀。
6220	謀	音模	0372B	六耳不通謀。
6221	謀	音模	0382B	脫臨潼都是俺的機謀。
6222	謀	音模	0542B	你休要運計鋪謀。
6223	謀	音模	0633B	叵奈這無端的鐵柺使機謀。
6224	謀	音模	0791B	他能迭落快鋪謀。
6225	謀	音謨	0653B	但生情發意運機謀。
6226	謀	音謨	0844B	怎當那劉太后有呂氏般機謀。
6227	謁	衣也切	0821B	怎敢便大廝八將涼漿謁。

6228	謔	音曉	0662B	怎敢把淫詞來戲謔。
6229	踹	抽拐切	0951A	踹跳板。
6230	踹	抽楞切	0332C	着石板蓋上。再墊上些土兒。踹一踹。
6231	踹	補采切	0294B	瘸着腿波面上踹。
6232	蹀	音迭	0281A	宮花蹀躞帽簷偏。
6233	蹀	音迭	0323A	諕的我手兒腳兒滴羞蹀躞戰篤速。
6234	蹀	音迭	0574A	諕的我手兒腳兒滴羞蹀躞戰篤速。
6235	蹀	音迭	0631A	金蹀躞翠籠惚。
6236	蹀	音迭	0703A	蹀躞馬蹄遙。
6237	蹁	音偏	0814A	夜月舞蹁躚。
6238	蹁	音篇	0624A	席上舞蹁躚。
6239	蹁	音駢	0233A	舞蹁躚兩袖風翻。
6240	踏	之沙切	0042B	從此後我將這菴觀門兒再不踏。
6241	踏	音渣	0133A	你今日有甚臉落可便踏着我的門戶。
6242	踏	音渣	0141B	那廝多應是兩隻腳把寶鐙來牢踏。
6243	踏	音渣	0330C	你常踏着吉地而行。
6244	踏	音渣	0381A	害的你腳心裏踏做了趼。
6245	踏	音渣	0442A	謾踏殘萋萋芳草迷荒徑。
6246	踏	音渣	0482A	莫不是大遼軍馬廝踏踏。
6247	踏	音渣	0593C	正踏着黑道。
6248	踏	音渣	0612B	他若是不開門我腳去踏。
6249	踏	音渣	0802B	蚤將這闊腳板把門楗踏破。
6250	輭	即軟字	0401C	爭奈小生平昔間輭弱。
6251	輳	倉救切	0023B	甚時得天緣輻輳。
6252	輳	倉救切	0214A	廝輳着暗地量度。
6253	輳	倉救切	0404B	天緣輳。
6254	輳	倉救切	0834n	／
6255	選	上聲	0751C	我當替你別選高門。
6256	醍	音提	0023C	此酒勝甘露醍醐。
6257	醍	音提	0362C	醍醐灌頂。甘露灑心。
6258	醐	音胡	0023C	此酒勝甘露醍醐。
6259	醐	音胡	0362C	醍醐灌頂。甘露灑心。
6260	醑	音胥	0064B	我着金杯飲醱醑。
6261	醑	音胥	0204B	他那裏做小伏低勸芳醑。
6262	醑	音胥	0900B	登御宴。飲芳醑。

6263	醑	音宵	1002B	可着我翠袖慇勤捧釀醑。
6264	醑	音須	0991B	金杯中泛釀醑。
6265	醑	須上聲	0421A	有興處飲釀醑千鍾醉。
6266	醒	平聲	0464B	我向這酒葫蘆着渰不曾醒。
6267	醒	平聲	0602A	黃粱醒後。
6268	醒	平聲	0661B	這其間燕寢夫人夢未醒。
6269	鋸	音據	0834A	你待要鋸倒連枝樹。
6270	鋸	音遽	0561A	藕池中鋸折並頭蓮。
6271	錁	音課	0592B	我則道多是你這撮合山要賺松紋錁。
6272	錄	音慮	0364B	更狠似道錄。
6273	錍	音批	0193B	可不的失掉了鑞釵錍。
6274	錚	音撐	0981A	又不是戰鐵馬響錚鏦。
6275	錮	音固	0554E	王仲略詐冒為官。杖一百終身廢錮。
6276	錯	音草	0214B	畫的來沒半星兒差錯。
6277	錯	音草	0221B	你心中可便不錯。
6278	錯	音草	0243E	小官每豈敢自專。望從容尊鑑不錯。
6279	錯	音草	0291B	不是我千錯萬錯。
6280	錯	音草	0611B	觥籌交錯。
6281	錯	音草	0784B	也是我一事差百事錯。
6282	錯	音草	0902B	要從良便寫約無差錯。
6283	錯	搓上聲	0802B	豈不怕神明報應無差錯。
6284	閹	音醃	0840C	已不是尋常閹宦之比。
6285	閹	音醃	0894C	往者大將軍何進謀除閹宦。
6286	閼	音煙	0012C	若得他做閼氏。我願足矣。
6287	閶	音昏	0422B	我恰才遊仙闕。謁帝閶。
6288	霎	音殺	0140A	誰曾住半霎兒程途。
6289	霎	音殺	0202A	你敢且半霎兒霧鎖雲埋。
6290	霎	音殺	0231A	再不曾半霎兒得這腳頭定。
6291	霎	音殺	0332A	半霎兒憂成我病。
6292	霎	音殺	0351A	霎時間早雕欄玉砌都安在。
6293	霎	音殺	0441C	不曾停一時半霎。
6294	霎	音殺	0454A	半霎兒改變了山河。
6295	霎	音殺	0653A	委實的不曾半霎兒心舒。
6296	霎	音殺	0662C	則在一時半霎。
6297	霎	音殺	0730A	誰知道半霎相看百種愁。

6298	霎	音殺	0744A	沒半霎兒早熬翻了楚項羽。
6299	霎	雙鮓切	0021B	咱根前一時半霎。
6300	霎	雙鮓切	0082B	諕得我立掙癡呆了這半霎。
6301	霎	雙鮓切	0213B	把死限俄延了多半霎。
6302	霎	雙鮓切	0253A	幾曾道半霎兒停步。
6303	霎	雙鮓切	0290B	若放我回家兒半霎。
6304	霎	雙鮓切	0412B	都只在一時半霎。
6305	霎	雙鮓切	0643B	頭上雪何曾住半霎。
6306	霎	雙鮓切	0911B	濺了些漿水飯那裏肯道停時霎。
6307	鞓	音汀	0211B	偏斜了鳳帶紅鞓。
6308	鞓	音汀	0233A	我將這帶鞓來攃。
6309	鞓	音汀	0414B	疎刺刺沙韝雕鞍撒了鎖鞓。
6310	鞓	音汀	0421B	教我空踏斷草鞋雙帶鞓。
6311	鞓	音汀	0484B	把這廝帶鞓。
6312	鞓	音汀	0622B	怎敢緊揢住他角帶鞓。
6313	鞓	音汀	0633A	縷金鞓玉兔鶻。
6314	鞘	音笑	0853B	把龍泉扯離出沙魚鞘。
6315	鞘	音笑	1004C	那一件卻不是個刀鞘。
6316	頰	肌也切	0821B	桃花頰。
6317	頰	音結	0511A	你待賺鼇魚釣頰腮。
6318	頷	含去聲	0173A	教你去龍頷下探明珠。
6319	頷	含去聲	0542A	驪龍頷下取明珠。
6320	頷	音含	0302A	不由我這胡髯乍滿頷頦。
6321	餞	音箭	0510C	與他奉餞一杯。
6322	餞	音箭	0690C	與須賈大夫餞行去來。
6323	餞	音賤	0012C	待明日朕親出灞陵橋送餞一杯去。
6324	餞	音賤	0242C	與兄弟餞行走一遭去。
6325	餞	音賤	0460C	聊引餞意耳。
6326	餞	音賤	0561C	更到十里長亭餞一杯咱。
6327	餞	音賤	0672C	又饒了他不殺壞，又與餞行。
6328	餞	音踐	0261C	與蘇先生餞行。
6329	鬨	烘去聲	0481B	早遣那嘉山太僕來爭鬨。
6330	鬨	烘去聲	0593A	趁鬨裏。
6331	鴒	音零	0031A	若不沙，則我這雙兒鶺鴒也似眼中睛。
6332	鴝	音渠	0841A	又則見梨花枝上鴝鵒兒打盤旋。

6333	鴟	音痴	0513A	卻不道五湖西子嫁鴟夷。
6334	鶘	音姑	0281A	綠陰中聞鷓鶘。
6335	鶘	音姑	0362A	也不索茶點鷓鶘斑。
6336	鶘	音姑	0460D	嬌媚鷓鶘兒。妖嬈鸞鳳雛。
6337	鶘	音姑	0561A	鳳凰簫吹不出鷓鶘天。
6338	鶘	音姑	1002B	經了些風雨聲中聽鷓鶘。
6339	鴨	羊架切	0563B	香焚睡鴨。
6340	鴨	羊架切	0612B	可又早蓮浦觀鵝鴨。
6341	亂	音襯	0304A	將逆賊不留韶亂。
6342	亂	音襯	0855C	韶亂不留。
6343	孍	音濫	0213A	又沒甚綵孍宮娃。
6344	鬆	丁梨切	0861A	梳着箇霜雪般白鬆髻。
6345	鬆	丁離切	0271A	沒揣的便揪住鬆髻。
6346	鬆	音狄	0193A	歪斜着油鬆髻。
6347	鬆	音狄	0511A	俺娘不殢酒時常鬆髻歪。
6348	鬆	音狄	0561A	鬆髻偏。
6349	鬆	音狄	0811A	都是俺個敗人家油鬆髻太歲。
6350	傀	音壘	0852A	向這傀儡棚中。
6351	傀	累上聲	0330C	我要傀儡兒耍子。
6352	傀	累上聲	0481A	傀儡棚中。
6353	匵	音讀	0341A	天也則索閣落裏韜匵藏諸。
6354	嚇	亨美切	0392A	我向嚇魂臺把文案偷窺視。
6355	嚇	音黑	0044D	賊徒唬嚇結良緣。號令沈枷在市廛。
6356	嚇	音黑	0332A	兀的不嚇掉了我的魂靈。
6357	嚇	音黑	0442C	第三折：我拔出刀子來止望詭嚇成姦。
6358	嚇	音黑	0951C	千求不如一嚇。
6359	嚇	黑平聲	0254D	閻王生死殿。東嶽嚇魂臺。
6360	嚇	黑平聲	0862A	待要詭嚇誰。
6361	嚎	音毫	0993B	可怎麼白日神嚎。
6362	嚎	音豪	0214A	叫不應雨淚嚎咷。
6363	嚎	音豪	0223A	則見他子母每哭嚎咷。
6364	嚎	音豪	0334A	每日家嚎咷痛哭。
6365	嚎	音豪	0922A	想俺那小冤家苦痛嚎啕。
6366	嚏	音替	0873D	打嚏耳朵熱。一定有人說。
6367	壑	音好	0453B	凹答巖壑。

6368	壓	羊架切	0042B	他大字兒將咱鎮壓。
6369	壓	羊架切	0082B	難鎮難壓。
6370	壓	羊架切	0141B	怎故意的把人欺壓。
6371	壓	羊架切	0412B	錦繡堆壓。
6372	壓	羊架切	0482B	莫不是佘太君有人相欺壓。
6373	壓	羊架切	0490B	將官府敢欺壓。
6374	壓	羊架切	0621B	有吳融八韻賦自古無人壓。
6375	壓	羊架切	0793E	你個無端的賊吏奸猾。將老夫一謎裏欺壓。
6376	壓	羊架切	0804B	你便是有官防難彈壓。
6377	壕	音豪	0741A	敢可也不知自己在壕中坐。
6378	嬭	音姆	0614A	則這外甥女倒老如俺嬭嬭。
6379	嬭	音姆	0832C	你與我喚嬭嬭出來。
6380	嬭	魔上聲	0112C	說與嬭嬭知道。
6381	嬭	魔上聲	0992C	我家中有個嬭嬭。
6382	嬪	音貧	0210C	六宮嬪御雖多。
6383	嬪	音貧	0751A	常則是嬪風作範。
6384	嬪	音貧	0840C	令六宮妃嬪，各自尋覓。
6385	嬭	音姆	0622C	老身是這王同知的嬭嬭是也。
6386	寱	音異	0414A	伴做箇寱掙。
6387	嶸	音橫	0073B	這等人狗年間發跡俠崢嶸。
6388	嶸	音橫	0094C	賢弟崢嶸有日。奮發有時。
6389	嶸	音橫	0261C	我看先生必有崢嶸之日。
6390	嶸	音橫	0271A	你辦着一片至誠的心可自有個崢嶸日。
6391	嶸	音橫	0321D	軍中若把文章用。管取崢嶸衣錦歸。
6392	嶸	音橫	0370C	幾時是那崢嶸發跡的時節也呵。
6393	嶸	音橫	0424D	平生潑賴曾爲盜。一運崢嶸卻做官。
6394	嶸	音橫	0464B	不戀富貴崢嶸。
6395	幪	音蒙	0593A	手帕兒遮幪了我面皮。
6396	幫	音邦	0951A	敢早着了鑽懶幫閒。
6397	懂	音董	0111A	元來是一半兒粧呆一半兒懂。
6398	懂	音董	0462B	又不是癡呆懵懂。
6399	懂	音董	0691A	倒不如癡呆懞懂。
6400	懂	音董	0854C	連我這孩兒心下也還是懞懞懂懂的。
6401	應	去聲	0751D	匹配良姻自作保。早將親事應承了。
6402	應	平聲	0401A	再不應承。

6403	應	平聲	0414B	怎教咱做妹妹哥哥答應。
6404	應	平聲	0484B	怎沒半句兒將咱來答應。
6405	應	平聲	0531A	料應來盡世裏困窮途。
6406	應	平聲	0651C	你將應有的家私都搬出來。
6407	應	平聲	0671A	便道不應該。
6408	應	平聲	0742B	隨何也須索箇心口相應。
6409	應	平聲	0770D	只爲一點塵污惹禍災。降臨凡世罪應該。
6410	應	平聲	0780D	花當洞口應長在。水到人間定不回。
6411	應	平聲	0823C	應得死罪。
6412	應	平聲	0844D	今日親承高帝業。也應修舉代來功。
6413	應	平聲	0853C	也等你的孩兒討箇應襲。
6414	應	平聲	0874A	道莽撞的廉頗請罪來。死也應該。
6415	應	平聲	0934C	我雖不曾應承。
6416	應	平聲	0952A	看那廝有備應無備。
6417	應	平聲	0972C	多應是少年的人。
6418	應	平聲	1004B	可怎生應也無人應。
6419	懞	音蒙	0332A	他那裏越懶拗放懞掙。
6420	懞	音蒙	0484A	這廝待放懞掙。
6421	儒	音糯	0494B	不是張孔目從來儒。
6422	擊	巾以切	0303B	鼕鼕的花腔鼓擊。
6423	擊	巾以切	0894B	怎這等廝琅琅連扣擊。
6424	擠	濟上聲	0083C	則纏寺門前擠破了也。
6425	擠	濟上聲	0812C	就叫那呆漢來擠上他一場。
6426	擦	七打切	0141B	我與你便磨磨擦。
6427	擦	抽鮓切	0482B	頑石上撞撞的將斧刃擦。
6428	斃	音弊	0384E	楚平公聽信費無忌。任忠良一旦全家斃。
6429	斲	音沼	0632B	你止不過掘黃精和土斲。
6430	曖	音艾	0113A	訐人曖昧。
6431	曖	音愛	0393A	這公事深藏着曖昧。
6432	櫼	與簪同	0061A	休添上畫櫼間疎雨滴愁腸。
6433	檜	音桂	0831A	檜柏瑣蒼煙。
6434	檠	其行切	0622A	燒的這短檠燈。
6435	檠	其行切	0661A	暫離了三尺短檠燈。
6436	殭	音姜	0590C	三尺土底下板殭身死也。
6437	濕	傷以切	0072B	這的是酒淹衫袖濕。

6438	濕	傷以切	0201B	休教這印蒼苔的凌波襪兒濕。
6439	濕	傷以切	0262C	且休說懷耽十月。只從小偎乾就濕。
6440	濕	傷以切	0862B	墳頭上土脈猶濕。
6441	濕	傷以切	0972B	這病呵是風寒暑濕。
6442	濘	音佞	0153C	這般水深泥濘。
6443	濟	上聲	0401C	西接濟陽。
6444	濟	上聲	0643D	我家賣酒十分快。乾淨濟楚沒人賽。
6445	濟	上聲	0720C	除授濟南府尹之職。
6446	濡	音如	0423D	殿廷聚會風雲氣。華夏沾濡雨露恩。
6447	營	音盈	0421B	也不論出入經營。
6448	營	音盈	0464B	搠包兒錦陣花營。
6449	營	音盈	0742B	喒也曾緝林林劫寨偷營。
6450	燭	音主	0830B	我則待添香可也補燭。
6451	燭	音竹	0483B	待布施與你一千枝蠟燭。
6452	燮	音屑	0013A	你管燮理陰陽，掌握朝綱。
6453	燮	音屑	0092A	剛理會得燮理陰陽。
6454	燮	音屑	0113C	調和鼎鼐。燮理陰陽。
6455	燮	音屑	0424A	你可也忒莽撞則道你燮理陰陽。
6456	燮	音屑	0474A	燮理陰陽。
6457	燮	音屑	0664A	也須要燮理陰陽。
6458	燮	音屑	0892C	燮理陰陽。
6459	爵	音勦	0342B	因甚上為官爵。
6460	爵	焦上聲	0302E	若是他大勝還朝。唐天子重加官爵。
6461	爵	勦去聲	0994E	李幼奴賢德可褒稱。那福童待長加官爵。
6462	獯	音薰	0010C	獯鬻玁狁。逐代易名。
6463	獰	音能	0853A	火不騰改變了猙獰貌。
6464	獲	胡乖切	0181A	習文的堪歎這西狩獲麟。
6465	獲	胡乖切	0202B	怎做的姦盜拿獲。
6466	甑	晶去聲	0471A	窮不窮甑有蛛絲塵網亂。
6467	甑	晶去聲	0650D	釜有蛛絲甑有塵。晉州貧者獨吾貧。
6468	甑	晶去聲	0903A	我買了恰下甑的饅頭三扇子。
6469	甑	精去聲	0321A	至如他釜有蛛絲甑有塵。
6470	疃	土緩切	0173A	我與你也是近疃鄰莊共鄉閭。
6471	疃	土緩切	0383C	這一村疃人家輪流着祭賽這牛王社。
6472	疃	湯卯切	0783A	早來到三家疃上熟遊地。

6473	瞳	湯卵切	0794D	怎把走村串瞳貨郎兒。屈勘做了圖財致命殺人賊。
6474	皤	音婆	0454B	世態纔知鬢髮皤。
6475	皤	音婆	0494B	猛回頭青鬢早皤皤。
6476	皤	音婆	0604B	對青銅兩鬢皤皤。
6477	皤	音婆	0812B	熬煎的點秋霜兩鬢皤。
6478	盪	湯去聲	0223C	我去莊院人家盪熱了這酒。
6479	盪	湯去聲	0261C	在下聊備一杯淡酒。與先生盪寒。
6480	盪	湯去聲	0361B	更壓着你洞庭春好酒新炊盪。
6481	盪	湯去聲	0524B	我若是手梢兒在你身上盪。
6482	盪	湯去聲	0583A	炊盪時燒柴撥火。
6483	瞧	音樵	0583A	潤紙窗把兩個都瞧破。
6484	瞪	音呈	0144A	呆不騰瞪着個眼腦。
6485	瞪	音呈	0772A	瞪了星眸。
6486	瞪	音澄	0171A	百里奚只瞪眼偷看。
6487	瞪	音澄	0572A	惱犯那賊人瞪睛把俺來殺壞了。
6488	瞪	音澄	0843A	他眼瞪瞪瞅我有十餘次。
6489	瞪	音橙	0051C	嚇得項王目瞪口呆。
6490	瞪	音橙	0633A	揉腮瞪目。
6491	瞬	音舜	0311A	則着這星眸略瞬盼。
6492	瞶	音外	0174C	某想伍員在臨潼會上拳打蒯瞶。
6493	磻	音盤	0554A	我又不曾映斜陽垂釣磻溪上。
6494	磻	音盤	0692A	獨坐在磻溪上。
6495	禪	音善	0353A	俺趙家受禪登基。
6496	穗	音遂	0193B	俺兩個也曾麥場上拾穀穗。
6497	穗	音遂	0473C	不能化穗而成其芒。
6498	簇	音粗	0633B	拜辭了翠裙紅袖簇。
6499	簇	粗上聲	0493B	常則是笙簫繚繞了鬟簇。
6500	簇	聰疎切	0944B	打扮的諸餘裏俏簇。
6501	簁	初救切	0061A	喜時節鵁鶄並簁。
6502	簌	音速	0093A	從來個撲簌簌沒氣力。
6503	簌	音速	0202A	待月簾微簌。迎風戶半開。
6504	簌	音速	0441A	就不由俺不撲簌簌淚如麻。
6505	簌	音速	0521A	簌翠偎紅彩繡中。
6506	簌	音速	0543D	雲鬟堆綠鴉。羅裙簌絳紗。

6507	籔	音速	0583A	撲籔籔淚滂沱。
6508	籔	音速	0631A	珠瓈籔玉玲瓏。
6509	籔	音速	0793D	濫官肥馬紫絲韁。猾吏春衫籔地長。
6510	籔	音速	0981A	裙兒籔鞋半弓。
6511	籔	音蘇	0912A	做爹的滴血籔籔淚滿腮。
6512	籔	蘇上聲	0153A	怎當這頭直上急籔籔雨打。
6513	籔	蘇上聲	0501B	把那氈簾來低籔。
6514	籔	蘇上聲	0591A	淚籔籔不住點兒流。
6515	籔	蘇上聲	0633A	簾低籔碧蝦鬚。
6516	籔	蘇上聲	0762A	腰纏着碌籔絛。
6517	籔	蘇上聲	0801A	這軟籔籔的坐榻。
6518	籔	蘇上聲	0813B	玉玎璫金瓅瓔珠瓈籔。
6519	籔	蘇上聲	0944B	早做了撲撲籔籔、濕濕淥淥、疎林人物。
6520	籔	蘇上聲	0991B	兀那氈簾向門外籔。
6521	簏	音路	0364B	建溪別館覓錢簏。
6522	糝	三上聲	0141A	則聽的淅零零雪糝瓊沙。
6523	糝	三上聲	0163A	寰宇內糝玉篩瓊。
6524	糝	三上聲	0333A	你道是水沙兒誰人糝上土。
6525	糝	桑感切	0113C	冬則糝雪飛沙。
6526	糨	姜去聲	0233C	這一宗是個開洗糨鋪的。
6527	縫	去聲	0592C	我行有影。衣有縫。
6528	縫	去聲	0663A	諕的那有情人恨無個地縫兒藏。
6529	縫	去聲	0853A	打的我無縫可能逃有口屈成招。
6530	縭	音梨	0783B	現如今桃源好結縭。
6531	縮	收上聲	0172B	俺只見馬吼處和人倒縮。
6532	縮	思火切	0053B	形容兒猥縮。
6533	縲	音雷	0404D	孫孔目反遭縲絏。有口也怎得伸冤。
6534	縲	累平聲	0113D	桂花仙一念思凡。眾神將都遭縲絏。
6535	縹	音飄	0860D	讀盡縹緗萬卷書。可憐貧殺馬相如。
6536	績	將洗切	0052B	一個興漢的好事績。
6537	繃	音崩	0053A	我將這瓦腿繃牢拴。
6538	繃	音崩	0401C	腿繃護膝。
6539	繃	音崩	0643A	空喫盡弔拷繃扒。
6540	繃	音崩	0852A	他把繃扒弔拷般般用。
6541	繰	音騷	0323A	我本是摘繭繰絲莊家婦。

6542	繰	音騷	0441C	養蠶繰絲。
6543	繆	波彪切	0094B	揚言說要結綢繆。
6544	繆	麻彪切	0023B	錢也誰承望你無倒斷阻隔綢繆。
6545	繆	麻彪切	0282C	他兩個過的綢繆。不離寸步。
6546	繆	麻彪切	1004E	巡江官相邀共飲。出妻子禮意綢繆。
6547	翳	音異	0693C	在那翳桑下遇着靈輒。
6548	翼	銀計切	0284B	也只是願雙雙並諧比翼。
6549	翼	銀計切	0433B	恰便似出籠鷹剪折了我這雙翼。
6550	膾	音桂	0513B	此行不爲鱸魚膾。
6551	膾	音貴	0584A	膾切着鯉魚胎。
6552	臁	音廉	0341A	一個舒着那臁肕跳灰驢。
6553	臁	音廉	0693A	正遮了這破單褲精臁刃。
6554	臊	音騷	0802A	似這般腥臊臭穢怎存活。
6555	薄	巴毛切	0101B	怕見我面情薄。
6556	薄	巴毛切	0144B	剛轉過這林薄。
6557	薄	巴毛切	0291B	名分輕薄。
6558	薄	巴毛切	0342B	怨書生的命薄。
6559	薄	巴毛切	0384B	非情薄。
6560	薄	巴毛切	0411B	想俺這孤男寡女忒命薄。
6561	薄	巴毛切	0492A	這都是我緣分薄。
6562	薄	巴毛切	0534B	我如今怎敢輕薄。
6563	薄	巴毛切	0662B	他待填還你枕剩衾薄。
6564	薄	巴毛切	0691B	自古書生多命薄。
6565	薄	巴毛切	1003B	俺的命恁般薄。
6566	薄	音波	0352B	怕只怕王樞密的刻薄。
6567	薄	音婆	0741B	也怪不的嗏故舊情薄。
6568	薄	婆上聲	0164B	今日享千鍾粟還嫌薄。
6569	薤	音械	0014A	哀怨似作薤露哭田橫。
6570	薤	音械	0552A	薤露歌殘慘日斜。
6571	薨	呼耕切	0434C	至齊康公薨而無後。
6572	蠍	音適	0723A	我比那窬牆賊蠍蠍索自忍。
6573	螭	音癡	0601D	幾度長安應舉。萬言策曾獻螭頭。
6574	螽	音中	0843C	螽斯麟趾之慶。
6575	螿	音漿	0013B	夜生涼。泣寒螿。
6576	蟄	音哲	0471A	想蟄龍奮起非爲晚。

6577	蟄	音輒	0533A	只等待桃花浪暖蟄龍飛。
6578	蟄	音輒	0692A	你則待的到蟄龍一聲雷蕩響。
6579	蟄	音輒	0824A	起蟄龍吐雲霧上天時。
6580	蟄	張蛇切	0273B	雷發聲便動春蟄。
6581	蟒	忙上聲	0663A	你常好是熱蟒也沈東陽。
6582	蟒	音莽	0874C	眾人都看見一條大蟒蛇攔路。
6583	褋	連去聲	1001C	掉了我的搭褋。
6584	褶	音習	0132A	我覷不的你裥寬也那褶下。
6585	褸	音呂	0931B	到如今衣裳襤褸。
6586	覬	音記	0894B	則為這漢江山有人希覬。
6587	謅	义搜切	0432B	你休那裏信口謅。
6588	謅	之搜切	0621A	直恁般性格兒謅吒。
6589	謅	音鄒	0273A	一謎裏便胡謅亂說。
6590	謅	音鄒	0543A	這漢就裏決謅札。
6591	謅	音鄒	0551A	胡謅下一道文。
6592	謎	音袂	0972B	我便是女楊修難猜啞謎。
6593	謎	迷去聲	0221A	你不將我人也似覷倒着我謎也似猜。
6594	謎	迷去聲	0272A	我則要你謎也似猜。
6595	謎	迷去聲	0432A	好着我猜不着謎頭。
6596	謎	迷去聲	0493A	似這般啞謎兒教咱怎猜做。
6597	謎	迷去聲	0741A	一謎裏信口開合。
6598	謎	迷去聲	0804A	現如今一謎裏尿胡下。
6599	謎	迷去聲	0961A	他喫不的一謎裏躧。
6600	謎	迷去聲	1002A	一謎的將俺犇呼。
6601	豁	音火	0454B	倒大來顯豁。
6602	豁	音火	0812B	莫不靈堂前要顯豁。
6603	豳	音賓	0352C	豳汾二州防禦使。
6604	貔	音疲	0210D	坐擁貔貅鎮朔方。每臨塞下受降王。
6605	貔	音疲	0671B	你是個領貔貅天下材。
6606	貔	音疲	0743A	現統領着百萬貔貅。
6607	貔	音牌	0434D	卜大夫載回齊國。拜軍師坐擁貔貅。
6608	賸	音盛	0064A	賸道連理歡濃。
6609	賸	音盛	0674A	一騎馬賸到跟前。
6610	賸	音盛	0772A	你比我敢賸受了些萬絮千頭。
6611	賸	音盛	0814A	若不是你荊楚臣急忙忙賸到根前。

6612	賸	音剩	0032A	賸吃了些眾人每毒咒。
6613	賺	音甚	0794A	啜賺出是和非。
6614	賺	音湛	0022A	干賺的相如走偌遠。
6615	賺	音湛	0111A	揣着個賺劉晨笑入桃源洞。
6616	賺	音湛	0122C	賺得那廝寫了休書。
6617	賺	音湛	0184A	他把我賺回頭早海變桑田。
6618	賺	音湛	0253A	赤緊的後婆婆先賺了我文書。
6619	賺	音湛	0261A	往前去賺入坑。
6620	賺	音湛	0313C	秦弱蘭賺了他一篇樂章。
6621	賺	音湛	0350A	但賺的離雄州。
6622	賺	音湛	0363A	可不乾賺了我奔走紅塵九千里。
6623	賺	音湛	0392C	我把這廝賺入牢去。
6624	賺	音湛	0430C	則要你賺的我自然出這洞去。
6625	賺	音湛	0444C	賺他畫一個字。
6626	賺	音湛	0541A	似這等潑差使誰敢道賺分文。
6627	賺	音湛	0584D	非是我甘心為盜。故意來啜賺哥哥。
6628	賺	音湛	0661A	啜賺的你早晚行。
6629	賺	音湛	0684A	只待學賺神女楚襄王。
6630	賺	音湛	0772A	纔賺的春風可便樹點頭。
6631	賺	音湛	0814A	可不乾賺了我俏蘇卿一世裏蹇。
6632	賺	音湛	0882B	將他來賺。
6633	賺	音湛	0952A	我可便智賺了金牌着他去不得。
6634	賺	音蘸	0742C	要賺嗒去獻功。
6635	趀	郎耶切	0391A	腳趔趄難支吾荒冗冗。
6636	蹇	音繭	0084B	我那命蹇。
6637	蹇	音繭	0814B	可不乾賺了我俏蘇卿一世裏蹇。
6638	蹉	音日差	0584D	待幾時風塵寧靜。我和你招安去未是蹉跎。
6639	蹊	音奚	0783B	花木成蹊。
6640	蹊	音奚	0962A	花滿蹊酒滿壺。
6641	蹋	音塔	0343A	崩蹋山崖。
6642	蹋	當加切	0482B	一個將腳尖蹋。
6643	蹌	妻相切	0524B	一剗地濟濟蹌蹌。
6644	蹌	音蹡	0923B	怎覷他這趔蹌。
6645	蹌	音鎗	0144A	你去那大北坡跟蹌走。
6646	輾	女窈切	0223C	早早的足瘸車輾馬踏倒路死了。

6647	輾	尼蹇切	0043C	我想來一馬不背兩鞍。雙輪豈輾四轍。
6648	轂	音古	0051B	你起初時要他。便推輪捧轂。
6649	轄	音狎	0683A	轄三十六洞天。
6650	邁	音賣	0083B	可則俺兩口兒都老邁。
6651	邁	音賣	0382C	如今年紀衰邁。
6652	邂	音械	0624A	我和他邂逅春風甚可憐。
6653	遭	音甋	0251B	怎當的進退迍邅。
6654	邅	音甋	0373B	受煞迍邅。
6655	醖	音運	0711B	既然要敍舊開佳醖。
6656	醖	音運	0912A	賽中山宿醖開。
6657	醞	音韻	0201A	殘花醞釀蜂兒蜜。
6658	醞	音韻	0461A	醞成佳醞。
6659	醞	音韻	0473D	九醞酒光斟琥珀。三山鸞鳳舞扁躚。
6660	醞	音韻	0521A	光祿寺醞江釀海。
6661	醞	音韻	0583A	醞釀利錢多。
6662	醞	音韻	0661A	醞釀出嫩綠嬌紅。
6663	醞	音韻	0823A	因此上醞釀就蜂兒蜜。
6664	醞	音韻	0831A	往常我醞釀真心不淺。
6665	醡	音詐	0643D	茅廁邊廂埋酒缸。褲子解來做醡袋。
6666	醢	音海	0032C	見韓信遭誅彭越被醢。遂辭去侯爵願從赤松子遊。
6667	醢	音海	0672C	醢了彭越。
6668	鍤	抽鮓切	0441B	他在巖牆下拿鍫鍤。
6669	鍤	音插	0361C	劉伶荷鍤。
6670	鍤	音插	0523A	也不學劉伶荷鍤。
6671	鍤	音插	0681A	荷鍤的埋入土。
6672	鍪	音謀	0743C	我老樊只除下兜鍪。
6673	鍪	音謨	0744B	廝琅琅斷鎧甲落兜鍪。
6674	鍫	俏平聲	0441A	他在巖牆下拿鍫鍤。
6675	鍬	俏平聲	0223A	他添不到那兩鍬兒新土。
6676	鍬	悄平聲	0430C	我只着幾個人將着鍬鑷從這土坑邊開通一道深溝。
6677	鍬	粗消切	0143A	蠟打的鍬兒怎撅就的坑。
6678	鍬	粗消切	0273A	那廝敢平地下鍬撅。
6679	鍬	粗消切	0834C	着鍬撅出你來。
6680	鍬	麤消切	0941A	怎知高陽臺一路上排鍬钁。

6681	鍮	音偷	0811A	鍮鑮杓剟眼輪。
6682	鍼	與針同	0611A	這字又不曾使繡鍼來挑。
6683	鄒	音耶	0522A	鎮鄒無神。
6684	闊	科上聲	0494B	不是我自間闊。
6685	闊	科上聲	0604B	怕甚麼海天闊。
6686	闊	科上聲	0741B	喒如今先備下這殺人刀門扇似闊。
6687	闊	音顆	0103B	把個十字街擠的沒一線兒闊。
6688	闊	音顆	0352B	到今日冷清清只一片空闊。
6689	闊	音顆	0900B	山遙水闊。
6690	闋	音缺	0711C	小官走筆賦滿庭芳一闋。
6691	鞚	空去聲	0111B	准備着五花驄緩向天街鞚。
6692	鞚	空去聲	0301B	他若是搯鋼鞭款款把征駞鞚。
6693	鞚	空去聲	0462B	你教他繫垂楊玉驄低鞚。
6694	鞚	空去聲	0521B	端的是走輪飛鞚。
6695	頜	音翠	0972B	他可都笑人顑頜。
6696	餱	音侯	0013A	車運着餱糧。
6697	餱	音侯	0381A	聚餱糧。
6698	駸	音侵	0422A	也不索駿馬駸駸踐路塵。
6699	騃	音諧	0452B	覷孩兒瘦更騃。
6700	騃	音諧	0651B	怎生出這癡騃。
6701	騃	魚開切	0034B	難道你王粉頭直恁騃。
6702	鬅	音蓬	0852A	況兼我白髮鬅鬆。
6703	鬌	莊瓜切	0543D	小妝鬌。凌波羅襪。洞天何處家。
6704	黛	音代	0024A	將眉黛好重描。
6705	黛	音代	0041A	粉黛慵施。
6706	黛	音代	0092A	往常時喚官身可早眉黛舒。
6707	黛	音代	0141A	兀的不消磨了我刺繡的青黛和這硃砂。
6708	黛	音代	0202B	我怎肯掩殘粉淚橫眉黛。
6709	黛	音代	0211A	粉黛施呈。
6710	黛	音代	0562A	和我這眼皮眉黛欠分明。
6711	黛	音代	0680A	密葉空攢翠黛愁。
6712	黛	音代	0841A	若不是昭陽宮粉黛美人圖。
6713	黛	音代	1001A	暈的呵眉黛鬖。
6714	鼾	漢平聲	0232C	元來打駒鼾的在那一邊。
6715	窬	音拱	0723A	我比那窬牆賊蠍螫索自忍。

6716	窾	音拱	0932B	涇河龍淤泥裏便窾。
6717	篗	音萬	0571A	歪篗笠頭上搭。
6718	罊	音見	0341A	一個個拴縛着紙罊子。
6719	魖	音吾	0681B	屠的龍誅的虎滅的魖魖。
6720	䝔	音松	0991C	䝔兒小鶲。
6721	䝔	音鬆	0402A	且莫說他䝔兒小鶲。
6722	漉	乖上聲	0792A	我漉的嚀了不覺忽的昏迷。
6723	漉	音國	0454A	將那潑醅酒漉漉連糟嚀。
6724	叢	音從	0261A	我只索去那虎狼叢裏覓前程。
6725	叢	音從	0461A	綺羅叢封我做醉鄉侯。
6726	叢	音從	0682B	人則道臨老入花叢。
6727	叢	音從	0704n	／
6728	叢	音從	0741A	恰便似明颸颸斧鉞叢中過。
6729	叢	音從	0782B	身在天台花樹叢。
6730	叢	音從	0831A	人我叢中。
6731	囂	音寅	0473C	父頑母囂弟傲。
6732	嚞	與哲同	0761C	貧道姓王名嚞。
6733	蹻	音皎	0554A	舉薦我布衣芒蹻到朝堂。
6734	懣	音悶	0130C	因此上憂懣成病。
6735	戳	勑角切	0431C	有一個小軍被亂鎗戳倒在地上。
6736	戳	音濁	1001C	倒把桅竿直戳下泥裏去。
6737	戳	側角切	0750C	我就一鎗在你這匹夫胸脯上戳箇透明窟籠。
6738	擲	征移切	0063B	泥土般拋擲。
6739	擲	征移切	0093B	姐姐你可便再擲。
6740	擲	征移切	0522B	已拋下二擲。
6741	擲	征移切	0773B	喫會拋擲。
6742	擲	音直	0023A	擲果的雲陽內斬首。
6743	擲	音直	0082C	擲個上上大吉。
6744	擲	音直	0682A	鴛擲下碎錦也成空。
6745	擲	音直	0951D	誰家美女顏如玉。綵毬偏愛擲貧儒。
6746	擻	音叟	0541A	施呈盡抖擻精神。
6747	擻	音叟	0613C	抖擻精神。
6748	斷	端去聲	0771A	柳也你又早這般安排下斷送行人。
6749	斷	端去聲	0782A	兀的把春光斷送。
6750	斷	端去聲	0851C	可不斷送他滅門絕戶。

6751	斷	端去聲	0892A	你這賤媳婦無斷送。
6752	斷	端去聲	0972A	你莫不是斷王事費精神。
6753	斷	端去聲	0981A	斷送的他世間人猶未懂。
6754	斷	端去聲	0992A	斷送了光陰。
6755	殯	音髩	0832C	我與人家送殯去來。
6756	瀏	柳平聲	0363C	兩個後生拿一個先生。被他瀏了。
6757	瀑	音抱	0214B	一會價清呵似翠巖頭一派寒泉瀑。
6758	燼	音信	0442B	不爭難檢驗的屍首燒做灰燼。
6759	燼	音信	0661A	他每都撥煨燼尋蹤影。
6760	爁	音覽	0882B	將韓王殿忽然火爁。
6761	甕	翁去聲	0143A	原來那一盞盞都是甕頭清。
6762	癤	音節	0334C	院公生一個大刺唬癤死了也。
6763	瞅	楚九切	0072A	他那裏不轉睛瞅了我一會。
6764	瞅	楚九切	0182A	則你這娘兒每廝瞅着廝守着。
6765	瞅	楚九切	0453A	一對眼瞅邪妖。
6766	瞅	楚九切	0482A	瞅一瞅赤力力的天摧地塌。
6767	瞅	楚九切	0843A	他眼瞪瞪瞅我有十餘次。
6768	瞅	楚九切	0873A	剛一瞅早將他魂靈嚇掉了。
6769	瞅	楚九切	0942B	似這般左瞅。右瞅。
6770	礎	音楚	0482A	石攢來的柱礎和泥掇。
6771	穢	音畏	0294E	李屠家借屍還魂。終不脫腥羶臭穢。
6772	穢	音畏	0432C	則怕那穢氣撲了哥哥的瘡難醫。
6773	竄	音爨	0483A	馬竄如尾火虎。
6774	竄	音爨	0813A	更合着這忒忤逆的逃竄女。
6775	竄	倉算切	0191A	出轅門豕竄狼逋。
6776	竄	倉算切	0352E	鎮守三關爲好漢。殺的番兵沒逃竄。
6777	竄	倉算切	0571C	士民逃竄。
6778	竅	巧去聲	0214B	渲湖山漱石竅。
6779	竅	巧去聲	0792B	煙生七竅。
6780	竅	巧去聲	0901C	這老爹一竅也不通。
6781	竅	敲去聲	0670C	鼻生三竅，腦後雞冠。
6782	簞	音丹	0371A	咱每日一瓢飲一簞食。
6783	簞	音丹	0452C	顏子也曾一簞食一瓢飲。
6784	簞	音丹	0471A	久居在簞瓢陋巷。
6785	簞	音丹	0572A	慕顏回他也有一個陋巷簞瓢。

6786	簞	音丹	0691A	甘守着陋巷的這簞瓢。
6787	簟	音店	0011A	也是你君恩留枕簟，天教雨露潤桑麻。
6788	簟	音店	0633A	珊瑚枕藤簟紗廚。
6789	簧	音黃	0583A	拽後門將三簧鎖納合。
6790	織	張恥切	0193B	一從使都是渾身繡織。
6791	織	張恥切	0773B	畢罷了斜陽古道愁如織。
6792	織	張恥切	0794B	不是我強羅織。
6793	繙	音番	0233B	你你你將文卷細細繙。
6794	繙	音番	0451A	將一函經手自繙。
6795	繢	音匱	0811A	若早知你這般圈繢。
6796	翹	音喬	0214B	斜鸞翠鸞翹。
6797	翹	音喬	0633A	翠鸞翹內妝束。
6798	翹	音喬	0661D	半似明珠半似花，翠翹雲鬢總堪誇。
6799	聭	音外	0381C	拳打翩聭。腳踢卞莊。
6800	職	張恥切	0052B	再休想驅兵領將元戎職。
6801	職	張恥切	0243B	掌着元戎職。
6802	職	張恥切	0262B	不得個一官也那半職。
6803	職	張恥切	0423B	一品官二品職。
6804	職	張恥切	0522B	這廝也不稱你那元戎職。
6805	職	張恥切	0533B	你道他有甚的高官重職。
6806	職	張恥切	0804E	也曾智賺灰闌年少兒。也曾詐斬齋郎衙內職。
6807	職	張恥切	0823B	我向西延邊上建功爲了宰職。
6808	職	張恥切	0963B	我雖不似張子房休官棄職。
6809	臏	音髕	0690C	前年齊國遣孫臏統領軍馬。
6810	臏	賓去聲	0430C	貧道有兩個徒弟。一個是龐涓。一個是孫臏。
6811	艟	音同	0401C	屯數百隻戰艦艨艟。
6812	薩	殺賈切	0141B	莫不是千化身觀音菩薩。
6813	薩	殺賈切	0581B	你看承似現世的活菩薩。
6814	薩	殺賈切	0612B	謝諸尊菩薩摩訶薩。
6815	薩	殺賈切	0801B	你個老爺爺是救命的活菩薩。
6816	藉	音謝	0203B	不把膽瓶藉。
6817	藉	精妻切	0201B	爲甚西園陡恁景狼籍。〔註17〕

〔註17〕　明刻本被釋字作「藉」，劇文作「籍」。

6818	藉	精妻切	0303B	倒拖鼈的我氣喘狼藉。
6819	藉	精妻切	0582B	走的我氣喘狼藉。
6820	藏	去聲	0183A	爲甚麼這番滾滾海藏裏不沈埋。
6821	藏	去聲	0770C	首座、藏主、藏頭。
6822	藏	去聲	0931A	是則是海藏龍宮曾共逐。
6823	藐	音眇	0742C	怕他有藐視漢家之心。
6824	蟳	音潛	0763A	他母親狠似那雙蟳蠍。
6825	覆	音府	0372B	相公跟前拜覆。
6826	覆	音府	0702B	風呵你略停止呼號怒容咱告覆。
6827	覆	音府	0813B	聽妾身拜覆。
6828	覆	音赴	0601B	無風無雨難傾覆。
6829	贅	音綴	0254D	其贅婿元非瓜葛。限即時逐出劉門。
6830	贅	音綴	0904C	我恰纔在他門前作贅來。
6831	蹕	音必	0891C	出稱警，入稱蹕。
6832	蹙	音取	0191B	則那漢王怎把重瞳蹙。
6833	蹠	張恥切	0814A	偏撞他柳盜蹠惡哏哏做死冤。
6834	蹠	張恥切	0921B	天也送了我的匾金環柳盜蹠。
6835	蹡	妻相切	0474A	又不曾趨蹡天子堂。
6836	蹣	音饅	0233A	何處也蹣跚。
6837	轆	音鹿	0062A	似取水垂轆轤。
6838	轆	音鹿	0231A	合剌剌轆轤響。
6839	轆	音鹿	0241D	腰橫轆轤劍。身被鸕鷀裘。
6840	轆	音鹿	0323A	轆軸上也打不出那連環玉。
6841	轆	音鹿	0962C	繳轆轤。
6842	轆	音鹿	0992C	不曾見轆軸退皮。
6843	轉	去聲	0814B	誰似你坐錢眼中間轉。
6844	轍	張蛇切	0203B	誰更待雙輪碾四轍。
6845	邃	音歲	0650D	也不戀北瞳南主。也不戀高堂邃宇。
6846	邈	音冒	0823C	某姓高名邈。
6847	醯	音希	0423A	世人似舞瓮醯雞。
6848	醯	音希	0473A	堪恨那舞瓮醯雞。
6849	鎧	開上聲	0484C	脫了這鎧甲。
6850	鎧	開上聲	0973A	這一個餞金鎧身上穿。
6851	鎬	音浩	0341C	姓張名鎬。
6852	闐	音田	0734A	贏的個洛陽兒女笑喧闐。

6853	闕	區也切	0203B	平步上萬里龍庭雙鳳闕。
6854	闕	區也切	0280B	赴皇都。趨天闕。
6855	闕	區也切	0763B	回首是神仙闕。
6856	闕	區也切	0821B	若不是嫦娥降下瑤宮闕。
6857	闖	丑禁切	0352A	平白地闖出這場禍。
6858	闖	丑蔭切	0132A	你便闖一千席呵可也填不滿你這窮坑。
6859	闖	音敞	0741A	喒則見撲騰騰這探馬兒闖入旗門左。
6860	雜	咱上聲	0733B	遊人稠雜。
6861	雜	音咱	0021B	紫燕兒畫簷外謾嘈雜。
6862	雜	音咱	0082B	鬮交雜。
6863	雜	音咱	0213B	語喧譁。鬧交雜。
6864	雜	音咱	0581B	俺嫂嫂連夢交雜。
6865	雜	音咱	0723A	聰俊的到底雜情。
6866	雜	音咱	0781B	言言語語參雜。
6867	雜	音咱	0832B	更那堪客人侵雜。
6868	雜	音咱	0911B	更嫌人雜。
6869	離	去聲	0061A	靴蹤不離金階上。
6870	離	去聲	0144D	爲燕大主家不正。親兄弟趕離家庭。
6871	離	去聲	0154D	離門樓。趕店道。別尋個人家宿宿。
6872	離	去聲	0321A	須知道離亂之時武勝文。
6873	離	去聲	0401C	我這裏離梁山至近。
6874	離	去聲	0424A	恰離高唐。
6875	離	去聲	0752C	這裏離荊州不多遠了。
6876	離	去聲	0774A	不離紅塵大道傍。
6877	離	去聲	0841A	詫的那錦鳩兒不離醁醾串。
6878	離	去聲	0853A	把龍泉扯離出沙魚鞘。
6879	離	去聲	0864A	怎脫離無邊苦海。
6880	離	去聲	0933A	救的我涇河岸脫離羊群。
6881	顋	與腮同	0511B	你待賺鼇魚釣頰顋。
6882	額	音崖	0351B	怎生的打碎了這牌額。
6883	額	崖去聲	0191C	直至鴨綠江白額坡前下寨。
6884	額	崖去聲	0202B	我推粘翠靨遮宮額。
6885	額	崖去聲	0283B	爲甚麼雲鬢鬆了金額。
6886	額	崖去聲	0564B	都一般金粉芙蓉額。
6887	額	崖去聲	0634B	淡塗着花額。

6888	額	崖平聲	0302B	緊拴了紅抹額。
6889	額	鞋去聲	0272B	我兩隻手忙加額。
6890	颺	羊去聲	0713A	映垂楊絲颺豐茸。
6891	颺	音羊	0743C	饑則附人。飽則颺去。
6892	颺	音陽	0091A	風裏颺絲。
6893	颺	音樣	0021A	虛飄飄青旗颺落花。
6894	颺	音樣	0161A	他見兔兒颺鷹鸇。
6895	颺	音樣	0321A	颺人頭似滾。
6896	颺	音樣	0684B	萬縷青絲颺。
6897	颺	揚去聲	0842A	颺天外。
6898	饕	音帖	0783A	饕餮他酒共食。
6899	饕	湯也切	0532A	饕餮都盡。
6900	饕	湯也切	0552B	他豈似餓鬼暮饕餮。
6901	馥	房夫切	0021A	香馥馥麝蘭薰羅綺交加。
6902	馥	房夫切	0064B	喑自有新合來澡豆香芬馥。
6903	馥	房夫切	0461A	香馥馥斟一杯花露酒。
6904	馥	房夫切	0884A	香馥馥合巹杯交換。
6905	馥	音伏	0663C	腆着你那紅馥馥的臉兒。
6906	馥	音服	0112C	腆着你那紅馥馥的臉兒。
6907	騎	去聲	0744D	霸王當日渡江來。一騎烏騅百萬開。
6908	騎	去聲	0752C	梅香一騎馬進來。
6909	騎	去聲	0894E	卓本關西一武騎。自恃雄豪足蓋世。
6910	髀	音妣	0381C	常在教場中和小的們打髀殖耍子。
6911	鬅	音朋	0633D	一足剛蹺一足輕。數莖頭髮亂鬅鬙。
6912	鬅	音朋	0682A	則見他烏雲墜蟬鬢鬅鬆。
6913	鬅	音蓬	0693A	更和這鬅鬆兩鬢。
6914	鬆	思宗切	0682B	則見他烏雲墜蟬鬢鬅鬆。
6915	魍	音罔	0113C	魍魎邪魔。
6916	魍	音罔	0263A	訕笑寒酸魍魎。
6917	魎	音兩	0113C	魍魎邪魔。
6918	魎	音兩	0263B	訕笑寒酸魍魎。
6919	鸐	音玉	0841A	又則見梨花枝上鵒鸐兒打盤旋。
6920	黠	音匣	0211C	此人猾黠能奉承人意。
6921	騕	音冤	0022B	醉醺醺下駿騕。
6922	騕	音冤	0281B	一隊隊雕鞍駿騕。

6923	騗	音冤	0352D	驟征騗星夜奔還。眾將校休離營盤。
6924	騗	音冤	0431A	我道是誰把征騗縱。
6925	騗	音冤	0632A	我催駿騗把絲鞭裊。
6926	騗	音冤	0671A	跨下又無駿騗。
6927	騗	音冤	0743A	撲騰騰征騗驟。
6928	劋	初銜切	0881B	恐梅香冷句兒劋。
6929	嚭	音丕	0171C	與我喚將伍子胥伯嚭來者。
6930	巃	音龍	0634A	鬱巃嵷翠微仙界。
6931	懵	夢上聲	0431A	我如今捉獲你對咱粧懵懂。
6932	懵	夢上聲	0681A	這火凡夫都是些懵懂之徒。
6933	懵	蒙上聲	0462A	又不是癡呆懵懂。
6934	懵	蒙上聲	0691A	倒不如癡呆懵懂。
6935	懵	蒙上聲	0854C	連我這孩兒心下也還是懵懵懂懂的。
6936	攏	音隴	1003C	把船攏岸罷。
6937	攏	龍上聲	0830C	攏起我這頭髮。
6938	瀨	音賴	0382D	不須動問名和姓。瀨水西頭第一家。
6939	爆	音豹	0140A	我這裏便爆雷也似唶罷攞頭覷。
6940	爆	音豹	0873A	只被你爆雷似一聲先諕倒那呆老子怕不知名號。
6941	爆	音報	0011A	剝地管喜信爆燈花。
6942	爆	音報	0194A	昨夜裏便急爆燈花。
6943	爆	音報	0214B	忽魯魯風閃得銀燈爆。
6944	爇	如月切	0711E	我鐵類頑銅，恐汝不能爇。
6945	爇	如月切	0761D	不孝謾燒千束紙。虧心枉爇萬鑪香。
6946	爇	如月切	0911D	便好道不孝謾燒千束紙。虧心空爇萬爐香。
6947	爇	如夜切	0421A	香爇雷文鼎。
6948	爇	如夜切	0633A	沈細爇紫金鑪。
6949	爇	如夜切	0833A	寶篆鼠氲爇金鼎。
6950	爍	書藥切	0112E	無端三足烏。團團光閃爍。
6951	爍	書藥切	0174C	不想水中金光閃爍。冷氣逼人。
6952	爍	燒上聲	0213A	晨光閃爍鴛鴦瓦。
6953	爍	燒上聲	0622A	燈光閃爍。
6954	璨	音梨	0461A	拂銀箋湘水玻璨皺。
6955	瓊	音窮	0782B	莫不是駕青鸞天上飛瓊。
6956	瓊	音窮	0981B	勝似那天上許飛瓊。

6957	瓊	渠盈切	0062B	天上飛瓊。散下風流病。
6958	瓊	渠盈切	0163B	寰宇內糝玉篩瓊。
6959	瓊	渠盈切	0464B	則疑是天上許飛瓊。
6960	瓣	音扮	0143A	掇過這桃花瓣石枕冷。
6961	瓣	音扮	0212B	秋蓮脫瓣。
6962	瓣	音扮	0362B	我吐與你木瓜裏裹酥僉裏脂杏湯裏瓣。
6963	瓣	旁幔切	0783A	趁着這幾瓣桃花半溪水。
6964	瓣	旁慢切	0871C	將那桃花瓣兒啗阿啗阿。
6965	禰	寧巳切	0022C	腹隱司馬之才。心似禰衡之傲。
6966	簳	音趕	0153A	這雨呵他似箭簳懸麻粧助我十分苦。
6967	簸	音播	0181C	揀了麥又要簸麥。簸了麥又要淘麥。
6968	簸	音播	0270A	何須你簸揚我貪杯酒浸頭。
6969	簸	音播	0331A	連你也迎風兒簸簸箕。
6970	簸	音播	0341A	一任着小兒簸弄。
6971	簸	音播	0401A	我和他兩白日便見那簸箕星。
6972	簸	音播	0442A	索與他打簸箕的尋趁。
6973	簸	音播	0533A	又加着這一副茗帚簸箕。
6974	簸	音播	0563A	簸土揚沙。
6975	簸	音播	1003A	這船呵在風中簸蕩任東西。
6976	籤	音僉	0442A	硬邦邦的竹籤着指痕。
6977	籤	音僉	0881B	怕妳娘閑話兒籤。
6978	繫	音計	0162C	兩地繫人心。
6979	繫	音計	0284B	合歡帶常拴繫。
6980	繫	音計	0363B	莫為嬌妻苦縈繫。
6981	繫	音計	0492B	無憂慮少縈繫。
6982	繫	音計	0544B	只那樁最尤干繫。
6983	繫	音計	0712B	心外事無縈繫。
6984	繫	音記	0112B	我可道不關親尤干繫。
6985	繫	音記	0203C	將着遊絲兒繫住。
6986	繫	音記	0773B	來了你呵再不見那綠陰深處把青驄繫。
6987	繳	音皎	0963A	每日把轆轤繩直繳到眾星稀。
6988	羶	扇平聲	0294D	李屠家借屍還魂。終不脫腥羶臭穢。
6989	羶	扇平聲	0602C	似群蟻之慕羶。
6990	羶	扇平聲	0961B	不喫羶。
6991	羸	音雷	0192A	折倒的我來瘦懨懨身子尪羸。

6992	羸	音雷	0472A	則有分鞭羸馬。
6993	羸	音雷	0803A	尪羸的這瘦體。
6994	羸	音雷	0972B	更那堪骨體尪羸。
6995	臕	音標	0012A	情知他怎收那臕滿的紫驊騮。
6996	臕	音標	0611B	都空喫飯不長脂臕。
6997	臘	那架切	0141B	須不比那幫源洞裏的方臘。
6998	艫	音魯	0983C	可不把俺身子似艫珠兒露將出來。
6999	艤	音以	0382C	老夫在此艤舟而待。
7000	艤	音以	0603A	怎發付這艤烏江亭長舟。
7001	藜	音梨	0441A	看看那蒺藜沙上花。
7002	藥	音耀	0144B	發賣醫藥。
7003	藥	音耀	0453B	那先生服的是長生藥。
7004	藥	音耀	0632B	飲澗泉吃仙藥。
7005	藥	音耀	0642B	誰承望闇傾着毒藥。
7006	藥	音耀	0662B	教解元善服湯藥。
7007	藥	音耀	0762B	爭知苦口是良藥。
7008	藥	音耀	0792B	這的敢不是風寒藥。
7009	藥	音耀	0873B	打這老子沒肚皮攬瀉藥。
7010	藥	音耀	0902B	你喚醫人忙裏藥。
7011	藥	音耀	0964B	又不曾煉丹藥。
7012	藪	音叟	0084C	因爲這裏窩弓峪是個強盜出沒的淵藪。
7013	蟾	池髯切	0202A	月也你本細如弓一半兒蟾蜍。
7014	蠃	羅上聲	0073A	又不是螺蠃螟蛉。
7015	薑	齋去聲	0272B	這廝那狠毒心如蜂薑。
7016	襜	癡髯切	0854A	我只見這一個身着錦襜褕。
7017	覷	音趣	1002B	我見他假醮醮上下將娘親覷。
7018	覷	趣去聲	0332A	眼睛兒般照覷。
7019	譌	音蛾	0661A	校禮記舛譌楊子雲。
7020	識	傷以切	0072B	你懷揣着鴉青料鈔尋相識。
7021	識	傷以切	0093B	你不委心爲自家沒見識。
7022	識	傷以切	0234B	平日裏又不相識。
7023	識	傷以切	0262B	這婆娘的見識。
7024	識	傷以切	0271B	你也須自做個見識。
7025	識	傷以切	0322B	更則道你莊家每葫蘆提沒見識。
7026	識	傷以切	0331B	你今日不相識的故意爲相識。

7027	識	傷以切	0353B	可是你掌朝綱的王法也不識。
7028	識	傷以切	0373B	俺父親比那教子的少見識。
7029	識	傷以切	0383B	我和你相識後爭如不相識。
7030	識	傷以切	0393B	他道都是你的見識。
7031	識	傷以切	0403B	因此上認義我做相識。
7032	識	傷以切	0413B	通六藝有七步才識。
7033	識	傷以切	0423B	那時節相識。
7034	識	傷以切	0433B	怕不是龐賊使見識。
7035	識	傷以切	0544B	我問你這屍首如何不識。
7036	識	傷以切	0593B	趓灾的見識。
7037	識	傷以切	0712B	桃也你與我武陵溪畔曾相識。
7038	識	傷以切	0752B	我今日須也波知周瑜你好沒見識。
7039	識	傷以切	0773B	若不是淡月朦朧使的見識。
7040	識	傷以切	0783B	歹見識。
7041	識	傷以切	0794B	這醫人與誰相識。
7042	識	傷以切	0823B	生這般窮智識。
7043	識	傷以切	0894B	驢馬的見識。
7044	識	傷以切	0963B	喒兩箇元是善知識。
7045	識	傷以切	0972B	他可便有見識。
7046	識	傷以切	0994B	略使些小見識。
7047	譙	音樵	0662A	悠悠的聲揭譙樓品畫角。
7048	蹬	音登	0062B	惡心煩自在蹬。
7049	蹬	音登	0482B	胸脯上腳去蹬。
7050	蹬	音鄧	0031B	他若是將喒习蹬。
7051	蹬	音鄧	0142A	他把我個竹眼籠的球樓蹬折了四五根。
7052	蹬	音鄧	0261B	捱盡了十分蹭蹬。
7053	蹬	音鄧	0332A	則管裏啼天哭地相习蹬。
7054	蹬	音鄧	0491A	但有半點兒牽連那习蹬無良善。
7055	蹬	音鄧	0623A	你個惜花人习蹬煞賣花人。
7056	蹭	妻鄧切	0261A	捱盡了十分蹭蹬。
7057	躚	音仙	0242B	我也曾舞蹁躚。
7058	躚	音仙	0473E	九醞酒光斟琥珀。三山鸞鳳舞翩躚。
7059	躚	音仙	0561B	他見我舞蹁躚。
7060	躚	音仙	0624B	席上舞蹁躚。
7061	躚	音仙	0814B	夜月舞蹁躚。

7062	躚	音先	0773A	來了你呵再不見那影蹁躚比張緒多嬌媚。
7063	蹴	音促	0661A	蹴金蓮步輕。
7064	蹺	音敲	0633D	一足剛蹺一足輕。數莖頭髮亂鬅鬙。
7065	躇	音除	1002B	嬌怯怯自躊躇。
7066	軃	音朵	0461A	慣軃袖。
7067	軃	音朵	0512A	我又不曾軃着你臉上直拳。
7068	軃	音朵	0881A	鬢軃楚雲鬆。
7069	轔	音隣	0692D	車聲何事轔轔動，專為華筵賞雪來。
7070	鏇	旋去聲	0043C	你鏇酒兒。打荣兒。抹卓兒。揩楥兒。
7071	鏇	旋去聲	0231C	今早起來燒的這鏇鍋熱。
7072	鏇	旋去聲	0361C	我將這鏇鍋兒燒的熱了。
7073	鏇	旋去聲	0401A	吃酒處就與他綽鏇提觥。
7074	鏇	旋去聲	0561B	這的是釀清泉朝來新鏇。
7075	鏌	音莫	0522A	鏌鋣無神。
7076	鏐	音留	0314C	自先祖錢鏐。世居杭州。
7077	鏖	阿高切	0483A	不刺刺鏖兵赤壁圖。
7078	鏖	阿高切	0751D	幼習兵書苦用功。鏖兵赤壁顯威風。
7079	鏖	阿高切	0944A	恰便似火龍鏖戰錦斑斕。
7080	鏖	襖平聲	0141C	你哥哥更是鏖糟頭。
7081	鏖	襖平聲	0294C	一個鏖槽叫化頭出去。
7082	鏖	襖平聲	0702C	且鏖戰一番。
7083	鏝	音幔	0721A	前門裏統鏝客。
7084	鏝	音慢	0033C	他兩個在俺家裏使錢。我要一奉十。好生撒鏝。
7085	鏝	音慢	0161A	如今那統鏝的郎漢又村。
7086	鏝	音漫	0142A	憑着我六文家銅鏝。
7087	鏞	音容	0521B	建四十里金鏞。
7088	鏟	音產	0820A	鏟連理樹。
7089	鏤	音漏	0351A	虬鏤亮槅。
7090	鏦	音匆	0981B	又不是戰鐵馬響鎗鏦。
7091	黲	才敢切	0643C	曾見你半釐黲口兒。
7092	難	去聲	0072C	兄弟有難哥哥救。哥哥有難兄弟救。
7093	難	去聲	0102C	我是逃災避難之人。
7094	難	去聲	0401C	知某有難。
7095	難	去聲	0572C	兄弟有難。
7096	難	去聲	0592A	你個彭大公纔得消磨難。

7097	難	去聲	0693C	後來趙盾有屠岸賈之難。
7098	難	去聲	0852A	禍難當初起下宮。
7099	難	去聲	0934A	救的我避難逃災還故鄉。
7100	難	去聲	0983C	現今龍宮有難。
7101	韝	音被	0813C	韝馬過來。
7102	韝	音被	0823C	伴當每韝馬。
7103	韝	音備	0414A	疎刺刺沙韝雕鞍撒了鎖韃。
7104	韝	音備	0862B	我一馬難將兩鞍韝。
7105	韝	音備	0872C	小儸儸韝兩匹馬來。
7106	韝	音備	0900C	槽頭快馬韝上一匹。
7107	韜	音叨	0683A	似呂望韜光在渭川。
7108	韞	音韻	0832C	內有道韞之才。
7109	顖	音信	0222C	拿些土兒來怕驚了他顖子。
7110	顖	音信	0791C	驚了我顖子哩。
7111	顙	桑上聲	0061B	詣門稽顙。
7112	颼	音搜	0702A	颼颼颼吹散了一天煙霧。
7113	鶩	音木	0473A	歸心似落霞孤鶩齊飛。
7114	鶩	音暮	0382B	漁翁也再不見落霞低伴孤飛鶩。
7115	鶩	音暮	0813B	按天際落霞孤鶩。
7116	鯢	音移	0361A	似鯨鯢吸盡銀河浪。
7117	鯨	音擎	0022A	黥了額的司馬遷。
7118	鯨	音擎	0361A	似鯨鯢吸盡銀河浪。
7119	鯫	音鄒	0261A	看鯫生。黃榜高登。
7120	鵪	音庵	0033C	俺家裏賣皮鵪鶉兒。
7121	鵪	音庵	0811A	似餓鵰撲鵪鶉。
7122	鶉	音淳	0033C	俺家裏賣皮鵪鶉兒。
7123	鶉	音淳	0811B	似餓鵰撲鵪鶉。
7124	鸒	音移	0343A	我爲甚的做鉏鸒觸槐。
7125	鸒	音移	0850C	某也曾遣一勇士鉏鸒。
7126	麗	平聲	0191C	自家高麗國王是也。
7127	齁	吼平聲	0232C	我只聽的齁睡如雷。
7128	齁	阿勾切	0611A	只見他齁嘍嘍的冷涎潮。
7129	龐	音忙	0714B	對月貌花龐。
7130	嚵	音腮	0302D	回來走在帳房裏。好酒好肉嚵一頓。
7131	嚵	腮上聲	0551C	路上嚵他耍子。

7132	嚽	賽去聲	0592C	嚽不了。
7133	幨	爭去聲	0211B	供養着鵲橋會丹青幨。
7134	趓	音朵	0211A	我把你半趓的肩兒憑。
7135	嚷	人掌切	0494A	嚷似蜂窩。
7136	嚼	齊消切	0433C	將天書手中扯了一半。 口中嚼了一半。燈上燒了一半。
7137	孽	尼夜切	0434B	都是他平日裏自作自孽。
7138	孽	音捏	0651C	老夫不知造下什麼孽來。
7139	孽	音聶	0302C	須要老尉遲去平此餘孽。
7140	孽	音聶	0714D	免教鶯燕頻來往。不在塵中掛孽名。
7141	巉	初咸切	0973A	靜巉巉海棠庭院。
7142	巉	初銜切	0022A	空着我靜巉巉的綠愁紅怨。
7143	巉	初銜切	0314A	他每都靜巉巉齊臻臻顯容姿。
7144	巉	初銜切	0372A	靜巉巉無人救。
7145	巉	初銜切	0633C	靜巉巉的無一個人。
7146	巉	初銜切	0683A	怎敵得靜巉巉西塞山前。
7147	巉	初銜切	0701A	靜巉巉門掩青春。
7148	巉	初銜切	0782A	靜巉巉鎖煙霞古厓深洞。
7149	懺	叉鑑切	0234C	我與他看經禮懺。
7150	懺	攙去聲	0084A	梁武懺多看幾卷。
7151	懺	攙去聲	0222C	回心懺罪。
7152	懺	攙去聲	0714C	蘇軾從今懺悔。
7153	攘	仁張切	0384D	可奈昭公攘我位。至今笑臉不曾開。
7154	攙	初銜切	0211A	攙奪盡六宮寵幸。
7155	攙	初銜切	0283A	你爲我病懨懨攙過這裙兒帶。
7156	攙	初銜切	0352A	但有攙搓。
7157	攙	初銜切	0502A	則不如我側坐着土坑這般頦攙着膝。
7158	攙	初銜切	0521A	衲襖子繡攙絨。
7159	攙	初銜切	0632A	看了俺胸背攙絨宮錦袍。
7160	攙	初銜切	0843C	這劉皇后就攙着皇兄飲宴去了。
7161	攙	初銜切	0882B	漸漸裙攙。
7162	攙	楚銜切	0954A	他只待強拆開我長攙攙的連理枝。
7163	瀰	音迷	0782A	水呵則是瀰漫三月雨。
7164	瀰	音迷	0982A	黑瀰漫水容滄海寬。
7165	瀲	離店切	0063A	忝觥得金杯瀲灩。

7166	瀲	離店切	0271A	我這裏親手高擎着這瀲灩杯。
7167	瀲	離店切	0473A	非貪這瀲灩杯。
7168	瀲	離店切	0622A	酒斟金瀲灩。
7169	瀲	離店切	0783A	光瀲灩酒傾蕉葉杯。
7170	潵	音賽	0063A	便潵到一兩甕香醪在地。
7171	潵	音賽	0153A	更那堪甕潵盆傾驟雨。
7172	潵	音賽	0214A	平白地潵甕番盆下一宵。
7173	潵	音賽	0223A	潵不到有那半椀兒的涼漿。
7174	潵	音賽	0762A	來來來可惜葫蘆裏潵了我些靈丹藥。
7175	潵	音賽	0791C	則是盆傾瓮潵相似。
7176	潵	音賽	0961B	他喫不的一謎裏潵。
7177	爖	音隴	0471C	火也沒一些爖的。
7178	壓	音問	0142B	可早是打一條通長壓。
7179	壓	音問	0714D	葛藤接斷老婆禪。打破沙鍋壓到底。
7180	競	其硬切	0261B	我待和誰爭競。
7181	競	其硬切	0334A	誰主意把你家私競。
7182	競	其硬切	0742B	你道是善相持能相競。
7183	籍	精妻切	0413B	更那堪景物狼籍。
7184	籍	精妻切	0782A	花呵可惜狼籍一夜風。
7185	籍	精妻切	0803B	好着俺氣喘狼籍。
7186	糯	囊佐切	0901A	早吃下一千鉼香糯酒。
7187	繽	音賓	0623A	繽也波紛。
7188	繾	音遣	0292A	您娘別尋了繾綣。
7189	繾	音遣	0312A	把美繾綣則怕貴人多忘。
7190	繾	音遣	0323A	剛只是一宵繾綣。
7191	繾	音遣	0723A	一片家繾綣情。
7192	繾	音遣	0931A	成繾綣。
7193	繾	遣去聲	0814A	兩情繾綣。
7194	繿	音藍	0293A	穿着這繿縷衣服。
7195	纁	音薰	0422C	幣帛玄纁。
7196	纁	音薰	0551A	聘玄纁訪問。
7197	纂	音纘	0751A	有時節將綵線纂成新樣譜。
7198	艦	音檻	0401C	屯數百隻戰艦艨艟。
7199	艨	音蒙	0401C	屯數百隻戰艦艨艟。
7200	薧	音好	0632B	蒸雲腴煮藜薧。

7201	蠐	音齊	0062A	玉膩蠐蠐頸。
7202	璽	與繭同	0411A	他拂素楮鵝溪璽。
7203	璽	與繭同	0814B	腳背踵是腳心裏踏破的璽。
7204	襤	音藍	0931A	到如今衣裳襤褸。
7205	覺	音叫	0014A	教寡人不曾一覺到天明。
7206	覺	音叫	0181C	到晚來則着你落一覺好睡。
7207	覺	音叫	0370C	一同牀上睡覺來。
7208	覺	音叫	0411B	颯然驚覺。
7209	覺	音叫	0604B	睡直到覺。
7210	覺	音叫	0834B	將一陣黃粱夢忽驚覺。
7211	覺	音叫	0904A	我落一覺安眠睡穩。
7212	覺	音皎	0101B	您做事可甚人不知鬼不覺。
7213	覺	音皎	0131B	迷還悟，夢還覺。
7214	覺	音皎	0214B	好夢將成還驚覺。
7215	覺	音皎	0453B	春歸也猶未覺。
7216	覺	音皎	0464D	從今日早罷了酒病詩魔。把一覺十年間揚州夢醒。
7217	覺	音皎	0572B	詩書訪先覺。
7218	覺	音皎	0611B	多管是南方在道他故將人來廝警覺。
7219	覺	音皎	0964B	我只道人不知鬼不覺。
7220	觸	音杵	0443B	俺姑媳又沒甚傷觸。
7221	觸	音楚	0531B	也非我女孩兒在爺娘行敢抵觸。
7222	觸	音楚	0791B	莫不是腥臊臭穢把你這神道觸。
7223	觸	音楚	0844B	俺也拚的廝挺觸。
7224	贍	傷欠切	0220C	養贍你那身子去罷。
7225	贍	傷佔切	0084C	你如今怎地做個營生養贍你那兩口兒來。
7226	贍	傷佔切	0140A	可着誰養贍我這七尺之軀。
7227	贍	傷佔切	0162A	是贍表子平生落得的。
7228	贍	傷佔切	0384C	着誰人養贍我來。
7229	贍	傷佔切	0461A	志昂昂包古今贍宇宙。
7230	贍	傷佔切	0501A	我如今空學成這般贍天才。
7231	贍	傷佔切	0563C	與你養贍終身便了。
7232	贍	傷佔切	0623C	養贍老身。
7233	贍	傷佔切	0804C	養贍終身。
7234	贍	傷佔切	0814C	也勾你養贍半世了。

7235	躅	音逐	0451A	索強似你跨青驢躑躅風塵。
7236	轗	音坎	0604A	知他道誰是逍遙誰轗軻。
7237	醲	泥容切	0462B	這酒更壓着琉璃鍾琥珀醲。
7238	醲	音濃	0631B	琥珀醲。
7239	醲	音濃	0782B	琉璃鍾琥珀醲。
7240	醴	音里	0743A	鑿成酒醴海也洗不了喒臉上羞。
7241	鐐	音遼	0403C	上了腳鐐手扭。
7242	鐙	登去聲	0464B	但說着花衚衕我可早願隨鞭鐙。
7243	鑊	音掘	0430C	我只着幾個人將着鍬鑊從這土坑邊開通一道深溝。
7244	闡	昌展切	0661A	無過是闡大道發揚中正。
7245	馨	音興	0061A	則見脂粉馨香。
7246	馨	音興	0661B	聞波梨花香拂鼻馨。
7247	騫	音牽	0022B	那裏有鑽穴踰牆閔子騫。
7248	騭	音執	0181C	據着居士這等陰騭太重。
7249	騭	音執	0701C	豈非陰騭。
7250	騭	音質	0081C	你扶上樓來救活他性命。也是個陰騭。
7251	騭	音質	0393E	小人一一說真實。孔目心下謾評騭。
7252	騭	音質	0494C	也是老夫陰騭的勾當。
7253	騭	音質	0594C	也是你的陰騭哩。
7254	騶	音鄒	0602B	受用着後擁前騶。
7255	騶	音鄒	0691C	小官乃齊國中大夫騶衍是也。
7256	鬐	音其	0933C	你在洪波中揚鬐鼓鬣。
7257	鬒	音軫	0442A	黑鬒鬒的烏雲。
7258	鶒	音尺	0513A	常教我羨鸂鶒鴛鴦貪睡。
7259	鶒	音勒	0721A	輪着一條拄杖是打鸂鶒無情棍。〔註18〕
7260	鶚	音鄂	0111A	你只想鵰鶚起秋風。
7261	鶚	音傲	0342B	孔融好等你那禰衡一鶚。
7262	鶚	音傲	0470C	你趁着這鵬鶚西風萬里秋。
7263	鶚	音傲	0572B	心若雲間鶚。
7264	鶩	音木	0412A	我覷遠浦孤鶩落霞。
7265	鶩	音木	0513A	看落霞孤鶩齊飛。
7266	黥	音擎	0323A	你瞅我一瞅黥了你那額顱。
7267	黥	音擎	0741C	將那黥面的囚徒夾領毛一把拿他見大王也。

〔註18〕 明刻本被釋字作「鶒」，劇文作「鶒」。

7268	齠	音條	0855C	齠齓不留。
7269	儷	音麗	0784E	成就了兩姓姻緣。完結了百年伉儷。
7270	囀	專去聲	0562A	聽何處囀流鶯。
7271	囀	專去聲	0841B	驚的那黃鶯兒繞定梧桐囀。
7272	囂	音梟	0123A	有萬種虛囂歹議論。
7273	囂	音梟	0862A	使了些調虛囂撈龍的見識。
7274	屬	如上聲	0991B	怎敢與衙內認為親屬。
7275	屬	繩朱切	0124B	他強占作家屬。
7276	屬	繩朱切	0153B	尋着他指望成眷屬。
7277	屬	繩朱切	0173B	則要你量兒大救俺家屬。
7278	屬	繩朱切	0204B	待要做眷屬。
7279	屬	繩朱切	0253B	第三來可是報與親屬。
7280	屬	繩朱切	0323B	我又不曾殺了你家眷屬。
7281	屬	繩朱切	0354B	我須是割不斷的緊親屬。
7282	屬	繩朱切	0364B	這一個是曹國舅宋朝的眷屬。
7283	屬	繩朱切	0444E	更有個嫂嫂春香。嫡親的四口兒家屬。
7284	屬	繩朱切	0483B	這便是脊梁骨和脇肋連屬。
7285	屬	繩朱切	0493B	把你似太行山倚仗做親屬。
7286	屬	繩朱切	0854B	更和那合宅的家屬。
7287	屬	繩朱切	0953E	關連着宿緣前註。天保今生為眷屬。
7288	屬	繩朱切	0984B	熬煎殺俺眷屬。
7289	攛	音爨	0962A	滴溜撲攛下街衢。
7290	攛	倉算切	0482A	我敢滴溜撲將腦袋兒攛在殿階直下。
7291	攛	粗酸切	0124C	喝攛箱。
7292	攛	粗酸切	0323A	攛掇先生。
7293	攛	粗酸切	0332A	教我便來來去去腳似攛梭。
7294	攛	粗酸切	0454A	似攛梭。
7295	攛	粗酸切	0502C	我打這貓道裏攛出來。
7296	攛	粗酸切	0561A	他每不斟量隔屋攛椽。
7297	攛	粗酸切	0624C	不想今年他攛過卷子。一舉成名。
7298	攛	粗酸切	0664C	攛過卷子。
7299	攛	粗酸切	0793A	偌偌報攛箱。
7300	攛	粗酸切	0864A	攛掇的鬼魂快。
7301	攛	粗酸切	0951A	我我我攛斷的上了竿。
7302	攛	粗酸切	0981A	咿呀呀偏似那織金梭攛斷錦機聲。

7303	攛	粗酸切	1004C	將跳板攛下。
7304	攛	爨平聲	0083C	將他丈夫攛在黃河裏淬死了。
7305	攛	麤酸切	0742C	那龍且在邊廂又攛上幾句。
7306	攛	麤酸切	0802A	幾番待攛下火。
7307	攝	音設	0953C	這個是攝毒的盞兒。
7308	櫼	音苓	0662A	巴巴的彈響窗櫼恁時節的是俺來了。
7309	檽	巴毛切	0131B	問甚麼東廊西舍是舊椽檽。
7310	糯	那架切	0441B	誰知俺貧居陋巷甘粗糯。
7311	糯	那架切	0571B	待着些麤糯。
7312	糯	邦架切	0803A	麤衣糯食。
7313	續	音徐	0443B	那絃斷者怎再續。
7314	續	詞疽切	0153D	你看那灑灑瀟瀟雨。更和這續續斷斷雲。
7315	續	詞疽切	0633B	彈呵拂冰絃斷復續。
7316	續	詞疽切	0944B	猶喜的消消灑灑斷斷續續。
7317	續	詞疽切	1002B	聽野寺鐘聲斷又續。
7318	纍	音雷	0473D	所以獨醒千古恨。至今猶自泣纍臣。
7319	纏	去聲	0242B	墨錠也似髭鬚着絨繩兒纏。
7320	纏	去聲	0772A	我這個度人的好是纏頭。
7321	纏	去聲	0943B	拿住俺將麻繩纏。
7322	纏	去聲	0954B	只費得半夜工夫纏。
7323	蘗	音擺	0283B	他可敢心苦似黃蘗。
7324	蠟	那架切	0463B	且陪伴西風搖落胭脂蠟。
7325	蠟	那架切	0563B	則見那宮燭明燒絳蠟。
7326	蠟	那架切	0781B	世味如嚼蜂蠟。
7327	蠡	音里	0021A	現如今洞庭湖撐翻了范蠡船。
7328	蠡	音里	0032C	那越國范蠡。扁舟五湖。卻也不弱。
7329	蠡	音里	0052C	我勸你只不如學那范蠡張良。
7330	蠡	音里	0183A	我不比那越范蠡駕扁舟遊那五湖的這煙浪。
7331	蠡	音里	0270C	老夫蠡州白鷺村人也。
7332	蠡	音里	0432A	逐范蠡一葉舟。
7333	蠡	音里	0492B	我我我做了箇進西施歸湖范蠡。
7334	蠡	音里	0513B	又不是歸湖的越范蠡。
7335	蠡	音里	0523A	且做個范蠡歸湖。
7336	蠢	春上聲	0272A	則他生的短矮也那蠢坌身材。
7337	蠢	春上聲	0372C	蠢動含靈。皆有佛性。

7338	蠢	春上聲	0391B	減了些性粗性蠢。
7339	蠢	春上聲	0451B	爭奈你個唐呂嚴性蠢。
7340	蠢	春上聲	0841C	便好道蠢動含靈。
7341	襪	忘罵切	0011B	溫和你露冷透凌波襪。
7342	襪	忘罵切	0213B	誰收了錦纏聯窄面吳綾襪。
7343	襪	忘罵切	0412B	抵多少蒼苔露冷凌波襪。
7344	襪	忘罵切	0463B	從頭髻至鞋襪。
7345	襪	忘罵切	0621B	香襯凌波襪。
7346	譴	音遣	0114D	據招狀桂花仙本當重譴。姑念他居月殿從無匹配。
7347	譴	音遣	0254D	妻楊氏本當重譴。姑准贖銅罰千斤。
7348	譴	音遣	0292B	做多少家罪譴。
7349	譽	平聲	0531B	何必更稱譽。
7350	贐	音信	0933B	送行者寧無贐。
7351	贐	音盡	0663C	厚贐他還鄉。
7352	躕	音紐	0204A	躕也波躅。
7353	躕	音紐	1002A	嬌怯怯自躕躅。
7354	躍	音耀	0024B	腳平登禹門一躍。
7355	轝	音余	0904A	想着那轝車後拖麻的是誰家胤。
7356	轝	音裕	0653B	又無那花棺彩轝。
7357	轝	音餘	0552A	拽轝車。
7358	轝	御平聲	0274C	墳前拜掃，轝後拖麻。
7359	轟	呼橫切	0742B	怒似雷轟。
7360	轟	音烘	0203A	
7361	轟	音烘	0284A	險做了運退雷轟薦福碑。
7362	轟	音烘	0301A	敢着你轟的呵。
7363	轟	音烘	0343C	鬼力轟碎了碑文。
7364	轟	音烘	0413A	則好教半夜雷轟了薦福碑。
7365	轟	音烘	0471C	久聞賢士大名。如轟雷貫耳。
7366	轟	音烘	0484A	怒轟轟惡向膽邊生。
7367	轟	音烘	0584A	轟雷氣概。
7368	轟	音烘	0742A	畢罷了轟轟烈烈奪利爭名。
7369	轟	音烘	0823A	只聽的一聲高叫若轟雷。
7370	轟	音烘	0902A	轟的則待倒。
7371	轟	音烘	0932A	起幾箇骨磷磷的轟雷。

7372	轟	音烘	0981B	雄似雷轟。
7373	轟	音薨	0031A	恰便似轟雷着頂。
7374	鐫	茲宣切	0184A	門額上金字鐫着的是靈虛殿。
7375	鐫	茲宣切	0221A	鐫面碑牌。
7376	鐫	茲宣切	0443A	便做那石鐫成骨節也槌敲的碎。
7377	鐮	音廉	0082A	列兩行鉤鐮和這麻搭。
7378	鐮	音廉	0503A	是那斧鐮繩擔。
7379	鐮	音廉	0983C	家僮將火鐮火石引起火來。
7380	鐲	音濁	0810C	全副頭面釧鐲。
7381	鐲	音濁	0823C	釧鐲俱全。
7382	鐵	湯也切	0203B	人心非鐵。
7383	鐵	湯也切	0273B	若是喒不煩惱則除心似鐵。
7384	鐵	湯也切	0402B	皂頭巾環是減鐵。
7385	鐵	湯也切	0434B	心兒似鐵。
7386	鐸	在挪切	0494B	不索你鬧鑊鐸。
7387	鐸	多勞切	0214B	廝琅琅鳴殿鐸。
7388	鐸	多勞切	0541A	這壁廂鑊鐸殺五臟神。
7389	鐸	多勞切	0554A	我又無尹鐸才怎生保障。
7390	鐸	東何切	0053B	你這些小兒每街上鬧鑊鐸。
7391	鐸	東那切	0741B	到軍寨裏鬧鑊鐸。
7392	鐸	東挪切	0592B	則聽的沸滾滾熱鬧鑊鐸。
7393	鐸	東挪切	0941B	他那裏鬧鑊鐸。
7394	鐸	馱去聲	0164B	階垓下鬧鑊鐸。
7395	鐺	音手掌	0451A	半升鐺裏煮乾坤。
7396	鐺	音撐	0983D	法寶煎熬鐺滾沸。爭知火裏好栽蓮。
7397	鐺	楚耕切	0362A	也無那石鐺雪浪翻。
7398	闥	音塔	0301A	你小可如劉黑闥王世充。
7399	闥	音塔	0361C	上了這板闥。
7400	闥	音塔	0791A	俺家裏有一遭新板闥。
7401	闥	湯打切	0131C	門窗戶闥。
7402	闥	湯打切	0861A	催人淚的是錦爛熳花枝橫繡闥。
7403	韂	音蹺	0855A	來來來可疋塔的提離了鞍韂上。
7404	顥	音浩	0634A	穹蒼顥氣罡風健。
7405	顦	音樵	0972A	他可都笑人顦顇。
7406	颷	音標	0702A	遞一葉起商颷梧葉兒。

7407	饘	音氈	0072A	並沒半升粗米施饘粥。
7408	饘	音氈	0600C	尚也不缺饘粥。
7409	驀	音陌	0110C	串長街。驀短巷。
7410	驀	音陌	0122A	驀入門知滋味便合休。
7411	驀	音陌	0143A	驀見個女娉婷引着個後生。
7412	驀	音陌	0212A	避不得驀嶺登山。
7413	驀	音陌	0324D	想當日剛赴佳期。被勾軍驀地分離。
7414	驀	音陌	0332A	天那急的我戰篤速不敢便驀入門桯。
7415	驀	音陌	0403C	把這頭扭過來。驀過去。
7416	驀	音陌	0414A	驀入門庭。
7417	驀	音陌	0434A	則見他驀澗穿林。
7418	驀	音陌	0661A	驀的聞聲。
7419	驀	音陌	0674A	兩雙腳驀嶺登山快撚。
7420	驀	音陌	0723A	有他呵怎肯道驀出門庭。
7421	驀	音陌	0742A	嗒也曾磕擦擦登山驀嶺。
7422	驀	音陌	0780A	避不的登山驀嶺。
7423	驀	音陌	0792C	驀然氣絕而死。
7424	驀	音陌	0813A	不想糞堆上驀然長靈芝。
7425	驀	音陌	0873C	我悄悄驀上梁山。
7426	驀	音陌	0991C	我一腳驀過你家來。
7427	驀	音賣	0083B	我這裏剛行剛驀。
7428	驀	音賣	0102B	見一個碑亭般大漢將這門桯來驀。
7429	驀	音賣	0114B	將兩步做一步驀。
7430	驀	音賣	0133A	驀入門桯去。
7431	驀	音賣	0452B	兩步那為一驀。
7432	驀	音賣	0804B	不是俺怕將他這門桯驀。
7433	驀	音賣	0842B	將兩步為一驀。
7434	髏	音婁	0023B	香車私走的卓文君。就昇仙橋上剮做骷髏。
7435	髏	音婁	0122B	我着這粉臉兒搭救你女骷髏。
7436	髏	音婁	0553B	我見他皮殼骷髏。
7437	鰥	音關	0410A	怨女鰥男各自傷。
7438	鰥	音關	0653A	閃的我鰥寡孤獨。
7439	鰥	音關	0702A	直吹到受淒涼鰥寡兒夫行駐。
7440	鰥	音關	0751C	一向鰥居。
7441	鰥	音關	0861A	滿望你鰥寡孤獨。

7442	鰥	音關	0931A	情願受鰥寡孤獨。
7443	鶴	音豪	0363A	則俺那洞中有客鶴來早。
7444	鶴	音豪	0424A	身着白鶴氅。
7445	鶴	音豪	0453B	那先生浩歌拍手舞黃鶴。
7446	鶴	音豪	0572B	則我這身似病中鶴。
7447	鶴	音豪	0632B	騎黃鶴。
7448	鶴	音豪	0984A	恰便似雲外鳴鶴。
7449	鶻	紅姑切	0031A	若不沙，則我這雙兒鶻鴿也似眼中睛。
7450	鶻	紅姑切	0064B	則爲鳳鸞失配累了蒼鶻。
7451	鶻	紅姑切	0521A	兔鶻碾玉玲瓏。
7452	鶻	紅姑切	0632A	玉兔鶻金廂繫繡袍。
7453	鶻	紅姑切	0691A	學太康放鷹鶻拿燕雀。
7454	鶻	紅姑切	0944B	他繫一條兔鶻。
7455	鶻	音斛	0242A	我繫的那一條玉兔鶻是金廂面。
7456	鷖	衣澗切	0423A	鵬鷖逍遙各自知。
7457	黯	衣減切	0042A	雲黯黯碧天邊閉了月華。
7458	黯	衣減切	0061A	改變了黯黯陰雲蔽上蒼。
7459	黯	衣減切	0072A	黑黯黯凍雲垂。
7460	黯	衣減切	0183A	我則見布彤雲，黯黯遮了日色。
7461	黯	衣減切	0213A	碧雲黯淡斜陽下。
7462	黯	衣減切	0461C	老夫姓牛。名僧孺。字思黯。
7463	黯	衣減切	0572A	黑黯黯殺氣震青霄。
7464	黯	衣減切	0864D	獨立空堂思黯然。高峰月出滿林煙。
7465	黯	衣減切	0944A	我只見黑黯黯天涯雲布。
7466	黯	衣減切	0970A	則着我獨立花前黯自愁。
7467	黯	衣減切	0991A	但只見黑漫漫同雲黯淡。
7468	黯	衣簡切	0453A	雲黯黯。水迢迢。
7469	齅	音疲	0672A	因此上息卻鉦鼙。
7470	齎	音躋	0262C	自從王長者齎發了我銀兩盤費鞍馬。
7471	齎	音躋	0280C	待小官齎至都城保奏。
7472	齎	音躋	0343A	則爲這三封書齎發我做十年客。
7473	齎	音虀	0081C	我便多齎發與你些盤纏。
7474	齎	將西切	0141A	天那您不肯道是相齎發。
7475	齎	祭平聲	0612A	我將家緣盡齎發。
7476	瓊	音屑	0813A	玉玎璫金瑳瓊珠瓈歠。

7477	鸂	音尺	0021A	淡煙籠灔鸂汀沙。
7478	儻	他曩切	0751C	只說我家妹子志氣偶儻。
7479	儻	湯上聲	1002C	言談偶儻。
7480	欭	音異	0143A	我這裏呵欠罷翻身打個欭掙。
7481	欭	音異	0211A	打個欭掙。
7482	巑	音攢	0782A	高聳聳接星河峭壁巑峰。
7483	攞	羅上聲	0033A	休得要攞袖揎拳。
7484	攞	羅上聲	0072A	他見我早揎拳攞袖。
7485	攞	羅上聲	0180C	我攞了這文書。
7486	攞	羅上聲	0331A	你這般揎拳攞袖爲因何。
7487	攞	羅上聲	0592A	俺父親揎拳攞袖因何事。
7488	攞	羅上聲	0604B	可怎生講堂中把面皮搶攞。
7489	攞	羅上聲	0614B	氣撲撲向前去將他扯攞。
7490	攞	羅上聲	0803A	手攞了這應夢的鍾馗。
7491	攞	羅上聲	0921A	揎拳攞袖喬聲勢。
7492	攞	羅上聲	0973A	他每都叫吼吼攞袖揎拳。
7493	攞	羅上聲	0993C	他看着我揎拳攞袖。
7494	攞	羅去聲	0143C	攞起衣服來。
7495	攞	羅去聲	0394A	還待要攞袖揎拳。
7496	攧	音跌	0171A	便休題吳姬光攧碎了溫涼玉盞。
7497	攧	音跌	0463A	有體段當場兒攧竹分茶。
7498	攧	音跌	0912A	他他他可便攧破我天靈蓋。
7499	攧	與跌同	0012A	這壁廂攀欄的怕攧破了頭。
7500	攧	與跌同	0402A	我見他自推自攧自哽咽。
7501	攧	與跌同	0821C	撇蘭攧竹。
7502	灑	商鮓切	0412A	瀟瀟灑灑。
7503	灑	商鮓切	0801B	客心瀟灑。
7504	灑	商鮓切	0911B	則您那淚珠兒滴盡空瀟灑。
7505	瓘	音貫	0314C	我父元瓘嗣爵。
7506	疊	音爹	0273B	蓋覆的個重疊。
7507	疊	音爹	0402B	買賣稠疊。
7508	疊	音爹	0434B	樹林稠疊。
7509	疊	音爹	0552B	阻隔着路迢遙。山遠近。水重疊。
7510	疊	音爹	0821B	景物重疊。
7511	禳	仁張切	0590C	只是也還可解禳哩。

7512	穰	人掌切	0281C	你看這郊外人稠物穰。
7513	穰	人掌切	0332A	恨不的翻過那物穰人稠臥牛城。
7514	穰	仁張切	0793B	不由咱心緒穰。
7515	籙	音慮	0364B	這一個是漢鍾離現掌着群仙籙。
7516	籟	音賴	0073A	萬籟無聲。
7517	籟	音賴	0631B	天籟地籟聞人籟也波籟。
7518	籟	音賴	0663D	萬籟無聲自寂寥，一輪明月上花梢。
7519	籟	音賴	0702A	動群山萬籟喧呼。
7520	籠	上聲	0750C	我就一鎗在你這匹夫胸脯上戳箇透明窟籠。
7521	籠	上聲	0801C	挑着兩個沈點點的籠兒。
7522	聽	平聲	0014B	又不是心中愛聽。
7523	聽	平聲	0143B	他可也背靠定球樓側耳聽。
7524	聽	平聲	0401A	他可慣聽。
7525	聽	平聲	0661B	情知喒甚意來聽。
7526	聽	平聲	0742B	瞋目攢眉側耳聽。
7527	聽	平聲	0780B	我做甚三疊陽關愁不聽。
7528	艫	音盧	0601B	闇水泛歸艫。
7529	襯	初艮切	0281A	日暄暄芳草汀晴沙暖襯鴛鴦薦。
7530	襯	初艮切	0543D	巧鎖眉顰柳。輕勻臉襯霞。
7531	襯	初艮切	0591C	拿我來襯鋪兒。
7532	襯	初艮切	0654B	喒死後只落得半垅兒灰襯。
7533	襯	初艮切	0814A	白日裏墊鬆髻兒權襯着青絲。
7534	襯	初艮切	0832A	茸茸芳草襯殘霞。
7535	襯	初艮切	0871A	恰便是粉襯的這胭脂透。
7536	襲	星西切	0522B	輩輩承襲。
7537	覿	丁梨切	1004A	與俺這母親重覿面。
7538	贖	繩朱切	0354B	縱有那彌天罪也准贖。
7539	躑	音直	0451A	索強似你跨青驢躑躅風塵。
7540	躔	音纏	0113C	混仙凡而為患。錯躔舍以成災。
7541	躕	音廚	0204B	躊也波躕。
7542	躚	音仙	0233A	舞蹁躚兩袖風翻。
7543	轡	音配	0024A	挽轡玉驄驕。
7544	轡	音配	0191C	驚的我這魂不在頭上，就撥轉馬頭一轡兜跑了。
7545	轡	音配	0593B	先與他停停當當鞁上這一重鞍轡。
7546	轡	音配	0603A	若及第呵驟春風五花驄馬轡。

7547	轡	音配	0632A	轡揪住黃金勒。
7548	轡	音配	0703A	嘶風緩轡玉驄驕。
7549	轡	音配	0854A	早提番玉勒雕鞍轡。
7550	酇	音贊	0051D	請看約法三章在。第一功臣是酇侯。
7551	酈	音歷	0741D	一自酈生烹殺後。漢家遊說更無人。
7552	鑄	音注	0372B	這個是金呵有甚麼難鎔鑄。
7553	鑊	音禾	0164A	階垓下鬧鑊鐸。
7554	鑊	音和	0012A	俺無那鼎鑊邊滾熱油。
7555	鑊	音和	0053B	我死呵一任入鼎鑊。
7556	鑊	音和	0290A	油鑊內錢財我敢拿。
7557	鑊	音和	0494A	不索你鬧鑊鐸。
7558	鑊	音和	0512A	只願火煉了你教鑊湯滾滾煎。
7559	鑊	音和	0541A	這壁廂鑊鐸殺五臟神。
7560	鑊	音和	0592A	則聽的沸滾滾熱鬧鑊鐸。
7561	鑊	音和	0741A	到軍寨裏鬧鑊鐸。
7562	鑊	音和	0812B	似翻滾滾油鼎鑊。
7563	鑌	音賓	0441C	是把鑌鐵刀子。
7564	霾	音埋	0183B	霎時間四野陰霾。
7565	霾	音埋	0374B	黑洞洞天色尚昏霾。
7566	霾	音埋	0584B	風斂陰霾。
7567	霾	音埋	0671B	則要你掃蕩雲霾。
7568	韁	音姜	0053A	今日箇慌頓斷名韁利鎖。
7569	顫	音戰	0033B	聽說罷氣的我心頭顫。
7570	顫	音戰	0111A	怎麼的顫欽欽添怕恐。
7571	顫	音戰	0184B	把不住的腿脡顫。
7572	顫	音戰	0251B	不覺的肉顫身搖。
7573	顫	音戰	0311A	怎倒顫欽欽惹的我心兒憚。
7574	顫	音戰	0463A	淡妝呵顫巍巍帶雨梨花。
7575	顫	音戰	0583A	顫欽欽跪在階基。
7576	顫	音戰	0591A	伯伯也虛謊的你顫篤簌魂魄悠悠。
7577	顫	音戰	0622A	諕的我顫兢兢手腳冷。
7578	顫	音戰	0692A	帶肉連皮顫。
7579	顫	音戰	0792A	撲速速肉顫身搖。
7580	顫	音戰	0801A	又被這薔薇刺急顫顫將紬衫來掛。
7581	顫	音戰	0902A	立不定肉顫身搖。

7582	顫	音戰	0954A	生擺斷我顫巍巍的並頭蓮。
7583	顫	音戰	0981A	恰便似顫巍巍金菊秋風動。
7584	颾	生止切	0152B	更和這透羅衣金風颾颾。
7585	饕	音叨	0131B	誰許你今世貪饕。
7586	饕	音叨	0532A	饕餮都盡。
7587	饕	音叨	0611C	爭奈此人貪饕賄賂。
7588	饕	音滔	0783A	饕餮他酒共食。
7589	鬙	音僧	0633E	一足剛蹺一足輕。數莖頭髮亂鬅鬙。
7590	釁	于句切	0433D	析作柴薪向人釁。終可笑兮終可笑。
7591	鬻	音育	0010C	獯鬻玁狁。逐代易名。
7592	鰾	邦妙切	0242A	有他這鰾接來的兩根兒家竹箭。
7593	鰾	邦妙切	0611A	這墨又不曾把鰾膠來調。
7594	鰾	邦妙切	0663C	鰾膠粘住你哩。
7595	鱄	音專	0383C	自家鱄諸的便是。
7596	鱄	音專	0892C	有個鱄諸之妻。
7597	鷓	音柘	0460D	嬌媚鷓鴣兒。妖嬈鸞鳳雛。
7598	鷓	音柘	0561A	鳳凰簫吹不出鷓鴣天。
7599	鷓	音蔗	1002A	經了些風雨聲中聽鷓鴣。
7600	鷓	張射切	0362A	也不索茶點鷓鴣斑。
7601	鷓	遮去聲	0281A	綠陰中聞鷓鴣。
7602	齷	側角切	0401A	他見我風吹的齷齪是這鼻凹裏黑。
7603	齷	測角切	0094D	昔日齷齪不足誇。今朝放蕩思無涯。
7604	攣	音聯	0572A	拳攣着我這凍軀殼。
7605	攪	音皎	0274D	我看罷也雨淚千行。不由我刀攪心腸。
7606	玁	音險	0010C	獯鬻玁狁。逐代易名。
7607	覰	音且	0821B	眼角頭春意覰。
7608	纖	西尖切	0021A	露春纖笑撚香羅帕。
7609	纖	西尖切	0461A	露春纖玉手。
7610	蘸	子鑑切	0174C	將頸血蘸他衣服之上。
7611	蘸	知濫切	0064A	也索蘸筆揮毫。
7612	蘸	知濫切	0094A	那裏敢深蘸着指頭搽。
7613	蘸	知濫切	0214A	蘸楊柳灑風飄。
7614	蘸	知濫切	0352D	則我身背火葫蘆。肩擔蘸金斧。
7615	蘸	知濫切	0411A	蘸中山玉兔毫。
7616	蘸	知濫切	0434A	我將這紫兔毫深蘸徹。

7617	蘸	知濫切	0461A	蘸金星端硯雲煙透。
7618	蘸	知濫切	0482A	憑着我這蘸金巨斧。
7619	蘸	知濫切	0582D	有時蘸水在秤頭秤。定盤星上何曾有。
7620	蘸	知濫切	0934A	則落的浪蘸蛟綃。
7621	蘸	知濫切	0973A	那一個蘸鋼鞭腕上懸。
7622	蘸	音站	0522A	你待濃蘸着霜毫敢抹誰。
7623	蘸	音湛	0401D	刀磨風刃快。斧蘸月痕圓。
7624	虀	祭平聲	0222A	引孫也我着你淡飯黃虀。
7625	虀	祭平聲	0664A	則是你那饞肚皮不剋化黃虀菜。
7626	蠲	音娟	0823C	這荔枝紅蠲煩養血。
7627	轤	音盧	0062A	似取水垂轆轤。
7628	轤	音盧	0231A	合刺刺轆轤響。
7629	轤	音盧	0241D	腰橫轆轤劍。身被鷫鸘裘。
7630	轤	音盧	0962C	繳轆轤。
7631	邏	音羅	0283A	那裏怕邏惹着囊揣的這秀才。
7632	鑣	音標	0411B	他一步步待迴鑣。
7633	靨	於協切	0202A	我推粘翠靨遮宮額。
7634	靨	於協切	0452A	笑靨兒攢破旱蓮腮。
7635	靨	音掩	0502A	你怎不學賈氏妻只爲射雉如皋笑靨開。
7636	靨	音掩	0881B	不由我腮斗兒上添笑靨。
7637	驛	銀計切	0764B	怎將蓼兒洼強猜做藍橋驛。
7638	髓	桑嘴切	0284A	更狠如剔髓挑觔索命鬼。
7639	髓	桑嘴切	0293B	碜可可的活取民心髓。
7640	髓	桑嘴切	0352C	此恨痛入骨髓。
7641	髓	桑嘴切	0413B	強如喫龍肝鳳髓。
7642	髓	桑嘴切	0433B	細剔了疙蹉蹉的髓。
7643	髓	桑嘴切	0461A	香酥鳳髓。
7644	髓	桑嘴切	0763A	子弟每觔髓撅。
7645	髓	桑嘴切	0884A	茶烹着丹鳳髓。
7646	鷫	音蕭	0241D	腰橫轆轤劍。身被鷫鸘裘。
7647	鷸	音穴	0742A	權待他鷸蚌相持俱斃日。
7648	鼹	音衍	0182A	鼹鼠飲黃河無過裝的滿腹。
7649	儹	囊上聲	0524B	待道是我舊衣服怎生虛儹。
7650	囑	音主	0154E	我將你千叮萬囑。你偏放人長號短哭。
7651	攬	音覽	0064A	兀的是自招自攬風流苦。

7652	攬	音覽	0663A	頭一句先抓攬着梅香。
7653	羈	音基	0703D	天涯遊子多羈思，腸斷梧桐葉上書。
7654	蠹	音妬	0034D	范學士豈容奸蠹。奏君王不赦亡囚。
7655	蠹	音妬	0253E	幸遇着青天老爺。似明鏡不容姦蠹。
7656	蠹	音妬	0501A	俺也曾蠹簡三冬依雪聚。
7657	蠹	音妬	0833D	憑着你十年窮蠹簡。一舉跳龍門。
7658	蠹	音妬	0850A	只他那蠹國的姦臣權在手。
7659	蠹	音妬	1003C	體察姦蠹。
7660	躞	音屑	0281A	宮花躞蹀帽簷偏。
7661	躞	音屑	0323A	諕的我手兒腳兒滴羞躞蹀戰篤速。
7662	躞	音屑	0574A	諕的我手兒腳兒滴羞躞蹀戰篤速。
7663	躞	音屑	0631A	金躞蹀翠籠惚。
7664	躞	音屑	0703A	躞蹀馬蹄遙。
7665	躞	音燮	0142A	那廝他跌躞躞的恰還魂。
7666	釀	音眉	0841A	諕的那錦鳩兒不離醲釀串。
7667	釀	尼降切	0201A	殘花醞釀蜂兒蜜。
7668	釀	尼降切	0263B	我喜則喜一盞瓊花釀。
7669	釀	尼降切	0271A	有新釀熟的白酒。
7670	釀	尼降切	0282B	再誰供養我那荔枝漿薔薇露葡萄釀。
7671	釀	尼降切	0461A	釀成佳醞。
7672	釀	尼降切	0521A	光祿寺醞江釀海。
7673	釀	尼降切	0550A	何必釀雲腴。
7674	釀	尼降切	0561A	這的是釀清泉朝來新鏇。
7675	釀	尼降切	0583A	醞釀利錢多。
7676	釀	尼降切	0661A	醞釀出嫩綠嬌紅。
7677	釀	尼降切	0823A	因此上醞釀就蜂兒蜜。
7678	釀	尼降切	0831A	往常我醞釀真心不淺。
7679	釀	仰去聲	0220C	小梅這妮子他似那借甕兒釀酒。
7680	釀	泥降切	0023A	這的是葡萄新釀出涼州。
7681	釀	泥降切	0061B	捧一盞梨花釀。
7682	釀	泥降切	0361B	更休說釣錦鱗芻新釀。
7683	釀	泥降切	0474C	大缸家釀下酒缽盂裏。
7684	釀	泥降切	0603A	自釀下黃花酒。
7685	釀	泥降切	0993B	止不過瓦缽內斟村釀。
7686	靄	哀上聲	0343B	可更淋漓辰靄。

7687	靄	哀上聲	0452B	空目斷一天殘照靄。
7688	顰	音貧	0442B	眉畫青山不慣顰。
7689	顰	音頻	0682A	枉將你翠眉顰損閒愁甚。
7690	顰	音頻	0701B	鎖愁腸楊柳眉顰。
7691	魘	音掩	0430C	着他魘鎮火星。
7692	魘	音掩	0593C	倒做這等魘鎮事。
7693	魘	音掩	0783C	倒魘鎮俺眾人一年不吉利。
7694	魘	音掩	0802C	有他那老雞疤魘鎮。
7695	鱠	音桂	0953C	要與大人切鱠。
7696	鸂	音欺	0513A	常教我羨鸂鶒鴛鴦貪睡。
7697	鸂	音溪	0021A	淡煙籠鸂鶒汀沙。
7698	鸂	音溪	0721A	輪着一條挂杖是打鸂鶒無情棍。
7699	鸇	音氈	0033B	我將你這害民的賊鷹鸇。
7700	鸇	音氈	0233A	你道他是天生就鷹鸇的羽翰。
7701	齷	於角切	0401A	他見我風吹的齷齪是這鼻凹裏黑。
7702	齷	音握	0094D	昔日齷齪不足誇。今朝放蕩思無涯。
7703	欛	把去聲	0021B	我則怕人瞧見做風流話欛。
7704	纛	東盧切	0593A	莫不我拜先靈打着面豹纛旗。
7705	纛	音毒	0021A	沒福消軒車駟馬。大纛高牙。
7706	纛	音毒	0061A	出則高牙大纛。
7707	纛	音毒	0441A	久以後博的個大纛高牙。
7708	纛	音毒	0691C	出則高牙大纛。
7709	襻	音盼	0123A	那裏像嗻解了那襻胸帶，下頦上勒一道深痕。
7710	襻	音盼	0212B	早搭上鮫綃襻。
7711	躡	音聶	0051A	後來時怕他。慌封侯躡足。
7712	躡	音聶	0332A	我這裏潛蹤躡足臨芳徑。
7713	躡	音聶	0361A	俺這裏躡飛梯。
7714	躡	音聶	0622A	花陰裏躡足行行。
7715	躡	音聶	0691A	你看幾人平步躡雲霄。
7716	躡	音聶	0761A	袖拂清風足躡雲。
7717	釁	欣去聲	0014C	說因毛延壽叛國敗盟，致此禍釁。
7718	釁	欣去聲	0171D	楚昭公十分氣賭。恰待要將咱釁鼓。
7719	釁	欣去聲	0194A	無釁無瑕。
7720	釁	欣去聲	0334B	小叔兒和嫂嫂乾尋釁。

7721	釁	欣去聲	0442B	爲甚來起釁。
7722	釁	欣去聲	0532B	只待要尋爭覓釁。
7723	釁	欣去聲	0541A	敢教你免禍釁。
7724	釁	欣去聲	0654B	他平日裏常只待尋爭覓釁。
7725	釁	欣去聲	0741C	覰你罪釁。
7726	鑰	音藥	0903A	則我這眉尖悶鎖無鑰匙。
7727	鑰	音耀	0453B	洞無鎖鑰。
7728	鑰	音耀	0762B	俺那裏洞門無鎖鑰。
7729	饞	鋤咸切	0462A	看花的饞眼孔。
7730	鬛	音列	0933C	你在洪波中揚鬐鼓鬛。
7731	鼉	音陀	0524A	擊鼉鼓奏笙簧。
7732	鼉	音陀	0631A	鼉皮鼓兒鼕鼕。
7733	鼉	音陀	0932A	鼉相公。
7734	鼉	音陀	0981A	鼉先鋒龜老翁。
7735	懿	音異	0093B	待道是顛狂睡懿。
7736	懿	音異	0742A	氣撲撲重添懿掙。
7737	釃	音篩	0043A	教釃酒願隨鞭鐙。
7738	釃	音篩	0244B	將那煖痛的酒快釃。
7739	釃	音篩	0272B	好酒頻釃。
7740	釃	音篩	0583A	則爲我釃酒漿水刺破。
7741	釃	音篩	0634B	酒頻釃。
7742	釃	音篩	0754B	御酒釃。
7743	釃	音篩	0953C	釃滿着。
7744	鑽	茲宣切	0022B	石碑丕將咱肺腑鑽。
7745	鑷	音聶	0721C	拿鑷子來鑷了鬢邊的白髮。
7746	鬮	音鳩	0012B	芙蓉燭下藏鬮。
7747	鬮	音鳩	0822B	買快探鬮。
7748	鍘	查察切	0264C	前去蘇家莊取討鍋瓮槽鍘去。
7749	鍘	音查	0291C	有勢劍銅鍘。先斬後奏。
7750	鍘	音查	0543C	與你勢劍銅鍘。
7751	鍘	音查	0563B	咱無甚勢劍銅鍘。
7752	鍘	音茶	0021B	則他坐車兒傍掛着勢劍銅鍘。
7753	鍘	音茶	0490B	你便不良會可跳塔輪鍘。
7754	鍘	音茶	0793E	赤瓦不刺海猢猻頭。嘗我那明晃晃勢劍銅鍘。

7755	鍘	音閘	0334C	說的不是，將銅鍘先切了你那驢頭。
7756	鍘	音閘	0392E	嘗我這明晃晃勢劍銅鍘。
7757	鍘	音閘	0432C	劊子拿的銅鍘來。
7758	鍘	音閘	0851D	待滿月鋼刀鍘死。纔稱我削草除根。
7759	鍘	音閘	0992C	着銅鍘切了頭者。
7760	鍘	音閘	1004A	不是你金大人勢劍銅鍘
7761	鍘	閘上聲	0804B	兩邊廂擺列着勢劍銅鍘。
7762	灩	音艷	0063A	戙斟得金杯潋灩。
7763	纜	音濫	0952A	直着他船橫纜斷在江心裏。
7764	纜	覽去聲	0901A	身似飄飄不纜舟。
7765	齈	奴凍切	0743C	他是個齈鼻子。
7766	戇	音狀	0122A	傳示與休莽戇收心的女。
7767	櫺	音凌	0211B	瑤階月色晃疏櫺。
7768	鑿	慈騷切	0801A	咬定鑿牙。
7769	鑵	音戈	0812B	你待要裝標垛下鍬鑵。
7770	鑵	音戈	0941B	怎知高陽臺一路上排鍬鑵。
7771	鷫	音霜	0241D	腰橫轆轤劍。身被鷫鸘裘。
7772	爨	音竄	0444C	怎當他柴薪爨炙。
7773	驪	音梨	0451C	他那裏知道我非凡人。乃驪山老母一化。
7774	驪	音梨	0614C	他是驪山老母一化。
7775	蹲	音彎	0072A	兀的般滿身風雪蹲跧臥。
7776	灧	音豔	0271A	我這裏親手高擎着這潋灧杯。
7777	灧	音豔	0473A	非貪這潋灧杯。
7778	灧	音豔	0622A	酒斟金潋灧。
7779	灧	音豔	0783A	光潋灧酒傾蕉葉杯。
7780	麤	與粗同	0962B	使不着膽大心麤。
7781	芈	音米	0381C	某乃楚國公子芈建是也。
7782	刮	音擺	0102A	這公事怎刮劃。
7783	刮	音擺	0272A	我這裏把這恩養錢我可也便刮劃。
7784	刮	音擺	0283A	可着我怎刮劃。
7785	刮	音擺	0294A	一靈兒無處刮劃。
7786	刮	音擺	0440A	我也幾度徘徊無刮劃。
7787	刮	音擺	0452A	我其實無刮劃。
7788	刮	音擺	0800A	似這般少米無柴怎刮劃。
7789	刮	音擺	0842A	可著我怎刮劃怎刮劃。

7790	燰	鑽上聲	0953C	與我薑辣煎燰了來。
7791	闞	去聲	0651A	這家私端的是誰闞閾。
7792	闞	爭上聲	0452A	他如何敢闞閾。
7793	闞	爭上聲	0562C	好歹闞閾些兒。
7794	闞	爭上聲	0790A	則俺這男子為人須闞閾。
7795	闞	爭去聲	0292C	闞閾下平日愛穿的幾件衣服。
7796	闞	爭去聲	0861A	闞閾的銅斗兒家緣百事有。
7797	闞	爭去聲	0924A	怎知道還能闞閾。
7798	愆	與愆同	0373B	數說起罪愆。
7799	刎	音彼	0214A	碎聲兒刎剝。
7800	夯	音享	0651A	兀的不氣夯破我這胸懷。
7801	吼	莊酒切	0021B	黃鶯兒柳梢上日呱吼。
7802	嗾	闞平聲	0811A	鴉嗾鵲啄。
7803	嵁	與險同	0311A	更嵁似軍騎贏馬連雲棧。
7804	嵁	與險同	0361A	你嵁做了長亭繫馬椿。
7805	嵁	與險同	0412A	嵁把。咱家。走乏。
7806	嵁	與險同	0452A	推一交嵁攧破天靈蓋。
7807	嵁	與險同	0513B	淚似把推嵁添滿潯陽半江水。
7808	帪	爭去聲	0562B	將一片志誠心寫入了冰綃帪。
7809	衕	音院	0961B	做屠戶的這些衖衕。
7810	惇	蒲悶切	0711B	法聰心惇。
7811	憫	音廚	0372B	空教我意下惆憫。
7812	摼	音班	0233B	一隻手輕將他鬼力摼。
7813	摼	音班	0401A	我可敢摼倒那嵯峨。
7814	摼	音班	0791C	你猛可裏摼將過來唱喏。
7815	摼	音班	0920C	將那年紀小的摼過來只一拳。
7816	臘	音簪	0694A	委實的受盡了腌臘氣息。
7817	殦	音尤	0092A	豈知他殢雨殦雲俏智量。
7818	殦	音尤	0313D	安排打鳳牢龍計。引起殦雲殢雨心。
7819	殦	音尤	0323A	你將着金要買人殦雲殢雨。
7820	殦	音尤	0493A	則來俺家裏殦雲殢雨。
7821	殦	音尤	0813A	省甚的殦雲殢雨。
7822	殦	音尤	0844A	只要得殦雲殢雨。
7823	猹	音唐	0352D	冠簪金獬豸。甲掛錦猹猊。
7824	猹	音唐	0671A	然他那身邊不掛猹猊鎧。

7825	搪	音唐	0744C	柳葉砌成的龜背搪猊鎧。
7826	檾	音頃	0721A	檾麻頭斜皮臉老魔君。
7827	檾	音頃	0791A	扯將這蒲包上檾麻且繫住。
7828	簸	音播	0592B	我則問你個彭大公怎麼的也這等迎風簸。
7829	粼	音隣	0701A	漾池塘綠水粼粼。
7830	粼	音隣	0871A	更和這碧粼粼春水波紋縐。
7831	羘	音吉	0551D	跌下獅子來。騎上羘狸羊。
7832	狸	音里	0551D	跌下獅子來。騎上羘狸羊。
7833	磉	桑上聲	0471C	磉磕老夫不識賢哩。
7834	臢	音簪	0283A	這廝他村則村到會做這等腤臢態。
7835	臢	音簪	0352A	因拆門樓得了些腤臢氣。
7836	臢	音簪	0621A	迸定個腤臢不良鼻凹。
7837	臢	音簪	0663A	幾曾做這般出醜腤臢勾當。
7838	臢	音簪	0762A	你休笑我無拘役腤臢的這布袍。
7839	臢	音簪	0803C	這腌臢臭穢。
7840	臢	音簪	0964A	我敢爛腤臢打碎你腦。
7841	蒜	音頃	0503C	都是你這老蒜麻嘴。
7842	襤	音藍	0262A	我待去來你覷我衣衫襤襤縷縷不整齊。
7843	踪	音莊	0992B	俺那廝少不的落馬身踪。
7844	躔	戀平聲	0093A	少不的躔踡寢睡。
7845	鐙	登去聲	0632A	葵花鐙靴尖斜款挑。
7846	饆	音波	0393E	兩次草錢都不與。剛剛吃得一個大饆饆。
7847	饆	音波	0454B	與孩兒每討饆饆。
7848	饝	音魔	0582C	我買饝饝你吃。
7849	髣	郎帝切	0393C	我記的他有些苦臉髣髴。
7850	髣	郎帝切	0794B	他可是有髭髮無髭髴。
7851	髴	音利	0872B	扎煞開黃髭髴。
7852	魖	音蘇	0681A	屠的龍誅的虎滅的魖魖。
7853	齁	吼平聲	0953A	相公船兒上黑齁齁的熟睡歇。
7854	齁	阿溝切	0691A	您幾時學得俺齁嘍嘍一枕頭雞叫。